KB053657

근대 서사 자료집

안석주의 영화소설「인간궤도」

엮은이

배현자 裵賢子, Bae Hyun-ja

연세대 문리대 국어국문학과 및 동 대학원 졸업. 문학박사. 현 연세대 근대한국학연구소 HK연구교수. 주요 논저로 『이상 문학의 환상성－세계 통찰의 문학적 발현』(소명출판, 2019), 「안석주의 영화소설 「인간궤도」 연구」(『동아시아문화연구』 제85집, 2021.5), 「조선일보 연재 「계옥만필」 연구」(『어문론총』 제88집, 2021.6), 공저로 『한국 근대 신문 최초 연작 장편소설 자료집－황원행』 上·下(소명출판, 2018),『한국 근대 영화소설 자료집－매일신보편』 上·下(소명출판, 2019) 등이 있다.

근대 서사 자료집－안석주의 영화소설 「인간궤도」

초판인쇄 2021년 12월 9일 **초판발행** 2021년 12월 20일

엮은이 배현자 **펴낸이** 박성모 **펴낸곳** 소명출판 **출판등록** 제13-522호

주소 서울시 서초구 서초중앙로6길 15, 2층

전화 02-585-7840 **팩스** 02-585-7848 **전자우편** somyungbooks@daum.net **홈페이지** www.somyong.co.kr

값 37,000원

ISBN 979-11-5905-661-1 93810

이 책은 2017년 정부(교육부)의 재원으로 한국연구재단의 지원을 받아 수행된 연구임(NRF-2017S1A6A3A01079581)

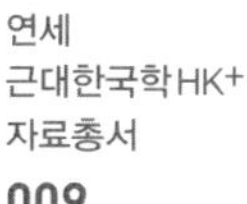

연세
근대한국학HK+
자료총서
009

A COLLECTION OF MODERN NARRATIVES
AHN SEOK-JU'S MOVIE-NOVEL,
"THE HUMAN ORBITAL"

근대 서사 자료집
안석주의 영화소설
「인간궤도」

배현자 엮음

차례

일러두기

1. 이 책은 1931년 3월 13일부터 8월 14일까지 『조선일보(朝鮮日報)』에 연재된 「인간궤도(人間軌道)」를 묶은 자료집이다.
2. 원문에서 소설 중간에 배치한 삽화를 자료집에서는 본문 앞으로 배치하였다.
3. 표기는 원문에 충실하되, 띄어쓰기는 현대 어문규정에 맞게 고쳤다.
4. 전체 회차와 소제목의 횟수도 원문대로 표기하고 오류가 있을 경우 주석으로 표시하였다.
5. 들여쓰기와 줄바꾸기는 원문에 충실하되, 오류가 있는 경우에는 바로잡아 표기하였다.
6. 자료 본문에서 사용된 부호와 기호는 다음과 같다.
   1) 본문 가운데 해독 곤란한 글자는 □로 처리하였다.
   2) 원문에서 겹낫표(『 』)는 대화문, 외래어, 강조어 등 다양한 곳에 쓰였는데, 자료집에서는 현대 문장부호 사용법에 따라 대화문은 큰따옴표로, 그 외 겹낫표는 작은따옴표 등으로 표기하였다. 다만 주석에서는 원문의 부호인 겹낫표를 그대로 사용하여 오류 표시를 하였다. 그 외의 부호는 원문대로 표기하였다
7. 원문에서 해독 불가능한 글자 중 추정 복원이 가능한 경우와 명백한 인쇄상의 오류인 글자는 주석을 통해 바로잡았다.

비판적 시선으로 묘사한 당대 문화의 한 단면

안석주의 영화소설 「인간궤도」*

1. 게재 현황 개괄

「인간궤도人間軌道」는 『조선일보朝鮮日報』에 1931년 3월 13일부터 8월 14일까지 '영화소설映畵小說'이라는 표제 아래 총 112회 연재된 작품이다. 원문에는 마지막 연재일의 횟수가 '110'으로 표기되어 있으나 이는 오류이다. 근대 신문에 장기간 연재된 작품의 경우 횟수 오류가 종종 보이지만, 전 연재분에 오류가 있을 경우 다음 연재분에서 오류를 바로잡아 마지막 연재일의 총 횟수에 영향을 미치지 않는 경우가 대부분이다. 하지만 「인간궤도」는 횟수 오류를 바로잡지 않은 부분이 있다. 이 작품의 횟수 표기 오류는 다음과 같다. 1931년 3월 27일자에서 11회를 10회로 표기, 1931년 5월 3일자 35회를 38회로 표기, 1931년 7월 16일자 90회를 99회로 표기한다. 이 날짜들

* 배현자, 「안석주의 영화소설 「인간궤도」 연구」, 『동아시아문화연구』 제85집, 동아시아문화연구소, 2021.5, 87~115면 참고.

의 횟수 오류는 다음 연재분에서 바로잡는다. 그러나 1931년 7월 31일자 103회를 102회로 표기한 이후에는 횟수의 오류를 바로잡지 않고 그대로 이어진다. 또한 마지막에 110회를 두 번 연속 표기하면서 총 연재 횟수와 표기 횟수 사이에 2회 차이가 난다.

「인간궤도」는 안석주安碩柱의 첫 장편소설이다. 안석주는 이 「인간궤도」 외에도 「성군」,[2] 「춘풍」,[3] 「아카시아」,[4] 「허물어진 화원」[5] 등 여러 소설 작품을 썼다. 소설 외에도 「노래하는 시절」,[6] 「출발」[7] 등의 시나리오를 썼으며, 다양한 평론을 남기기도 했다. 「인간궤도」에 들어있는 삽화도 안석주가 그렸다. 연재 당시 저자 표기 부분에 '성북학인城北學人'이라는 필명을 썼으며 삽화가 표기 부분에 본명을 썼다.[8] 삽화는 총 102개가 삽입되어 있다. 삽화가 없는 회차는 8, 40, 51, 54, 66, 67, 88, 90, 93, 103이다.

『조선일보』는 당시 총 8면을 발행[9]하고 있었으며, 문예 관련 글은 보통 4면과 5면에 게재하였다. 「인간궤도」는 주로 5면에 게재되었는데, 이 5면은 '부인'란으로 편성된 지면이었다. 이 작품이 연재될 당시 4면에는 염상섭의 「삼대」가 함께 연재되기도 했다. 염상섭의 「삼대」에 들어있는 삽화도 안석주가 그렸다.

「인간궤도」는 『조선일보』에 연재된 뒤 당시 단행본으로 발간된 기록이

2 『조선일보』, 1932.2.19~5.13.
3 『조선일보』, 1935.2.10~4.14.
4 『조선일보』, 1936.5.30~6.17.
5 『문장』, 1939.7.
6 『조선일보』, 1930.6.3~7.10.
7 『조선일보』, 1930.8.26~9.25.
8 근대 신문 게재 작품에 작가와 삽화가가 표기될 때 오른쪽에 작가, 왼쪽에 삽화가를 표기하는 것이 일반적이다.
9 월요일은 4면 발행.

없다. 1991년에 와서야 안석주의 작품 여러 편을 묶어 단행본으로 낸 『안석영 창작소설선-인간궤도』[10]로 출간되었다. 그런데 이 단행본에 묶인 「인간궤도」는 『조선일보』에 발표된 원문과는 차이가 많다. 철자나 띄어쓰기 등을 현대어 표기로 바꾼 것은 현대 출판 관행에 따른 부분일 테니 이러한 부분을 논외로 하더라도 소제목이 없고, 내용도 많은 부분이 삭제되어 있으며, 표현 역시 바뀐 부분이 많다.[11] 「인간궤도」는 당시 유행했던 '영화소설'이라는 타이틀로 연재되었을 뿐만 아니라 그동안 삽화와 만문만화를 주로 그려왔었고, 이후 영화계에 진출한 안석주가 저자라는 점에서, 근대 시기 '영화', '삽화와 만화', '소설'이 교착하면서 드러내는 양상의 한 단면을 보여주고 있기 때문에 주목해 볼 필요가 있다.

2. '영화소설'이라는 타이틀과 서술 특징

근대 매체는 1920년대와 30년대에 '영화소설'이라는 타이틀로 다수의 작품을 게재했었다.[12] 신문 게재 '영화소설'은 적게는 1회 게재[13]에서 많게는 112

10 안병원 편, 『안석영 창작소설선-인간궤도』, 푸른꿈, 1991.

11 일례로 유상근의 내적 고민 부분, 영희가 낳은 아이가 죽는 부분 등이 생략되었으며, 인물들을 희화화하기 위해 강조된 표현들이 일반적 표현으로 바뀐 것 등을 들 수 있다. 이러한 차이는 인물의 성향이나 인물을 그려내는 작가의 시각을 바라보는 관점의 차이를 가져올 수 있다.

12 이에 대한 연구는 전우형의 『식민지 조선의 영화소설』(소명출판, 2014)을 참고. 이 저서에는 2~30년대에 '영화소설'이라는 용어를 사용하여 발표된 작품의 서지목록표가 들어있다. 간혹 오류들이 보이고 첨가할 작품들이 있지만, 이 서지목록표는 근대 영화소설 전개 양상을 전체적으로 조망할 수 있게 해주었다. 특히 당시까지 심훈의 「탈춤」이 최초의 영화소설로 알려져 있던 상황에서 『매일신보』에 게재된 「삼림의 섭언」이 최초의 영화소설이라는 점을 밝혀 주었다.

회까지 연재되었다. 「인간궤도」는 총 112회 연재로 당시 신문에 '영화소설'이라는 표제로 게재된 작품 중 연재 횟수가 가장 많은 작품에 해당한다.

당시 '영화소설'이라는 명칭의 탄생은 영화의 흥행과 밀접하게 관련되어 있다. '영화/활동사진'은 유입 초기부터 1910년대까지는 외래 작품 일색으로 상영되다가 1910년대 후반부터 자체 제작한 작품이 출현한다. 자체 제작 초반에는 연쇄극 형태로 제작되었고, 극영화 단계로 들어선 1920년대 초반에는 〈춘향전〉, 〈장화홍련전〉, 〈운영전〉, 〈심청전〉[14] 등 고전 소설 원작을 각색하여 제작한 작품이 많았다. 20년대 중반을 넘어서면 "시방이 朝鮮映畫의 洪水時代요 黃金時代라는 말을 頻頻히 듯게 된다"[15]라고 토로할 만큼 당시 영화가 대중의 오락물로 인기몰이를 하면서 조선영화계의 급격한 팽창이 이루어진다. 그 과정에서 "脚色家에 對하야도 監督과 가튼 必要를 늣긴다 事實노 現在 映畵劇 脚本 創作家로 그 사람의 實力은 左右間 二三人박게는 업다 그리하야 發表한 脚本이 그다지 完全한 것은 못 된다"[16]라고, 좋은 각본의 필요성을 언급하는 목소리가 나온다. 그리고 이러한 문화적 흐름 속에서 '영화소설'이라는 타이틀을 내건 작품들이 속속 등장한다.

처음 '영화소설'이라는 용어를 활용하여 작품을 등장시킨 것은 『매일신보』였다. 1926년 4월 4일부터 5월 16일까지 『매일신보』는 일주일에 한 번씩 총 7회에 걸쳐 김일영의 「삼림에 섭언」이라는 작품을 연재한다.[17] 『매일

13 『매일신보』 1938년 9월 3일자에 1회 게재된 「광조곡」이 이에 해당하는 작품이다. 이 작품은 단 1회 게재되었지만, 다른 연재 소설 분량으로 보면 약 6~8회 연재분에 해당하는 분량이다.

14 〈춘향전〉(조천고주(하야카와 마쓰타로 早川增太郎), 1923), 〈장화홍련전〉(김영환, 1924), 〈운영전〉(윤백남, 1924), 〈심청전〉(이경손, 1925).

15 심훈, 「조선영화계의 현재와 장래(1)」, 『조선일보』, 1928.1.1.

16 이구영, 「조선영화계의 과거－현재－장래 (10)」, 『조선일보』, 1925.12.10.

신보』에 처음 '영화소설'이라는 명칭으로 작품이 등장한 이후 『동아일보』, 『조선일보』, 『중외일보』까지 당시 4대 일간지로 꼽히는 신문들이 연이어 '영화소설'이라는 타이틀을 내세워 작품을 홍보하거나 연재한다. 4대 일간지가 앞다투어 '영화소설'이라는 표제어로 서사물을 게재하면서도 이 용어에 대한 명확한 규정이나 서사 양식의 특징에 대한 언급은 찾아보기 어렵다. 실제 게재 작품에서도 '영화소설'의 특징이 무엇인가를 찾아내는 것이 쉽지 않다. 그렇다고 '영화소설'이라는 점을 내세우기 위한 변별점이 아예 없는 것은 아니다. '영화소설'을 게재하기 시작한 초반은 우선 시각적으로 변별지점을 마련하기 위한 시도가 보인다. 다른 소설보다 삽화를 더 많이 활용하여 시각적 효과를 배가하는가 하면, 삽화 대신 실연사진을 넣는 것 등이 그에 해당한다. 삽화나 스틸컷처럼 직접적 시각 이미지를 활용한 것 외에도 시각적 효과를 높이려는 시도는 또 있다. 삽화 대신에 문자텍스트 일부를 사각 박스선 안에 넣어 표기한다. '영화소설'이 출현한 초기에 박스선 안에 문자텍스트를 넣어 '영화소설'임을 부각한 것은 무성영화 시대이기에 가능한 연결고리였다. 영화의 내용을 해설하고 대사를 전달하는 '변사'라는 존재가 있었지만, '자막'으로 중요한 장면 설명이나 대사를 넣는 컷들이 있었다. 그래서 당시 쓰인 '씨나리오'를 보면 '자막'으로 처리해야 할 부분을 명

17 『매일신보』가 '영화소설'이라는 명칭을 처음 사용하게 된 배경이 무엇인지는 명확하지 않다. 첫 '영화소설'을 연재한 김일영 역시 알려진 바가 별로 없다. 그의 글 역시 『매일신보』에서만 발견되는데, 그 글들을 통해서 김일영이 동경 유학생이었다는 것과 영화에 관심이 많았다는 것을 유추할 수 있을 뿐이다. 김일영이 「삼림에 섭언」을 연재할 당시 일본의 신문들에는 현상모집으로 당선된 '영화소설'이 연재되고 있었다(김일영과 관련해서는 『한국 근대 영화소설 자료집－매일신보편』(소명출판, 2019) 해제 참고). 이로 인해 '영화소설'이라는 용어가 일본에서 유행하던 대중문예의 영향으로 생겨났다고 보는 견해도 있다(이영재, 「초창기 한국시나리오문학 연구」, 연세대 석사논문, 1989, 참고).

확하게 지시하고 있다. 즉 문자텍스트 중 시공간의 변화나 대사, 강조 장면 등을 사각 박스선 안에 넣어 처리하는 것은 당시 무성영화 시대 '영화소설'의 중요한 장치였던 셈이다.

이 외에도 '영화소설'은 다양한 요소들을 통해 영화와의 관련성을 부각하며 독자의 관심을 끌고자 했다. '영화소설'은 작품 표제어 부분이나 말미에 '무단영화불허無斷映畵不許', '금무단촬영禁無斷撮影' 등의 문구를 넣어 영화와의 관련성을 드러내는 것은 가장 흔한 방식이었다. 그런가 하면 실연사진을 활용한 작품의 경우 내용 끝부분에 사진 속에 등장한 배우나, 스틸컷을 찍은 명성 높은 감독의 이름을 표기하였다.

그런데 「인간궤도」는 '영화소설'이라는 타이틀을 내걸고 있음에도 초반 '영화소설'로 발표된 작품들에서 '영화'와의 관련성을 드러내기 위해 부각하던 위와 같은 특징들이 전혀 보이지 않는다. '영화소설'에 흔하게 붙던 '무단으로 영화 촬영을 금한다'는 '무단영화불허無斷映畵不許', '금무단촬영禁無斷撮影' 등의 문구도 붙이지 않는다.

안석주는 '영화소설'이라는 타이틀을 건 「인간궤도」를 연재하기 전 『조선일보』에 두 편의 시나리오를 연재한 바 있다. 1930년 6월 3일부터 7월 10일까지 29회 연재한 「노래하는 시절」과 같은 해 8월 26일부터 9월 25일까지 22회 연재한 「출발出發」이 그에 해당한다. 두 편 다 분명하게 '씨나리오'라는 표제어를 쓰고 있다.[18] 「인간궤도」와 달리 이 두 편의 '씨나리오'에는

18 「노래하는 시절」은 1930년 9월 1일 회동서관(滙東書館)에서 단행본으로 발행되었는데, 이 단행본의 표지에는 '씨나리오'라는 명칭과 작품 제목인 '노래하는 시절' 사이에 '映畵小說'이라는 명칭이 작은 글씨로 덧붙어 있다(「영인 『노래하는 시절』」, 『근대서지』 제16호, 근대서지학회(소명출판, 2017) 참고). 이는 아무래도 '씨나리오'라는 용어보다 '영화'라는 명칭에 익숙한 대중들을 고려한 선택이었던 것으로 보인다.

장면 전환을 지시하는 것, 그리고 장면마다에 카메라 기법, 연출 용어 등이 분명하게 표시되어 있다. 당시 '영화소설'과 '시나리오' 용어를 혼용하는 경향[19]이 있었지만, '씨나리오'라는 타이틀을 써서 이미 두 작품이나 발표한 후 '영화소설'이라는 명칭을 사용한 점을 볼 때 적어도 안석주는 당시 이 용어의 차이를 구별해서 썼던 것으로 추정된다. 이러한 추정에는 민병휘가 『조선일보』 1930년 6월 28일과 7월 1일에 걸쳐 발표한 「'시나리오'와 소설의 차이점」이라는 글도 근거가 된다. 이 글에서 민병휘는 『조선일보』에 발표된 안석주의 「노래하는 시절」과 『대중공론』 6월호에 실린 서광제의 「새스썰」이라는 두 작품을 언급하면서, 서광제의 작품은 형식적인 면에서 '시나리오'와 '영화소설'의 차이점을 무시하고 썼다고 지적한다.

나는 여긔서 '씨나리오'라는 것은 映畵臺本이란 것을 말할 必要를 늣기지 안는다 그것은 누구나 알고 잇는 것이니깐 말이다 그러나 徐君의 作品은 映畵脚本으로의 '씨나리오'가 되지 안코 다만 紙面에 發表하야 自己의 表現하고저 하는 '이쯤'만을 위하야 애쓴 映畵小說이 되고 말엇다

字幕

"滿員이라고 타지 말내도 억지로 타는 걸 엇더케 해요"

順女를 치여다 보든 交通巡査는 運轉手를 보고

字幕

"안 돼 잇다 집에 갈 때에 ××派出所에 들러"

運轉手는 고개만 끄덕어린다 順女는 다시 車안으로 드러가며 巡査를 비웃는

19 1933년에 『조선일보』에 연재된 「도화선」의 경우 예고에서는 '영화소설'로 홍보하는데 연재 당시에는 '씨나리오'를 표제어로 썼다.

듯이 '오라잇' 소리를 크게 질은다

이러한 句節이 잇다 나는 여긔서 作者 徐君은 '씨나리오'를 映畵小說로 생각한 것 아닌가? 하는 疑心을 갓게 되엿다

그것은 車안으로 드러가는 順女가 오라잇 소리를 크게 질럿다니 말이다

發聲映畵의 臺本은 이러케 쓰는지 모르나 그러나 字幕以外에 發聲을 한다는 것은 씨나리오에서 처음 보는일이니깐 말이다

차라리 비웃는 듯이 입을 뺏죽인다든가 비웃듯이 오라잇 소리를 크게 지르는 모양이다 라고 하여야 할 것이다[20]

여기서 민병휘가 서광제의 작품에 대해 무성영화에서 표현할 수 없는 발성을 '시나리오'에 넣었던 것을 지적하고 있음을 알 수 있다. '자막'이 아닌 부분에서는 모든 것을 시각화해서 표현해야 한다는 것이다. 민병휘는 같은 글 2회에서도 이어서 서광제의 작품만을 지적하는 것으로 글을 끝맺는다. 즉 민병휘의 눈에 안석주의 「노래하는 시절」에는 적어도 '시나리오'라는 형식에서 어긋나는 점을 발견하지 못한 것이다. 자신의 작품이 거론되기도 했고, 당시 『조선일보』의 학예부에 소속되어 있던 안석주가 이 글을 못 보았을 리 없다. 요컨대 안석주는 '시나리오'와 '영화소설'의 차이점을 분명히 알고 있었다는 것이다.

안석주가 시나리오와 영화소설의 차이점을 명확히 인지하고 썼다는 것은 작품 서술의 여러 면에서 표출된다. 안석주가 지면에 발표한 첫 시나리오 「노래하는 시절」과 첫 영화소설 「인간궤도」를 비교해 보자.

---

20 민병휘, 「'씨나리오'와 소설의 차이점 1」, 『조선일보』, 1930.6.28.

봄의 천지가 너무도 고요한데 들리는 소새소래 물소래가 너무도 안타가워 조금 애처려웁고조금 쓸쓸스러운 표정으로 주위를 그러나 어듸를 주목하는 것 업시 둘러보고는 하날을 처다보고 입을 조그마케 여러서 몸을 조금식 저으며 노래를 부르기 시작한다(近寫)

노래 부르는 옥분의 얼골를(大寫)

느틔나무 압헤 안저 노래 부르는 옥분이(遠寫)

그 화면(畵面) 우흐로(重으로) 노래(樂譜와歌詞)가 겹처서 나타난다

(…중략…)

길용이(上體) 거러가다가 슬그머니 머물러 서서(移動中止) 옥분의 노래하는 편에 귀를 기우리는 듯할 째 — 옥분의 노래하는 얼골이 이 화면(畵面)에 은연히 낫타낫다가 사라지며 길용이 경쾌한 미소를 씐다『카메라上體)[21] 로부터 下體로 긔러내린다 — 여긔서 다시移動開始)[22] 길용의 다리가 가만가만히 움즉이며 거러서 옥분이 노래 부르고 안진 느틔나무 뒤까지에 이른다(移動止) 길용이 느틔나무에 긔대여 서서 하날을 치여다보며 옥분의 노래를 도적해 듯는다 — 황홀한 표정 우숨을 씐 그리고 무엇인가 참을 수 업는 듯한 표정 여긔에 안저서 노래 부르는 옥분의엽 자태(側面)가 얼러서 보힌다[23]

가엽슨'미쓰 캉'이 녑방에서 물에 지리잡은 치마를 난로에 말리며 늣기여 울 째는 그 녑방에서는 레코 — 드의 '월쓰'곡의 음웅스러운 멜로듸 — 가 들려오고 기름으로 닥근 마루바닥을 싹싹 부비고 도는 가벼운 발소리가 들리기 시작

21 문맥상 ')'는 오식으로 추정.
22 문맥상 ')'는 오식으로 추정.
23 「노래하는 시절」 2~3회, 『조선일보』, 1930.6.4~5.

하는 때엿다

월쓰── 오쌔씨 외브스── 메로듸는 산골에서 발하야 고개를 넘고 덜을 흘러서 바다에 이루러 흰 바위를 슬며시 탁 치고 바숴여지며 헤터지는 물방울 소래와도 가티 사람의 심금을 매듸매듸 끄는 듯한 목금(木琴)소리로 변하엿다

엷보드러운 은비단 옷의 얄픽한 한두 겹 속에 굽이굽이 물결처 넘어간 아름다운 곡선을 삼실거리며 움직이는 인어 가튼 녀인들의 간열픈 몸을 힘껏 부더안고 빙글빙글 돌며 정열에 붉게 타는 얼골을 마조대하고 서정시(緖情詩)가치 고흔 말씨로 정을 익글고 또한 흥분식히는 이 찰라는 그들로서는 영원히 사라지지 말어달라는 극히 행복된 시간이다

그들의 눈으로는 달밤의 '라인'강의 잔잔히 흐르는 쏫 실은 물결을 보고 강변 숩속에서 이러나는 노래를 듯는다 또는 수향(水鄕) '베니쓰'의 금파 은파가 보힌다 '곤도라'는 써가는데 그우헤 '씨타ー'를 울리고 이 소리에 마추어 노래하는 청춘남녀의 물에 비최인 그림자를 본다

춤을 추는 그들은 자긔들의 춤을 흠썩 미화식히기 위하야서는 천리만리 밧게ㅅ곳이라도 모ー든 시경(詩境)을 더드머보는 것이엿다

그들은 한참 멋이 드럿다 몸을 움직이지 안는데 제절로 몸이 도라가는 듯하엿다 음악이라는 것이 본능적으로 이러나는 과작(科作)을 얼마나 진작(振作)식히는 위대한 것인가를 새삼스럽게 늣기게 되엿다

리창대의 팔에 휘감겨서 맴을 도는 영희는 그 사나희의 몸에서 배저 나아오는 향수내가 엇지도 그러케 심신에 상쾌한지를 몰랏다[24]

24 「인간궤도」 5회, 『조선일보』, 1931.3.19.

앞의 시나리오 예문인 「노래하는 시절」은 '새소리', '물소리' 등 시각적으로 대상이 나타날 때 누구나 쉽게 지각할 수 있을 정도의 소리만 표현되어 있다. 인물이 노래 부르는 장면은 '입을 조그맣게 열어서 몸을 조금씩 저으며' 등의 행위 지시문을 넣고, 노래 부르는 얼굴을 클로즈업大寫하여 보여준 뒤, 이어서 그 노래의 악보와 가사를 화면에 띄우는 장면을 붙인다. 당시 무성 영화의 각본인 시나리오가 지닌 발성 묘사의 한계가 여실히 표출되어 있는 셈이다. 뒤의 영화소설 예문인 「인간궤도」는 이러한 소리 표현의 한계를 넘어 다양한 소리의 표현과 함께 그 소리의 구체성도 부각된다. '레코드 왈츠의 음웅스러운 멜로디', '마루바닥을 싹싹 부비고 도는 가벼운 발소리' 등이 그 예이다. 여기에서 한걸음 더 나아가, '산골에서 발하여 고개를 넘고 들을 흘러서 바다에 이르러 흰 바위를 슬며시 탁 치고 바수어지며 헤터지는 물방울 소리와도 같이 사람의 심금을 마디마디 끄는 듯한 목금木琴소리'라는 표현을 보면, 단순히 그 소리가 나는 대상들을 카메라로 포착한다고 해도 다 담을 수 없는 심리적 감응의 정서까지 표현하고 있다. 소리의 묘사만이 아니라 인물의 눈빛이나 표정으로 드러나는 심리나 생각 역시 시나리오에서는 '황홀한 표정 웃음을 띤 그리고 무엇인가 참을 수 없는 듯한 표정'처럼 단순하게 표현되어 있는 데 반해 영화소설에서는 그 눈빛이나 표정을 지을 때 무엇을 연상하는가에 대한 묘사가 훨씬 구체적으로 표현된다. 이 외에도 색채 표현에서 시나리오와 영화소설의 차이점은 두드러진다. 「노래하는 시절」에서는 영화의 흑백의 화면으로 묘사될 수 있는 색채 외에는 표현이 절제되어 있다. 그러나 「인간궤도」에서는 그러한 색채 제한 없이 훨씬 다채롭고 풍성하게 색채 표현이 이루어져 있다.

그런데 여기에서 한 가지 짚고 넘어갈 점은 민병휘의 앞 글, 「'시나리오'

와 소설의 차이」에서 '시나리오'와 '영화소설'의 차이점은 언급하고 있으나, '영화소설'과 일반 '소설'의 차이를 구분하지 않고 있다는 사실이다. 이것은 안석주의 '영화소설' 「인간궤도」에서도 드러나는 문제 지점이다. 오히려 '영화소설' 초기 작품들에서는 시각화할 수 없는 부분들에 대해 최대한 자제하고, 심리도 직유법을 활용한 표정이나 동작으로 표현하던 것들이 많았는데 「인간궤도」에서는 오히려 장황하면서도 직접적인 심리 표현들이 훨씬 늘어나 있다. 이러한 점은 '영화소설'과 '소설'의 차이가 무엇인가 라는 근본적 물음을 던질 수밖에 없게 한다.

3. 배경의 전면화와 구체적 서술의 강화

안석주가 「인간궤도」를 집필할 때 '시나리오'와 '영화소설'의 차이를 인식하고 글을 쓴 것은 분명하지만 '영화소설'과 '소설'의 차이를 얼마나 인식했는가는 분명하게 말할 수 없다. 이것은 근본적으로 일반 '소설'의 표현 영역이 넓어서 어떠한 특성이든 수렴하기 때문에 밝히기 어려운 이유이기도 하다. 또한 앞 장에서 말했듯, 기존 '영화소설'이 외적 표지들을 소거하고 나면 내적 특징은 장르를 구분 지을 만큼 뚜렷하지 않다는 것도 또 하나의 요인이다.

그렇다면 안석주는 '영화소설'과 '소설'의 차이를 전혀 인식하지 않고 썼을까. 이 점에 대해서 몇 가지 반론을 제시할 수 있는 여지가 존재한다. 첫째, 시간 배경의 전면화이다. 다시 말해 어떤 하나의 사건이 제시될 때, 그 사건을 둘러싼 배경 사건들이 전면화되는 것이다. 「인간궤도」에서는 등장인물이 과거를 회상하는 장면에서 회상하는 인물의 단일한 시점을 따라가지 않고, 과거의 시간대에 존재하는 사건들이 다초점으로 묘사되는 지점이 존재한다. 「인간궤도」에서 '추억'이라는 소제목은 18회에서 31회까지 이어지는데, 이 부분을 회상하는 인물은 '영희'이다. 그런데 '영희'의 초점으로 회상될 수 없는 '성묵'과 '봉희'의 출연 장면, '성묵'과 '봉희 모친'의 출연 장면 등이 상당 부분을 차지하고 있다. 즉 '영희'의 추억 부분이 소설이 그려가야 할 사건이라면 그와 함께 존재한 배경의 전면에 등장하여 현재화가 이루어진 것이다. 주인朱寅은 그의 논문 「영화소설 정립을 위한 일고一考」에서, '영화소설'의 개념 정립을 시도하며 "영화는 과거조차도 현재의 공간으로 관객의 시선 앞에 내놓음으로써 시간의 장면을 '보여주기'로 극화한다. 영화소설은 영화의 '보여주기'를 표현해 내는 방법으로써 '실연사진스틸 컷'을 동원한다. 이로 인해 영화소설은 두 번째 특징인 '문자 매체를 이용하여 읽히면서 보여주는 텍스트'를 구현하게 된다"[25]고 언급한 바 있다. 이러한 지적은 '영화소설'의 장르적 속성을 '영화'와의 관련성 속에서 찾아내는 중요한 부분이라고 할 수 있는데, 이때 주인이 말하고 있는 '실연사진'이 「인간궤도」에서는 삽화로 대체된다.

둘째, 공간 배경의 전면화이다. 당시까지의 소설은 기본적으로 스토리 전개 중심의 서술이 일반적이었다. 따라서 인물이 등장하는 공간 묘사에서도 배경은 그리 중요하게 취급되지 않는 게 보통이었다. 그런데 「인간궤도」에서는, 공간을 묘사하는 장면에서 배경이 중요하게 부각되거나 비중 있게 다루어지는 경우가 많다. 예를 들면 다음과 같다.

---

25 주인, 「영화소설 정립을 위한 일고(一考)」, 『어문연구』 제34권 제2호, 2006.여름, 272~273면.

이제는 담배끄트레기도 업서서 심심파적도 할 수 업슴으로 마른 참나무에 불붓트기 그의 마음과 신경은 달대로 다러서 푸푸— 하고 도로 드러누어 버린다

녑집에 유성긔도 끗처 버리고 길에 전차소리도 긋첫다

야경ㅅ군의 딱딱이소리가 먼 데서 나서 갓가히 오는 듯하더니 다시 머러진다

술취정군의 잡스런 노래소리가 길편에서 나더니만 몃몃 사람의 와자— 하게 웃는 우슴소래와 함께 스러저 버렷다

어느 틈에 어써케 해서 잠이 드럿는지 쫍으린 송충이가티 옹숭그리고 영희의 어머니는 코를 골고 잔다

시계가 밤 한 시를 첫다 책상의 화병에 꼬자 노은 개나리만이 쌔여 잇는 것가티 전등불빗에 황금가티 빗나고 잇다

부엌에서는 쥐가 소당뚝경 위로 찬장 속으로 들락날락하더니 얼마 잇다가 쌕쌕거리는 소리가 난다

동대문턱에 다다른 자동차 한 채가 불을 거슴츠레— 하게 죽이고서 멈추더니 영희 집 드러가는 골목에 느럭느럭 와서는 싹 서버린다

자동차의 문이 열리며 스프링코—트를 욱으려서 얼골을 반쯤 가리운 사나희가 먼저 나리고 영희가 배슬거리며 껍질을 홀닥 벗긴 무 가튼 다리를 횃청— 하고 땅에 나려 놋는다 사나희의 칠피구두와 단장이 달빗에 번썩 하고는 골목으로 드러슬 쌔에는 흐트러진 압머리를 손구락으로 올리며 배틀거리고 영희가 쏫차 오다가 몸이 쌔쑥 하고 기울 쌔에 그 사나희가 영희의 허리를 팔로 감으니 영희는 그 사나희의 억개에 얼골을 실고는 거러온다

자동차는 불을 끄고서 길바닥에서 졸고 잇다[26]

위 인용 부분은 영희 모친이 신세 한탄을 하다 잠이 든 상황과, 영희가 환영연에서 만난 창대와 함께 집에 돌아오는 장면을 서술하고 있는 부분이다. 여기서 영희 모친의 잠든 모습만이 아니라 그 모친이 있는 방안 풍경, 거기에서 더 나아가 부엌에서 쥐가 휘젓고 다니는 모습까지 아주 상세하게 묘사한다. 영희와 창대의 도착 모습을 서술할 때에도, 그들이 내린 뒤 기다리는 자동차의 모습까지 전면화하여 드러낸다. 스토리를 따라가는 소설 서술에서는 부차적으로 다루어질 수 있는 공간적 장면들이 마치 카메라의 이동과 초점을 염두에 두듯, 배경이 전면화되고 있는 점이다. 이렇듯 배경을 전면화시키는 서술 방식은 그가 카메라의 이동을 염두에 둔 시나리오를 쓴 경험에서 비롯된 것으로 '영화적 장면'을 염두에 두어 소설에 반영한 것이라고 할 수 있다.

또한 배경을 전면화하고 그것을 구체적으로 서술할 수 있었던 것은 안석주가 많은 작품의 삽화를 그렸기 때문에 드러난 서술 특징이라고 할 수도 있다. 안석주는 1922년 『동아일보』에 연재된 나도향의 「환희」를 시작으로 다른 작가들의 많은 소설의 삽화를 그렸다. 「인간궤도」를 집필하기 전 그가 삽화를 그린 작품 수는 34편에 달한다.[27] 안석주가 그린 삽화의 특성을 짚어낸 공성수는 "피사체에 대한 사실적인 재현이나 소설 내용에 대한 충실한 모방에만 집중하는 경직된 삽화 작업에서 벗어나"[28] 삽화의 새로운 영역을 개척했음을 지적한 바 있다. 이는 눈에 선명하게 보이는 피사체만 초점화하거나, 또는 스토리를 중심으로 흘러가는 소설의 내용만 중요하게 여기지 않고 있음을 드러낸 중요한 지적이라고 할 수 있다. 안석주는 피사체가 속한

26 「인간궤도」 10회, 『조선일보』, 1931.3.26.
27 최민지의 박사논문 '참고자료 2'로 제시된 '안석영 삽화 목록' 참고.
28 공성수, 앞의 책, 164면 참고.

배경을 드러낼 때 피사체가 담지하고 있는 특성을 더욱 잘 드러내 보여줄 수 있다는 것, 그리고 소설의 뼈대가 되는 스토리 라인만이 아니라 그 스토리의 배경이 드러날 때, 그 스토리를 통해 보여주고자 하는 작가의 의도가 더욱 부각될 수 있음을 오랜 삽화 작업을 통해 터득했을 것으로 보인다. 다음에 제시하는 예시도 이런 추정을 가능하게 하는 근거이다.

무시무시한 살어름판 가튼 서울바닥에서 어느 때 어써한 재난을 당할지도 모르는 고로 우선 얼마 동안온 고옥이나마 허술한 데는 곳치고 여튼 담을 놉히 쌋키로 하고 그 담마다 가시철줄로 무장을 식키기로 하엿다 그리고 사랑뜰 하날이 보히는 데는 철망을 치고 방울을 달게 하며 대문중문의 빗장을 새로히 튼튼한 나무로 갈고 개를 기르기로 하엿다
이러노라니 그는 아조 신경과민이 되여서 쥐가 바스럭만 해도 잠이 펄적 쌔는 때가 만헛다
최면제라도 먹든지 술이라도 마시고서 잠을 이루우고 십흔 때가 만헛지만 잠든 사히에 무어든지 드러와 무슨 짓을 할지 몰라서 항용 야경군의 딱딱이소리가 난 뒤에야 잠이 드는 때가 만헛다
언제나 사랑에 개를 매두것만 개가 킹킹거리기만 해도 이불속에서 맘을 조리는 때도 만헛다[29]

「인간궤도」 47회 삽화

소설의 서술문에서 '이창대'라는 인물이 해코지를 당할까 두려워 누군가 침입할 수 없도록 집 안팎을 철저히 단속하고, 그러고도 불안에 허덕이는 심리를 아주 구체적인 행위들을 통해 서술하고 있다. 그런데 이 회차의 삽화에는 우물처럼 둥근 벽 속에 갇힌 인물이 아주 작은 사각의 자리에 누워 있는 것으로 단순화 혹은 상징화하여 표현하고 있다. 자신이 판 우물 속에 스스로 갇힌 꼴을 표상하고 있는 것이다.

29 「인간궤도」 47회, 『조선일보』, 1931.5.20.

소설은 기본적으로 읽는 것을 통해 심상이 만들어지기 때문에 읽는 이의 기존 경험이나 주관적 선택과 배제에 따라 구체적 심상은 다르게 나타날 여지가 있다. 이로 인해 작가가 표출하고자 한 의도가 제대로 전달되지 않을 가능성이 있다. 또는 소설의 서술에서는 지나치게 구체적으로 제시하여 그 이미지들이 모두 심상화될 경우, 오히려 그것을 통해서 말하고자 한 작가의 의도가 오인될 가능성 또한 상존한다. 소설 읽기를 통해 만들어지는 심상에서 오히려 작가의 의도가 왜곡되거나 오인될 이러한 가능성을, 안석주는 '삽화'를 통해 보여주는 상징적 묘사로 상쇄시킨다. 이것은 또 다시 말하면, 삽화나 영화의 상징적 장면으로 인해 다양하게 해석되어 모호해지는 작가의 의도를 소설의 구체적 서술로 좀 더 명징화한 것이라고 할 수도 있다. 요컨대, 안석주는 「인간궤도」라는 작품을 집필하여 연재할 때, 자신이 쓴 소설에 자신이 그린 삽화를 넣으면서, 소설 읽기로 만들어지는 심상과 삽화의 보기를 통해 직접 지각되는 장면이 가지는 한계를 보완하고 극복하여 '보여지는 소설'로서의 '영화소설'을 만들어 가고자 시도한 것이라고 할 수 있다.

그런데, 앞서도 말했듯 어떤 서술적 특성도 모두 수렴하는 특성이 강한 '소설'이라는 장르의 특성상, 당시 그러한 안석주의 의도가 있었다 한들 그것이 당대인들에게 제대로 읽혔을지는 의문이다. 무엇보다 당시 문단에서 '영화소설'에 대한 평가 자체가 호의적이지만은 않았던 것에 반해, '영화소설'을 하나의 장르적 개념으로 설정할 수 있도록 내적 특성 등을 규명한 평론은 그리 보이지 않는다. 오히려 영화 각본인 '시나리오'와 혼용이 되는 글들이 다수를 차지했다. 이런 분위기를 반영하듯 「인간궤도」가 '영화소설'로 발표된 이후 신문 지면에서는 한동안 '영화소설'의 연재가 사라진다. 안석주 역시 「인간궤도」 연재 이후 계속해서 「성군」, 「춘풍」 등의 소설을 『조선일보』에 연재하지만, '영화소설'이라는 타이틀을 걸지 않는다. 1933년 『조선일보』에 「도화선」이라는 작품이 '영화소설'로 예고되지만 연재할 때는 '시나리오'라는 명칭을 사용한다. 이후 1937년 『동아일보』 현상공모작인 최금동의 「애련송」이 나오기까지 몇 년 동안 '영화소설'은 공백기를 맞이한다. 물론 여기에는 장르의 형식 자체의 문제만이 아니라 1930년대 들어 발성영화가 수입되면서 조선 영화계가 전반적으로 가라앉은 탓도 있었다. 1935년에 발성영화가 나오면서 '시나리오'나 '영화소설'은 형식 자체에 커다란 변화를 가져올 수밖에 없었다. 이후 나온 「애련송」부터는 '영화소설'이 자막 표시보다는 장면전환 표시 등을 더욱 중요하게 여기는 경향을 보인다. 그리고 아예 촬영기법 용어를 사용하는 방식으로 '시나리오'에 한층 더 가까워진다. 그러한 경향은 '영화소설'이라는 용어의 설 자리를 더욱 축소시키는 방향으로 나아갔다.

4. 당대 문화에 대한 희화 · 풍자적 서술

「인간궤도」는 당대를 살아가는 인간 군상들을 통해 당대 문화의 부정적인 면을 부각한 작품이다. 이 작품은 본격적인 이야기를 전개하기 전, 약 500자 정도를 할애하여 '서사序詞'를 제시한다. '캄캄한 밤 썩은 궤목 위를 달리다 탈선하여 열차와 승객들이 형체도 없이 사라지고, 새로운 궤도를 부설하고 있다'[30]는 것이 '서사'의 내용이다. '신문보도'를 전달하는 방식으로 서술하고 있으나, 작품 전체에서 전달하고자 하는 이야기를 상징적으로 함

30 「인간궤도」 1회, 『조선일보』, 1931.3.13, '서사' 요약.

축한 것으로, 이 '서사'는 소설 마지막 부분의 '지금 그들 중에는 허물어진 궤도를 달리는 인간들이 있고 또 새로이 궤도를 부설할 사람도 있을 것이다. 그래서 커—다란 인류역사의 발자취를 우리들의 귀에 들려줄 것'[31]이라는 문구와 상응한다. 즉 안석주는 「인간궤도」를 통해 당대의 '발자취'를 남기고자 한 것이다. 그렇게 흔적을 남기고자 한 당대 문화를 바라보는 안석주의 시선은 상당히 비판적이다.

안석주가 「인간궤도」에서 비판하고 있는 주요 대상은 당대 엘리트라고 할 수 있는 지식인들이었다.[32] 그 지식인들은 서구추수적 허영문화에 사로잡혀 있을 뿐만 아니라 '계몽'이라는 허울 좋은 명분을 내세워 문화사업을 한다고 나서지만 실속 없이 유흥과 쾌락을 탐닉하고 배신을 일삼는 위선적인 인물들이다.[33]

이창대는 온갖 악행으로 모은 부친의 재산으로 유학을 다녀온 뒤, 명예욕과 영웅심만 높고 어디에 매여 일하는 것은 싫어서 유상근, 김성호, 문호, 미스 강 등을 끌어들여 '계문사'라는 잡지사를 차리지만, 잡지 만드는 일에는 등한하고 술집 요리집 등을 전전하면서 그의 부를 앞세워 여자들과 놀아나기 바쁘다. 그러면서도 사람들 앞에서는 잡지도 발간하고 다른 것도 출판해서 계몽사업을 할 것이라고 떠들어댄다. 이창대는 돈을 매개로 다른 사람까

31 「인간궤도」 112회, 『조선일보』, 1931.8.14.

32 「인간궤도」만큼 길지는 않지만, 상당히 긴 분량으로 안석주가 『조선일보』 1932년 2월 19일부터 5월 13일까지 연재한 「성군」, 같은 신문 1935년 2월 10일부터 4월 14일까지 연재한 「춘풍」에서 역시 지식인들이 등장하지만, 「인간궤도」만큼 지식인에 대한 비판적 시선이 강하지 않다.

33 안석영의 글을 집중적으로 분석한 이상신의 「안석영의 예술 활동과 그의 작품에 나타난 세태와 지식인의 의식구조」(『사회과학연구』 제5집, 1996.2)에서도 '지식인의 부정적 인물 유형'으로 '변절자'와 '위선자'를 지적한 바 있다.

지 망가지게 만드는 전형적 인물이다. '어린 거지에게 동전 한 푼 주기가 아까워 개를 풀어 살점을 뜯게 하고, 돈 십 원 때문에 사랑 심부름꾼 아이를 발가벗겨 뒤지는'[34] 구두쇠 창대는 먹고 노는 데에는 흥청망청 돈을 쓰면서 계문사 직원들까지 방탕의 나락으로 떨어지게 한다.

김성호는 어릴 때부터 계몽운동에 눈을 뜬 사람으로, 일본 유학을 하고 돌아와 처음으로 잡지를 발간하고 외국 문학 수업을 하는가 하면, 공업에 대한 연구도 한 사람이다. 서울 공업학원 원장으로 있다 기미년 사건으로 감옥살이를 한 후 유럽으로 건너가 박사가 되고 조선에 돌아와서는 사회과학 등을 연구하여 과학자로 신망이 높았던 인물로 소개된다. 그래서 중요한 임무를 수행하기 위해 국내로 잠입한 한성묵이 가장 먼저 찾아가 그의 도움으로 비밀조직 구성을 하기도 한다. 유상근을 성묵에게 소개한 것도 김성호이다. 젊은이들의 신망의 대상이었지만 실상은 조직을 배신하고 자신의 부와 영달을 위해 비행을 저질러온 인물이다. 커다란 저택에서 젊은 아내를 거느리고 살면서 온갖 신식 문물을 갖추고 외래문화를 추종하며 산다. 나중에는 이창대가 만든 잡지사에서 '주필'이라는 허울 좋은 직함을 받아 이창대의 손발 노릇을 하고 산다.

유상근은 중국 모 대학 출신으로, 기미년 운동에 참여했다 3년간 감옥생활을 하기도 했고, 김성호로부터 한성묵을 소개받아 비밀조직에 참여한 인물이다. 그런데 자신의 동지인 한성묵의 애인인 최영희에게 연정을 느껴 기회만 있으면 영희와 시간을 보내다 결국 김성호의 비행에 동참하여 조직을 배신하고 한성묵을 비롯하여 조직원들을 검거당하게 만는 장본인이다. 분

34 「인간궤도」 49회, 『조선일보』, 1931.5.22 참고.

사文士로서 명망이 높다고 자부하지만, 무산문예가였던 이가 반동화하여 '계집애'나 유인하여 '러브레터'나 보내게 만드는 '에로' 문사 '부르조아' 문사라는 평판을 듣는 인물이다.

문호는 계문사에 다니다가 잡지사 해산 뒤 혼란한 세상을 뒤로 하고 여학교 교사로 부임하여 평온한 생활을 한다. 이때까지만 해도 상당히 유하면서 청렴결백한 인물로 묘사된다. 그러나 이전 교무주임의 횡령을 빌미로 그와 함께 몇몇 교사들을 몰아낸 뒤, 대신 교무주임 자리를 차지한 뒤에는 독단적인 일처리는 물론이고, 아부하지 않는 교원을 쳐내는 한편 횡령까지 일삼으며 내로남불의 전형을 보여주는 인물로 그려진다.

지식인들의 이러한 위선과 타락을 드러내는 데 있어 안석주는 대단히 희화적이고 풍자적인 서술 방식을 구사한다. 이 작품의 본격적인 스토리는 해외유학을 마친 뒤 구미 십여 개국을 돌고 왔다는 '이창대'의 '귀국환영연'으로 시작한다. 이 환영회의 참석자는 유학생, 예술가, 실업가들로 구성된 '토요구락부' 일명 '댄스구락부'로 이 소설의 주요 인물들이기도 하다. 이 환영연을 준비하고, 드디어 참석자들이 도착하는 장면 묘사를 보면 다음과 같다.

두 내외가 하나는 바지춤이 흘러내리고 또 하나는 노리씨 — 한 허리가 치마에서 빠저나아오도록 식장에 장치를 한 것이 겨우 일곱 시에나 씃이 나서 참을성 업는 손님들이 오기 시작할 째에 그제서야 안해는 분세수를 하고 남편은 저녁상을 대하게 되엿다

이리하야 정각이 갓가워 올 째에 수십 명 남녀 무리가 이 회장으로 왓작 드러섯다

"하우 쭈 유 쭈 미스터 킴(金)!"

"오── 할로 ─ 미스터 쬬우(趙)"

"꿋 니부닝 ── 미쓰 캉(姜)!"

그 외에 지름끼인 음성과 '라텐'말 계통의 모든 말과 함께 악수가 교환되고 어느 실업슨 사람은 녀자의 손을 구지 쓰러다가 손등에 '키 ─ 스'도 하는 등 외국 풍정이 바야흐로 비젓 ─ 하게 그럴 드시 농익기 시작할 째에는 왼 방안에 소용도리치는 일홈도 모를 향수와 분내음새에 그 큰 방안의ㅅ공긔는 되집어 자극을 조하하는 그들의 취각을 통하야 신경을 흥분 혹은 혼란식히는 것이엇다[35]

이 서술을 보면 흐트러진 모습으로 허둥내던 두 내외의 모습과, 한껏 멋을 내고 들어와 느끼하게 인사말을 주고받는 남녀 무리의 모습을 대조하여 희화화하고 있음을 알 수 있다. 특히 참석자들이 주고받는 영어 인사말의 과장된 강세 표시나, '어느 실없는 사람은 여자의 손을 굳이 끌어다가 손등에 키스'를 한다는 서술 등은 그 희화성을 증폭하는 장치이다. 이 작품에 등장하는 부정적 캐릭터를 묘사할 때 어김없이 안석주는 희화적이고 풍자적 필치를 구사한다. 이 소설의 부정적 인물 유형의 전형으로 등장하는 이창대는 "'쎄르린'이나 '윈나'나 '파리' 등지에서 맛을 톡톡히 드린 그 '월쓰'를 못추어 신병이라도 날 듯하든 지음 고향에 와서 그리웁든 자매(그가 늘 말하는)들을 얼싸안고 춤을 추어보는 것도 매우 흥미가 잇슬 듯해서 속되인 '쌔스' 춤보담도 '월스'나 '탕코'를 추고 반다시 연미북[36]이나 기타 간이한 '탁시드' 가튼 야회복이라도 입는 게 조코 녀자는 조선옷도 조타"[37]는 의견을 첨부하

35 「인간궤도」 3회, 『조선일보』, 1931.3.15~1991년판 단행본에서는 이 장면에 나오는 인사말들을 모두 표준어 발음 처리를 하여 표기하고 있는데 그럴 경우 이 장면을 통해 서구적 방식을 따라하려는 인물들의 과장된 몸짓을 표현하려고 한 작가의 의도는 약화된다.

36 '연미복'의 오류로 추정.

여 환영연을 쾌히 응낙한다. 환영연을 여는 김성호의 아내는 '점순'이라는 자신의 이름 대신 '미세쓰 리'나 '매담 리'로 불러야 품위가 있다고 생각하여 대답해주는 인물로 묘사한다. 그런가 하면 이 작품의 가장 중심 인물인 '유상근'과 '최영희' 부부는 자기 분수를 넘어 허영기 가득한 모습으로 등장시킨다. 그들은 환영연에 참석하고자 집세 낼 돈을 헐어 '연미복'을 빌려오고, 집보기로 친정어머니를 불렀음에도 전차표 한 장 주지 않고 걸어오게 했으면서 남들 눈이 창피해 자신들은 택시를 탄다. 환영연 참석자들은 점잖은 척, 예의바른 척하지만 돌아서면 험담이요, 마지못해 응대하는가 하면, 남의 여인에게 추파를 던진다. 그들의 식탁에는 서양 요리에, 커피와 다과가 나오고, 술도 칵테일, 비루, 위스키, 브랜디 등이 오른다. 하지만 그들의 위장만은 '코레안'의 위장이어서 '미개한 사람의 음식'이라고 하던 '통김치'가 여러 대접과 식탁을 점령하고 있음을 서술한다. 이는 서구 문물과 문화를 탐닉하는 것이 단지 겉치레와 허영일 수 있음을 드러내는 장치인데, 장면의 대조를 통해 그들의 겉치레와 허영을 풍자하고 있는 것이다.

안석주가 대조와 과장으로 대상을 희화화하고 풍자하는 서술 방식을 보인 것은 이 「인간궤도」만이 아니다. 희화화와 풍자의 방식은 안석주가 『조선일보』를 포함하여 여러 지면에 게시한 '만문만화'의 주요 특징이기도 하다.[38] 한국에서 처음 만문만화를 시작한 것도 안석주였다. 안석주가 만화를 본격적으로 그리기 시작하던 1920년대 중반에 직접적인 사회 비판을 하는 만화에 대해 일본의 탄압이 시작되었다. 이러한 일제의 검열과 탄압 속에서

37 「인간궤도」 1회, 『조선일보』, 1931.3.13.

38 신명직이 『모던쐇이, 경성을 거닐다』(현실문화연구, 2003)에서 일찍이 안석주의 만문만화에 주목하여 풍자적 문체 특성을 지니고 있음을 드러낸 바 있다.

만화를 통해 사회 비판을 지속하고자 했던 방법적 시도로 안석주는 '만문만화'를 통해 풍자적 비판 방식을 택했던 것이다.[39] 안석주가 『조선일보』의 학예부에 있던 1930년에는 '만화만문'이 신춘문예의 한 부문으로 모집 공고되기도 했다. 「인간궤도」를 연재하던 당시에도 안석주는 같은 지면에 〈아이스크림〉이라는 표제로 만문만화를 연재하기도 하였다.

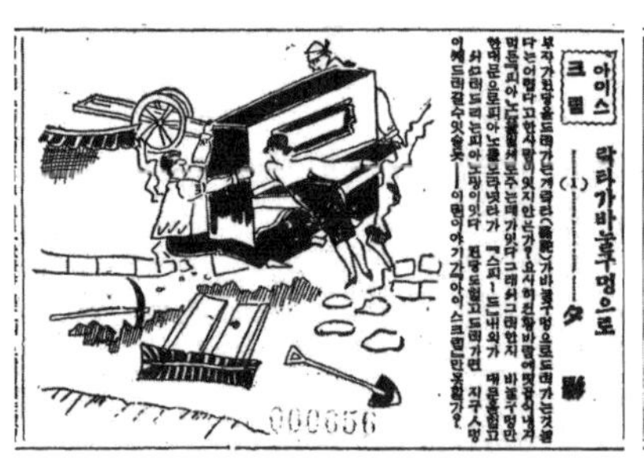

『조선일보』, 1931.6.24

『조선일보』, 1931.6.25

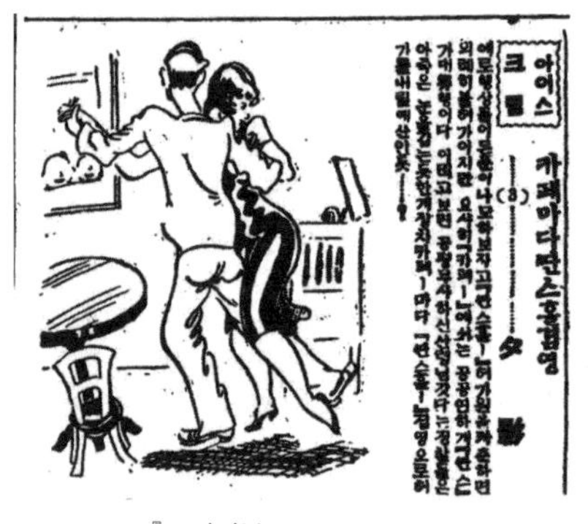

『조선일보』, 1931.6.26

『조선일보』, 1931.6.27

위 만문만화가 「인간궤도」 연재 당시 같은 지면에 게재되던 안석주의 만문만화들이다. 이 만문만화를 보면 '피아노를 들이기 위해 대문을 헐었다'

39 위의 책, 6~11면 참고.

는 내용과 함께 '천당도 헐고 들어가면 지구덩이째 들어갈 수 있을 듯'이라는 야유를 붙여 풍자하는가 하면, 마작을 하고 앉아 있는 사람의 다리를 상체에 비해 터무니없이 작게 그리는 과장의 방식을 통해 비판적 시선을 견지하고 있으며, 원래 불허가인데도 카페마다 댄스 열풍이 불어 댄스홀을 운영하고 있는데도 그것을 못 본 척하는 경찰들에 대해 '공평무사하신 신령님 같다는 경찰들은 아직은 눈을 감는 듯'이라고 비꼬고 있다. 그런가 하면 글을 쓰지 않는 문사文士들을 '노래를 잊어버린 카나리아'에 빗대면서 '글싸움을 많이 해서 부상병이 되어 수양중인지'라고 야유 섞인 비평을 날리고 있다. 이 만문만화에 표현된 당대 문화에 대한 비판적 시선은 모두 「인간궤도」의 내용과도 연결된다. 「인간궤도」에서는 김성호의 아내가 남편이 있음에도 류상근과 불륜을 저지르는데 그 유혹의 과정에 피아노 치는 모습이 등장하며, 일군의 남성 지식인들은 계몽에 앞장서겠다고 잡지사를 차려놓고도 잡지 발간 일은 하지 않고 마작에 몰두하는가 하면, 허울 좋은 문사文士임을 내세우고 있으나 실상은 글은 쓰지 않거나, 에로 문사 혹은 부르조아 문사라는 평판을 받는 인물들을 풍자적으로 묘사하고 있다.

요컨대 안석주는 당시 짧은 글과 그림으로 표현하는 만문만화라는 장르를 통해 당대 문화를 비판하기 위해 풍자적 묘사와 서술의 방식을 택했었는데, 그러한 풍자적 묘사와 서술에 익숙했던 안석주의 표현 방식이 소설 쓰기에도 이어진 것이다. 즉 자신에게 익숙했던 풍자적 표현 방식이 당대 문화와 엘리트 지식인들을 비판하는 것에 역점을 둔 첫 장편소설인 「인간궤도」의 서술 특징으로 드러난 것[40]이라고 할 수 있다.

40 지식인들에 대한 비판보다 애정담이 주가 된 안석주의 「성군」과 「춘풍」에서는 이러한 풍자적 서술 특징이 약화된다.

주요 등장인물

유상근		소설의 주인물. 중국 모 대학 출신으로, 기미년 운동에 참여했다 감옥생활을 하기도 하고, 비밀조직 구성원으로 참여하지만, 동지인 한성묵의 애인 최영희에게 연정을 품고 김성호와 결탁하여 조직원들을 검거당하게 만든 장본인.
최영희	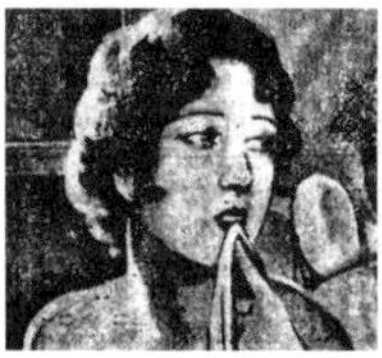	소설의 주인물. 기생의 딸로 태어나 신학문을 접하고 유치원 교사로 재직하며 한성묵과 연인 사이가 되지만, 유상근과 눈맞아 한성묵을 배신하고 결혼, 이후 이창대와 불륜을 저지르고 유상근과 헤어진 후 한성묵과 유상근이 수감되자 옥바라지를 함.
이창대		악행으로 모은 부친의 재산으로 유학을 다녀온 뒤, 명예욕만 높고 어디에 매여 일하는 것은 싫어서 잡지사를 차리지만 잡지 일에는 등한하고 술집 요리집 등을 전전하며 여자들과 놀아나고 도박 등으로 재산을 탕진하는 인물.
김성호		학자와 운동가로 젊은이들의 신망의 대상이었지만 실상은 조직을 배신하고 자신의 부와 영달을 위해 비행을 저질러온 인물. 커다란 저택에서 젊은 아내를 거느리고 살면서 이창대의 잡지사에서 손발 노릇을 하는 인물.
미세스 리		33살의 나이 차가 나는 김성호와 결혼하여 살지만 결혼 생활에 만족하지 못하고 유상근에게 구애하여 불륜 관계를 맺고 유상근과 도망가기로 약속하지만, 유상근이 약속을 지키지 않고 김성호가 죽자 종적을 감춤.

문호		유상근의 고향 친구로 이창대의 잡지사에 함께 근무하다 미스 강이 이창대에게 뺨을 맞은 것을 계기로 분노하여 잡지사를 그만두고 여학교 교사가 됨. 교사가 된 후 미스 강과 결혼하지만 독단적인 일처리와 횡령 등으로 학교에서 쫓겨남.
미스 강		말괄량이이자 히스테릭한 성격이면서도, 인물과 학벌 좋다는 사나이를 쫓아다니면서 사생활까지 꿰고 있는 바람에 뭇 사내들의 경계의 대상인 인물. 잡지사의 여기자로 생활하면서 티격태격하던 문호와 연인 사이가 되어 결혼을 함.
옥화		곱상한 외모로 뭇 사내들의 인기를 한몸에 받는 기생. 유상근과 연정을 나누면서 이창대를 놀리기도 하고 그로 인해 뺨을 맞는 수모를 당하기도 하지만, 결국 이창대의 첩이 되는 인물.
한성묵		블라디보스토크에 망명하여 애국활동을 하다 암살당한 아버지의 뜻을 이루고자 조선에 들어와 비밀조직 활동을 하면서 영희와 애인 관계가 되기도 함. 동지들의 배신으로 수감생활을 한 후 출국했다가 다시 조선에 잠입하여 유상근과 함께 비밀 활동을 하다 재수감됨.
영희 모		'옥향'이라는 이름으로 기생을 하면서 '김국배'라는 인물과 정을 나누지만 김국배가 암살된 후 김국배의 정적인 최성훈의 첩이 되어 영희를 낳음. 영희를 가르치고 키우면서 궁색해진 살림에 남의 집 일을 보아주며 근근히 살아가는 인물.

줄거리

연재 회차	소제목	내용
1	序詞	썩은 침목의 레일 위로 높은 단애를 돌다 추락한 열차, 새로이 궤도를 부설 중이라는 신문 보도.
1~7	歡迎宴	김성호의 저택에 유상근, 최영희 부부를 포함한 유학생, 예술가, 실업가들로 조직된 토요구락부 멤버들이 모여 댄스파티와 만찬으로 유학을 마치고 돌아온 이창대의 환영연 개최.
7~10	어머니	영희 부부의 집을 봐주러 온 영희 모가 딸의 홀대에 서운해하며 자신의 기생 시절부터 영희를 낳고 기르기까지의 옛 시절을 회상.
11~17	남편과 아내	영희와 창대의 야릇한 분위기를 감지하고 불안한 상근은 자신들의 처지에 맞지 않는 허영을 부리는 영희를 탓함. 영희 역시 상근의 무능을 탓하고 변절자라고 치받으며 부부싸움.
18~31	추억	영희의 첫사랑 한성묵과 그를 둘러싸고 일어났던 일들이 펼쳐짐. 지하운동을 하는 한성묵이, 믿었던 영희와 동지들이었던 성호, 상근에게 배신당해 조직원들과 함께 검거되어 옥살이를 하고 나와 국경을 탈출.
32~35	영희	상근과의 개인적 행복을 위해 큰일을 하던 이들을 희생시킨 것에 대해 죄책감을 느끼는 영희는 상근에 대한 미움이 커져가고, 될 대로 되라는 심정에 창대와 외도.
36~41	사업	명예욕과 영웅심을 가진 창대는 귀국 후 불러주는 곳이 없자 잡지사를 창립하고 토요구락부 멤버들인 상근, 문호, 미스 강 등을 부원 없는 부장 국장 등의 직함을 주어 영입.
42~44	구직	기생 옥화와 어울리며 상근이 귀가하지 않는 날이 많아지자 영희는 직장을 구하려 하지만 뜻대로 되지 않고 창대에게 받는 몸값으로 여흥을 즐기며 나날을 보냄.
45~49	유산	악한 짓으로 벌고 구두쇠처럼 쓰지 않아 모아둔 재산을 창대가 허비하자 창대 부친은 울화병으로 죽음. 창대는 막대한 유산을 나누는 것이 아까워 이복동생도 내치고 영희와의 관계도 끊었으나, 먹고 노는 것으로 낭비.
50~53	마짱	잡지사 일은 뒷전이고, 몰려다니며 마작에 빠져 지내다 몇 개월 만에 간신히 창간호를 내고 축하연을 벌이는 창대와 잡지사 직원들.
53~56	옥화	축하연 자리에서 창대에게 봉변을 당하고 돌아온 기생 옥화에게 시달리던 상근은 과거를 회상하며 자신의 이중성에 치를 떨지만 옥화와 헤어지라는 옥화모의 성화를 들으면서도 아무 것도 결단하지 못함.
57~78	解散	잡지사에서 옥신각신하다 몸싸움이 일어난 것을 계기로 잡지사 해산. 문호는 미스 강과 약혼을 알리고 여학교 교사로 감. 옥화가 창대와 어울리는 것을 본 상근은 오랜만에 집에 와 영희의 임신 사실을 알게 됨.

연재 회차	소제목	내용
79~85	두 사람	김성호는 상근에게 잡지사 퇴직금조로 창대에게서 받은 것에 자신이 더 넣은 돈봉투를 줌. 상근은 자신을 비행에 이용하면서 개인의 부와 영달을 누려온 성호를 성토하고, 성호의 아내는 상근을 유혹하여 외도.
86~88	부부	상근은 성호로부터 받은 퇴직금을 영희에게 건네며 자신을 잊어달라고 하지만 영희는 일찍 들어와 자는 상근을 보며 행복을 느낌.
89~92	그 외 죽음	상근과 영희는 곤궁해진 생활에 성호의 아내가 건네는 돈으로 근근히 지내는 차에 병석에 있던 영희모가 죽음.
93~100	문 교사	여학교 교사 생활을 하며 학생들에게도 인기 있고 비교적 청렴한 듯싶었던 문호는 학교의 교무주임이 되자 전횡을 일삼고, 공금 횡령까지 하다 발각되어 옥살이를 하고 나옴.
101~102	영아	아이를 낳은 영희의 해산바라지를 할 돈이 없자 상근은 성호를 찾아가고 병이 든 그가 성호 아내를 통해 건넨 돈봉투를 받아옴.
103~111	귀국	탈주했던 한성묵이 귀국. 아이가 죽은 뒤 영희는 상근에게 편지를 남기고 집을 나가 카페 웨이트리스가 됨. 상근은 성호의 부탁으로 성호 아내와 도피하려다, 집을 찾아온 한성묵의 권유를 받아들여 그와 중대사를 같이하다 피검. 성호는 죽고 성호 아내는 어디론가 사라짐.
112	귀결	유흥과 도박으로 몰락한 창대, 창대의 첩으로 들어갔다 다시 기생으로 돌아간 옥화, 얼마 안 되는 재산으로 공금횡령 사건을 무마하고 구멍가게를 하는 문호와 미스 강의 면면. 누군가는 허물어진 궤도를 달리고 누군가는 새로이 궤도를 부설하고 있을 거라는 서술자의 멘트로 마무리.

인간궤도

1931년 3월 13일

映畵小說

人間軌道(1)

城北學人

安碩柱画

序詞

지금 '빠리엣테' 일행을 실흔 렬자[1]는 문제 중에 잇는 오래된 썩은 괴목(軌木)들 우헤 짤리운 레―ㄹ 우흘 급속도로 달리이며 한업시 놉흔 단애(斷崖)를 돌고 잇다…… 이상하게도 흐리운 하날에서는 달빗치나 별빗이라고는 하나도 볼 수 업는 광명을 일흔 밤 캄캄한 공간에는 실낫 가튼 바람조차 업서서 천지는 몹시도 고요한데 무서웁게 발버둥이를 치며 달리는 렬차 박휘의 음향은 동굴이 문허지는 듯한 소리로 천지에 공명(共鳴)한다

――그 이튼날 새로운 신문의 보도는 이러하다…… 탈선! 렬차 대추락! ○○일 오후 ○시발 ○행 최대 급행인 국제 '빠리엣테' 일행을 실흔 막차는 진행 중 일만이천 척의 단애에서 추락되는 동시에 위험물을 실흔 찻간의 폭발로 차체는 시신도 업시 분쇄되고 승객의 유해는 형적도 업시 되엿다 한다 그러나 지금 새로히 괴도를 부설 중임으로 새로운 렬차가 운전될 날이 '멀지 안으리라 한다'고

歡迎宴(一)

해외 류학을 맛치고는 구미의 십여 개국을 만류하고서 소위 금의환향(錦衣還鄕)하엿다는 리창대(李昌大)의 환영회가 오늘밤 일곱 시 반에 서대문 밧 천연동 금화산 기슭 수림이 뻥 돌라 잇는 안윽한 곳에 콩크리트 양옥으로 새로 지은 지 몃 달 안 되는 김성호의 저택에서 외국 류학생 몃몃 사람과 일류 신사와 숙녀들로써 개최가 된다 원래 이 환영회를 회비제로 하고서 기생을 부

1 '차'의 오류로 추정.

르고 풍악을 잡히여 가지고 료리집에서 개최하는 것이 오랫만에 귀국한 사림[2]에게 더업시 유쾌할 일이라고 주장한 사람도 잇섯스나 비밀리에 외국 류학생 몃몃 중심으로 긔타 예술가 실업가 교육가 등과 숙녀들로 조직된 토요(土曜)구락부(즉 짠스구락부)가―세계적 불항이라는 중에도 이러케도 전황할 데가 업는 조선에 잇서서 짠스라는 게 사교계에 업지 못할 것이나 말하자면 이것도 한 유흥에 지나지 안음애 일반 사회의 적지안은 비난을 바들 터인고로 얼마간 중지하는 것이 조흘 듯하다는 회원 중 어느 사람의 의견으로써 체모를 잘 보는 그네들로서는 이 의견에 쏘치지 안을 수 업시 되여 후시부시 중지 상태에 잇섯다 그러나 의례히 이 구락부의 중대 사업이라고도 할 수 잇는 외국 갓다오는 이라면 반다시 환영회를 여러야 하는 터에 리창대의 귀국을 긔회로 씨샌드드한 몸을 한바탕 푸러도 볼 겸 그들에게 인박이다십히 된 녀자의 녹신녹신한 몸둥아리의 체온으로부터 밧는 야릇한 감흥을 맛볼 겸 이래저래 순 양식으로 환영연을 베풀어보자는 의견이 대두하야 이 의견에 일치되엿다 그러나 이러케 된 큰 원인 중에는 요릿집에서 써들석하는 것이 밧갓의 조치 못한 평판을 사는 것이라는 것이다 리창대 당자 역시 해륙 몃만 리를 여행하는 동안 '쎄르린'이나 '윈나'나 '파리' 등지에서 맛을 톡톡히 드린 그 '월쓰'를 못 추어 신병이라도 날 듯하든 지음 고향에 와서 그리웁든 자매(그가 늘 말하는)들을 얼싸안고 춤을 추어보는 것도 매우 흥미가 잇슬 듯해서 속되인 '째스' 춤보담도 '월스'나 '탕코'를 추고 반다시 연미북[3]이나 기타 간이한 '탁시드' 가튼 야회복이라도 입는 게 조코 녀자는 조선옷도 조타는 살며치 거북한 듯한 의견을 첨부하야 쾌히 응락하자 일 조하하는

2 '람'의 오류로 추정.
3 문맥상 '복'의 오류로 추정.

회원 몃몃 사람의 주선으로 유루[4] 업시 준비가 되여 오늘밤에 거대한 재산을 가진 리창대의 귀국 환영회는 억임업시 성대히 개최되기로 되엿다

……□……

류상근(柳相根)과 최영희(崔英姬) 이 두 젊은 내외는 저녁을 일즉 마치우고 리채[5]대 귀국 환영연에 참예할 채비를 차리고 잇다

오 원을 주고 세내온 '연미복'을 몬지를 써러서 바른벽에 거러노코서 부억으로 내려가더니만 비누갑에다가 물을 써가지고 방으로 드러와 책상 우헤 손바박[6]만 한 거울을 세워 노코서 오늘 아츰에 칼질을 한 듯한 쌘들쌘들한 얼골을 면모[7]를 하고 잇다

아랫묵에서는 웃통을 버서젯친 영희가 한간두리나 될 만큼 세수대여와 화장품을 헷트려 노코서 체경 압헤 안자서 입술의 연지를 세수수건 끗트로 펴고 잇다

천정에 매달린 볼그레한 '가사'를 쓴 전등불이 은은한 빗을 란사하고 잇다 벽에 매달린 조그만 괘종은 이 방안의 호흡을 헤이는 듯히 쪽싹쪽싹 고요히 소리를 내이고 잇다── 일곱 시── 시계가 씨르르─ 알터니만 일곱 시를 첫다

4 유루(遺漏). 빠져나가거나 새어 나감.
5 '창'의 오류.
6 문맥상 '닥'의 오류로 추정.
7 면모(面毛). 얼굴에 난 잔털. 여기서는 '면도(面刀)'의 뜻으로 쓰임.

映畵小說

人間軌道(2)

城北學人
安碩柱画

歡迎宴(二)

"어머니가 엇재 이쌔까지 아니 와?…." 영희는 거울을 드려다보고 화장을 하다가 분 미트로 홍도화 빗가티 령롱히 피여오르는 거울 속 제 얼골을 바라보고 상그레 웃다가 쌍쌍 치는 시계를 핼금 치어다보고는 금시에 마음이 초조하야 미간을 쭙흐리고 무릅으로 방바닥을 구르며 평시에 자긔 어머니에게 하든 상투의 말씨로 좋알댓다

"글세 그 마나님이 왼일일구……… 여보 꼭 오신다구는 햇지?" 상훈[8]이는 면도칼을 조희로 도르르 마러서 책상 설합에 너흐며 덜넝거리는 어조로 등 넘어로 말을 건네엿다

"그럼! 꼭 온다고 하고말고! 차ㅅ돈이 업서서 거러오는 게지………"

"아 그럼 아츰에 갓슬 째 전차표도 드리지 안헛소? 그 늙은 마나님이 거러오면 아홉 시나 되여서 오겟군 여긔서 독립문이 어듸야?"

"로인들은 타는 것이 어지럽다고 거러다니기를 조화하니까 안 드렷지……… 글세 한 장 드릴걸 그랫지?"

영희는 조금 뉘우치는 드시……… 고개를 외로 꼬고 멍-하니 안젓다 그러나 이 뉘우친다는 것이 자긔의 늙은 어머니를 위함이라는 것보담도 자긔의 갈 시간이 밧버서 애가 타는 끄테 뉘웃치는 것이엿다 그러자 대문이 쎄걱하고 열리는 소리가 나며 잔긔침을 하고서 마루로 올나오는 것이 영희의 어머니엿다 방문이 열리자마자 영희는 벌덕 이러나서 큰 소리로 환호하엿다

"아이고 어머니! 이제 오?"

"장모님! 오십닛가? 오신다고 하시면 꼭 오시는 줄은 밋엇지오 어서 이리

---

8 '근'의 오류.

와 안지십시요 그 먼 데서 오시느라고 얼마나 숨이 차십니가"
하며 상근이가 맛장구를 치며 이러나서 방석을 내여노코 부산하게 서둔다
"온 이거 닷다가 이리들 야단인가? 난 시간이 느질가봐 늙은 사람이 그 먼 데서 줄다름질을 처서 오느라고 엇지 숨이 찬지········ 그래 시간이 과히 늣지는 안엇나? 난 그게 걱정이 되여서········ 그런데 얘야! 난 저녁도 안 먹엇다 먹든 것이라도 잇스면 좀 먹자········"
영희는 옷장에서 옷을 분주히 써내며
"부억에 먹든 상이 그대로 잇스니 잡수세요 그리고 우리들 나가거든 저 대여도 치시고 방 좀 날정이········ 응? 어머니!"
"그래라! 그런데 무에 그리 밧분 일이 잇누 방두 못 치게!"
하고 혼잣말로 뇌이고 혀씃을 차며 영희 어머니가 부억으로 나려간 사히 영희와 상근이는 잿덤이 속의 닭들 모양으로 한참 푸덕어리며 치장을 하엿다
웃목 한 구퉁이에 쏘그리고 안저서 찬밥을 수역수역 먹는 어머니의 그 가엽시 굽은 등이 이 어엽분 딸로 하여서 참혹히 썩거질 날이 멀지 안음을 모르는 그 자신은 조금 요기가 되엿는지 숫가락을 든 채로 말속히 씨슨 배추 모양으로 밧작 거든 영희의 맵시를 보고서 벙그레— 우스며
"너 그 옷은 언제 해 입은 게냐? 아마 그 옷감이 갑 만흔 게지? 훨신 얼골이 돗뵈는구나?"
"무어 이게 갑시 만흘 게 무엇 잇세요—" 하며 입 안으로 중얼대고는 다리를 상근이에게 번적 드러 보히며
"이 양말 빗이 좀 흉하지?"
"흉해? 씰크 양말이면 고만이지? 살이 저만큼 훤—하게 내다빗최이는데······· 그만하면 에로야! 자— 시간 느젓스니 쌀리 가보지········"

영희는 싼 째 가트면 이만한 핀잔에도 두 귀가 발죽해젓겟지만 압흐로 마지할 홍겨울 시간을 닥으랴는 긴장한 마음에 집직이로 데려온 어머니에게는 인사말도 업시 그냥 멀숙해서 상근이를 짜러섯다

그의 어머니는 밥을 먹다가 마루 끗테 나와 서서 대문을 열고 어듬 속으로 파뭇치는 그 사위와 그 쌀의 뒷모양을 바라보고 어쩔 줄을 모를 드시 귀여운 생각에 느긋한 우슴을 틔우는 것이엿다

영희는 동대문턱 전차 정류장에까지 와서는 상근의 팔쑥지를 흔들며 애가 타서 쏘한 재절낸다

"일곱 시 반이면 쌔스가 업겟지? 그래두 전차보담 빠르고 그게 금화산 갓가히까지 가는데……."

"글세 전차는 퍽 더딀걸? 자동차를 탈가? 래일 집세 줄 것을 쓰면 안 돼지?" 하며 고개를 숙이고 조금 생각하는 듯할 째에

"그래요 자동차를 탑시다 거긔 가는 사람들도 다―들 타고 갓슬 텐데 그대로 가면 좀 창피하지? 그래요 그까짓 일 원쯤이야 잇서두 그만이요 업서도 그만이 아니우?"

"그래 타지 타!"

이리하야 지나가는 탁시를 붓잡어 타기로 하엿다 이것도 이왕 탄다면 호로차보담 방차가 벗틸 품이 잇다고 해서 십 분이나 긔다려서 탓다 이러고 보면 전차와 그 시간이 비겨 써러질지도 모르는 일이엿다

映畵小說

人間軌道(3)

城北學人
安碩柱画

歡迎宴(三)

리창대 환영회 장소! 일류신사들의 등장할 무대인 김성호의 저택에서는 아츰부터 김의 단골인 양료리 잘하는 옥란정(玉蘭亭)과 진고개의 '카페—로—스'라는 곳에서 쿡을 데려다가 료리를 맨들게 하는 한편에 방안의 거믜줄 하나 거더보지 못하든 김성호가—— 그리고 조금 놉흔 곳의 물건을 써내랴도 어지럽다고 뱅글뱅글 도는 그의 안해 '미세쓰•리—' 아니 '매담•리—'(그들과 친한 사람이라면 언제나 이 두 가지로 부르고 당자 역시 점순(點順)이라는 일홈보다 품위가 놉흔 듯해서 그러케 불러야 뉘게든지 선듯 대답해 준다)와 서로 다투며 사다리 우헤서 다리를 썰면서 못을 박고 색줄로 주렁주렁 느리고 오색등을 다는 등 '피아노'의 몬지를 털고 전긔 축음긔의 전선을 갓다가 잇는 등 진실로 근로를 하엿것만 공학박사(?)는 긔수[1](技師)가 아닌 탓으로 축음긔에 전류를 통하게 하는 데는 몹시도 힘이 드는 노릇이여서 세 시간 만에야 겨우 발성이 되게 하엿다 두 내외가 하나는 바지춤이 흘러내리고 또 하나는 노리끼—한 허리가 치마에서 빠저나아 오도록 식장에 장치를 한 것이 겨우 일곱 시에나 씃이 나서 참을성 업는 손님들이 오기 시작할 때에 그제서야 안해는 분세수를 하고 남편은 저녁상을 대하게 되엿다

이리하야 정각이 갓가워 올 때에 수십 명 남녀 무리가 이 회장으로 왓작 드러섯다

"하우 뚜 유 뚜 미스터 킴(金)!"

"오—— 할로—미스터 쬬우(趙)"

"쑷 니부닝—— 미쓰 캉(姜)!"

---

1 '사'의 오류.

그 외에 지름 씨인 음성과 '라텐'말 계통의 모든 말과 함께 악수가 교환되고 어느 실업슨 사람은 녀자의 손을 구지 끄러다가 손등에 '키ー스'도 하는 등 외국 풍정이 바야흐로 비젓ー하게 그럴 드시 농익기 시작할 때에는 윈 방안에 소용도리치는 일홈도 모를 향수와 분내음새에 그 큰 방안의ㅅ공긔는 되집어 자극을 조하하는 그들의 취각을 통하야 신경을 흥분 혹은 혼란식히는 것이엇다

시간이 십 분이나 지낫것만 아직도 꼭 오겟다고 약속한 사오 인이 오지를 안어 엇던 사람은 조선 사람의 시간 관렴과 외국인의 시간 관렴(다ー그런 것도 아니겟스나)을 비교해서 잔소리를 하는 축도 잇섯지만 정작 주빈도 아즉 오지 안코 해서 김성호는 주인된 체모로 얼마 더 긔대려 보자고 주장한 결과 만사는 관주인이라 그 동안에 '레코ー드'나 트러보자고 하야 전긔유성긔에 불을 켯다

자동차에서 내리인 상근과 영희는 팔을 서로 쯰이고 언덕길로 올라서 돌층계를 허덕이며 올라간다

은은히 새여 나아오는 오색 불빗이 영희의 얼골에 드리윗슬 때 상근이는 무춤 하고 서서 영희의 얼골을 겻트로 경이에 찬 눈을 굴려 드려다보는 것이엿다

'요염한걸……' 하며 속마음으로 곱색엿다 방안에서는 레코드의 '도리고'의 '쎄레나데'의 현음(絃音)의 애긋는 멜로듸가 쉼을거리고 날러서 나온다

영희는 상근의 팔을 자긔의 팔쭉지로 지그시 눌느며

"난 저 '쎄레나데'가 조아! 한 겹 가리고 듯는 게 그윽해서 더 조하요" 하며 머뭇거린다

"드러가면 드를걸! 그 웬 멋을 부려?" 하며 문을 열고 영희를 모라넌다

상근과 영희가 회장에 드러갓슬 째에는 앗가의 그 몃 나라의 말이 이 두 사람의게 긔관총 탄환과 가치 쏘다저 왓다 더구나 영희는 그들의게 옹휘되여서 여러 가지 인사 절차를 오는 대로 상양한 맘씨로 수응하는 것이엿다

이러자 유리창에 밧트기 서서 밧갓 망을 보고 잇든 주인 김 씨가

"미스터•리』[2]가 오십니다"

하고 큰 소래로 외오니까

여러 사람은 창 압흐로 우— 몰려갓다

"미스터—채하고 갓치 오는구면" 하고 한 사람이 들레엿다

여러 사람은 다시 '중열댓 쏘아' 편으[3] 쏠려갓다

리창대가 '쏘아'를 열고 드러오자 오리쌔와 참새들가티 뒤범벅이 되여서 써드러댄다

영희도 그 사람들 틈박우니에서 주인 김 씨의 소개로 리창대와 악수를 하게 되엿다

리창대가 영희의 손을 덤벅 쥐고 흔들 째 그의 컴컴한 눈싸위는 영희의 얼골을 삿삿치 더듬는 것이엿다

---

2 이 소설에서는 외래어에 겹낫표를 쓰기도 하고 쓰지 않기도 한다. 이 부분에서는 다음 대화문과 비교해 볼 때 '』'의 오식으로 추정.

3 '편으로'에서 '로'의 탈자 오류로 추정.

1931년 3월 18일

映畵小說

人間軌道(4)

城北學人

安碩柱画

歡迎宴(四)

"네— 그럿슴니까?" 녕하세요?"[1] 하며 그 녑헤 서서 잇든 상근이에게 은근한 우슴을 씌워 보히며 "미스터—류는 이러한 '쀡너—스' 가튼 부인을 두섯스니 행복입니다" 하고는 한바탕 썰썰 우서대고 낫을 숙이고 잇는 영희의 붉게 타는 귀박희를 겻눈으로 힐긋 보고는 주인의 인도로 주의 빈자리로 갓다

창대가 의자에 안자 서성거리든 사람들도 자리를 잡고 둥그러케 안젓다 얼마간 침묵이 계속되엿다

주인 김 씨의 안해인 '매담 리—'가 녑방으로 드러갓다가 나아오니 얼마 후에 컵피차와 과자가 나아왓다 제각긔 무릅 우헤 생철 쟁반을 노코 그 우헤 컵피차와 '케익' 한 덩이식을 밧어 노핫다

식사에 대하야도 몹시도 예절을 찻는 그들은 무릅 우헤서 컵피차와 케익크의 당분 내음새가 비위를 동해도 주인측의 동정을 살피는 축도 잇고 잡담을 하고 잇는 축도 잇다

어느 경박한 사나히 두 사람은 귀쏙을 한다

"우리가 어린애들은 아니니 아마 이게 두루기상씀 되는 게지? 응?"

"여보게 여긔가 혼인집인가? 두루기상이라 하게……허허허허 말하자면 서막(序幕)쏨 되겟지……"

이러케 주고밧는 귀ㅅ말이 왕방울 소리가티 크게 울려 모든 사람은 불시에 와르르— 우섯다

영희는 얼골이 밝애저서 상근의 등에다 얻골을 가리ᄋ고 우시댄다

---

1 '『안녕하세요?』'에서 '『안'의 탈자 오류로 추정.

이 사람들 중에 나희는 그중에 제일 적은 듯하면서도 수염터도 잡히지 안코 그 나희에 걸맞지 안는 대여머리 진 젊은 신사 한 분이 허리를 저으며 앙천대소를 하다가 실수를 하여서 무릅에 잇는 □□□□□러지자 그 녑헤 안진 녀자의 흰 하부다이[2] 치마에 붉으레—하게 힐숭널숭 큼직한 환(圜)을 처노핫다

컵피차의 재난을 맛난 이 녀자는 좀 심한 말이지만 일흠 놉흔 말광냥이로서 히스테리에다가 입이 몹시 거러서 어느 잡지사 녀자 긔자로 잇섯슬 때에 '인터뷰—'를 간 집주인 색시와 시비를 하야 그집 색시의 인격 문제에까지 미칠 만큼 주책업시 입을 놀려서 긔자가 된 지 반 년도 못 되여 축출을 당한 만큼 누구나 이 녀자 압헤서는 방위선을 치고 그 방어책으로 침묵! 그러치 안으면 미리 너스레를 노라야 봉욕을 면하고 처음 대하는 사나희라도 조금만 말씨가 빗나가는 때는 백주의 벼락을 맛게 된다

어느 좌석에 가든지 그러한 희활극을 연출 못 하면 만족지 못해하는 이 녀자로서는 이 좌석이야말노 그의 독특한 연긔(演技)를 발휘할 만한 조흔 긔회가 될 수 잇다

발서 그의 입 언저리에는 경련 이러낫다 눈은 매의 눈가치 되엿다 그러나 무릅에 쟁반 우헷 것을 처치할 길이 망연햇든지 그냥 그 쟁반을 들고서 독백(獨白)이 시작된다

"이건 무슨 짓이예요 점잔은 이가 차 한 잔을 가누지 못해서 남의 녀자의 몸에다가 썬다니요! 자— 보세요 이게 신사의 하는 짓이예요?"

이미 이 녀자의 언설이 이만큼 불온하게 나올 때에는 그 다음에 쏼쏼 흐

2 하부다이. 일본에서 생산된 대표적인 견직물의 하나로 경사에 무연(無撚)의 생사, 위사에 무연 또는 약연의 생사를 사용하는 평직물.

르는 웅변에는 큰 망신을 당할 것을 미리 짐작한 그 사나희는 맵시 잇게 연미복 녑 가슴에 ᄭᅩ진 하드르르——한 손수건을 ᄲᅢ내여 들고서 호들갑을 부리는 그 녀자의 치마의 컵피물을 훔처주랴고 덤빈다

"여— 미쓰, 캉! 이건 참 미안합니다 어쩌다가 치마에! 온 이런 실례가 ᄯᅩ 잇겟습니가? 자— 제가 훔처드리지요"

"이거 왜 이러서요 한술 더 써서 남자가 녀자의 몸에 손을 대시랴고 하세요? 아! 이건 불란서식입니가?" 하고 얼골이 파랏케 질려서 쟁반을 의자에 노코서 그 수건을 홱 ᄲᅢ서서 치마의 컵피물을 대강 훔치고는 물행주가 된 수건을 그 남자에게 더지니

사나희는 무안에 취하야 벌덕 이러나서 밧그로 후다닥 나아간다

'미쓰● 캉'은 수건도 밧지 안코 아가는[3] 그 사나희를 보고 더욱 □가 히스페[4]리가 작열되여 펄석 의자에 주저안지니 쓰거운 차가 철펵 넘치는 찻잔이 ᄭᅢ여지고 케익크가 뭉캐여젓다 그 녀자는 경풍이나 할 것가티 스사로 놀랏다 그러나 아름답지 못한 자긔의 뒷모양이 무서워서 령리한 '미쓰 캉'은 의자에서 몸을 ᄯᅦ여서는 안 될 것이라는 것을 ᄭᅢ다랏다

3 '나아가는'에서 '나'의 탈자 오류로 추정.
4 문맥상 '테'의 오류로 추정.

映畵小說

人間軌道(5)

城北學人
安碩柱画

歡迎宴(五)

'미쓰●캉'의 이 크나큰 탈선은 평소에 이 녀자로 하여서 모독을 당한 사나희들에게는 여간 통쾌한 늣김을 준 것이 아니엿다

제법 가슴폭이 넓직한 사나희 가트면 병ㅅ적 인간—— 삼긔 이상의 히스테리—인 녀자에게 어써한 치명상을 당하엿다 치드래도 도리혀 가엽시 녁여야 할 이겟지만[1] 옹졸한 사나희들에게는 이야말로 박장대소를 하여야 할 일이다

모—든 사나희들은 파안대소를 하엿다 그러나 녀자 몃몃은 자긔의 자존심이 얼마씀 써기는 듯십허서 미간을 찝흐리고 외면늘을 한다

원래 이 녀자의 날마다 하는 일이라고는 윈만콤 재산이나 잇고 학벌이 조타는 사나희에게는 무턱대고 쏘차다니는 일인 고로 이러케 분주한 반면에는 그 사나희 사나희의 사생활싸지 지내처 버리는 일이 업는 싸닭에 그들의 비사(秘史)를 낫낫치 긔억하고 잇는 고로 어느 쌔 어써한 감정으로 이 녀자의 입에서 적거나 크거나 자긔들의 리면의 추태가 폭로되는 쌔에는 우월감을 잔득 가지고 잇는 그들의 생각으로도 사회적으로 매장될 일도 업지 안음으로 언제나 경계하고 쏘한 그의 비위를 거스리지 안키에 로력을 해왓든 것이다 그런 싸닭에 이러한 회합에도 그 녀자를 부르고 안 부르는 것이 몃몃 사람에게는 문제거리가 되엿스나 만일 이러한 회합에서 제외를 하는 나달에는 납팔을 불고 각 방면으로 도라다닐 생각을 하니 그도 두려운 일이여서 울고 계자먹기로 청하엿든 것이다 그러나 그가 이 좌석에 나타고[2] 보니 그 어써한 형태로든지 불상사가 이러날 것을 예측하엿든 것이 아즉 가태서는

1 '일이겟지만'에서 '일'의 탈자 오류로 추정.
2 '나타나고'에서 '나'의 탈자 오류로 추정.

자긔의 쌤을 자긔가 친 쯤 되고 말어 도리혀 어기지름도 되는 듯십허서 숨들을 도르게 되엿다

이러한 종류의 녀자가 이 세상에서 일마나 만흐리오만은 이들 총중에 이러한 독초(毒草[3]가 잇다는 것이 그들에게 잇서서 얼마나 괴로운 존재인지를 모를 일이엿다

'미쓰• 캉'은 어쩌한 커―다란 은혜의 손이 미치지 안으면 이러한 곤경에서 구원을 입을 수 업스리라고 할 만큼 변치 안는 그의 자만심은 점점 자긔 자신을 석고상(石膏像)으로 화하게 하고야 말 것 갓다

그러나 모―든 사람의 긴장된 시선이 자긔의 일신에 총 공격이 되엿슬 째는 그도 어쩌는 수 업시 주인 김 씨의 안해 '매담• 리―'를 부르지 아니치 못하엿다

'매담• 리―'는 그제야 이러한 마당의 자긔의 직책을 깨다른 드시 종종거름으로 녑방으로 달려가서 자긔의 외투를 가지고 나와서 '미쓰• 캉'을 휩싸가지고 다시 그 녑방으로 드러갓다

'미쓰 캉'이 이러난 그 자리는 진실로 혼란 상태엿다

가엽슨 '미쓰 캉'이 녑방에서 물에 지리잡은 치마를 난로에 말리며 늣기여 울 째는 그 녑방에서는 레코―드의 '월쓰'곡의 음웅스러운 멜로듸―가 들려오고 기름으로 닥근 마루바닥을 싹싹 부비고 도는 가벼운 발소리가 들리기 시작하는 째엿다

월쓰―― 오쌔띄 외브스―― 메로듸는 산골에서 발하야 고개를 넘고 덜을 흘러서 바다에 이루러 흰 바위를 슬며시 탁 치고 바쉬여지며 헤터지는 물방

3 ')' 누락.

을 소래와도 가티 사람의 심금을 매듸매듸 ㅅ끈는 듯한 목금(木琴)소리로 변하엿다

엷보드러운 은비단 옷의 얄픽한 한두 겹 속에 굽이굽이 물결처 넘어간 아름다운 곡선을 숨실거리며 움직이는 인어 가튼 녀인들의 간열픈 몸을 힘껏 부더안고 빙글빙글 돌며 정열에 붉게 타는 얼골을 마조대하고 서정시(緖情詩)가치 고흔 말씨로 정을 익글고 쏘한 흥분식히는 이 찰라는 그들로서는 영원히 사라지지 말어달라는 극히 행복된 시간이다

그들의 눈으로는 달밤의 '라인'강의 잔잔히 흐르는 쏫 실은 물결을 보고 강변 숩속에시 이러나는 노래를 늣는다 쏘는 수향(水鄕) '베니쓰'의 금파 은파가 보힌다 '곤도라'는 써가는데 그 우헤 '씨타—'를 울리고 이 소리에 마추어 노래하는 청춘남녀의 물에 비최인 그림자를 본다

춤을 추는 그들은 자긔들의 춤을 흠색 미화식히기 위하야서는 천리만리 밧게ㅅ곳이라도 모—든 시경(詩境)을 더드머보는 것이엿다

그들은 한참 멋이 드럿다 몸을 움직이지 안는데 제절로 몸이 도라가는 듯하엿다 음악이라는 것이 본능적으로 이러나는 과작(科作)을 얼마나 진작(振作)식히는 위대한 것인가를 새삼스럽게 늑기게 되엿다

리창대의 팔에 휘감겨서 맴을 도는 영희는 그 사나희의 몸에서 배저 나아오는 향수내가 엇지도 그러케 심신에 상쾌한지를 몰랏다

1931년 3월 20일

映畵小說

人間軌道(6)

城北學人

安碩柱画

歡迎宴(五)[1]

그리고 그의 힘센 팔과 넓직한 가슴 우둥퉁한 체구가 어찌면 그러케 남성적□[2]지를 몰랏다 모든 것에 감격한 영희는 그에게 무슨 말이고 건네어 보고 십헛다 그러나 먼저 리창대가 몹시 저성으로 그러나 둔탁한 소리로 입을 연다 영희의 몸은 그의게 맷겨 버린 대로 빙빙 돌면서 실눈을 뜨고 그 사나희의 검붉은 입술을 바라다보는 것이엿다

"오늘 처음 뵈옵는데 이러케 모시고 춤까지 추게 되여서 실례입니다"

"아니요 천만에 말삼이세요"

"그런데 춤을 잘 추십니다그려 이 '월스'라는 것은 보통사람은 얼른 잘 되지 안는 춤인데요……… 조선서도 춤을 가리키는 데가 잇습니가"

"무얼 잘 춘다고 그리세요 제가 어렷슬 쌔 서대문턱에 무용 강습소가 잇섯는데 거긔서 아라사에서 나온 선생에게 조금 배화보앗서요"

"네— 엇썬지! 그러면 아라사춤을 더 잘 추시겟습니다그려 지금은 그게 별로 류행은 안 되나 어느 쌔 한번 가티 추어보십시다"

"네—" 하면서 영희의 얼골이 창대의 가슴 갓가히 갓다 창대는 영희의 쉽실쉽실 넘어간 흠칠한 머리에서 행긋한 긔름 내음새가 코로 맛칠 쌔 그리고 영희의 얼골이 가슴에 가벼히 부딋칠 쌔 야릇한 정감을 늣기엇다

"댁이 어듸십니가?"

"동대문 밧 창신동 ××번지예요"

영희의 음성은 창대의 가슴에서 울려 나아왓다 ××번지라는 것을 아직 말하지 안어도 조흘 것을 말하엿다고 생각한 그는 스사로 멋쩍지 안은 것을

1 5회부터 7회까지 같은 소제목의 회차 '歡迎宴(五)'로 연재.
2 '인'의 탈자 오류.

늑기엿다

“상근 씨도 댁에 늘 게십니가?”

“느진 아침에 나아가서는 밤 늣게 드러오시는 때가 만하요”

“그러면 제가 차저뵈우러 가도 관계치 안켓습니가?”

“집이 누추해서요” 하며 영희는 의외라는 드시 창대를 힐긋 치어다본다 창대는 번드르르——한 입을 벙긋거리며 영희의 얼른거리는 눈을 쏘아본다

“천만에요! 그러면 어느 날이고 가 뵈옵겟습니다”

“오세요” 하고 가벼운 음성으로 그러나 은근한 말씨로 영희는 대답하엿다

십이 ‘인치’의 레코ー드도 이제는 다 돌고는 긋처버렷다 모든 사람은 단숨을 깨인 드시 소스라처 우뚝우뚝 서버리엿다 이때야말로 그들의 본능이 식히는 대로 된 가지가지의 ‘포ー스’를 ‘마네킹’ 모양으로 보혀주는 찰라다

『[3]상근이는 찡찡한 녀자 하나를 허리를 잡고 서서 영희의 쪽을 보앗다 영희는 창대의 가슴에 얼골을 파뭇고 잇고 창대는 영희의 머리에 얼골을 언저노핫다 이 ‘포ー스’는 상근의 시선과 영희의 시선이 마조칠 때에 그만 변해버렷다

창대에게 영희는 아미를 숙이여 례를 하고 뒤로 물러슨다 창대도 허리를 굽히여 례를 하고는 물러갓다 그들에게는 춤추는 시간에는 모든 게 해방이 된다는 것이다 그리고 춤이 긋나는 때는 몹시도 신중해진다는 것이다

상근은 자긔 안해의 성격을 잘 알고 잇는 만큼 좀 불쾌하엿다 그러나 애초에 이 회합에 자긔가 안해를 썰고 왓슬 때 자긔 안해의 이만한 행동쯤은 미리 각오한 만큼 그만한 것으로 하여서 낫을 붉힐 수는 업섯다

---

3 ‘『’는 오식으로 추정.

십 분간 휴계를 하고서 다시 춤을 시작하엿다 영희가 오늘 이 회합에는 화형(花形)인 만큼 모든 사나희는 이 녀자와 춤을 추어보랴고 별럿스나 이번에도 창대에게 차지가 되엿다

맨 씃판 춤에야 상근이에게로 도라갓다

이제에 춤은 씃나고 식탁을 녑방에서 옴겨다 노코 술상이 버러젓다 사나희들은 위스키—나 쌔란데— 녀자에게는 칵텔과 포도주며 사이다가 차례가 갓다 안주로는 물론 양료리이니 산듯한 야채에다가 날즘생 고기를 겻드린 것이 만핫다 녀자에게는 '아스파라카스'를 얼마든지 청해도 조타는 것이다 어느 나라 녀자를 물론하고 '아스파라카스'와 포도와 쌔나나를 질겨한다는 만큼 여긔에 모힌 녀자들도 대개는 그러한 것이 입맛에 당겻다

映畵小說

人間軌道(7)

城北學人
安碩柱画

歡迎宴(五)

원체 양식이라면 한 가지식 차례차례 나아와야 하겟지만 오늘의 회합만은 되는 대로 먹자는 것이다 여긔에 미개한 사람의 음식이라고 하든 통김치가 여러 대접이나 식탁을 점령한 것을 보아서 그들의 장위(腸胃)만은 [1]코레안'의 장위인 듯십헛다

이리하야 춤에 피로한 그들은 고기와 야채와 과일과 술 등 모一든 것으로 배를 채워가며 소리소리 질러 노래를 부르고 웃고 써드러제ㅅ치는 것이엿다

영희는 카텔은 한 잔쯤 할 줄 알지만 오늘에는 칵텔 한 잔 쎄부 한 잔 포도주 한 잔 위스키一 한 잔 쌕란데 한 잔—— 이러케 한 잔밧게 못 한다고 사양하며 바더 마신 것이 수얼치 안케 마시여서 해롱거리기 시작하게 되엿다 상근이도 혀긋이 도라가지 못하게씀 마시엿다 상근의 술은 대개 창대가 구지 권하엿든 것이다

어머니【一】

………□………

영희의 어머니는 시장한 김에 찬밥이나마 남은 밥은 다一 먹으랴 하엿스나 긔침이 것잡을 새 업시 복발해서 시장긔만 면하고는 쏩으라진 몸을 겨우 이르키여 부억에 나려가 설거지를 하고 방에 드러와 왼 방안에 헤갈[2]을 해 노흔 영희의 군때 뭇는 옷나부랭이와 모一든 것을 거더 치웟다 그리고 나니 먼 길을 줄다름질처서 온 탓으로 왼 몸이 솜가티 핀 데다가 허리가 시큰

1 '『' 누락.
2 헤갈. 흩뜨려 어지럽힘, 또는 그런 상태.

거리어서 아랫묵에 목침을 베이고 드러누엇다 늙은 사람은 쌍에서 일기도 어려웁고 눕기도 어려웟다 문허지는 드시 몸을 방바닥에 쓰러트리니 살 한 점도 업는 몸이 매듸매듸마다 방바닥에 박이여 요라도 싸라보랴 하엿스나 젊은 쌀이 싸는 요는 자긔 몸에는 당치 안케 너무도 호사스러운 듯도 하고 쌀이 자긔에게 대하야 간간히 야멸차게 구는 생각을 하면 비록 쌀에게일지나 비릿비릿한 듯도 해서 "그건 내 왜 그리리—" 하고는 그만두엇다 그러케 생각이 들고 보니 자긔가 찬밥을 먹는 것을 보고도 아랑곳도 하지 안코는 제 어미라 처 노코 저의 째를 써러 노흔 방을 치여달라고만 하고는 돈 만흔 탓으로 외국 가서 공부하고 왓다는 남의 사나희 환영회인가 활량회인가를 참예하랴고 톡긔 거름으로 제 사나희를 챗죽질해서 나아가버리는 것을 생각하면 왜 허덕이고 그 먼 데서 와서 그러한 쌀의 집집[3] 직히는 어멈 노릇을 하는가 하니 슯흐기도 하고 어느 불안당이 쒸여 드러와서 집ㅅ재 쓸고 간대도 도라볼 것 업시 금방 쒸여 나아가고 십흘 만큼 분하엿다 그리고 더 깁히 생각해 보면 자긔가 귀엽게 기른 쌀이지만 그러한 계집의 치닥거리에 고생을 하는 사위가 가엽기도 하엿다

그러나 앗가의 두 젊은 내외가 즐거웁게 억개를 부비대며 나아가든 광경을 생각하면은 그러한 생각은 오리십리 밧그로 다러나고 귀여웁고 다견한 마음에 혼자 빙그레 우섯다

방바닥이 뭉근—히 더워 올 째는 서로 잡어 켱기든 사지가 슬며시 펴진다 엽헤 집에서는 유성긔(축음긔) 소리가 들려온다 단가(短歌)소리다 —산악이 자명하고 음풍이 노호한데—— 컬컬한 소리가 아마— 리동백[4]이의 노래

3 '집'의 중복 오류.

4 이동백(李東伯). 조선 말기 판소리 5명창 중의 한 사람이다. 본명은 종기(鍾琦), 아명은

인가 보다 하엿다

그 사람은 벌서 진갑이 훨신 넘엇슬 텐데 긔운도 조치! 저러케 소리가 우렁차게…….. 하며 혼자 중얼거렷다

그 다음으로는 ——새가 새가 나라든다 온갓 잡새가 나라든다……..이 산 넘어 쌕국 저 산 넘어 쌕국—— 새타령이다 저 소리는 박록주[5]나 리화중선[6]의 소리 갓군! 하엿다 그 다음으로는 ᄭᅬ랴ᄭᅬ랴—소리다

영희 어머니는 그건 왼 소린고 하면서 입안이 텁텁함을 늣기엿다

담배다—— 화가 날 ᄯᅢ 녯 생각이 날 ᄯᅢ 피곤할 ᄯᅢ 슯흘 ᄯᅢ—— 그리고 흥겨울 ᄯᅢ면 의례히 영희의 어머니의 입에서 화륜선(긔선) 굴둑 연긔 모양으로 펑펑 품기는 담배연긔—— 그것은 영희의 어머니의 지극히 존경하는 거룩한 것이다

불연듯 담배가 먹고 십허서 장이나 책상 설합을 뒤저보앗스나 담배는 업섯다 긔여코 차저내인 것이 담배 재터리의 권연 ᄭᅩᆼ지다 이거나마 그를 안심케 하엿다 그러나 권연을 입에 잘 대여보지 못한 그는 첫 번 권연 ᄭᅩᆼ지는 군침으로 장사지냇다

동백(東白).

5 박녹주(朴綠珠). 대한민국의 판소리 명창이자 소리꾼이다. 본명은 명이(命伊), 호는 춘미(春眉).

6 이화중선(李花中仙). 대한민국의 국악인이다. 아명은 이봉학.

1931년 3월 24일

映畵小說

人間軌道(8)

城北學人
安碩柱画

삽화 없음

歡迎宴(六)[1]

그래서 첫 번 경험을 어든 그는 그 다음 것은 성공하엿다 자긔 스사로 신통해서도 그럿켓지만 자긔의 정상이 우수어서 엉성한 입속을 버려서 우섯다 담배 연긔와 함께 그의 눈압헤는 녯날 청춘 시절에 리동백 명창이 무릅을 탁 치며 늘 하는 말씨로

"기—럿치! 응 얼시구…. 너 언제 그러케 공부를 하엿듸" 하는 칭찬을 듯든 그 즐겁든 시절의 자긔가 생각이 낫다 그리고 노래개나 한다는 긔생도

"언니! 난 언니의 그 가락은 도모지 흉내 몬—내겟서"

하든 그 음싱이 저 류성긔의 새타령이 씃나면서도 그 씃에 다라 들리는 듯하엿다

지금도 내가 긔생으로 잇섯드면 저보다는 잘 넘겻스리 하엿다 아니 지금이라도 장구를 처주고 소고를 울려주는 사람만 잇서봐라 새타령쯤이야 저보다 쉽게 넘기려니 하엿다

이러케 옛 긔억이 써오를 째 그는 그 옛날에 사는 듯십게 어느 건달의게 힐난밧든 것까지도 낫낫치 생각이 되는 것이엿다

로긔(老妓)—— 이 로파는 옛날 세월 조튼 긔생이엿다 영희는 이 몸에서 난 캐나리아다 그러나 요행이 그는 훌륭한 문벌을 가진 아버지가 잇섯다 그러면 이 영희는 첩의 쌀인 세음이다

영희가 자긔의 늙은 어머니를 홀대하는 것이 홀어머니의 미테서 응석바지로 자라나서 자긔를 나흔 어머니를 공경할 줄 모른다는 것보다도 자긔의 어머니는 긔생—— 뭇사람의 노리개감이엿든 그 몸이 지금도 아모리 늙엇

---

1 이 앞 회차에서 '歡迎宴(五)'로 시작하여 중간에 '어머니(一)'로 바뀌고, 이 다음 회차에서 '어머니(三)'으로 시작하는 것으로 보아 '歡迎宴(六)'은 '어머니(二)'의 오류로 추정.

다 하드래도 그 틔가 남어 잇서서 비록 모녀 사히지만 영희의 낫이 뜻뜻한 쌔가 만헛든 것이다

그리고 영희 자신으로서는 자긔는 긔생의 쌀 첩의 쌀 뚜렷한 아비 업는 쌀이여니 하야 자포자긔로 간혹 방종한 짓을 하는 쌔가 만헛다

한 사나희를 남편으로 정한 이상 그 사나희와 헤여지기 전에는 싼 사나희를 삶꾸지 안어야 하는 것이라는 것은 영희 자신도 올흔 일로 생각은 하지만 엇전지 그 피를 밧은 관계인지 한 사나희의게 목이 매여 지내는 것보다도 이 사나희 저 사나희에게 그 어엽분 자태를 빗내여보는 것이 흥미가 잇섯다 그래서 오늘밤 창대와 춤을 출 쌔에도 자긔의 남편보다도 그 사나희의 박력(迫力)이 잇는 완강한 체구가 말할 수 업시 자긔의 정욕을 고조작함에 틀림업섯다 자긔가 긔생의 쌀이라는 것이 이만큼 성격 파산자를 맨든 것이라는 것을 영희 자신으로서는 마음 깁히 쌔다른 바이지만 지금의 조선 녀성 그보다도 이 세상의 모든 녀성이 거러 나아가는 그 도정에서 살작 피하야 부동(浮動)하는 한축 소위 모던—썰 말하자면

쌕테리아—의 하나인 줄은 모르고 잇는 것이다

요사히 일본의 '모던—썰'의 대상이 로시아 영화(映畵) 성길사한[2]의 후예(亞細亞大動亂)의 주연 '틔무르' 가튼 타입 그 무르팍 대가리인 남자로 변하엿다 하고 조선의 모던—썰에게는 창대와 가티인 음충맛고 개기름 흐르고 잔인하고 교활하고 돈 만흔 자 가튼 그보다도 조선을 이저버리인 부동층(浮動層)—— 그럿치 안으면 상근이와 가튼 코스모포리탄이 그들의 찻는 초점이 된 것이다

---

2 성길사한(成吉思汗). '칭기즈 칸'의 음역어.

이야기는 좀 박귀여서 지금으로부터 이십칠팔 년 전 그째의 영희의 어머니에게는 몹시도 안타까웁게 맘을 태우든 한 남성이 잇섯다

삼십 전후의 그 미목이 청수한 그 젊은 사나희는 옥관자를 부치고 궁중을 드나드는 그째의 천하에 부러울 것 업시 부귀와 공명을 누리든 사람이엿다

어느 날 홍화문 대궐 안 황학정에서 그 사나희가 활을 쏠 째 지화자를 부르는 기생 중에서

"어써면 그러케 쏘시면 쏘시는 대로 관역을 쏙쏙 마치십니가?"

하며 그 사나희의 팔에 매달려 아양을 부리든 기생이 영희의 어머니엿다

"아보리 내가 활을 잘 쏘기로 네 노래만큼 잘 쏠 수가 잇겟니?"

"노래도 쏘나요?"

"네 노래 소리가 내 마음팍이에 박힌 뒤로 너를 주소[3]로 이즐 째가 업스니 말이다"

"그러면 활을 쏘 하나 쏘흐서요! 그러면 그 활은 제 마음에 쏘시는 활로 알겟스니까요"

"그러면 그 활 마진 마음은 얼마나 압흐겟니? 널판이 마진 살은 쌔면 그만이지만 마음에 마진 살이야 쌔인들 그 상처야 곳칠 수 잇슬라구?"

황학정 안에는 술상이 버러젓다 여러 기생들은 이 젊은 사나희를 부측하야 술상 압헤 모시여 안치고 한편으로는 술을 권하고 한편에서는 노래가락이 버러젓다

술들이 건화하게 취하엿슬 째 이 사나희는 이 영희의 어머니에게 노래를 청하엿다

---

3 주소(晝宵). 아침부터 밤까지 온종일.

"얘— 옥향아! 그 춘향가나 한번 해라"

"그 기나긴 춘향가를 다— 하라십니까?"

"기러도 조타 노래가 아모리 길다 해도 이 짜른 세상보다 얼마나 몹시 짜른 건가? 해라 해라! 네 목청 잇는 대로 끗까지 불러보아라!"

옥향은 정에 넘치고 한에 매친 눈을 굴려 그의 얼골을 뚜러지도록 바라보다가 가야금 줄을 고르고 기침을 하야 목을 가다듬고는 노래를 시작하얏다

1931년 3월 25일

映畵小說

人間軌道(9)

城北學人
安碩柱画

어머니(三)

옥향은 리 도령이 광한루에서 아지랭이 속에서 건네를 뛰는 춘향을 두고 방자와 주고밧는 노래로 시작하야 춘향과 연을 맷게 되고 인연을 맷자마자 리 도령이 과거를 보러 서울로 써나고 춘향이 포악무도한 사ㅅ도의게 고초를 당하고 옥중에 가치워 멀리 리 도령을 그리는 노래와 암행어사(리몽룡) 출도에싸지 이루럿다

그 사나희(김국배라 한다)는 옥향의 손을 넌짓시 쥐엿다

"네가 춘향이만 하겟니"

"무엇이 말삼입니싸"

"절개가……."

"나라의 대관도 절개를 직히[1] 못하는 수가 잇다는데야 항차 망해가는 세상의 긔생년에게 절개가 외 잇겟습니가 호호호……."

옥향이 간간대소를 하니 그 사나희는 금시에 비창한 낫빗으로 입을 여럿다

"그럿타! 네 말이 올타 기생이라 하엿드니 몸은 기생이로되 네 맘은 매인열지하는[2] 기생이 아니엿구나? 이 좌중에서도 어써한 쌔 어써한 사람이 장차 지조를 팔지 뉘 알겟느냐 네가 말을 잘한 갑스로 돈 만 량을 보내주마"

이쌔에 이 두 남녀의 등 뒤에서 질투에 타는 눈으로 이 두 사람의 거동을 살피고 잇든 한 사나희가 눈귀가 실룩 올나가며 이 두 사람 압헤 와 싹 슨다 두 남녀는 이 사람을 힐긋 치여다본다 그리면 그 사나희는 옥향의 손목을 덤석 잡고서

"이 어린 요망한 년! 미물의 즘생만도 못한 기생의 입으로 한 나라의 관들

---

1 문맥상 '직히지'에서 '지'의 탈자 오류로 추정.

2 매인열지(每人悅之)하다. 모든 사람의 마음을 기쁘게 하다.

을 옥[3]보이다니 만 번 죽여도 오히려 죄가 남을 년…" 하며 옥향을 황학정 아래로 낙궈치랴 한다 그러니까

김국배가 날새게 이 사나희를 되잡어 낙구워처서 황학정 아래로 굴려버렷다 모든 사람들은 실색하야 난간으로 달려와서 그 사나희가 써러저 신흠하는 곳으로 우루루 내려간다 김국배는 노긔가 충천하야 황학정 아래를 내려다보며 노호한다[4]

"아모리 간교한 요마의 후예이기로서니 일개 보잘것엄는 기생의 말을 타낸단 말이냐? 그게 나를 두고 욕뵈우자는 것이 아니고 무에란 말이냐? 아—— 저런 오예[5] 가튼 놈들이 나라를 더럽힌다는데야……" 하며 옷깃으로 눈을 씻는다

옥향은 이 김국배의 겨드랑이에 달려 붓는다

"어쩌자고 그러십니가? 제 한몸이야 죽건 말건 존귀하신 영감의 신변이 위태로웁지 안어야 하[6]지 안켓습니가?"

"아니다 임이 내의게도 어느 증조가 미치는 것을 알고 잇다 그러나 너는 비록 긔생이나 의롭지 안은 자의게는 행여나 우숨을 우서보히지는 마러라……"

"녜——"

그 이튼날 밤—— 쥐도 모르게 김국배가 암살되엿다

세월이 숨결가티 지나 그 뒤로 잇해가 되엿다 조야[7]의 수운이 덥히여 강

---

3 문맥상 '욕'의 오류로 추정.
4 노호(怒號)하다. 성내어 소리를 지르다.
5 오예(汚穢). 지저분하고 더러움. 또는 그런 것.
6 원문에는 '하'의 글자 방향 오식.
7 조야(朝野). 조정과 민간을 통틀어 이르는 말.

산에 곡성이 랑자하고 지사라 하든 사람은 대소문을 잠그고 두문불출을 하고 혹은 외국으로 망명하는 등 임이 판국이 뒤집힌 뒤엿다

——그리고 쏘 얼마 뒤——

옥향은 김국배의 음성이 귀에서 가시기도 전에 최성훈이라는 사람의 첨[8]으로 비단보료 우헤서 자지러진 삶에 삶을 수노코 잇섯다 그리하야 첫 아들을 나흔 것이 그만 홍역으로 죽고 그 다음으로 쌀을 나헛스니 이것이 바로 이영희다

그러나 영희가 세 살 되는 해에 최성훈은 위대한 치부를 하랴고 생충 쒸여서 몽고의 황무지 개척을 쑴쑤고 이에 착수하엿스나 하로이틀에 되지 안을 이 일이 자긔집의 백여만 원이라는 크나큰 재산을 잡어 삼키게만 되고 그 성과를 보지 못하야 패가를 당하자 녯날 황학정에서 굴러써러질 째에 그 상처가 고질이 되여 내려오든 그것이 동틔가 나서 이래저래 죽어버렷다

그래서 옥향은 첩으로 잇스면서 푼푼이 뒤로 쌔돌려서 장만해 둔 논마직이로 늙어가는 남어지 반생을 영희를 데리고 사러오는 동안 그래도 무슨 생각이엿든지 영희를 학교에 집어너허 고등보통학교까지 마치게 한 후 그러노라니 그 손바닥만한 쌍마직이도 휘지부지 녹아버리여 겨우 영희가 유치원 보모양성소를 마친 후 유치원 보모의 그 수입으로 얼맛 동안 군색한 살림을 계속하게 되엇다 그리고는 영희가 상훈이와 벼락결혼을 하야 째째로 남의 집 일을 보아주며 써도라 다니는 사히 사히에 영희의 집 드난도 사라주는 것이엿다

8 문맥상 '첩'의 오류로 추정.

映畵小說

人間軌道(10)

城北學人
安碩柱画

어머니(四)

지나간 날의 자긔를 생각하고 지금의 신세를 생각하니 화증이 버럭 낫다 화가 복밧치니 기침이 쏘 다시 복발하야 움직이면 우묵우묵 튕기는 듯한 몸을 억지로 이르키여 벽에 긔대고 안젓다

아직 환갑도 멀고 먼— 그이지만 젊은 시절에 몸을 막우 다러서 유달리 피가 밧작 마른 데다가 관절마다 기름이 마를 대로 말러서 제웅[1]가티 되엿스면서도 그것이 매춘부의 마지막 형상임을 쌔닷지 못한 그는 돈이 업서서 —— 가난하여서 —— 고생을 하여서 — 하고 아무런 조건이 업시 세상을 저주하며 죽은 남편이고 쌀이고 홋두루 원망을 하는 것이엿다

그이가 그러케 주책업는 짓으로 랑패를 보지 안엇드면 그가 죽은 뒤라도 그만한 재산 중에서 얼마라도 물려가지고 지금씀은 썽썽거리고 잘사러 보는 것을…… 쏘는 영희인지 무엔지 남 조흔 일 식히려 나흔 그것이 업섯드면 고만한 천량을 가지고라도 외로우나마 늙게 고생은 아니 하는 것을…… 하며 임이 지나가버린 방성수 가튼 환영을 그리며 한탄하는 것이엿다

이제는 담배 ᄭᅳ트레기도 업서서 심심파적도 할 수 업슴으로 마른 참나무에 불붓트기 그의 마음과 신경은 달 대로 다러서 푸푸— 하고 도로 드러누어 버린다

녑집에 유성긔도 ᄭᅳ처 버리고 길에 전차소리도 ᄭᅳᆺ젓다

야경ㅅ군의 ᄯᅡᆨᄯᅡᆨ이소리가 먼 데서 나서 갓가히 오는 듯하더니 다시 머러진다

1 제웅. 짚으로 만든 사람 모양의 물건. 음력 정월 열나흗날 저녁에 제웅직성이 든 사람의 옷을 입히고 푼돈도 넣고 이름과 생년을 적어서 길가에 버림으로써 액막이를 하거나, 무당이 앓는 사람을 위하여 산영장을 지내는 데 쓴다.

술취정군의 잡스런 노래소리가 길편에서 나더니만 몃몃 사람의 왁자—하게 웃는 우슴소래와 함께 스러저 버렷다

어느 틈에 어써케 해서 잠이 드럿는지 쏩으린 송충이가티 옹승그리고 영희의 어머니는 코를 골고 잔다

시계가 밤 한 시를 첫다 책상의 화병에 쏘자 노은 개나리만이 쌔여 잇는 것가티 전등불빗에 황금가티 빗나고 잇다

부억에서는 쥐가 소당 쑥겅 위로 찬장 속으로 들락날락하더니 얼마 잇다가 짹짹거리는 소리가 난다

동대문텩에 다다른 지동차 힌 채가 불을 거슴츠레— 하게 죽이고서 멈추더니 영희 집 드러가는 골목에 느럭느럭 와서는 싹 서버린다

자동차의 문이 열리며 스프링코—트를 욱으려서 얼골을 반씀 가리운 사나희가 먼저 나리고 영희가 배슬거리며 썹질을 홀닥 벗긴 무 가튼 다리를 횃청— 하고 쌍에 나려 놋는다 사나희의 칠피구두와 단장이 달빗에 번쩍 하고는 골목으로 드러슬 째에는 흐트러진 압머리를 손구락으로 올리며 배틀거리고 영희가 쏫차 오다가 몸이 쎄쑥 하고 기울 째에 그 사나희가 영희의 허리를 팔로 감으니 영희는 그 사나희의 억개에 얼골을 실고는 거러온다

자동차는 불을 쓰고서 길바닥에서 졸고 잇다

영희는 어룰한 말씨로 고요히 입을 여럿다

"오늘은 참 유쾌하엿서요! 그러나 선생님은 너무도 저에게 친절하게 하서서 여러 사람이 이상히 보지는 안엇는지 몰라요—— 네 그럿치요?"

"천만에요 서양이나 어느 나라를 물론하고 그러한 모됨□구나 '싼쓰'하는 곳이라면 그만콤 하는 것은 아무럿치 안습니다 맘만 피차에 정결하엿스면 그만이지요 그런 데서 단련되면 도리혀 맘은 몹시 랭정해진답니다…… 그

리고 모다들 정신업시 취햇스니까요”

“그럿치만 저는 술이 취해셔 어써케 햇는지를 몰르겟서요 그집 ‘쌜코니’로 나아갓슬 째는 선생님이 제게 ‘키스’를 하신 것 갓태요 그건 무례한 짓이세요 그리고 우리집에 그이(상근)가 보앗스면 엇째요”

“온 별말슴을 다— 하십니다 의례히 ‘짠스’의 상대자 되엿든 이와는 마지막 파하는 째는 그러는 수가 만치요 그러면 서양 활동사진 배우들은 어써하겟습니가 유부녀는 출연 못 하게요?”

“그럿치만 그것은 연극이니까 아무래도 조치만 아모튼 제게는 처지가 처지라 못 하실 것 가태요 그리고 붓그러워서……”

그 사나희가 별이 총총한 하날을 치어다보고 썰썰 우섯슬 째는 임이 영희의 집 문깐에 다다럿슬 째다

두 사람은 약속한 거나 가티 덱컥 악수를 하엿다 영희가 문을 열고 고개만 내밀어서 방그시 웃고서

“그러면 쏘 뵈옵지요” 하며 문을 다드랴 할 째 그 사나희가 영희의 팔목을 쓰러내고는 골목의 우아래를 살핀 후 영희의 얼골을 자긔의 얼골노 가리워 버렷다

영희가 그 사나희의 가슴을 두 손으로 밀치고 문을 다덧다 그 사나희는 도라서서 빙그레 웃고서 고개를 기웃하고 비슬거리며 골목을 돌처 나아간다

1931년 3월 27일

映畵小說

人間軌道(10)[1]

城北學人

安碩柱画

남편과 안해(一)

상근이가 대취하야 정신을 일코 김성호의게 부축이 되여 녑방 침대에 드러누엇슬 쌔는 오장이 뒤틀리는 듯하고 금방 토할 것 갓햇지만 '미세스 리—'가 갓다주는 랭수를 마시고는 좀 진정이 되여서 눈이 스르르 감기엿다

'미세스 리—'는 어느 쌔나 상근이만 보면 잔소리를 느러놋는 터로 햇슥하게 질렷스면서도 갸름—하고도 청초하게 생긴 상근의 얼골이 푹신한 '쿳숀'에 파뭇친 것을 보니 마음에 안탁가워서도 더욱더 잔소리를 느러놋는다

"이를 엇재요 몸이 약하신 이가 그러케 약주를 만히 잡수섯스니 우리 가트면 긔절을 햇겟슴니다" 하고는 상근의 이마를 집허본다

"이거 봐—— 머리가 썰썰 끌슴니다그려 누추는 하지만 정신이 쌔긋해지실 쌔까지 주무시다가 가시지요……… 그리고 심부름 식히실 일이 잇스면 부르세요 저 냥반들이 헤저 가시랴면 아직도 먼 것 가트니까 저도 잠은 못 잘 것이니요" 하며 머뭇머뭇 하더니 나아간다 나아가면서도 다시 돌처보고는

"약주가 쌔실 쌔까지는 이러나지 마세요 심장이 약해지섯슬 텐데 움직시이다가[2] 마비가 되면 어씨해요" 하며 상근이가 임이 잠이 드러 듯지 못할 말을 혼자 짓거리고 나아갓다

상근이가 얼마를 잣는지 쌔여 이러나 안저서 침대 엽헤 좌종을 보니 한 시가 넘엇다

그러케 펄적 써드러제치든 녑방은 조용하얏다 다만 사긔 그릇을 차국차국 놋는 소리와 뒤치다거리를 하느라고 녑방으로 들락날락하는 두어 사람의 발소래만이 들릴 쌘이다

---

1 11'의 오류.

2 '움직이시다가'의 글자 배열 오류.

"영희는 나를 혼자 내버려두고 갓군——" 하고 혼자 중얼거리며 노든 방으로 나아오니 '미세스 리—'가 종종거름으로 상근의 압헤 와 서서는 개개풀린 눈을 쫑그라케 쓰고서 재절댄다

"왜! 벌서 이러나섯서요 아즉도 비틀거리시면서! 저거 봐 눈이 십쌜것습니다그려 가시다가 행길에서 쓰러지시면 그런 봉변이 어듸 잇세요 가시지 마서요 저하고 이야기나 하시다가 정신이 드시면 가시지요"

"괜찬습니다 길 바람을 쏘이면 아무럿치 안을 것입니다 그런데 김 선생은 줌으십니까?"

"그이도 술이 취해서 자리옷도 가라입지 안으시고 주무십니다 좀 더 계시다 가서요"

"요다음 날 또 와 뵈옵지요 그러면 김 선생이 깨시거든 못 뵈옵고 간다고 말삼이나 해줍시요 자— 갑니다 오늘은 실례가 만엇습니다"

하며 '미세스 리—'에게 손을 내미니 상근의 손을 쥐인 그는 쉽사리 놀 것 갓지 안타 상근은 그대로 넌지시 쌔리치고 나아가 버렷다 미세스 리—는 서운—한 드시 우두머니 섯다가 문을 잠그고 방안의 불을 쩟다

전차도 임이 끈허지고 길에는 행인도 드무럿다

상근이는 술이 깨이니 구갈증도 나지만 머리가 몹시 휘둘린다 술보다도 오늘밤에 복가친 머리를 '알콜'로 찔러노하서 더욱이 혼란하엿다

오늘의 모됨에서 '미쓰 캉'이라는 녀자도 큰 봉욕을 당하엿지만 자긔도 큰 수치를 당한 것 가탓다

자긔의 면전에서 리창대와 영희의 행동이 모든 사람의 주목을 썬 만큼 자긔의 존재가 우수엇다 그것보다도 자긔의 위신 문제엿다

리창대의 귀국 환영회라는 것은 결국 자긔 안해인 영희와 리창대의 첫 대

면을 위한 회합이엿다 '짠쓰'란 것도 이 두 사람의 배합을 위한 유희인 것 가탯다

자긔의 안해의 흔들리기 쉬운 마음 호화로운 것을 조화하는 마음 그리고 '에로틱'한 성격을 마추기에는 리창대의 번죽 조케 생긴 얼골이라든지 교활한 행동이라든지 능갈친[3] 말씨라든지 그리고 부호의 아들! 외국 류학생이라는 것 등 영희 가튼 녀자의 호긔심을 쓸 만한 조건이 구비한 것이다

"에ㅅ 천박한 계집!" 하며 상근은 혼자 중얼댓다

3 능갈치다. 교묘하게 잘 둘러대다. 교묘하게 잘 둘러대는 재주가 있다.

1931년 3월 29일

映畵小說

人間軌道(12)

城北學人
安碩柱画

남편과 안해(二)

춤을 출 쌔의 창대의게 대한 영희의 태도라든지 식탁 압헤서의 그 두 사람의 거동은 상근의 얼골을 칼 쯧트로 란자하는 것이나 마찬가지엿다 피차에 처음 대하는 사람으로서 알게 되자 곳 친해지고 친해지자 기룽[1]짜지 한다는 것은 완전히 매음부의 행동이엿다

그러면서도 간간히 상근 자긔 자신을 향하야 눈우슴으로 무마책을 써 보랴는 것은 너무도 긔가 막히는 요마[2]의 짓이엿다

그럿타고 좌석이 좌석이라 영희의게 어써한 절제를 내리기도 어려웟다 상근이로서 영희의 성격을 잘 아는 만큼 터럭 긋만치도 그의 성미를 건듸리다가는 그 이상 더한 창피를 당할는지도 모르는 일여서 술로써 마음속에 이러나는 불을 구지 쓰랴고 하엿든 것이다

그러나 쓰랴든 불은 석유를 썬지여 불쏫을 더 도두는 것과 가티 술긔운이 밧작 오르니 그의 마음은 흥분되엿다 그는 이 길로 영희의 팔목을 쓰러서 문밧그로 내동댕이를 치든지 그럿치 안으면 집은[3]로 쓸고 가서 흠씬 두두려서 길로 내여 쏫구 십헛다

그러한 일이 이번 한 번쌘이 아니지만 이러한 회합에서 이만한 치명상을 당하게 될 쌔 그리고 모―든 사람의 비웃는 듯한 얼골을 볼 쌔에 분개한 그는 이 모―든 사람 압헤 영희에게 여지업시 모욕을 씨치고 십헛다

그는 숙이엿든 머리를 번적 들고 영희의 쪽으로 쌜건― 눈동자를 굴리엿다 그러나 영희는 업섯다 그리고 그 엽헤 잇든 창대도 업섯다

---

1 문맥상 '실없는 말로 놀림'을 의미하는 '기롱'의 오류로 추정.
2 요마(妖魔). 요망하고 간사스러운 마귀.
3 '으'의 오류.

그가 무겁게 감기는 눈을 번쩍 쓰고서 '쌜코니'를 통한 '쏘아'를 보앗다 반쪽만 다친 쏘아에는 녀자의 치마 씃이 바람에 납풀거리엿다 그리고는 녀자의 등널미가 나타나자 보석반지를 씨인 사나희의 거친 손이 나타나서 그의 등널미를 쏘아 뒤로 쓰러듸렷다

상근은 벌썩 이러섯다 그러나 자긔는 이러슨 것인 것 가탓슬 째는 풀릴 째로 풀린 다리가 휘청 하고서 식탁에 허리를 걸치고 쓰러젓다 쓰러저버린 그는 정신이 앗득하얏다

그가 몸을 바로잡으랴 할 째는 주인 김성호가 그를 부축하야 녑방으로 드러갓다 침대에 모두 쓰러짓슬 째에는 주인이 나아갓고 그리고 '미세스 리—'가 랭수를 써다가 상근의 몸을 안ㅅ다십히 하야 이러켜 안친 후 이마를 쥐여주고 물을 먹이는 것이엿다 그리고 음성을 곱게 가다드머 상근의 귀에 드러오지 안는 잔소리를 느러노핫섯다

이째는 쌜코니에서 영희가 창대의 가슴에서 물러나는 째엿다

상근은 술이 쌔여가는 대로 몃 시간 전에 지내인 일이 쏘렷쏘렷이 드러낫다

그러하니 자긔를 차저서 집에 오는 자긔의 친구들에게도 자긔가 업는 사희에 어써한 추태를 연출하엿는지도 몰랏다

어느 째나 자긔의 친구가 차저왓슬 째는 자긔보다도 먼저 영희가 내다라서 "아이 참 오래간만입니다 어서 드러오세요" 하고 간드러지게 인사를 한 후 방석을 내여노코 사양하는 사람을 구지 안치는 일과 그리고 무슨 말에든지 면구해 하도록 쌘—히 치여다보고 그 사람과 눈이 마조치면 우서주는 것과 그 사람이 갈 째에는 문간까지 나아가서 "쏘 오세요 자조 오세요" 하며 좁다란 치마폭을 넓히랴는 그 태도는 완전히 매음부의 전형이엿다

이리하야 자조 출입하게 되는 사나희들은 자긔보다도 영희와 숙친해지는

것이엿다

'모던—썰'— 그 말의 뜻은 단순한 것이로되 영희와 가튼 녀자의게 알마진 허울 조흔 말이엿다 상근이는 이와 가튼 녀자를 데리고 사는 자긔가 얼마나 불행한가를 새삼스럽게 늣기엿다

그러나 영희의 화려한 육체가── 요염한 얼골이 이즈러진 달이 매여달린 허공에 그려질 째 금시로 영희의 대한 애책을 늣기엿다

어느 째나 "저 녀자는 언제든지 남의 손으로 넘어가느니……" 하면서도 이러한 고혹적인 영희라는 물체가 안탁가웁게도 상근의 생애를 붓잡어 매는 것이엿다

映畫小說

人間軌道(13)

城北學人
安碩柱画

남편과 안해(三)

그래서 신경질인 상근은 영희가 조그만 일을 저지를 때라도 잔소리도 하나 영희의 눈동자가 쥐를 본 고양이 눈동자가치 되기만 하면 픽 쓰러지는 허수애비가치 성미가 죽어버리는 것이엿다 이 꼴을 본 영희는 긔고만장하여서 상근이를 훌닥거[1] 주는 것이엿다 그러나 상근은 이럴 때마다 멋적지 안은 우숨을 웃고는 벽을 향하야 드러누어 버린다 그러면 상근의 뺨에 양피보다도 보드러운 영희의 얼골이 와 닷고는 그 다음은 박— 할퀼 듯하든 손구락으로 말갈기가치 흠칠한 상근의 머리를 쓰다듬고 하는 것이엿다 이러한 고양이 가튼 행동은 상근의 전 생활을 좀먹게 하는 것이다

앗가에도 분김에 영희에게 어써한 험악한 행동이든지 하엿드면 연회가 수라장이 되엿슬 것임과 영희의 발악이 무서웁다는 것보다도 자긔의 생명보다도 귀한 영희는——이저버렷슬 것이라는 것이 새삼스럽게 깨다러지자 술이 취하야 정신을 일혓든 것이 오히려 다행한 듯십헛다

그러나 술이 취하야 곤두라진 자긔를 내여버리고 먼저 다라난 것이 몹시 불쾌하엿다

새것을 보면 앗기고 귀중히 알든 것도 내여버리는 영희로서 창대라는 하쑤라이(박래품)를 보자 본토산인 상근은 코 푼 조희 모양으로 내여버리고 간 것이 아니엿든가

박래품이라면 모래알도 '짜이야몬드'로 알 만한 시속 녀자인 영희가 과연 창대의 팔쑥지에 매달려서 그 갑빗싼 우슴을 함부로 웃고 짜라간 것이라는 것은 그래도 밋기가 두려웟는지—— 설마 그랫슬라고? 앗가는 술이 식힌

---

1 훌닥다. 휘몰아서 나무라다.

탈선이겟지── 하고는 상근은 스사로 안위를 어드랴 하엿다

이러케 마음을 복가치며 거러온 상근은 이 밤중에 술에 지친 몸이 동대문 밧글 거려갈 것이 딱하엿다 그리고 목이 다시 컬컬함을 늣기엿다 그러나 래일 집세 줄 돈 중에서 일 원이 다 택시갑으로 허비한 우헤 또 그것을 허러서야 될라고? 하엿지만 그러나 래일 무엇이든지 전당을 잡히여 미봉할 생각을 하고서 아즉도 혼자 깨여 잇는 종로 목로집에 드러가서 선술을 마시기 시작하엿다 그러나 작부가 쉽박쉽박 조는 것을 보고는 화증이 나서 두어 잔쯤 마시고는 나아와서 지나가는 택시를 타고 집으로 갓다 초가집에 ─ 그것도 세를 내고 든 괴딱지 가튼 집 속에 사는 사람이 연미복을 세를 내어 입고 딴스회에 참가를 하고 칵텔을 마시고 오 리도 못 되는 곳을 탁시로 벗틔고 하는 것은 자긔로서도 너무 부화한 짓인 것 가탯다 상근이가 택시에서 나려서 골목으로 드러갈 째 자긔의 그림자를 굽어보고는 픽 웃고는

"제 ─ 기 나 가튼 신세에 그게 다 ─ 무에람 참 우수운 일이군!" 하고 장태식[2]을 하는 것이엿다

마당에 드러슨 상근은 마루에 한 짝 뜰 가운데 한 짝식 잡바진 영희의 구두를 보고서 저윽이 안심을 하엿다 그래서 방문을 열고 드러스니 영희가 이불도 덥지 안코 네 활개를 썩 버리고 곤히 자고 잇다 술로 하여서 열긔가 썻든지 우통을 버서제치고 양말이 흘러내린 한 쪽 다리가 거더올린 치마 미테서 붉으레하게 타고 잇슬 째 상근은 앗득하도록 신경을 흔들리게 하는 것이 잇섯다

상근이는 자리옷을 가라입고 안저서 담배를 피우고 신문을 보고 하엿스

2 장태식(長太息). 긴 한숨을 지으며 깊이 탄식하는 일.

나 글자마다 불 속에서 이는 재틔 가태서 그만 내여던저 버리고는 전등불을 끄고 자리ㅅ속에 드럿다 자리속에 들자마자 영희의 입기움이 상근의 얼골에 와 다을 때 건는방 랭돌에서 자는 영희의 어머니는 녯날의 일을 쑴속에서도 그리는지 저승길을 더듬느라고 그리는지 중얼거리며 잠고대를 하고 잔다

×

두 내외는 아츰 열한 시나 되여서 이러낫다 세수도 아니 하고 양추만 하고서 늙은 로파가 허리를 아르며 채려온 밥상을 대하고 안젓다

영희는 쑴결 가튼 어제 일이 생각이 낫다 사람이 먹으랴고 사느냐? 사느냐고 먹느냐? 이것이 영희가 째째로 큰 철학이나가티 푸러보랴든 것으로 긔왕 풀 수 업는 수수썩기일진대 짧은 청춘에 그러케 지내보는 것도 조흔 듯십헛다 이러케 자긔의 주관에 빗최여 보는 것이면 모두가 좃커니 하는 영희는 이러케 생각하는 것이지만 상근이는 맑은 정신에 생각해보면 어제 일이 모두가 불쾌해서 밥이 씹히지를 안엇다 그리고 집주인이 집세 째문에 와서 짱짱거릴 생각을 하니 그것이 당면의 머리 압흔 큰 문제엿다

映畵小說

人間軌道(14)

城北學人
安碩柱画

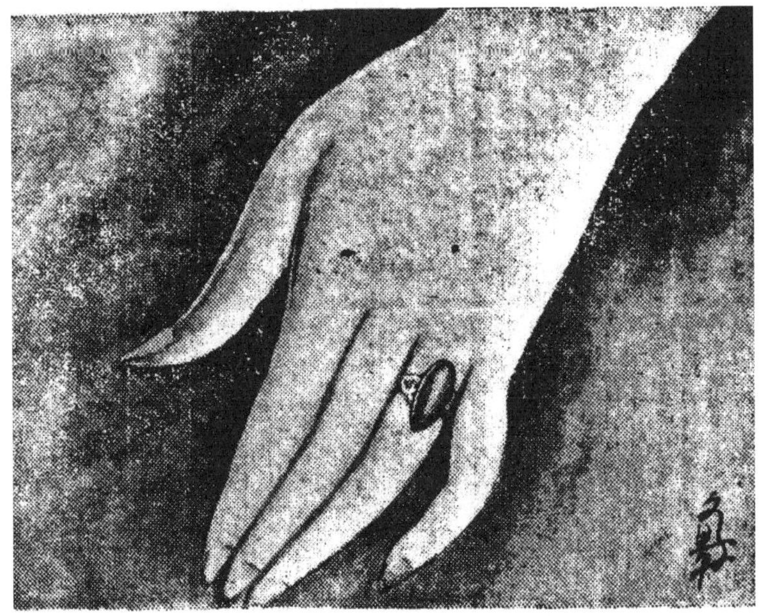

남편과 안해(四)

그리고 연미복세도 문제엿다 그러니 아모래도 영희의 손구락에 끼인 반지 외에는 칠팔 원이나 될 물건이 업스니 영희의 감정을 상하지 안코 영희가 손수 빼여서 내여놋도록 하지 안으면 안 될 일이엿다 영희는 벌서 상근의 시선이 자긔의 손꾸락을 가리킬 때에 눈치를 채엿는지 미간을 찝흐리고 자긔의 손구락을 내려다 보고는 상근의 얼골을 힐긋 치여다보고 머리를 폭 숙이고는 밥을 트러넛는다

"영희 반지를 좀 빼요 암만해도 오늘 집세와 연미복세 때문에 큰 욕 볼 터이니 응? 내일 어써케든지 변통해서 차저주지……"

영희는 얼골이 파랏케 질렷지만 어제밤에 자동차를 자긔가 타자고 욱이엿고 옷 문제 때문에 그 연회에 가지 안으랴든 상근을 버턱버턱 욱이여서 연미복을 세까지 내게 하여가지고 썰고 간 조건으로 이 문제만은 두수[1] 업시 담택이를 쓰게 된 고로 밥을 먹다가 숫가락을 상 우에 내여 던저 버리고는 잘 안 나오는 반지를 모지락을 쓰고 빼여서는 웃목으로 내동댕이를 첫다

"밤낫 이래가지고 장차 어써케 사라요 하로라도 이런 짓을 면하고 살 날이 잇서야지오 무슨 희망이 잇서야 살지요"

영희는 톡 쏘아서 말하고는 몽충해저서 모루 안저버린다

"그러면 어써케 하란 말요 도적질을 해서라도 무사히만 살 수 잇다면 그것도 조흔 일이지만 그리고 배화보지 못한 노릇이니 그것도 하는 수 업고…… 세상에는 우리만큼도 못 사는 사람이 좀 만소? 그걸 생각해야 해! 밤낫 호화러운 것만 생각……" 하고는 말도 끗맛치기 전에 금방 샛죽해진

---

1 두수. 달리 주선하거나 변통할 여지.

영희의 얼골을 보고는 말긋을 흐려버렷다

"내가 언제 호화로운 것만 생각햇단 말이요 그러나 문사(文士)인가 죽은 모긔인가── 그런 이의 안해들은 참 불상해요 잡지사를 다닌다니 월급이 제대로 나오나 원고료(原稿料)도 제대로 밧지 못하고 깃것해야 모주잔이나 내여서 입으로 구린내나 피우게 하는 그런 종 가튼 문사의 치닥거리는 참 정말 애통할 일이에요"

"그건 닷다가 왼 소리야! 이러케 구차한 그 대신…… 이러케 말하면 내가 나를 추는 것 가태서 우수웁지만── 문명(文名)이 세상에 놉지 안소? 돈은 잇다가도 업서지랴면 하로밤 사히에도 업서지지만 그깃은 영원히 남어 잇는 것이니까 당신은 짜라서 그만큼 행복이지……"

"아니 당신의 문명이 남고 아이 남고가 죽은 뒤의 일인데 뉘 아러요 문명요? 누구는 당신을 평햇는데 '에로' 문사 색르조아 문사라고 햇든데요 그리고 무산 문예가로 처하든 사람이 반동화하엿다고 하지 안엇서요 나는 무식해서 그 의미를 모르지만 남의 집 쌀들의 마음을 간질간질하게 하여서 당신의게 '러부레터─'나 보내게 하는 당신 가튼 문사는 나는 위험해요 지금도 속아 사는 것 가태 나도 처음에 환장이 되엿든 당신의 그 꿈보다도 달고 물과 가치 쑬쑬 흐르는 글 째문에 홀려서 온 것이지만 그째에 꾼 꿈은 이런 것이 아니엿서요 누구인가 밥과 가튼 문학 물과 가튼 문학…… 하고서 써든 이도 잇지만 어썬 게 밥과 가튼 문학 물과 가튼 문학이예요 밥은 먹으면 배나 든든하고 물은 먹으면 피가 되고 목욕을 하면 몸이나 깨긋해지지요 당신 가튼 문학 남의 집 계집애나 유인하는 그런 문학이 무슨 밥과 가튼 물과 가튼 문학이예요? 난 시려요 내게는 돈과 가튼 문학이 조하요"

영희는 바로 연단에 서서 연설이나 하드시 언성을 놉히여 써드러 제치고

는 새가슴 가튼 가슴을 벌덕거린다

"그 다── 왼 소리야 알지도 못할 말을 왜 써드러? 그릴 것 업시 여류문사로 나아가 보지! 집세 째문에 그리는데 싼청을 하고 잇네 그 성미를 죽여요 그 성미가 언제든지 큰 화근거리야?"

조심조심 하든 상근이도 안해의게 망신을 당하게 되니 흥분이 되는 것을 얼마간 누기고서 한 말이 영희의 감정을 긔여코 폭발케 하고 말엇다

"무엇이 어째요 내 성미가 어째요 화근거리요? 당신은! 당신은! 당신의 그 박쥐 가튼 행동 올배미 가튼 성격이 얼마나 큰 죄를 짓고 잇서요? 어느 째든지 그것이 드러나면 당신은 세상에 얼골을 못 내노하요! 그리고 쥐도 모르게 당신이 엇지 될지도 모르는데 내 성미가 어써타고요? 김옥균이의 자객이 누군 줄 아시죠? 그 사람이 당신 가태요…… 그것을 변절이라고도 한다지요? 좃습니다 참 좃습니다 나는 그런 이의 안해이니 좀─ 영광이예요?"

映畵小說

人間軌道(15)

城北學人
安碩柱画

남편과 안해(五)

영희의 이 폭언에 상근이는 영희의 얼골을 노려보는 외에 다른 도리가 업슬 만치 그는 놀랏다

오늘날까지 자긔의 과거 죄악이 자긔가 세상에 둘도 업시 앗기이고 그의 치닥거리에 전 생애를 다— 밧친 그 녀자의 입으로부터 폭로되리라는 것은 꿈에도 생각지 못하엿든 일이다

그의 몸은 쇠사슬로 역거논 것가티 꼼작을 못 할 만큼 몸의 동작을 어써케 해야 조흘지 몰랏다 그의 마음은 어느 커—다란 맹수 압헤 서서 잇는 것가티 썰리엿다

그는 금방이라도 영희를 산산조각에 내이고도 십헛스나 독이 오른 영희의 혀끗에서 또 어써한 선고가 내릴지를 물[1]라서 극도로 공포를 늑긴 그만큼 몹시 분노하엿지만 그는 밥숫가락을 놋코 그대로 벌덕 이러섯다

영희는 술먹은 병어리가 되어버린 상근이가 비창한 낫빗으로 이러서서 벽을 향하야 목둑개비[2] 모양으로 서서 잇는 광경을 보고는 독긔는 부렷스나 너무도 과한 듯십허서 부시시 이러나서 상근의 압헤 가 스며 그의 등에 손을 언저 노코 말그람이 상근을 드려다본다

상근은 눈물이 핑 도라가지고 고개를 돌렷다

그의 눈에는 자긔와 영희가 결혼하든 행복된 날에 박히인 긔념사진이 비최엿다

펑펑 쏘다지는 눈물로 하여서 사진은 유령가티 흐리멍멍하게 보힌다

그러나 지금 자긔가 우는 것이 그 눈물이 뉘웃치는 우름이라든가 슬퍼서

1 문맥상 '몰'의 오류로 추정.
2 목둣개비. 재목(材木)을 다듬을 때에 잘라 버린 나뭇개비.

흘리는 눈물이라든가 분해서 우는 눈물이라든가 자긔 자신도 판단할 수 업는 우름이오 눈물이다

영희는 옷고름짝으로 상근의 눈물에 젓는 얼골을 훔친다 그러면 상근은 달래면 더 우는 어린애와도 가티 이번에는 소리까지 내여서 운다

영희는 속마음으로 '이러케도 약한 사나희엿든가' 하면서도 그는 상근의 귀밋헤서 속삭이기 시작햇다

"무얼 그만한 일에 이러케 서러하슈……! 내 성미를 나도 알면서 그걸 곳칠 수가 업구료 고만두어요 내 잘못이니"

상근은 슬며시 도라서서 눈물에 가리워 보히지 안는 영희의 얼골을 내려다보며 입을 빗죽거린다

"꼭 어린애 갓태 이…… 이러케 마음이 약해서야 무슨 일이고 할 수 잇서요 그만두어요 내 도모지 그런 말은 아니할 터이니요" 하며 영희는 고개를 갸웃둥하고 상근이에게 우서 보힌다

"영희——"

"응?"

"영희도 죄인이야"

"왜요? 닷다가 그게 무슨 말애요"

"그럿치 안어? 당신은 그 사람에게 배신하지 안엇소? 내 죄와 그 죄의 경중만 잇슬 싸름이지"

"그것은 그러치만 그 죄란 것도 당신과 나와 반분식 나누어 가저야 하지 안켓서요?"

상근은 묵묵해지더니 입을 다시 연다

"그래 그럿치 말하자면 그것도 당신의 죄는 아니지 올하! 다—— 내 죄

야……"

"그럿치도 안허요 그것을 어써케 당신에게만 입힐 수 잇서요? 내게는 죄가 안 된다고도 할 수 업지만 그것도 죄라고 하면 그이를 배반한 것만은 내 죄이지요"

"그럿치 그저 치정관계로만 돌린다면 죄가 될 수 잇고 안 될 수도 잇지"

얼골이 노래지는 영희가 팔석 주저안저서 고개를 숙일 쌔는 상근은 세수수건으로 얼골을 문지르고 양복을 쎄여 입고 장 밋헤 써러저 잇는 반지를 집는다

"엇잿든 셋돈은 내이고 볼 일이지"

영희는 이러나서 미다지를 열고 나아가는 상근의 등 뒤에서 소리를 나즉이 하야 외친다

"그러면 그것을 잡혀가지고 곳 드러와요 그리고 그 말로 하여서 넘우 상심치는 마러요"

상근은 나아가면서도 저러한 녀자도 저러케 양가치 될 쌔가 잇스니……" 하고 속마음으로 뇌이면서 어치렁거리고 대문을 나아간다 부억에서 맘을 조리고 잇든 영희의 어머니가 방으로 쒸여든다

"너 그 왜 그리니" 하며 짓고서 주저안는 그는 다시 옴으라든 입을 놀린다

"너 쌔문에 밤낫 애를 쓰고 다니는 사람을 왜 그리 복거대니…… 가엽지 안으냐?" 하며 웃목에 웅승그리고 안저서 치마 스트로 눈물을 씻는다

映畵小說

人間軌道(16)

城北學人
安碩柱画

남편과 안해(六)

영희가 자긔 어머니의 우는 것을 보니 사위의 사랑은 장모가 한다는 것이 올흔가보다 하엿다 아닌 게 아니라 자긔 어머니가 째째로 와서 밥상을 보아 주는 째는 자긔가 상을 볼 째보담도 찬은 가튼 찬이로되 고추가루나 깨소금을 치는 것일지라도 먹음직스럽게 치고 그릇에 담는 것도 모양 잇게 담고 깨씃하게 하여서 상근이가 상을 대할 째에는 "이러케 말하면 영희가 배가 압흐겟지만 장모님이 밥을 하시는 날은 밥이 더 먹히니 웬일일까요" 하고 은근히 칭찬을 하면 그 주름잡힌 어머니의 얼골에는 동백꼿이 피며 "졂은 애가 진밥이나 맨든 찬보담은 늙은이가 한 것은 추해 보일 텐데 무얼 그리나? 공연히 늙은 사람을 놀리느라고 그리는군!" 하고는 그 말에 꼬리를 다러서 "밧갓사람의 상에는 그래도 짭잘한 것이 노혀야지── 그까짓 녀편네들이야 무얼 먹거나 어써한가? 그런데 아가! 어써케 해서라도 사내 상인데 김치 깍둑이만 노하서야 되니 잔 산적이라도 얌전히 해 놀 도리를 하여야지──" 하면 영희는 어머니가 자긔 남편을 두둔하야 이러케 꾸짓는 말에도 그 말이 엇전지 깃브면서도 마음에 찔리여

"어듸 그런 것을 할 만큼 넉넉한 살림이여야 하지요 내일 아츰에는 어써케든지 해 노치요" 하고 앵도라지기 잘하는 영희도 활작 웃는 째가 잇섯다

그러면 상근이는 벽에 거러 노흔 양복 주머니에서 '피존'[1]을 끄내여 그중에 두어 개를 쌔여서 영희의 어머니에게 주며

"참 장모님 성함이 옥향이시라지요 자— 옥향 녀사 권연 한 개 잡수시지요 하하하" 우스면 장모는 옥향이라고 부르는 말에 조금 언짠키는 하나 사

1 원문에는 '』'의 부호 방향 오류.

위의 귀염성스러운 농담에 깔깔 우스면 영희도 짜러서 웃고 상근 자신도 웃는다 이 세 사람의 우슴이 자동 피아노 소리와 가치 음악적으로 화음(和音)이 마저 나아왓다가 쓴치면 영희는 우슴이 써지지 안은 얼골을 상근에게 환등가치 비최이며 눈동자를 살작 굴리여 흘겨본다 상곤[2]이는 속마음으로

'응 긔생의 일홈인데 그건 왜 들추어 내노! 하는 눈치엿다 고문진보에나 들 것을 말이지?' 하며 속으로 뇌이고 다시 썰썰 우슬 째는 그의 장모는 권연을 바더든 채로 눈을 내리깔고는 좀 미안해 하는 낫으로 상근이에게 향하야 입을 연다

"여보게 그린데 나는 이 권연을 먹어보지 못하여서 안 되엿네만은 도르넛케 온 권연이 맛은 조타는구면 담배가루가 입천정에 들러붓기 째문에 늙은 사람은 못 먹겟데……" 하면 상근이가 벌덕 이러서며

"그러면 잠간만 참으십시요 나갓다 드러오면 조하하실 것을 드리겟습니다" 하고는 동옷 바람으로 나아깃[3]다 드러오는 째는 썬 담배 한 근을 장모의 압헤다가 펼처 논는다

"아이고 엇저면……" 하는 영희의 감탄사와

"온— 이건 무엔가 자네가 쓰기에 옹색할 돈을 들여서" 하는 장모의 감격의 찬 절규의 합창이 이러난다 상근은 변변치 안은 것으로 이러케 한[4]호들을 하는 것을 보니 조금 수접은 생각도 나건만 흥겨웁지 안은 것도 아니엿다 이러한 날에는 반듯이 영희가 활동사진을 구경하게 되는 날이다

이 두 내외가 활동사진을 구경 간다고 덜렁거리고 나아가면 영희의 어머

---

2 '근'의 오류.
3 '갓'의 오류.
4 문맥상 '환'의 오류로 추정.

니는 사위가 사다 준 담배를 장죽에 부처 물고서 싱그레 웃는 것이엿다 그리고 영희와 마주안저 이야기하는 째에는 사위가 상냥하니 마음이 깁흐니 늙으니를 아러보느니 하고 넘우도 사위 칭찬을 하는 째문에 어느 째는 자긔가 그것을 모르고 남편을 복는다는 말 가태서 듯기 실흔 째도 만헛다 그리고 누구든지 맛나는 대로 사위 론난을 하여서 녑헤서 듯기에 면구한 째가 만헛다

그러한 만콤 자긔 어머니가 눈물을 흘리는 것을 보니 오늘에 된 일이 자긔가 경솔한 탓으로 된 일이여서 후회도 나지만 어머니의 하는 양이 밉살스럽기도 하엿다

영희 어머니가 부억으로 나려가서 설거지를 할 째에 영희는 아랫목에 팔을 괴이고 드러누어서 잠을 청해 보앗스나 앗가에 상근이에게 자긔가 한 말과 상근이가 자긔에게 한 말 중에서 자긔의 미래에 큰 파란을 이르킬 그 무엇이 발견될 째에는 스사로 놀라지 아니치 못하엿다 그리고 몹시 왼몸이 몸보담도 마음이 썰리엿다

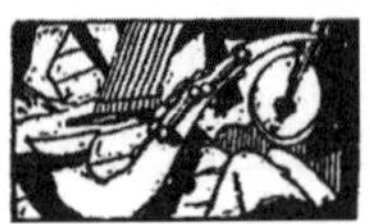

映畵小說

人間軌道(17)

城北學人
安碩柱画

남편과 안해(七)

상근이와 결혼을 하야 살림을 시작하게 되여 단출하게 그날그날의 행복한 시간을 보내는 동안 모든 것을 이저버리게 된 영희가 무의식적으로 상근이를 흘쌔린 자긔의 말의 반향으로 상근이에게서 드른 그 한마듸 말로 하여서 잿북덱이 속에 파뭇첫든 녯날의 일이 드러나자 그만 그의게는 철퇴를 내린 듯이 정신이 앗득하얏다

동시에 자긔는 언제나 깨긋한 몸이거니 하엿든 그 신념이 그리고 지금은 한 집안의 주부라는 엄숙한 자리에 잇는 것이어니 생각하엿든 그 자존심이 전혀 깨여진 것 가탯다

녯날의 그 일보다도 근일의 상근의 친구들이 차저오는 쌔마다 자긔는 남편의 친구를 대한다는 그 태도에서 얼마나 버스러진 일이 만핫든가? 그러나 그것은 정조 문제에까지에는 미치지 안어서 영희의 생각으로는 그리 큰 죄과를 범한 것 갓지는 안타 치드래도 오늘 상근이가 대거리로 더지운 말 "당신도 죄인이요……… 그의게 배신한 사람이요…." 하든 그 말은 영희의 마음속을 근저로부터 흔들리게 한 지진과 가튼 것이엿다

이 세상의 일이 지나가 버리면 그만인 것인데 왜 자긔는 이러케 고민을 하지 안으냐 안 되는 것인가? 하엿다

만약 그이가 만주나 그럿치 안으면 그보다 더 먼 곳에서 영원히 살고 잇고 도라오지 안는다면 안심할 일이지만 하고 영희는 혼자 중얼거렷다 그러나 이러케 중얼거리는 그의 마음으로는 '그가 이 세상에서 아조 업서젓스면!' 하는 무시무시한 생각을 하는 것이나 그 말은 중얼거리기에는 참아 못할 두려운 일이엿다

그러나 그이라는 그 사람의 풍채라든지 사나희다운 긔개를 생각할 쌔에

는 어느 때고 다시금 그의 넓직한 가슴에 실리이고도 십헛다

그 위엄 잇는 눈동자 정렬에 타는 묽은 입술 윤택이 잇는 검은머리 그리고 우렁차고도 부드러운 음성 그 모—든 것이 생각이 나자 영희는 몸을 흔드럿다

상근이와 그이와 비교해 본다면 두 사람이 다 특장이 잇는 것이지만 나희가 지금보다 덜 먹엇슬 시절에 영희의게 빗최이는 녀성 비젓한 상근이가 그때로서는 맘에 든 것이지만 상근이와 이삼 년을 사러오는 동안 상근이의 단처를 한 가지식 두 가지식 알게 되자 간혹 그 사람과 비교도 해보는 동시에 그이가 뭇둑뭇둑 생각이 낫다

그래서 처음 보는 창대에게 별 붓든 것도 그 질은 아조 다르나 어느 모인지 그 사람과 비싓한 곳이 잇섯든 것이엿다

창대의 이마라든지 코라든지 등널미라든지 그것은 완연히 가탓다 거러나 거슴치레—한 창대의 눈과 늬글글늬[1]한 음성은 엇전지 영희의 신경을 거슬리는 듯하엿스나 창대 역시 상근이보담은 사나희다운 점이 잇서 보혓다

그이라는 사람과 창대를 비교해서 말한다면 그 사람은 영웅다운 긔질이 잇고 그리고 시인(詩人) 비슷한 점이 잇고 창대는 협잡군 비슷하고도 영화에 나타나는 색정남 비슷하면서도 쾌활해 보혓다 영희가 이창대에게 첫눈에 팔목을 잡힘도 이러한 창대의 그 '에로틱'한 성격에 호긔심을 이르킨 것이엿다

영희의 이러한 심리작용도 첨단으로 다름질하는 써날리씀에 추총하게 된 까닭이엇다

1 '늬글늬글'의 글자 배열 오류.

'에로'! '그로'! 이러한 괴상한 말을 '써날리스트'들이 수입식히자 영희와 가튼 '모던썰—'들이 그 의미를 잘 알기 어려운 말이면서도 그 말은 고혹적이요 충동적임에 틀림업는 거 가탯다 그 말이 암호가티 영희의 호긔심을 자아내게 하는 말이면서도 그러한 길로 끄러드리는 아련――한 항취가 잇는 말 가탯다

그래서 창대의 그 음충스러운 태도는 영희가 찻고 잇든 '에로' '그로'의 신(神)이엿다

다시 생각해보면 멀리 가 잇는 그 사람은 임이 지나간 시대의 인물이요 창대와 가튼 사람은 확실히 현대의 녀성들의 초점이 될 만한 것 가탓다 그러나 창대보담은 그 사람이 미덤성스럽고 사나희다운 긔개가 잇서보히지 안는가?

영희는 그 사람이 지금이라도 자긔 압해 낫타난다면…… 하는 것보담도 녯날의 긔억이 소스라처 이러나자 그는 이러한 성적 사색(思索)으로 밋그러지는 것이엿다

1931년 4월 8일

映畵小說

人間軌道(18)

城北學人

安碩柱画

추억【一】

영희와 가튼 녀자로서는 생명이 경각에 달릴 만한 위급한 경우에도 야릇한 생각을 하는 째가 잇스니 이것은 현대 도시인의 말초신경이 발달될 대로 발달되여 쯧내는 마비가 된 쯧헤 일종 변태 심리의 박작이다 그리하야 이러한 실족으로 자긔 일생의 생활을 도시의 상공에 써도는 연긔와 몬지와 그럿치 안으면 지하로 흐르는 온갓 구정물 속에 장사지내고 마는 것이다 그만큼 영희는 타락한 녀자다

그가 만약 조선에 태여나지 안코 다른 곳에 태여낫다면 벌서 '파리'의 '쉔쎄리제'나 뉴욕의 '쌔로드외이' 가튼 환락경의 '아스팰드' 보도(舖鋪) 우에 창흔(瘡痕)에 썩어가는 몸이 내여버린 썩은 생선가티 굴르며 뭇 개들의 밥이 되엿슬른지도 모르는 일이라며 넘우도 심한 말 갓지만 엇잿든 륜락하야 륜락된 녀자의 마지막 길을 임이 드러섯슬른지도 모르는 일이다

빈약한 도시이지만 서울이 그리고 그 가정이 그리고 그 주위의 인간들에게서 바든 교육이 이만큼 영희를 버려주엇다

영희는 그 사람이라는 녯날에 쳣사랑을 매진 사람이고 조선을 위하야 세계 인류를 위하야 일을 가티하자고 맹서한 사나희를 배반하고 그 일을 저바린 자긔로서 그 과거의 추억을 이저버리기로 하엿다 그것은 생각만 해도 너무도 무서운 일이엿다 그리고 지금의 자긔는 과거의 영희와는 아조 짠 사람으로 치면 그만이라 하엿다

그러나 그 나무가지가 자라서 피는 쏫은 매저진 열매는 언제나 그 나무의 쏫인 싸닭에 열매인 싸닭에 영희가 이저버리자는 녯날의 환영은 한 간 반 두리쯤 되는 좁은 방안이지만 덜과 가티 바다와 가티 창공과 가티 넓게 커一다랏케 활동사진 모양으로 써오르는 것이엿다

자— 보라 영희는 그 사나희의 은거하고 지내든 가회동 어써한 집의 차듸찬 구들 우헤서 그 사나희가 진실된 거침업는 말씨로 조선의 모—든 당면 문제에 잇서서 열변을 토해가며 강의를 하여 줄 째 영희는 감격하야 그 사나희의 무릅에 업듸여 울기까지하며

"저는 당신을 짜라서 어써한 곤경에 드러가드래도 조선을 위하야 새 조선의 어머니들을 위하야 일하겟습니다"

하고 맹서하지 안엇는가?

그리고——

"저는 당신 가트신 위대한 남성을 처음 봅니다 어써한 사긔(史記)에서도 이러케 뜻이 굿고 말슴마다 터지는 화산가티 무서웁게도 남을 감동식히시는 이는 못 보앗습니다 저는 당신을 사랑합니다 그러나 저는 기생의 쌀입니다 그래도 제 사랑을 바더주시겟습니까?"

"넘우도 저를 추지 마십시요 제가 하는 일은 이 세상 사람들에게서 어써한 보상을 밧자고 하는 일이 아닙니다 그리고 요 다음 세상에까지 내 일홈을 남겨 노랴고 하는 일이 아닙니다 기생의 쌀도 사랑해 주겟느냐는 말삼이죠? 천만에 기생이라는 것은 이러한 모순덩이의 사회가 나흔 것입니다 그럿타고 기생마다 그 책임을 지지 안을 수 잇다는 것도 아닙니다 그러나 당신은 기생의 쌀이라 하기로 어듸에 틔 한 점이나 잇겟습니까 나는 당신의 맘과 몸은 어느 녀자보담도 깨끗한 줄 밋습니다 사랑하지요 아무렴 사랑하고 말고요 그러나 저를 사랑하시는 데는 사회를 위하야 우리들의 미래를 위하야 나와 가티 생명까지 밧처야 할 중대한 의무가 잇습니다 그럿습니다 우리는 청춘입니다 그러나 아름다운 청춘이라고 노래하고 지낼 우리는 아닙니다 다른 나라 사람들은 얼마든지 구가(謳歌)하고 밋처 날쒼다 하여도 우리는

이 청춘에 맑고 쓰거웁게 끌른 귀중한 피를 유희에 소비할 것은 아닙니다 청춘인 우리 두 사람은 이 짱에 잇서서 가장 유용한 인물들입니다 영희 씨 우리는 싸호려 나아갑시다 자— 나아갑시다 네? 영희 씨!"

이러한 말에 더욱 감격한 영희는 우름소리를 더욱 놉히며

"네—" 하고 쎄에서 우러나는 답을 하고 그 사람과 오래오래 포옹을 하지 안엇든가 그 굿세이고 위대한 포옹을……

映畵小說

人間軌道(19)

城北學人
安碩柱画

추억【二】

그리고 어써한 날 영희가 유치원 마당에서 어린아이들을 둥그러케 벌려 세워 노코 유희를 식힐 째에 그 사나희가 차저왓다

화환가치 쏨여진 어린아이들 가운데에 백설 가튼 옷을 입고서 손짓을 하고 몸을 뱅뱅 돌리며 노래를 하고 이에 마추워 천진스러운 어린아이들이 합창을 하고 춤을 출 째 그 사나희는 이 황홀한 광경에 환희를 늑기엿든지 자긔도 입안으로 영희의 노래에 마추어 몸을 흔들며 가사(歌詞)도 모르는 노래를 웅얼거리는 것이엿다 영희는 이 사나희의 하는 꼴을 보고 터지는 우숨을 참고서 유희를 가리키다가 종을 칠 째에는 그 사나희 압흐로 쏜살가치 내다렷다

“어썬 일이세요 예까지 이러케 오섯스니”

“무슨 할 말삼이 잇서서요 그리고 영희 씨의 나라를 방문하고 십허서요 그런데 지금도 보앗지만 조흔 일을 하고 게십니다”

“무엇이요?”

“그럿치 안습닛가 당신은 장래의 조선을 지도할 어린이들의 어머니 노릇을 하시니 말삼이지요? 참 조흔 사업입니다”

“글세 그럴가요 저는 이때까지 그저 한 직업으로 알고 한 것인데요 그러나 귀여운 어린아이들을 데리고 쒸고 놀면서 날을 보내는 것도 해롭지는 안은 것 가태요 제가 어듸 저런 귀여운 아이들의 어머이가 될 자격이 잇슴니가”

“영희 씨도 실업시 농담을 잘하십니다 고무 공장이나 덜에서 마소가치 일을 하는 녀인들보다 얼마나 행복된 자리에 게십니가? 그런 대신 저 어린아이들을 될 수 잇는 대로 잘 가리키실 의무가 잇지 안습니가? 지금에도 들은 것이지만 그러한 노래나 유희가 오히려 낫습니다 알 수 업는 노래와 어른의

비위에 맞는 춤 가튼 것을 가리키는 유치원이 만치 안습니가 그건 안 되엿서요 영희 씨! 장래에 큰사람이 되고 못 되되[1]는 것과 미래의 조선을 지도할 사람이고 아닌 것은 조만 쌔에 보히는 것이 아니겟습니가! 이거 너무 연설이 기러졋습니다 하하하" 하며 그 사나희는 밝게 개인 봅[2] 하날을 치어다보고 우서댓다

"네— 그래요 가만히 보면 저런 아이들 중에도 장취성이 잇고 업는 아이가 잇서요 그런데 저 아이들 중에도 돈푼이나 잇는 가정에 태여나서 얼마 멀지 안은 곳에서도 인력거를 태여 보내고 하인을 안동해서[3] 보내는 집 자녀들은 암만해도 자라시 큰 구실은커녕 방정마진 짓을 만히 할 것 가태요 그러니 고것들도 구지레한 아이를 업신녁이고 욕을 하는 등 쇠집는 등 하여서 싸홈이 이러난답니다 그러면 처음에는 익일 드시 덤비든 그 애도 결국 구차한 집 아이에게 지고 마러요 그게 다 보면 볼사록 심상치 안은 것 가태요"

"네— 그럿습니다 이 유치원의 경영자가 돈푼이나 잇다니까 그저 인색하지 안타는 구실을 맨들랴고 하는 일인지는 모르나 될 수 잇는 대로 이 유치원에서는 자녀를 돌볼 품이 업는 근로 계급의 어린 아이들을 표준 삼고 가리켜야 할 줄 압니다 그것은 영희 씨 가트신 이가 이곳에 계시니까요"

"그러면 내여쫏기게요"

"내여쫏길 때까지요"

두 사람은 함께 우섯다

"영희 씨 다— 마치섯스면 호화로운 말 가트나 오랫만에 산보나 하십시

1 '되'의 중복 오류.

2 '봄'의 오류.

3 안동(眼同)하다. 사람을 데리고 함께 가거나 물건을 지니고 가다.

다 이야기할 것도 잇고"

"녜— 저는 다— 마치엿습니다 그러면 잠간만 서 계서요" 하고 사무실로 드러가랴 할 때 어느 틈에 모힌 아이들인지 영희의 치마를 붓잡고 느러들 진다 그 사나희는 귀여운 마음에 아이들을 하나식 번적 드럿다 노코는 혼자 빙그레 웃는다 영희가 '핸드쌕'을 들고 나왓다 두 사람은 전차를 타고 교외로 향하엿다

봅[4]이다! 대지는 어느 봄에나 쑥가튼 웃는 얼골이엇다

마른 나무에서 새싹이 트고 싹이 트자 쏫이 피고 피리 소래 개울가에서 나고 나무 가지가지에서 새들은 노래한다 하날에는 보라빗 채일을 치고 짱에는 색 포장을 친 듯이 천지가 모다 봄 아름다운 빗을 씌인이다

4 '봄'의 오류.

1931년 4월 10일

映畵小說

人間軌道(20)

城北學人
安碩柱画

추억【三】

두 남녀는 청냥리 정류장에서 전차를 나려서 청량사 드러가는 어구로 돌처섯다

일요일 가튼 째는 더구나 철긔가 봄이라 이 길에 야유랑들의 쎄나 기생을 실흔 자동차의 왕래가 끈칠 사히가 업스렷만 오늘은 몹시도 정적하엿다

닥고 씨슨 듯이 째끗해 보히는 넓직한 길은 보기에도 심신이 상쾌하엿다

일홈도 모를 새는 한쪽 나무가지에서 건너편 나무로 나르느라고 이 두 사람의 머리 위에서 재절대고 지나갓다

수림 사히 깁흔 곳에서는 쌜래 방망이 소리가 두 번 세 번 반향을 거푸하야 들려온다

오랫만에 수림을 보고 새 공긔를 마시는 이 두 사람의 마음에는 봄 소래가 그득이 차고 얼골에는 봄빗이 넘처흐르는 듯하엿다

"영희 씨! 이런 곳에 만히 와 보섯습니가?" 그 사나희는 밝앗케 피는 영희의 얼골을 보며 입을 여럿다

"언젠가 동무들하고 나와본 적이 잇지만 그째는 가을이 되여서 쓸쓸햇서요"

"지금은 봄이 되여서 흥겨우십니까?"

"봄이라는 것보다도 선생님을 모시고 오니까요……" 하고 영희는 고개를 숙이엿다 그 사나희는 영희가 말끗을 흐린 그 의미를 깨닷고서 수집어서 얼골이 벌개젓다

두 사람은 청량사를 올라가는 실길로 드러스랴다가 왼편 수림 사히길로 드러갓다

웃줄웃줄 서 잇는 나무들 사히로 오후에 빗긴 햇발에 풀닙마다 나무닙마다 황금빗가티 빗나 잇는 그 사히를 지나서 두 사람의 그림자는 조그만 개

울가의 언덕에 이루엇다

그 사나희는 양복 웃저고리를 버서서 언덕에 깔고서 영희를 안치엿다 그리고 그는 영희의 녑헤 다리를 뻣고서 안젓다

쥬위는 몹시 고요하엿다

어느 곳을 보아도 보히는 수목마다 흐르는 물이 하날의 뜬구름까지도 말이 업시 고요히 움직이는 것들쌘이엿다 다만 가느닷케 지저귀는 새들의 음성쌘이엿다

영희는 놉게 쒸는 자긔의 심장의 소리를 드럿다 그리고 사나희의 벌덕거리로[1] 가슴을 보앗다 왜 그런지 고요한 이 환경이 넘우도 안타가운 것 가탯다 더구나 그 사나희는 회ㅅ바람을 불고 잇지 안는가

영희는 벅차진 호흡으로 가슴의 고통을 늣기엿든지

"하――" 하고 자긔도 모르게 탄식하엿다

저편 숩 사히에서 종달새가 이러나 하날 놉히 올라 재절대고는 써러젓다

"왜 그러십니가 몸이 불편하십니가?" 그 사나희는 영희의 숙인 얼골을 내려다보며 입을 여럿다

"아니요" 하고는 영희는 손을 그 사나희의 무릅에 언저놋코 얼골이 붉게 탓다

그 사나희는 맥긴하게 쌥은 조그마코 빗 고흔 영희의 손을 보앗다

"영희 씨의 손을 보니 진일[2]을 못 해 본 귀인의 손 갓습니다그려 이 손으로 가두에 나서서 그 억센 일을 하실 수 잇슬까요?"

"하면 하는 게지요 그러나 제 손이 무얼 고하서 그리세요"

---

1 문맥상 '는'의 오류로 추정.

2 진일. 밥 짓고 빨래를 하는 따위의 물을 써서 하는 일.

하고는 치마 미트로 손을 숨기여 버린다

그 사나희는 싱긋 웃고는 신중한 낫빗으로 곳치고는 입을 여럿다

"영희 씨 오늘 말삼하고저 한 것은 다른 것이 아니라 영희 씨로서는 큰 결심이 업스시면 대답 못 하실 말삼인데……"

"무엇이요?"

"그리고 첫재 비밀을 직히서야 합니다 그 비밀을 직히기 위하여서는 생명까지 밧치서야 할 것입니다"

"무슨 비밀인데 그럿케까지!"

"아니…… 다른 게 아니라 당신은 우리들을 위하야 세계 인류를 위하야 일을 하시겟다고── 그리고 내가 하는 일이면 무엇이든지 짜라서 하신다고 그리섯지요── 나를 사랑한다고 그리섯지요"

"네──"

"그러니 말삼입니다 지금이라도 가령 당신이 단두대에라도 올러스신다면 두렵지 안으시겟습니까"

"그럴 일이 잇서야지요 그리고 그런다 하드래도 당해봐야 알겟지만 의로운 일에는……"

"올습니다 그리고 당신의 그 어엽분 얼골에 칼날이 슷친다면── 그보다도 당신의 어엽븐 가슴에 총부리가 와 다은다면…."

"그러면 선생님도요?"

"아무렴요 혹시 제가 먼저 당할지도 모르지요 그러나 그런 우순 소리는 마시고 네? 아무럿치 안켓습니까" 이 말에 영희는 불시에 얼골이 새파랏케 질리엿다

映畵小說

人間軌道(21)

城北學人
安碩柱画

추억【四】

그 사나희는 안색이 변하는 영희를 보고는 랭소를 하엿다

"왜 무엇이 무서우십니가 가령 그러케 된다면 말삼인데요"

영희는 안색을 곳치고 고개를 외로 돌리며 수태[1]를 씌인다

"무서운 것이 아니래도 그런 상서러웁지 못한 말삼을 하서요"

그 사나희는 앙천대소[2]를 하며

"녯말이지만 논개(論介)와 계월향(桂月香)이도 잇는데 말만 드르시고도 무시무시하다고[3] 그리십니까 물론 영희 씨는 규중처녀로서 규중처녀라는 것보다도 실 사회에 발을 드려노흐신지도 얼마 안 되고 그러니 사회적 훈련(訓練)이 적으신 까닭입니다 그리고 영희 씨와 교제해 온 사람들이 어써한 이들인지는 모르나 학교 칠판 밋을 써나신 지가 얼마 안 되신 관계로 백묵가루 속에서 시드는 선생들의 단순한 생활방식이나 그들의 시대 뒤진 사상이라든가 인생관 사회관— 더 나가서 조선의 특수한 정세 세계의 동향(動向)을 모르는 세상을 등진 이들만 보신 까닭입니다 영희 씨 지금의 조선의 녀성은 현모량처로만 지낼 째는 아닙니다 짠느, 싹크 시대, 노라 시대, 도 지냇습니다 책을 보섯스면 아시겟지만 '코론타이' 가튼 녀성이 현대 녀성의 전형(典型)쯤 되엿습니다

로시아에 잇서서 '코론타이' 가튼 녀성 하나를 낫는 데에 로시아의 녀성들이 얼마나 희생된 줄 아십니가 그 희생된 녀자들은 얼마나 인류를 위하야 분투한 줄 아십니까 지금의 그 나라 녀성들은 농장에서 공장에서 남성과 쪽

1 수태(愁態). 근심스러워하는 모양.

2 앙천대소(仰天大笑). 터져 나오는 웃음을 참을 수 없거나 어이가 없어서 하늘을 쳐다보고 크게 웃음.

3 다음 호 말미의 안내 문구를 통해 '무시무시하다고'를 '상서럽지 못하다고'로 정정.

가튼 일을 하고 잇습니다 그러케까지 되는 데는 녀성들이 피를 얼마나 만히 흘린 줄 아십니까? 영희 씨는 아즉 가태서는 현모량처감이십니다 사나희 미테서 노에 노릇하시는 것이 그러케 조흐십까?[4]"

영희는 단도직입적으로 륙박하는 듯한 그 사나희의 말에 얼골이 홧홧거려서 고개를 푹 숙이고 만다

"그러니 압흐로 만히 가리켜 주서요"

영회의 새침한 이 말은 그 사나희에게도 좀 토라진 말가치 들렷는지 그 사나희는 활작 우서 밋힌다[5]

"그러지요! 그리나 제가 어듸 영희 씨를 가리킬 그런 넉넉한 보천[6]을 가젓서야지요 엇잿든 우리들 모히는 데에— 특별히 모히는 때는 어렵지만— 때때로 오시면 제가 가리켜 드리지 안어도 어드실 것이 만흘 것입니다 오십시요 그날이면 제가 청하지요"

"네—" 영희의 이 힘업는 대답과 함께 한참이나 두 사람은 침묵하엿다

이 두 사람의 발 미테서 흐르는 물은 조그만 몰색리를[7] 피하고 혹은 뭇지르고 한결가치 굽울굽울 흘러서 나려간다 두 사람은 무심히 이 말업시 흐르는 물을 내려다 보앗다 이 지구의 동맥(動脈)의 줄긔와 가튼 이 개울로 만물을 성장케 하는 피와 가튼 이 물이 바다로 흘러서는 이것이 수증긔가 되여서 다시 실개천을 흐를 이 물을——

이 물이 두 사람의 마음을 태여 가지고 씃업시 씃업시 흐르는 것가치 자긔들도 늣기엿다

4 문맥상 '조흐십니까?'에서 '니'의 탈자 오류로 추정.
5 다음 호 말미의 안내 문구를 통해 '밋힌다'를 '보힌다'로 정정.
6 다음 호 말미의 안내 문구를 통해 '보천'을 '밋천'으로 정정.
7 다음 호 말미의 안내 문구를 통해 '몰색리를'을 '돌색리를'로 정정.

한까번에 나려가든 눈에 보히지 안는 여러 물줄기에서 어썬 줄기는 셋차게 나려가고 혹 어썬 줄기는 수령진 곳에서 빙빙 돌고도 잇고 모래 틈에 슴여버리는 것을 보는 듯하엿다

이 두 사람의 머리에는 무엇인지 묵직하게 눌리는 것이 잇는 것 가탯다 몸도 그 무엇에게 얼킨 것가치 부자유한 것 가탯다

"자── 이러습시다 너무 한 곳에만 안젓스니까 도리혀 갑갑하구면…… 더 거닐다가 밥이나 먹을 도리를 차립시다 아참 영희 씨 점심을 안 자섯슬텐데 시장하시겟는데요?"

그 사나희가 벌넉 이러섯다

"아니요!" 영희는 풀긔 업시 이러스며 모긔 소리 가튼 음성으로 말햇다 그리고는 깔고 안젓는 그 사나희의 양복 웃저고리의 흙을 썰고는 붓들고 서서 그 사나희가 손수 입겟다는 것을 영희는 구지 입혀주는 것이엿다

그들이 발길을 내여노키 전에 먼저 영희가 그 사나희의 손길을 잡엇다 그리는 영희의 숙인 얼골은 귀밋까지 술에 취한 사람 모양으로 붉게 탓다 그리고는 영희의 머리는 그 사나희의 가슴으로 갓다 영희의 손에 잡힌 그 사나희의 손은 썰리엇다 영희의 얼골이 번적 하고 처들릴 째그 사나희의 숩을숩을한 머러[8]가 영희의 얼골을 가리워 버렷다

"선생님 저는 선생님이 안 계시면 하로도 못 살 것 가태요"

"무어 저 가튼 빙충마진 사람을?"

"아니요!"

두 사람은 풀 숫을 발로 차며 것기 시작하엿다

8 '리'의 오류.

1931년 4월 12일

映畫小說

人間軌道(22)

城北學人
安碩柱画

추억【五】

이 사나희는 원래 해삼위에서 나고 또한 그곳에서 자라난 사람이니 그 경우를 싸라 변성명을 하고 도라다닌 관계로 허다한 성명을 가젓지만 한성묵(韓性默)이라는 것이 원 일홈이라고 아러두면 조흘 것 갓다

그의 아버지는 한번 망명한 이래로 해삼위를 근거로 삼고 만주와 시베리아로 동분서주하며 격렬한 활동을 해오든 터로 성묵이가 열다섯 살 되든 해에 이역에서 고생사리를 하든 성묵의 어머니가 폐병으로 마지막 세상을 써나는 것도 못 보고서 성묵의 아버지는 '간도'에서 뒤에 총에 마진 것인지 참살을 당하고 마럿다 성묵이는 어린 마음에도 외로운 한편 조선이 그리워 해삼위의 잇는 동포들의 도음으로 여비를 어더가지고 조선에 드러와 고학으로 중학을 맛친 후 자긔 아버지의 이루지 못한 그 일을 이여보랴고 다시 만주로 해삼위로 써도라 다니다가 로시아의 ××대학을 마친 후 무슨 사명을 씌엿슴인지 성묵이의 국내 침입의 정보를 듯고 한쪽 방면에서는 눈들이 벌컥 뒤집히여 비상 경계를 하고 잇는 무시무시한 그물을 뚤코서 감쪽가티 드러와 림청(林靑)이라는 일홈으로 서울을 근거로 하고 대활동을 개시하게 된 것이다

그가 서울에 오자 먼저 김성호를 차젓스니 이 김성호는 소년 시대로부터 계몽 운동에 눈을 써서 일본 류학을 마치고 도라오는 길로 처음으로 잡지를 발간하고 외국 문학을 수입하고 공업에 대하야 연구도 깁헛든 관계로 서울 공업학원에 교장[1]으로 잇다가 긔미년 사건으로 감옥사리를 맛친 후 구라파로 건너가 박사의 칭호를 엇게 되고 조선에 도라와서는 사회과학 등을 연구

1 다음 호 말미의 안내 문구를 통해 '교장'을 '원장'으로 정정.

하야 과학자로 신망이 놉핫섯다

성묵은 우선 이 김성호를 맛나서 자긔의 띄고 온 사명을 전달하니 김성호가 사흘 동안이나 밤을 새이고 곰곰 생각한 뒤에 긔약한 그날에 성묵을 다시 맛나 그 어써한 조직에 착수하얏다 그래서 성호가 자긔 집과 세교가 잇섯고 또한 긔미년 당시에 한 감옥 한 감방에서 가치 지내인 자긔의 동생과 가티 아는 중국 모 대학 출신인 류상근을 소개하야 그 외에 몃몃 사람으로 더부러 중앙 간부가 차게 되니 그째부터 각 지방에 암암리에 그의 손을 펼치게 되엿다

이리하야 성묵이가 김성호의 집을 비밀리에 자조 드나들게 되자 성호의 집 영어 강습회에 다니든 최영희를 알게 되고 알게 되자 숙친해젓스니 성묵의 마음으로는 이 녀자를 잘 훈련식히면 그 용모로나 그 재질로나 맷고 끈을 듯한 행동으로나 녀자로서 자긔들 일에 큰 목을 담당할 수 잇스리라고 하여서 사괴인 것이 영희로는 외지에서 자라난 별다른 색채가 잇는 우헤 풍채가 조흔 성묵을 보자 그만 그의 첫정짜지 쏫게 되엿든 것이다

성묵이도 외국에서 자라나고 또한 외국 녀자를 만히 대한 만큼 영희를 볼째에 동포애에 끌리기도 하엿지만은 자긔의 일을 위하야 멀리하엿든 녀자라 하여도 황홀한 그의 자태에는 마음을 태우지 아니치 못하엿다 그런 데다가 영희 자신이 성묵에게 안탑가웁게도 구는 데야[2] 성묵이도 하는 수 업시 그와 사랑을 맷게 된 것이다

이리하야 성묵이에 잇서서 살얼음판 가튼 이 서울 바닥과 지방으로 쏘다니는 그 사히사히 영희를 맛나서 영희로 하여곰 자긔의 모종의 조직체의 그

2 원문에는 '야'의 글자 방향 오식.

활동의 큰 역군을 맨들랴고 노력하는 한편 영희와 간간히 정회도 푸러보는 것이엿다

오늘은 영희를 맛나려 유치원을 갓고 조용한 청량리까지 썰고 온 것이 결코 성묵의 어써한 별다른 감정 말하자면 색정의 발작이 아니라 ××가다운 긔질로써 영희를 될 수 잇는 대로 녀성의 선구자가 되게 하는 한편 가령 자긔들 전선의 예비병씀이라도 맨드러 보랴고 햇든 것이 단순한 영희로서는 그리고 타고난 긔질이 라약하야 오늘만은 성묵에게 실망을 주게 된 것이다

그러나 영희의 싹근한 손이 자긔의 손에 와 닷고 그의 정열에 타는 눈동자가 자긔 얼골 압헤서 얼른거리고 고혹적인 연붉은 윤택한 입술이 자긔의 입 갓가히서 육박하는 데야 그도 인간인 만콤 충동을 밧지 안을 수 업섯다

◇訂正＝昨日 이 小說 上段 第十二行 '무시무시하다고'는 '상서럽지 못하다고'로 同 五十八行 '밋힌다'는 '보힌다'로 同六十 一行 '보천'은 '밋천'으로 下段 第九行 '몰샊리를'은 '돌샊리를'

映畵小說

人間軌道(23)

城北學人
安碩柱画

추억【六】

성묵은 호주머니를 터러서 영희와 청량사에서 밥을 사 먹고 동녁에서 달이 써오를 무릅에 절간을 나아왓다

둥그러케 써오르는 달과 향긋한 숩풀 내음새에 이 두 사람은 문안으로 일즉이 드러가긴 실혓스나 성묵은 한가히 지낼 사람이 아님으로 전차를 타고 드러왓다

문안에 드러와서는 영희를 집까지 바라다주고 차저볼 사람을 차저보고 그가 우거하는 집으로 드러갓다

오날밤은 왼일인지 집안이 괴괴하엿다 전일 가트면 사람 조흔 주인 마누라가 성묵의 발소래만 드러도 마루로 나아와서 마저주든 것이 성묵이가 방으로 드러가면서 헷기침을 두어 번이나 크게 하얏스나 아모런 인긔척도 업다

마루로 나아와서 펄석 주저안지랴다가 마루 모퉁이에 주인 쌀의 감정 구두가 얌전히 짝을 지여 노힌 것이 눈에 씌윗다

성묵이가 마루에 안저서 안방 영창에 붓친 갈씀한 유리쪽으로 드려다 보히는 주인 쌀의 혼곤히 잠든 얼골을 보앗다 조금도 샤긔(邪氣) 업는 어리무던한 얼골이 능금빗가치 빗나고 잇슴을 보앗다 마루 한 구석에는 식지[1]를 덥흔 밥상이 노혀 잇다

성묵이는 어썬지 처녀가 혼자 자는 집안에 안저 잇기가 불안하엿다 그러나 마루 한 구석에 차려 노흔 밥상을 보고 주인 쌀이 어머니 업는 사히에 차려 노흐[2] 것인가? 하니 마음에 그윽한 정을 늑기엿다

그는 신녀성이면서도 이쌔까지 사나희의 얼골을 바로 보지 못하고 자긔

---

1 식지(食紙). 밥상과 음식을 덮는 데 쓰는 기름종이.

2 문맥상 '흔'의 오류로 추정.

가 세수를 하랴고 뜰에 나려갈 째에는 부억에서 일을 하다가도 부억 문을 닷고 숨어서 일을 하는 그러한 순진한 처녀나 자긔가 업는 사히에 버서 노흔 퀴퀴한 양말이나 카라나 와이샷쓰를 부탁도 업는데에 빠라서는 얌전히 착착 접어서 방에 갓다 놋는 것이라든지 자긔가 손수 맨든 전등 가사를 말도 업시 갓다가 씨워주는 것을 보아서는 암만하야도 자긔를 얼마간 동경함이라는 것을 추측하게 되엿다

그리고 그의 어머니도 자긔 아들과 가치 사위나 다름업시 자긔를 사랑하고 자긔 쌀의 이야기를 늘— 하는 것을 보아서는 모녀간에—— 아니 쌀은 말이 업다 하드래도 어머니는 내심으로 자긔 쌀을 막겨보고 십흔 생각을 하고 잇는 듯도 하엿다

조선에 오자 영희를 알게 되여 이 모녀의 거동을 주목할 사히가 업시 영희와 친해진 관계로 이 두 모녀에게는 관심치 안엇든 것이다

그러나 만약 자긔가 맘을 주고 가정 부인으로 데리고 산다면 이 주인집 쌀이 영희보담은 어느 모로 보든지 밋음성이 잇서 보혓지만 어느 째 어써케 될지 모르는 몸이 결혼 생활이라는 것은 도저히 될 수 업는 일인 고로 자긔가 활동을 하는 데에 얼마간 도움이라도 될 수 잇스라면 활발한 긔실로 보아서 영희가 얼마간 합당한 듯하엿다

그러나 오늘에 영희라는 한 녀성의 중량을 다러보니 오히려 주인 쌀과 가튼 녀자를 잘 훈련식히고 보면 효과에 잇서서는 훨신 나흘 것도 갓다 그리고 언제나 말이 적고 침묵한 것이 그리 큰 불덩이가 써러지지 아니하면 자긔의 속을 내놋치 안을 듯도 하엿다

그러나 쌀 하나만 바라고 사는 그의 늙은 어머니를 위하야서는 주인 쌀을 써러내일 수는 업섯다 물론 이 녀자의 각오에 싸르겟지만 오늘밤이라도 그

보다 □한 시간에 무슨 재변을 당할지 모르는 자긔들 속에 그 년[3]자를 집어 너허서 늙은 모친의 말년의 희망을 꺽거버린다는 것은 개인으로 보아서는 가엽슨 일이다

주인 마누라의 말을 드러 안 것이지만 아녀자는 올해에 열아홉이라 한다 작년에 녀자실업학교를 마추는 길로 진고개 어느 백화점의 녀점원이 되여 조그마치 생기는 월급으로 어려운 살림을 버틔여 오다가 건넌방에 세 든 사람을 내여보내고 하숙옥 문패도 업시 밋엄성이 잇서 보히는 사람이면 처왓섯는데 첨 사람은 술수정뱅이가 되여 내여보내고 성묵이가 바로 그 둘재 번에 드러온 사람이엿다

이러한 살림에도 성묵이에게는 근래에 와서는 밥갑까지 감해주고 쌀을 식히여 수를 노하서 이불보까지 맨드러 덥허주고 아츰이면 늙은이가 성묵의 구두도 닥가주는 등 이 집안에서는 녯날로 치면 왕자에게와 가튼 융숭한 대접을 하여 내려왓다

성묵은 비로서 그런 것들을 일일히 생각해보니 더구나 써도라 다니든 자긔로서 여간 감사한 일이 아니엿다 성묵은 다시 쪼각 유리창 속으로 듸려다 보히는 봉희를 보앗다

【訂正】 昨日 이 小說에 '공업학원의 교장'은 '공업학원의 원장'

3 '녀'의 오류.

1931년 4월 15일

映畵小說

人間軌道(24)

城北學人
安碩柱画

추억【七】

맛침 봉희는 가위가 눌렷든지 눈살을 찌푸리고 중얼거리면서 돌아 드러누랴다가 부시시 깨여 이러나서는 멀거니 안저 잇다 유리창으로 드려다 보히는 자고 난 녀자의 그 헤트러진 머리카락이 흐튼 그 얼골이 성묵의 눈에는 몹시도 아름다웁게 보혓다

연붉게 타는 뺨 굵직하게 쌍써풀진 그 눈썹흘 미테서 얼른거리는 눈동자 그리고 가늘게 주름잡혓스면서도 윤택이 잇시 붉게 핀 입술── 성묵은 그 조그만 유리 쪼각으로 봉희의 얼골의 모든 부분이 또렷하게 립체(立體)로 보히는 데는 자긔의 눈을 의심할 만치 그리고 무인지경에 한 썰기 쏫 가튼 봉희의 그 순결한 자태에 놀랏다

봉희는 거울 압흐로 가서 머리를 거더올리고서 옷매무시를 곳치고 방문을 열고 나아오랴다가 성묵이가 마루에 안저 잇슴에 멈칫하고 고개를 숙이고 섯다 그리면서 그는 속에서 써러잡아다리는 음성을 억지로 내여서 입을 여럿다

"저녁상을 들일가요!"

성묵은 전에 보지 못하는 봉희가 입은 노란 저고리와 분홍 치마를 보앗다 이러한 령롱한 옷에 호리호리한 몸이 싸혀 방안의 전등 불빗을 등에 지고 섯는 봉희의 수접어하는 태도를 볼 째에 자긔도 고개를 바로 처들어 보기에는 민망하엿다 그리고 그의 마음은 황당하엿다

"네— 저— 오늘 저녁밥은 짠 곳에서 먹엇습니다 어머님께서는 나드리를 가섯나요!"

성묵이와 가티 쾌활한 사나희도 봉희의 세상에 젓지 안은 태도에는 음성이 썰렷다

저런 녀자가 어써케 백화점에서 지내일가 하엿다

봉희는 방 미다지 뒤에 안지며 다시 입을 여럿다

"네 — 어머니께서는 나드리 가섯서요 그런데 앗가 선생님을 차저온 이가 잇섯는데요"

"누구요?"

"그건 무러보아도 대답은 아니하고 선생님 이야기만 무러보아요"

"그래 무에라고 그리섯습니가?"

"암만 보아도 좀 수상스러운 듯해서 그저 어물어물 대답해 버렷는데 안경 박그로 흘겨보는 눈씨라든지 좀 이상해요 그리고 수첩을 쓰내서 석고 하는 것이!"

"그래 쏘 오겟다고 아니 해요?"

다시 선생님의 함자를 무르면서 '림청'이란 이가 이 집에 정말 업단 말이요? 하고 소래를 쌕 질르기에 그런 이가 업스니까 업다는 것인데 왜 으르싹 싹어리느냐고 드리댈랴고 그랫더니 제 얼골의 표정이 이상햇든지 고개를 숙이고 웃더니만 나가버렷서요"

"네 — 잘하섯습니다 아마 스파이인가 봅니다"

성묵이는 벌서 그들의 눈총이 콧 밋헤 다은 것을 짐작하고 마음이 선듯하여 불안을 늣기면서도 봉희의 수작이 그럴듯하엿슴애 싱그레 우섯다

"아 — 그래 봉희 씨는 그 사람을 무엇을 보시고 수상한 사람으로 보섯습니가!"

봉희는 나를 이러케 깔보나 하야 녀자의 생각에 좀 불쾌하엿스나

"학교 다닐 쌔 동맹휴학이 여러 번 잇섯는데 그쌔에 보든 형사 가탯서요?" 하며 자긔도 의미 모를 우숨을 우섯다

"네── 그러면 봉희 씨도 경찰서 맛을 보신 일이 잇스십니까?"

"한 두어 번 잇섯서요"

"그러면 팔을 썝내시고 한바탕 웅변을 토하신 일도 잇섯겟습니다그려 주모자로요?"

"네──" 하며 봉희는 팔을 한바탕 썝내엿다는 말이 우서워서 소리까지 내여 우섯다 성묵이도 소리를 내여 썰썰 웃고는 방문 미다지를 활작 여러제첫다

"봉희 씨! 아 그런 이가 사나희 압히라고 한 집안에서 서너 달이나 한 솟의 밥을 먹은 사람을 대하시는데 방문 뒤에 숨어서 대ㅅ구를 하시다니요 어듸 내 압헤서 그때에 웅변을 다시 한번 썰처보십시요?"

봉희는 그만 얼골이 쌍에 닷고 마랏다 홍당무가티 붉어진 영희[1]의 얼골에서는 불결이라도 이러날 듯하엿다

"달도 이러케 밝고 한데 마루로 나아오서서 이야기나 하십시다 한 집에서 그만콤 가치 지냇스면 한 집안 사람인데! 봉희 씨도 봉건시대의 녀성이십니다그려?"

하며 봉희의 팔목을 잡어서 끄러다가 달빗이 드리운 마루로 내다 안처 노핫다

성묵의 이 대 탈선에 봉희는 속으로 우숩기도 하거니와 마음이 우둘우둘 썰리엿다

1 '봉희'의 오류.

1931년 4월 18일

映畵小說

人間軌道(25)

城北學人
安碩柱画

추억【八】

“봉희 씨 자— 이제부터는 당신을 누의라고 합시다 꼭 한 어머니 뱃속에서 나아와야 남매가 되는 것도 아니니까 그리고 나는 내 한 몸밧게는 의지할 곳이 업스니까 써도라 다니는 사람일지라도 너무도 쓸쓸해서”

봉희는 숩으리고 안저서 웃기만 하고 잇다

“왜! 나는 오라버니 될 감이 못됩니가!”

“아니요”

“그러면”

“왜! 영희 씨가 게시지 안어요?”

돌발적으로 이 봉희의 툭 더지는 말에 성묵은 쑴실하엿다

“영희 씨가 잇기로 당신이 내 누의가 되지 안을 것은 무엇입니가!”

“그러케 말삼하시면 세상 녀자가 모다 선생님의 누의들이지요”

“그건 어써케 하시는 말삼입니가?”

“그러면 저를 누의로 정하신다면 어써케 하시겟서요?”

“사랑하지요”

“그건 어써한 사랑이예요? 물론 리성간의 사랑일 터이지요?”

“아니지요 말하자면 동긔간의 사랑일 터이지요”

이러케 성묵이가 봉희의 뭇는 말에 넙적넙적 대답은 하면서도 봉희가 자긔를 임이 속마음으로 사랑해 왓슴을 확실히 쌔닷게 되엿다 그리고 영희로 하여서 마음을 복가치고 잇섯든 것을 아럿다

『[1]그리고 그러케 수접어하든 봉희가 이럿토록 당돌히 말을 건네이는 데는

1 ‘『’는 오식으로 추정.

놀랏다 내강한 녀자다—— 하엿다

머리를 숙인 봉희의 눈섭이 슯히 움직이엿다 눈물이 무릅에 써러젓다 그는 터지는 우름을 참는 드시 입술을 질겅질겅 씹고 잇다 성묵이는 멀숙해서 봉희의 하는 양을 바라보고만 잇슬 샢이다

봉희는 큰 결심이나 한 것가티 눈물에 저진 얼골을 번썩 처드러 달빗 어리운 성묵의 얼골을 한참 바라보다가 그만 마루 우헤 업더진다

"선생님! 저를 엇더케 하시겟서요" 하며 봉희는 우름에 목이 메인 소리로 부르지젓다

성묵은 우름에 들먹거리는 봉희를 물그럼이 바라다 보앗다

——이것 큰일 낫군—— 하며 속으로 뇌이고 봉희를 이르키엿다 이르키자 봉희는 성묵의 가슴에 덱컥 안키워 버린다

성묵은 의외로 당하는 일이여서 어한이 벙벙하엿다

반드시 자긔로서는 이 녀자에게 유리한 대답을 해주지 안으면 이러한 결곡하고도[2] 내강한 녀자의 장래가 위태로울 것을 아럿다 그러나 잘못하면 성묵이 자신이 그물에 걸린 물고기가티 될 것이니 녀자로 하여서 세 거리 네 거리에서 방황할 수는 업섯다 영희와의 관계도 씃하지 안은 결과를 낫케 된 것이고 이 녀자마저 그러케 된다면 큰일을 경륜한다는 것이 죽도 밥도 안 되고 두 녀자로 하여서 비극을 볼 것이니 이 봉희에게 조금이라도 응하는 긔색만 보힌다면 어써한 파란이고 시작될 것임을 깨다랏다

"선생님 영희 씨를 사랑하시지요?"

봉희의 이 짤막한 말일지라도 성묵이는 이 녀자를 위하여서는 대답하기

2 결곡하다. 얼굴 생김새나 마음씨가 깨끗하고 여무져서 빈틈이 없다.

에 거북한 말이엿다 그러나 그는 정직하게 고개를 끄덕이여 보혓다

"그러면 저를 누의로 정하신다면 영희 씨에게나 제게나 쪽가튼 사랑을 주시겟서요?"

"네ㅡ"

"글세요 그러케 되실 수가 잇서요? 선생님은 심장이 둘은 아니시지요? 그러니 그 사랑을 둘로 쪼갤 수밧게 업지 안으세요? 그건 불구(不具)의 사랑이에요 그러면 선생님에게 못할 노릇이에요 그러니까 제가 불구자가 되여 버리지요 심장이 한 쿠통이가 썩엇다고 하지요 한 다리로 거러가지요 제가 선생님을 홈차 몰래 짝사랑을 한대도 그것만은 거절하시지는 못하시겟지요?" 하며 봉희는 소리까지 내여서 운다 울면서 그는 또 말을 계속한다

"저는 선생님을 사모한 지가 오랫서요 그러나 영희 씨가 자조 오시는 것을 보고는 모든 것을 짐작을 하고서 단념하자 하엿스나 단념하자고 생각만 하면 더욱더 선생님이 그리워저요 선생님! 왜 사랑이라는 것은 사람을 밋치게 합니까 제가 사람이 만히 드나드는 백화점에 다닌 지는 오래다 해도 그런 일은 업섯서요 빙충맛게도 몹시 수집어하는 저래도 언제든지 선생님께 모ㅡ든 것을 고백하랴고 하엿서요 선생님 이제는 백화점이고 무에고 다 나와버리겟서요 소망이 잇서야 살랴고 애를 쓰지 안습니까?"

1931년 4월 19일

映畵小說

人間軌道(26)

城北學人
安碩柱画

추억【九】

성묵은 섯불리 남매의 의를 매저보자고 한 것이 이러한 극적 장면을 연출케 되여 후회하엿지만 이러케 봉희가 심각히 자긔를 사랑하엿섯든 것을 알게 될 때 마음이 흔들리지 안는 것은 아니로되 영희의 자긔와의 관계로 말하드래도 자긔는 이채피 큰일을 위하야 생명을 내여노흔 사람인 이상 영희 편에서 먼저 덤비엿고 지금도 영희가 더 애가 타서 함으로 되는 대로 두고 보는 격이여서 자긔가 어써케 되는 날에는 소위 그 사랑이라는 것도 끗치는 것이라고 그러케 랭정하게 생각한 그가 지금의 영희와 손을 나누고 이 봉희라는 녀자와 그 어써한 인연을 맷는다 하드래도 앗가도 형사가 다녀갓다는 만콤 금방이라도 회호리 바람이 불면 더구나 영희와는 그 성격이 다른 꼿꼿한 이 녀자의게 못할 노릇을 식히는 것이다 영희가 만약 그 어써한 의식이 잇서서 진정으로 불합리한 이 사회에 대한 모―든 것을 깨다라 알고 미래 사회를 위하야 목숨을 앗기지 안코 일을 할 마음만 잇다 하면 자긔들과 한데 휩쓸려 어써한 지경에 간대도 조금도 미안할 것이 업겟지만 자긔와 갓가운 만콤 맹목으로 희생을 당한다면 적지아니 딱한 일인 고로 때때로 그를 대할 때마다 마음이 괴로웟섯다 그런 터에 자칫하면 봉희라는 이 녀자까지도 섭흘 쥐여주고 불로 썰고 드러가는 격이나 된다면 이□□□한 일이 아닐가?

영희나 이 녀자나 길로 나아가랴면 '핸드쌕'을 들고 얼골에 분을 바르고 발끗을 굽어보는 녀라[1]로서 훈련을 식힌대도 입으로만 그리고 하로 이틀에 훈련될 것도 아니요 쏘한 사회 사정을 알게 될 것도 아니며 안대도 자긔의 몸을 무긔(武器)로 쓸 만콤 그의 환경이 허락치 안을 것이요 그의 자란 품이

1 문맥상 '자'의 오류로 추정.

그만 것쯤도 뚤코 나갈 용긔가 업슬 것이엇다

그런고로 만약 어쎠한 녀자이고 자긔와 가튼 사람과 사랑은커녕 갓가히 한다면 생지옥사리를 얼마간이라도 할 날이 잇겟는 고로 녀자로서 제일 앗가웁고 즐거울 청춘을 암흑 속에 더지워버린다는 것도 가엽슨 일이엿다

이것은 결코 인도주의에서 나아온 생각이 아니라 아직 가태서는 아무런 각오가 업는 녀자인 까닭에 도리혀 이러한 녀자들이 자긔들의 일을 어지럽게 하야 큰 낭패를 주게 된다면········ 하는 생각도 업지 안은 것이다

그는 일을 위하야 그리고 두 녀자의 압길을 위하야 영희와 인연을 끈코 그리고 이 집에서도 나아가야만 하는 동시에 이 녀자와도 멀리하지 안으면 안 될 것을 깨다랏다

'그럿타 녀자와의 사랑이란 멀리하여야 한다 우리는 술을 멀리하는 것과 가티!'

성묵은 속맘으로 외치고서 눈물투성이가 된 얼골을 자긔의 퍽[2] 미테 처들고 애원하드시 자긔를 치여다보고 잇는 봉희를 내려다 보앗다

녀자는 우슬 쌔뿐 아니라 우는 얼골도 아름다윗다 얼골의 그 한구석을 움직이면 움직이는 대로 새로운 미(美)를 창조(創造)하는 것이엿다 무엇 쌔문에 ── 어썬 것을 위하야? 성묵이는 봉희의 얼골을 드려다보며 혼자 맘으로 부르지젓다 그러면 봉희도 고민하는 사나희 ── 성묵의 얼골을 볼 쌔에도 그러케 보앗는지도 모른다

봉희의 시선은 성묵의 얼골 위로 여러 번이나 달리엿다 그리고 썸 ── 하든 눈물이 다시 비 오듯 한다

2 문맥상 '턱'의 오류로 추정.

"봉희 씨—"

"녜?"

"사랑은 깃분 것일 터인데 이러케 우십니가?"

"새를 보서요 혼자 둥우리에서 우는 새의 우름이 좀 슯흠닛가?"

"새가 아모리 혼자 운다 해도 새가 노래한다고 아니 해요?"

"그건 행복된 시인의 말이지요"

"그러면 나도 봉희 씨와 함께 울면 그건 행복된 사람들의 노래입니다그려!"

영희[3]는 울다가도 이 말에는 웃지 안을 수 업다

"나도 가치 울어야 우스실 텐데!" 성묵은 쑥스런 말이면서도 짐짓 하는 말이엿다

봉희는 고개를 돌리고 우스며 치마 끗트로 눈물을 씻고서 성묵이에게서 물러나가 안젓다

"봉희 씨 왜 그러케 비관하십니가? 첫재 늙으신 어머님이 안 계십니가 그리고 당신은 청춘이 아닙니가? 당신은 어머님을 위하여서 당신 자신을 위하여서 사시는 분입니다 즉 당신 자신을 위하야 사는 것이 인간을 위하야 사는 것입니다 그럿타고 세상 사람은 굶어 죽는데 당신만 배를 뚜드리고 사신다는 것은 아닙니다 장래에 조선의 어머니가 될 이가 그만한 일 째문에 비관하고 일생을 그릇친다는 것은 망녕된 일입니다 조선의 지금의 녀성들이 더구나 신녀성들이 달콤한 련애! 물론 그 사랑이라는 것을 나도 인간인 이상 부인은 아니 합니다만은 개척자(開拓者)라는 소설에 나아오는 것 가튼 긔미년 이전에 잇슬 그러한 련애에 싸진다면 어찌되겟습니가 지금 조선 녀성

3 '봉희'의 오류.

들은 아직도 '개척자' 소설식 련애를 하고 잇는 것입니다 그리고 일본에서 수입된 통속소설의 영향이 만습니다 그것은 일본의 쁘르조아 소설가들이 맨든 술입니다 봉희 씨도 그러한 일본 소설을 만히 읽으섯지요? 그리고 그 술에 취하신 것이 아닙니가?[4]

4 '』' 누락. 다음 호의 대화문으로 이어지기 때문에 겹낫표를 생략한 것으로 추정되지만, 다음 호의 대화문에 겹낫표로 시작함.

映畵小說

人間軌道(27)

城北學人
安碩柱画

추억【十】

"봉희 씨의 생활이 단순한 까닭에 그러한 데도 취하게 되는 것입니다 현재보다도 더 험악한 생활전선에 드러가 본다면 어느 하가[1]에 그러한 향취 잇는 시간을 맛볼 사히가 잇겟습니가 그러니까 더구나 나 가튼 사람이 영희라는 이를 내 일을 제처노코 사랑할 생각은 업습니다 그러니 영희 그가 나에게 더할 수 업는 정열을 가지고 온대도 나는 그의 비위를 맛칠랴고 나의 전 생활을 그 순간적인 사랑이라는 데에 밧치고 십지는 안습니다 그리고 내 생활은 풍전등화와 가태서 어느 째 어써한 위태한 경우를 맛날지도 모르는 일이니 잘못하면 한 녀성을 유린하게 되고 말겟는 고로 나는 거긔에 대하야 내 자신을 스사로 몹시 경계를 하고 잇습니다 그런고로 영희라는 이와 손을 나뇌일 날이 멀지 안을 것 갓습니다 더구나 영희 씨나 봉희 씨나 운명만을 생각하는 녀성임은 매 한가지인 고로 더욱 위험성이 잇는 것입니다

자— 그 문제에 대하여서 길게 말삼할 것도 업시 두고 보시면 아실 것입니다 그런고로 오히려 리성간의 소위 아릿다웁다는 인연을 맷는 것보담도 동긔간과 가티 사랑하고 지내이면 피차에 오래오래 긔억하게 되는 것이 아닙니가 당신은 내 누의라 하고 나는 당신의 옵바라고 하고…… 이럿타고 관념론자의 말이 아니라는 것만 아러주십시요"

봉희는 장황하게 느러놋는 성묵의 힘잇는 말에 그의 들쩟든 맘이 눌리는 드시 도리혀 성묵에게 대하야 경허한 맘으로 도라갓다

두 사람은 침묵하엿다 건넌집에서 건너온 나무가지들이 달빗에 좁은 마당에 얼긔설긔 검은 그림자를 느려놋코 잇다

1 하가(何暇). 어느 겨를.

조금 잇스랴니 대문이 삐걱 하고 봉희의 어머니가 드러왓다 성묵은 자긔 방으로 튀여드러가고 봉희는 고모신짝을 끌고서 늙은 어머니를 부축하야 방으로 인도하엿다

성묵이도 봉희도 이 한밤은 조금도 잠을 이룰 수가 업섯다

봉희로 말하면 이 한밤이 자긔의 생활을 근저로부터 변혁해야만 할 것을 생각할 중대한 시간이엿고 성묵은 마치 절벽으로 발을 헛드듸엿다가 풀포기를 잡고 다시 올라가지 아니하면 안 될 아슬아슬한 판에 선 것 가탓다 과연이지 요 몃칠 동안 영희로 하여서 그의 생활이 얼마간 타락된 것은 사실이엿다 성묵은 쌈을 쭉— 흘린 채 두러누어서 명상에 잠기엿다

그 이튼날 아츰

성묵이가 처음으로 봉희가 드리는 상을 바더보앗다 그러나 봉희의 얼골에는 일종 말할 수 업는 엄숙한 빗이 써도랏다 그리고 그의 입은 철문처럼 구지 닷처 잇섯다

봉희의 쓸쓸한 뒷모양이 그가 씨고 나가는 변도와 가티 문밧그로 사라질 째 밥숫가락을 놋코서 멀거니 바라보앗다 성묵의 가슴에는 뭉쿨하고 올라오는 것이 잇섯다

내가 그만한 일에 맘을 움직여서야—— 하엿스면서도 그만한 일이라는 것도 인생의 비극에 하나임을 아럿슬 째 그의게 안위를 주랴면? 하고 생각해 보앗스나 그러면 문제는 다시 뒷거름을 치겟는 고로 그만 이저버리리라 하고서 밥을 두어 숫갈 쓰고는 부랴부랴 밧그로 나아갓다

봉희의 어머니는 늙어서 판단력이 약해젓다 하드래도 오늘의 자긔 집안에 저긔압이 돈 것만은 아라채리게 되엿다 그러나 그것은 결코 불행한 증조

가 아니고 장차 길한 일이 생길— 조짐으로만 밋엇다 그래서 손을 쏩아보고 두 젊은 사람의 사주팔자를 점처보고는 무식한 자긔로서는 틀리는 듯하야 쌀이 도라오면 자긔는 사주를 보러가기로 하고서 시계만 치여다보고 장죽에 연긔만 품고 잇섯다 그가 두 사람의 압날을 그려보고는 혼자 빙그레— 웃기도 하엿다

그러나 그의 쑴은 헛된 것이엿다

성묵이가 오정 쌔씀 하여서 드러왓다

그는 방안으로 마루로 모자를 쓴 채로 들랑날락하며 째째로 우둑이 서서 무엇을 깁히 생각을 하는 듯하더니 방으로 드러가서는 책상 설합을 열고 그 속에것을 써내여 조그마케 보씸을 싸서 책상 우해 노핫다 그리고 웬만한 것은 발기발기 씨저서 아궁이에 집어더지고 불을 부치고는 안방 미다지 압헤서 망서리다가 기침을 하고 방문을 여럿다

映畵小說

人間軌道(28)

城北學人
安碩柱画

추억【十一】

성묵이가 미다지를 열고 방안을 드려다보니 봉희의 어머니는 장죽을 문 채로 잠이 드러 잇다 성묵은 다시 미다지를 닷고서 자긔 방으로 드러가랴 힐[1] 째에 대문을 흔드는 사람이 잇섯다

잼처서 문을 여러 달라고 외치는 것은 영희의 음성이엿다

성묵은 마음에 그리 몹시 반가운 것은 아니면서도 마침 잘 온 듯십허서 대문으로 나아가 거러 다친 문을 여렷다 영희가 먼저 방으로 드러가고 성묵은 대문을 다시 걸고서 방으로 드러왓다

영희는 빙안이 진보다 어듸인지 변동된 듯십허 늘 보든 빙안이엿지만 새삼스럽게 두리번거려 살펴보앗다

텅— 비인 설합이 반씩 열리인 책상 우헤 조그마케 쑤린 봇짐이라든지 그리고 벽에 느런—히 부쳣든 칼——맑스나 레닌 등의 초상이 업는 것이 눈에 띄웟다

"왼일이세요 어듸로 이사를 가서요?" 영희는 의아해하는 낫빗이엿다

"글세요 형사도 오고 하니 은밀한 데로 좀 옴겨보랴 합니다"

"어듸로요?"

"나종에 아시게 되겟지요만은 문밧 가튼 데에 얼마간 나가 잇겟습니다"

"그러면 절ㅅ간에요?"

"아니요 그런 데가 은밀한 것 가태도 실상은 위험해서 번화한 듯하면서도 푹— 백인 집이 낫지요 써난 뒤에 아리켜 드리지요? 그런데 벌서 유치원서 나아오시는 길입니가?"

1 '할'의 오류.

"녜——"

영희가 더 챗처 뭇지 안코 불시에 머리를 숙이고 잠잣코 잇는 것이 이상하얏다 그래서 성묵은 유치원에서 무슨 일이 생겻거나 집안에 일이 잇는 거나 아닌가 하엿다

"무슨 걱정되는 일이 잇습니까?"

영희는 조금 비창한 낫빗을 지우며 뜰을 내려보고 한숨을 가볍게 쉬엿다

"오늘 제가 뵈오려 온 것은 선생님과 의논할 말삼이 잇서서요"

"무슨 말삼인데요"

영희는 망서리는 듯하다가 결심한 빗을 얼골에 씌운다

"삼사 일 후에 일본을 가랴고요…… 그런데 아모에게도 말하지 마러야 될 일인데 선생님씌야 말삼 아니 할 수가 잇서요? 그러나 선생님께서도 비밀로 아르시고 직혀주서야 해요?" 하며 쌀쌀하게 우서 보힌다 성묵은 전일과는 아조 싼판인 영희의 태도에 무슨 곡절이 잇는 거나 아닌가? 하엿다

"별안간 일본은 왼일이십니가? 공부차로?"

"녜—— 영어를 배화 볼가 하고요"

"그러면 혼자요? 그리고 학비는요?"

"녜— 엇저면 싼 동무하고 갈 듯도 하지만 혼자 갈 것도 가태요 학비는 한 이삼 년 동안 대주마는 이가 잇서요 준다는 학비는 얼마는 안 되지만 여긔서 이대로 썩어서야 되겟서요!"

"그야 반가운 소식입니다만은 그 학비를 대드린다는 사람은 누구인가요"

"그건 무러주지 마서요! 말만 압세우고 실행이 업슬갑아 써나는 날까지 말삼하지 안으랴든 것인데 세상 사람 중 어느 누구에게도 말을 아니 한다 해도 선생님께야 말삼 아니 할 수가 잇서요? 그러나 그 사람은 나종에 아시

게 되겟지요"

성묵은 영희의 밴들거리며 말을 하는 태도가 어쩐지 전일의 영희는 아닌 것가치 보혓다

그러나 어제 낫에 칭량리에서의 영희를 보아서 하롯밤 사희에 변하엿슬라고— 하엿스나 이중성격을 가진 영희를 보아서 그도 모를 일이엿다

어쩐 사람의 꾀임으로 되는 일안[2]가? 그럿치 안으면 어쩌한 돈 만흔 사람과 약혼을 하엿든 것인가? 하엿스나 너무도 자긔의 생각이 평범한 듯하야 더 채처 무러보랴 할 째 영희는 발닥 이러슨다

"왜! 이러스십니가?"

"가야 하겟서요 갈 준비도 하여야 하겟고 해서 밧부니까요 가기 전에 맛나뵈옵지요 느지면 일주일은 더 잇슬 것이니까요[3] 자— 저는 가겟서요 나오시지 마서요" 하며 핸드쌕을 집어들고 마루 씃헤 나아가 안저서 구두를 신는다

"형사가 왓서요? 선생님 여기 게신 줄 어쩌케 알엇슬까요 그것 안되엿는데요 그러케 주목바드실 것도 업스실 일 가튼데요 자— 그러면 갑니다"

영희는 뜰 가운데에 머물러 서서 고개를 짯댁하고 인사를 하고서 이편의 말도 기대리지 안코 나아가버렷다

성묵은 꿈에 당하는 일 가태서 영희의 하는 양을 멍하니 바라보고 섯슬 쌘이다

"변한 지는 임이 오래엿구나!" 하며 속으로 부르짓고는 그는 머리를 숙이고 서 잇섯다

---

2 '인'의 오류.
3 원문에는 '요'의 글자 방향 오식.

1931년 4월 25일

映畵小說

人間軌道(29)

城北學人
安碩柱画

추억【十二】

녀자의 마음은 하로에도 열두 번 변하는 수가 잇다더니 그 말이 영희와 가튼 녀자를 두고 한 말 가탓다

"일본을 간다?"

성묵은 너무도 의외인 까닭에 영희가 왓든 것이 아니라 자긔가 그의 환영을 그런[1] 본 것이나 아니엿든가 하엿다 그야 가는 사람은 어듸이고 갈 것이지만

어제에 청량리에서 자긔가 한 말을 곱색여 보고 무안에 취햇다든가 그가 자존심을 상한 듯하야 밝은한 김에 조그만 복수책으로 연극을 해보는 것이 아닌가

그럿치만 앗가의 그 랭정한 거동을 보아서는 일본을 간다는 것은 사실인 듯십헛다

그러면 어제까지도 참닥케 구든 그가 오늘에 와서 이편의 입을 경계하여 가면서 자긔의 할 말만 배터 노코는 다라난다는 것은 해괴한 일이 아닌가

어제까지에 자긔와 영희와의 관계를 보드라도 히스테리가 절정에 다다른 스테 실성한 녀자가 아니면 도모지 될 수 업슬 만한 짓이 아닌가

——이삼 년의 학비를——

이때까지 지내보아도 그의게 그만한 학비를 대여줄 만한 사람이 잇슬 것 갓지 안엇고 혹시 대여줄 사람이 잇다 하드래도 영희의 외모에 반하야 영희를 사로잡을 맘으로 학비를 대여줄 것이니 피차에 대여주고 또한 밧기로 타협이 성립되엿다면 그 사람의 계집이 된 것이니 그만한 눈치씀은 자긔에게

1 문맥상 '려'의 오류로 추정.

보혀주엇슬 것이며 그럿치 안으리라 하드래도 성묵 자긔가 얼마간 짐작은 하엿슬 것인데 원악 웃고 이야기하다가도 도라슨 뒤의 영희를 잘 모르는 성묵 자긔로서는 확실히 아니라고 증명할 수도 업는 일이다

영희 집 형편으로는 결단코 일본 류학을 갈 수는 업는 터이니 자긔 말대로 쏙 일본을 가게 된다면 자긔와 갓가히 지내어서 임이 돈푼 잇는 어느 사나희를 차고 잇섯슴이 틀림업는 일이엿다

거긔다가 그의 어머니가 녯날에 세월 조튼 긔생이엿다니 제 버릇을 개도 못 주고 짤을 돈 만흔 놈의 노리개로 안길랴고 미리부터 듯보아 두엇다가 영희 어머니가 늘 하는 말인 신수 조흔 거렁방이라는 성묵 자긔와 어느 정도까지 정이 깁허가는 것을 보고 불시에 식힌 일인지? 그러나 영희가 자긔에게 하노란 말인지는 몰라도 돈 만흔 놈에는 지지리 못난 놈이 만흔 것이니 죽으면 죽어도 그런 놈에게 얼골도 바로 돌려 보이지 안켓다 햇스니 그 말을 미더야 조흘는지 모르나 그런 놈에게 가게 된다 해도 그의 얼골에 고민하는 빗이 조그마치라도 잇섯슬 것이다

그러면 누구의게 어썬 놈의 날개 바람에 휩쓸려 가는 것인고 그는 번득하고 생각되는 것이 잇섯다 그러나 그것도 근거는 박약한 것이엿다

자긔가 맘대로 밧갓 출입을 할 수 업는 만큼 자긔들 '그룹'에서 아즉 저편의 주목을 밧지 안는 동지들 중에 종종 영희를 데리고 밧갓흘 나아가는 사람이 잇는 중에 상근이가 자조 영희와 산보도 하고 극장 출입도 하엿든 것을 보아서 상근과 얼마 전부터 얼마나 갓가웁게 되엇는지는 모른나 영희와 자긔와의 관계를 동지들이 다 아는 싸닭에 더구나 량심 바른 상근이가 동지의 애인을 쉽사리 차갈 것 갓지는 안엇다 그야 녀자에게 넘어가지 안는 사나희가 업다 하지만 넘어갓다 하드라도 제 몸 주체도 바로 못 하는 상근이

가 무슨 수로 영희를 일본 류학까지 식힌단 말인가? 그러니 그것도 확실치 못한 추측에 지나지 안는다

그래서 멀지 안어서 사건의 정체는 뚜렷이 드러날 때가 잇겟고 또한 자긔 자신이 한 녀자 때문에 중대한 일을 제처노코 맘을 북색일 수는 업는 일인고로 마음을 가라안치고서 봉희의 어머니가 깨여 이러낫슬 때에— 형사가 외국에서 온 사람이라고 자긔를 주목하고 잇는 우헤 집까지 알엇스니 아무런 까닭이 업다 하드래도 잘못 걸리면 큰 봉변을 당할 것임에 그 전에 몃칠만 다른 곳에 숨어 잇다가 오겟다고 얼버므러ㅅ드린 후에 그 집을 나아왓다

주인 마누라가 눈물이 글성글성해서 간다는 자긔를 멀거니 바라보며

"그러면 꼭 오시겟소 쉬 죽을 늙은이를 속일 리는 업겟지만— 간 뒤에 잇는 데나 아리켜 주우 우리가 안들 뉘게 말하겟소" 하면서도 자긔 딸을 맛나보고나 가라는 드키 성묵의 이불보와 전등가사를 치어다보는 봉희의 어머니를 생각하니 가슴이 뭉쿨하엿다

"그럿치 아모리 급해도 봉희만은 보고 올 것을—— 얼마나 락담 실망할가?"

성묵은 머러지는 봉희의 집을 돌처보고는 혼자말로 뇌이고서 샛골목을 차저서 새로히 어더 노흔 집을 향하야 모자를 압으로 푹 눌러 쓰고는 봇짐을 들고 거름을 빨리하얏다

1931년 4월 26일

映畵小說

人間軌道(30)

城北學人
安碩柱画

추억【十三】

그 뒤 사흘 되는 날 밤 자정이 지나서 사회과학회(성묵의 일당의 표면 긔관)에서는 간부들의 비상소집이 잇섯스니 이 회 안의 돌발사건으로 비밀리에 회의가 열리게 된 것이다

사건인 즉 이 회의 간부 몃몃 사람이 아츰에 검거가 되자 경찰 측에서 비상소집을 하야 이 일당 외에 지방 지부원들을 검거하랴고 대활동을 개시하엿다는 것과 또 한 가지는 이 회의 지도자격인 김성호와 최상근[1]이가 이틀 전에 부지거처가 되엿스니 이것은 확실히 흑막이 잇는 것이라 하야 이 회 간부들이 그 두 가지 문제의 선후책을 강구하자는 것이엇다

그들이 암암리에 계획하고 잇든 일이 실행되기 전에 검거가 개시된 것은 이 회 간부나 회원 중에 스파이가 잇섯든 것이라고 추측되엿다

그러한 분자라는 것은 결국 김성호와 최상근[2] 두 사람에게로 지목이 갓다

김성호라는 사람은 학자로써도 신망이 잇섯지만 사상 운동에 새로운 리론을 언제나 먼저 세우는 사람으로 이 회 안에서는 숭배를 밧다십히 한 사람이요 최상근[3]으로 말하면 신경향파 문예가 중에서는 상당히 첨예 분자인 만콤 이 회 안에서는 보배나 다름업시 앗기든 사람이니 간부 중에서는 검거가 된 것이지 변절하고는 도피한 것이 아니라고 극구 변명도 하는 사람이 잇지만 김성호와 최상근[4]이와 그리고 영희가 가튼 날 가튼 시간에 경성역에서 회에도 알리지 안코 아무런 감시도 밧지 안코 긔차에 오른 것을 간부 중에 한 사람이 보앗다는 것을 보아서 그들의 행동이 수상한 것이라 하면 그

1 '류상근'의 오류.
2 '류상근'의 오류.
3 '류상근'의 오류.
4 '류상근'의 오류.

러한 지목도 가게 되지 안을 수 업는 일이엿다 그섄 아니라 그들이 막— 써나자 검거가 개시되엿다는 데 대하야 아모리 하여도 그 두 사람을 의심 아니 할 수 업게 되엿다

그러나 이러한 위급한 경우에 잇서서 엇더한 까닭으로든지 긔왕 틀린 일이니 그 두 사람의 문제는 둘재로 하고서 먼저 선후책을 강구한 후 검거의 손이 넓혀지기 전에 애초에 계획하엿든 그 일을 날이 밝기 전에 실행하자고 성묵은 주장하엿다

이성묵의 주장으로 간부들은 밤 늣도록 구수회의[5]를 하고는 그들의 최후의 일전을 시작하기 전에 술잔을 일제히 들고 맘속으로 ○○를 불럿다

그들의 전신에는 피가 벅차게 뛰엿다

그들의 눈에는 쓰거운 눈물이 고혓다 그러나 구지 담은 그들의 입이 열리고 술잔이 다을 때 그들의 손은 부들부들 썰리는 것이엿다

그들이 각긔 마튼 사명을 달하기 위하야 나아가기로 하엿다 나가는 데는 한 사람식 한 사람식 살작 쌔저나아가자는 것이엿다 그럿치만 만사는 와해가 되고 마럿다

어써케 아럿는지 이들이 모힌 중국 료리집을 에워싸고서 매복을 하고 잇든 경찰은 이들을 모조리 검거를 하고 마럿다

이때는 김성호와 최상근[6]과 영희와 련락선을 타고 현해탄을 넘는 째다 이 날에 달은 왜 그리 밝은지 검은 물결에 은가루 금가루를 헤트려 노핫다 갑판 우헤 쇠 난간을 의지해 섯는 이 세 사람으로 저는 즐거워해야만 할 일이

5 구수회의(鳩首會議). 비둘기들이 모여 머리를 맞대듯이 여럿이 한자리에 모여 앉아 머리를 맞대고 의논함. 또는 그런 회의.

6 '류상근'의 오류.

로되 그들은 창연히 숨틀거리며 지나가는 물결을 내려다 보는 것이엿다 그들의 머리는 달빗이 드리워 금관을 쓴 드시 빗낫다

영희는 상근의 손목을 쥐고서 그리고 상근의 억개에 머리를 언저 노코서 남쪽 나라로 남쪽 나라로 마음을 달리는 것이엿다

검거된 성묵의 일당은 취조를 밧고 검사국을 넘어가서는 예심에 붓고 마럿다

이때는 김성호가 구라파로 향하는 긔선에 잇슬 때요 상근과 영희는 일본 세도나이가이(瀨戶內海)[7]에서 꿀 가튼 사랑을 속삭이고 잇는 때엿다

7 세토나이카이(せとないかい, 瀨戶內海). 일본의 혼슈(本州) 서부 및 시코쿠(四国), 규슈(九州)에 둘러싸인 가늘고 긴 내해.

1931년 4월 28일

映畵小說

人間軌道(31)

城北學人

安碩柱画

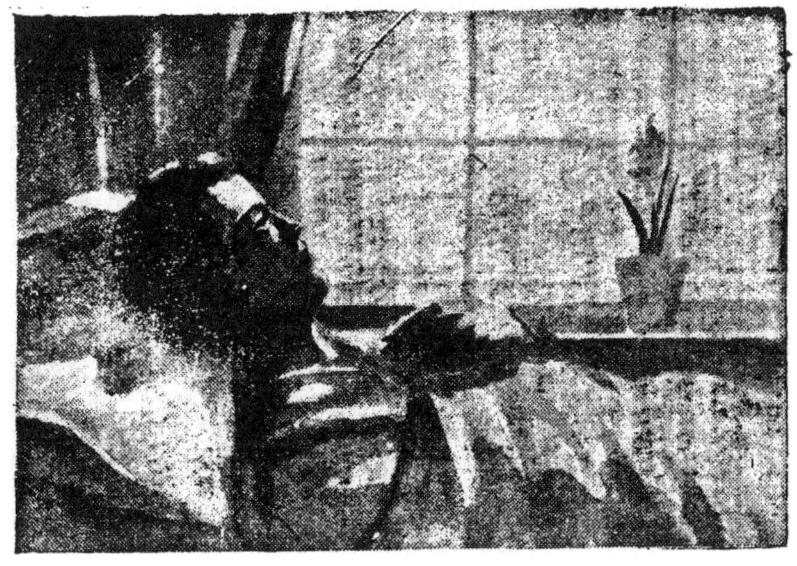

추억【十四】

봉희는 성묵이가 자긔 집을 나아간 뒤 얼마 동안은 전혀 무신경 상태로 날을 보냇다 그럿타고 결코 성묵을 원망한 것도 아니오 녀자마다 가질 수 잇는 그 행운을 자긔만은 가질 수 업섯다는 데 대하여서 슬퍼하엿다 그야 자긔만한 용모를 가지고 다음 날에 다른 사나희를 마지하지 못할 것도 아니 겟지만 매춘부가 아닌 적에야 첫 번 그리워하엿든 사나희에게서 실련을 당하고 즉시 마음을 가라안칠 수는 업는 것이엿다

이러케 순결한 봉희의 단순한 생각으로는 성묵이를 자긔 마음에서 써내보낼 수는 업섯다

그리고 성묵이의 영희에게 대한 태도도 탐탁치 못하엿고 자긔가 성묵이에게 모든 것을 고백하는 말에 성묵이가 자긔에게 친절한 그리고 열정 잇든 말씨로 보아서 성묵이가 자긔를 아조 도외시하는 것이 아님이라 생각하엿다

그리하여 처녀의 깨긋한 마음속에는 어느 날이고 어써한 승리가 도라올 것이라는 막연한 꿈을 그리는 것도 봉희에게 잇서서는 무리가 아니엿섯다

그러나 봉희를 놀라게 한 슯은 사실── 그 돌발 사건은 봉희로 하여금 성묵이에게서 어써한 위대한 것을 발견하게 되엿다 그것이 몹시도 두려운 일이면서도 봉희로 하여금 자긔의 생활에 혁명을 이르키고 싸라서 언약도 업는 것이엿지만 성묵이를 위하야 모든 것을 직히리라 하엿다

성묵이가 잡혀갓다는 것을 신문을 보아서 아럿든 것이다

성묵이가 경찰서에서 취조를 밧고 검사국으로 넘어가는 날 봉희는 경찰서 문 압헤서 새벽부터 성묵이가 나오기를 기다리고 잇섯다

오정 전쯤 하야 순사에게 옹휘되여서 자동차에 오르는 수갑을 찬 성묵이를 먼밧츠로 보앗다

성묵이를 보자마자 봉희의 눈에서는 눈물이 것잡을 새 업시 흐르는 것이 엇다 성묵이가 탄 자동차가 경찰서 문을 나아와 봉희의 압흐로 지내갓다

눈물에 어린 봉희의 눈에 성묵의 웃는 양이 비최이고 지내갓다 봉희는 붓잡지 못할 것이면서도 정신을 일코 다라나는 자동차 뒤로 다름질하엿다 그러나 뒤로 쏘차오든 순사[1]에게 붓잡히여 멀리 틔끌 속으로 사라지는 자동차를 멀그럼이 바라보고 서 잇섯다

그 일이 잇슨 지도 벌서 일 년이 지내갓다 예심에 붓친 성묵이는 중병으로 보석이 되여 감옥을 나아와 □병원에 드러누어 잇섯다

이째도 지난 봄과 가튼 봄이엿다 그러나 그의게 보히는 쏫과 록음과 향취와 음향은 모두가 슯흠을 자어내는 것들쌘이엿다

봉희의 어머니는 아즉도 사러 잇서서 성묵의 병실로 차저와 짤의 죽엄을 전하면서 목을 노코 울엇다

봉희는 성묵이가 잡혀가든 작년 겨을에 페염으로 죽고 마럿다 성묵이가 감옥에서 봉희를 늘 생각하엿다 경찰서 압헤서 길거리임에도 불고하고서 울든 봉희의 얼골을 네 벽밧게 보히지 안는 감옥 안에다가 얼마나 만히 그려보앗든가

지금도 봄은 봄이로되 성묵이에게는 슯흔 봄이엿다 성묵이가 보석이 되여 나아온 것이 봉희의 부고를 들으러 나아온 듯십헛다 그러나 사람마다 언제나 한 번식은 당하는 죽엄이지만도 그가 청춘이엿스니 가엽고 슯흔 일이 아닐 수 업섯다

1 원문에는 '사'의 글자 방향 오식.

성묵이의 병이 전쾌되엿슬 때는 성묵은 병중에 생각해 둔 일을 실행하려 하엿다

그것은 국경 탈출이다

——그 길을 환히 알고 잇는 성묵이게는 손쉽게 되는 일이엿다

어느 비오는 밤 성묵이는 봉천에 이루러 교묘히 몸을 감추엇다 여긔에는 봉희의 어머니의 도음이 컷섯다 그의 여비며 그의 입고 간 옷까지도 봉희의 어머니가 주선해 준 것이엿다 지금도 봉희의 어머니가 긔대리고 잇스면서 그를 위하야 축수하는 사람이 이성묵이요 때때로 여러 가지 일홈으로 오는 편지도 이성묵의 편지엿다 비록 먼 거리에 잇스나 그들은 어머니와 가치 아들과 가티 마음을 의탁하고 잇는 것이엿다

× ◇

◇ ×

영희가 생각하는 지난 일이란 것은 그러한 긴— 이야기 중에서 어느 토막토막이엿다 자긔가 깁부게 생각하는 토막 그럿치 안으면 두려웁게 생각하는 토막쑨이엿다

映畵小說

人間軌道(32)

城北學人
安碩柱画

영희【一】

성묵이라는 사나희가 이 세상 어느 구퉁이에서든지 살고 잇다면 어느 째든지 자긔 압헤 나타날 째가 잇슬 것임에 리성간의 애욕 문제로 두 사람 혹은 세 사람 사희에 알륵[1]으로 그러한 결과를 엇게 된 것과 달라서 자긔와 상근과의 불의의 행복을 위하야 크나큰 일을 하든 사람들을 희생식힌 그러한 배신 행동에 대한 어써한 모진 중벌이 내리겟는 고로 영희의 압날은 무시무시해 보히면서도 성묵이라는 몸동아리의 부분마다 발휘하고 잇는 남상미와 쏘한 그와 접촉하든 째의 아름답든 긔억이 영희의 눈압헤 나타나 보혓다

영희도 조선의 쌀이요 조선의 천시에서 피여난 쏫치여든 어찌하야 이 쌍을 이저버렷는가? 그리하야 조선에서 이 영희와 가튼 녀성들이 심약한 젊은 사람들의 피를 얼마나 만히 말리엿는지? 상근이도 말하자면 이 녀자로 하여서 피가 마른 사나희의 하나다 그리하야 그 두 인간은 허무러진 네―ㄹ(궤도) 위로 달리고 잇는 인간이 되고 마럿다

영희는 지나간 날의 달큼한 삶을 쑤어보랴 하엿스나 그것은 다시 도라오지 못할 자긔의 과거로부터 죄악을 쓰집어내여 자긔의 몸둥아리를―― 그보다도 마음을 무섭게 진닉이게 하는 것이엿다

영희는 보히지 안는 칼들이 자긔의 몸둥아리를 향하야 날러오는 것 가탯다 그리고 맹렬히 이러나는 불쏫 속에서 자긔의 몸이 지글지글 쓸는 것가티 이째까지 맛보지 못하엿든 크나큰 고통이 이러낫다

드러누엇든 영희는 새파랏케 질린 체로 벌덕 이러 안젓다 그의 눈망울은 열병 환자와 가티 붉은 힘쑬이 내소섯다

---

1 알륵. 알력.

이러케 괴로워하면서도 항용 이런 녀자들의게 잇는 자포자긔가 영원히 자긔 자신을 건질 수 업시 구원의 줄을 끈허버리는 것이엿다

"될 대로 되라지!" 영희의 철학은 자신을 이만쯤 방종한 녀자로 맨드럿다

그는 화장을 시작하엿다 오늘은 유난히도 입술에 연지 뒤발[2]을 하엿다

그리고는 상근이를 졸라서 외상으로 어더온 자주빗 파라솔을 쎄싹—하게 밧고서 동대문턱에 나아갓다

말속히 개인 날에 산뜻하게 차리고 나선 영희는 마음까지 상쾌한 듯하엿다 그는 전차에 올라서 창경원 표를 씩엇다

일요일인 오늘에 사꾸라—가 만개한 창경원에는 봄을 마지하는 사람들의 쎄가 우릿간 속에서 피 마른 고기를 먹고 사는 동물들을 놀래게 하엿다

길도 들지 안은 잔듸풀 우에는 옹기종기 모혀서 '스시'[3]에다가 '마사무네'[4]에다가 자지러진 이야기에다가 몽당머리 어린애의 재롱과 노래며 봄의 날개 밋헤서 즐거운 날을 보내랴는 축도 잇고 누—러케 들뜬 흰 옷 입은 사나희가 메마른 안해를 데리고 꼿그늘로 긔맥 업시 어치렁거리는 사람도 잇다

영희는 꼿이 잇고 록음이 잇고 사람이 잇고 우숨이 잇고 노래가 잇는 이곳에 홀홀히 혼자서 거닐기에는 고독을 늣기엿지만 도리혀 한편으로는 홀가분하여서 조핫다

그러나 무엇이고 생각해 보자 하여도 머리가 텅 비인 듯해서 그저 멍—하니 쏘다니엿다

그리고는 잔듸풀에 양산을 바치고 무심히 안젓기도 하엿다

---

2 뒤발. 온몸에 뒤집어써서 바름.

3 스시(すし, 鮨). 물기가 조금 적게 지은 밥에 식초, 설탕, 소금 등을 넣고 한줌 쥐고, 그 위에 김, 생선, 유부 따위를 올려 만드는 일본 요리. 초밥.

4 마사무네(まさむね, 正宗). 정종, 일본 술.

모든 긔억을 말살식히인 영희는 력사를 이저버린 사람가치 의식까지 이저버린 것 가탯다 그러나 무쑥무쑥 마음속에 써오르는 성묵의 형상 그것이 나무와 나무와 솟과 솟 사히로 방황하는 것 가태서 그리고 보히는 사나희마다 성묵의 환영을 압세우고 다니는 것 가태서 몸이 우둘우둘 썰엿다

“어써케 하여야 모든 것을 이저버릴가?”

영희는 혼자 탄식하엿다

마음에 쌔린 고통의 씨는 가지를 쌧고 닙이 돗고 솟이 피고 그리고 열매까지 열려야만 할 것가티 영희의 마음속에 쌔리를 깁히 박는 것 가탯다

1931년 5월 1일

映畵小說

人間軌道(33)

城北學人
安碩柱画

영희【二】

성묵이게 대해서만 배신한 것으로 아럿든 영희는 창경원 안에서 오락가락하고 쏘한 우둑우둑 멀거니들 서 잇는 우울증에 걸리인 무수한 조선의 졂은 사나희들을 볼 째에 그는 확연히 깨다른 것이 잇섯다

무수한 사나희들——

그 한 패는 지금 이러케 란만히 피인 쏫과 록음의 향긔와 아름다운 음향 등—— 이러한 봄의 천지를 등지고 암흑 속에서 울분한 날을 보내며 시들고 잇는 졂은 사나희들이 아닌가

——그들은 무엇을 위하야—— 그보다도 누구 째문에 고생하게 된 것이냐?

그 무엇을 위함이냐는 것은 영희로서도 막연하나마 알고 잇는 것이지만 그들의 뜻을 이루기도 전에 그러한 고통을 격게 한 죄를 아름다운 영희라고 버서내 버릴 수는 업는 일이엿다

오히려 상근이의 쓴아불이 되엿든 것보담도 성묵의 팔이 되여 상근이를 후려넘겻든 것이 낫지 안헛슬가 그것이 바른 길이 아니엿슬가?

상근이도 오늘 울며 말한 것이지만 치정 관계…… 아츰에 이러나면 아조 싼전으로 변할 수도 잇는 그 치정 관계 째문에 영희는 성묵이를 한편으로 사랑은 하면서 속여 넘긴 것이 아닌가? 만약 상근과 김성호가 사람답지 안은 사람이라 할진대 자긔도 그러한 축에 사람을 면할 수는 업지 안으냐

그것은 오로지 상근의 발라마치는 수단에 써러지고 만 것이니 오히려 자긔 자신보다도 얼마나 더욱 상근이가 미운지를 몰랏다

그러한 사람과 무엇 째문에 낫을 대하고 사느냐? 그리고 지금은 그 사람에게서 그 무엇을 바라고 한 솟에 밥을 먹고 사느냐? 피 한점도 업는 량심의 이 말라빠진 유령 가튼 상근이와 부부가 되여 지낸다는 것이 얼마나 큰 치

욕인지!

자긔는 결국 그의 이부자리요 관쑥게에 지나지 안는다

왜! 나는 도구(道具)가 된다 할지라도 그러한 사람의 성적 도구가 되엿느냐는 말이다

──창대! 그럿타 나는 버린 사람이요 이왕 지은 죄악이 이 세상에서 영원히 소멸되지 안을 것일진대 오히려 그러한 사람에게 자긔의 몸을 내여더지여 그날그날을 엄벙뚱당하고 지내여 버리는 것이 상근이를 보면 볼사록 고통이 되는 것보담 낫지 안흘가?

올타! 깃껏 날뛰고 지내여 보자— 그저 될 대로 되여 보자!— 이러케 썩은 닭의 알 가튼 나에게 무슨 성된 것이 잇겟스며 소위 정조란 게 다— 무엇이란 말이냐

영희는 되는 대로 생각해 보고는 자긔의 주장을 긍정해 버리는 것이엿다

영희는 씰크 양말 속에서 빗나는 자긔의 다리의 살결을 굽어보앗다 그리고 분ㅅ길 가튼 손을 보앗다

영희는 픽! 하고 식은 우숨을 우서보핫다 이제는 완전히 자긔 자신이 재갈을 버슨 백마(白馬)와 가튼 자유스럽고 아름다운 몸둥아리가 된 듯 십헛다 모—든 사나희를 미치도록 애태울 수도 잇는 어엽분 형상이엿다 이제의 자긔의 몸은 어항 속에서 내로 연못 속에서 바다로 나아간 물고기 가탓다 이제는 어느 곳이고 마음대로 ᄭ리를 치어 헤염치며 어듸든지 맘 내키는 곳이면 다닐 수 잇슬 것 가탓다

보라빗 하날과 분홍빗 사구라와 신록이 빗나는 이 천지는 자긔를 마음대로 달릴 수 잇는 공간이요 대지와 가탓다 그러하니 마음에서 것잡을 수 업는 환희가 이러낫다

영희가 치마의 썩은 잔듸풀을 털며 이러날 때 자긔의 압헤 딱 서 잇는 사나희의 번쩍 하는 칠피 구두를 보앗다

영희가 그 사람을 치어다 볼 때는 그것은 의외로 창대의 휜—하게 웃는 상판이엿다

"아이! 리 선생이 왼일이세요"

"녜— 꼿구경 왓습니다 어제 참 실례가 되여셔!"

"별말삼을 다— 하서요 맛침 혼자서 쓸쓸햇는데요"

창대는 어느 틈엔지 영희의 손을 쓰러가지고 악수를 하엿다

"그러하십니가 그러면 살 맛나 뵈왓습니다 그런데 상근 씨는 댁에 계심니다그려?"

"아니요"

"그런데 어제 상근 씨가 영희 씨에게 어제ㅅ일을 말삼하시든가요!"

"아니요 그이는 원악 술이 몹시 취햇스니까요" 영희는 얼골이 빨게지며 머리를 숙이고 말햇다

"녜— 그러실 터이지요 그러면 저하고 한박휘 도라보시렴니까"

"아모리나요 그런데 리 선생께서는 혼자 오셧서요?" 영희는 창대를 따라서 것기 시작하며 말햇다

"친구들하고 왓스나 헤여저도 상관이 업겟지요"

"저 때문에 그러신다면 미안해요"

"천반에요 그들하고는 길에서 맛나서 왓스니까 헤저도 욕은 아니 할 것입니다"

두 사람은 이런 이야기 저런 이야기를 하면서 한박휘를 도라서 창경원을 나아왓다

창대는 문 압헤 잇는 택시에 영희를 태우고 차부에게 청화원으로 가자고 하엿다 이곳에서 불과 한 마정도 못되는 곳을 자동차로 몬다는 것은 외국에서 돈 써보지 안은 축은 못하는 짓이것만 탄탄한 길에 차가 흔들리지도 안는데 영희의 몸에 제 몸을 부닥드리며 건드럭거리는 것이엿다

1931년 5월 2일

映畵小說

人間軌道(34)

城北學人

安碩柱画

영희【三】

두 사람은 두어 마듸 말을 주고밧는 동안에 차는 경학원 압 너른 마당에 와 다엇다

수림이 욱어진 그 사히에 은근히 드러안진 청화원을 향하야 경학원 장담을 씨고 두 사람은 거러간다

실개천에서는 표모[1]들이 옹기종기 안저서 빨래를 하고 잇다

"영희 씨! 청화원에 와보신 적이 잇씀니까?"

"업세요 그곳은 무얼 하는 곳이예요"

"목욕하고 술 먹고 밥 먹고 하는 곳입듸다 나도 이삼 일 전에 친구들이 오랫만에 술잔이나 나누어 보자고 나를 끌고 왓섯는데 퍽 종용해서 점잔은 사람이 놀기 조흔 곳이더군요"

창대는 싱그레 우스며 영희를 녑눈으로 보앗다

"그러면 저는 밥이나 먹지요"

"천만에 삐루 한 잔쯤은 넉넉히 자실 것 가튼데요 어제는 상당하시드군"

"그저 물 가태서 주책업시 드리킨 것이지요 참 혼낫서요 쏙 죽는 줄 알엇서요"

"그럿치만 아마 녀인네들도 청화원 가튼 데 와본다면 한잔 생각이 날 것 갓든데요" 하며 창대는 껄껄대고 웃는다

두 사람은 청화원으로 드러갓다 이 료리집의 주인인 일본 군인 출신이라는 '카이제루' 수염[2]을 고대로 쎄다 부친 듯한 반죽 조케 생긴 뚱뚱한 사나

1 표모(漂母). 빨래하는 나이 든 여자.

2 카이저수염(Kaiser鬚髥). 양끝이 치켜 올라간 콧수염. 독일 황제 빌헬름 2세의 콧수염 모양에서 유래된 명칭이다.

희가 사무실에서 나와서 한 번쯤 본 창대를 보보[3]고는 넉살을 부린다 근대식 호령으로 뽀이들을 분부하야 두 사람을 은윽한 방에 안처다 노코서 술상을 차려서 드려노핫다

이 요리집을 가운데 노코서 뼹 둘러싼 수림 사히로 □읏붉은한 꼿들이 오후의 해빗에 지튼 빗갈□□□□□□

간간히 푸루룩하고 날러가는 새의 깃소래와 재절대는 소리가 멀리 혹은 갓가히 들린다

창대는 영희의 싸러주는 술에 건화해지기 시작하엿다 영희는 창대의 구지 권하는 술을 앙탈을 하고서 물리첫지만 창대가 한 잔 술이면 반 잔식 마시기로 되어 얼골이 붉덩이가치 십쎌것케 타오르도록 마시엇다

창대는 영희의 싸르는 술잔을 밧으면서 한 손으로는 영희의 팔목을 덥석 쥐엿다

영희는 뒤로 몸을 쓰러가면서도 창대의 손악위 심에 쓸리여 그의 넙자리로 갓가히 올마갓다

썩시루에서 쉼는 기음 가튼 창대에 입기음이 영희의 쌤에 와 닷자 그의 입술이 영희의 □을 질럿다

해는 임이 넘어가고 황금빗가치 빗나든 수림은 검푸르러젓다 어둑어둑해지는 황혼에 산속으로부터 부러오는 바람이 쌀쌀하엿다

창대는 여러노핫든 사위의 문을 다— 다치고 술에 취하야 감기는 눈을 실가치 쓰고 옹송그리고 모루 드러누은 영희의 압흐로 가서 팔을 '다다미[4] 에 괴이고 비스듬이 드러누엇다 그리고 영희의 가슴이 몹시 쒸여다 그 고동

---

3 '보'의 중복 오류.

4 '』' 누락.

의 파동으로 젓가슴이 어지럽게 흔들리는 것을 보앗다

창대의 거치러운 손은 영희의 팔을 더듬엇다 살빗이 윤택한 영희의 팔목은 창대의 입으로 쓸려갓다

영희는 버듬키엿스나 힘껏 몸을 부등켜 안는 창대의 힘에는 술에 넘우도 취하야 맥이 풀리인 영희의 팔과 다리로서는 저항할 수가 업섯다

영희는 제 말마짜나 될 대로 되에보앗다

영희가 술이 깨여 이러날 째는 자긔의 몸둥아리는 쓰러진 대리석 라체상 가탯다 영희가 바라든 완전히 모—든 구속에서 버서난 해탈된 몸이엿다

창대는 저편 벽 미테 네 활개를 버리고 드러누어서 담배를 피우는 것이엿다

밤— 새로 한 시가 넘어서야 두 사람은 청화원을 나와서 대령하고 잇든 자동차에 올르는 길로 시내 일주를 하엿다 남산으로 쌩쌩 돌고 청량리로 도라서 영희는 창대의 팔목에 매달리여 집에 드러갓다

영희가 방으로 드러갓슬 째는 상근이가 양복을 입은 체 눈을 감고 웅승그리고 드러누어 잇섯다

영희는 자리를 펴고 옷을 벗고 드러누엇다

이째에 상근이가 부시시 이러나 안젓다

"어듸를 가서 이러케 느젓서?" 영희는 잠잣코 □□ 도라누엇다

1931년 5월 3일

映畵小說

人間軌道(38)[1]

城北學人
安碩柱画

영희【四】

상근이가 전일 가트면 영희의 이러한 태도에는 신경질인 그 성격을 발휘하엿겟지만 오늘은 웬일인지 픽 웃고는 다시 드러눕는다

거는방에서는 영희의 어머니가 자면서 씅씅 알른 소리가 난다

영희는 바시시 이러나서 전등불을 홱 끄고는 다시 자리 속으로 드러갓다

상근이는 영희의 하는 일에 아랑곳도 아니하고 그대로 컴컴한 어둠 속에서 눈을 썸벅어리고 드러누어 잇다

영희와 말다툼을 하고서 나아갓든 상근은 왼종일 고민을 하고 돌아다닌 까닭인지 썸벅이는 눈은 마치 이리의 눈가티 어둠 속에서 번적이며 타고 잇다

불이 써지고 방이 캄캄하니 무서운 환각(幻覺)이 이러나자 어둠 속으로부터 점점 커지는 듯한 두려운 환영들이 서로 억갈리며 나타나서 그 환영들이 가지고 잇는 창삿 가튼 것이 상근의 얼골을 내리질르는 것 가태서 눈을 뻔이 쓰고도 가위를 눌린 사람가티 몸을 부르르 썰엇다

그리해서 그는 이러나서 영희가 써버린 전등을 더듬어서 켜 노앗다

영희는 고개만 이편으로 돌리여 눈을 매서웁게 쓰고서 푸념을 한다

"그건 왜 켜요 나는 불이 켜 잇으면 잠을 못 자는 것을 알지요?"

상근은 벌덕 일어안지며 영희를 노려보앗다

"왜 요러케 기승기승해! 참고 보라니까 해괴해서 못 보겟서 오늘은 어듸 가서 무엇을 하고는 늣게 드러와서 독살을 부리느냐 말야"

"다— 듯기 실혀요 늣게 드러오고 일즉 드러오고 어듸 가서 무얼 하든지 내 맘대로 하는 게지 언제 내가 뉘의 절제를 밧고 살어왓습듸가? 상관 마러요"

1　'35'의 오류.

"사나희가 잇는 녀자가 몸을 맘대로 가저도 조타는 말이야? 그러면 어듸 영희 맘대로 해보아! 삼패가 리[2]든지 말던지!"

영희는 이 말에는 발끈하여 가지고 발닥 이러안젓다

"삼패라니요? 내가 그러케 된다면 당신은 무엇이 될 터인데 그래요 내 입이 더러워질갑아서 말은 아니 해요"

"그래! 좃치 조하 아무리 나 맘대로 되여보지그래 그런데 오늘 영희가 밧게 나아가서 무엇을 하고 잇섯다는 것을 아는 사람이 잇다면 저러케 표독을 부리지는 못해……"

상근은 넘겨잡고 한 말이엿는데도 영희는 그만 쉼실해서 풀긔가 죽어보히는 것이 상근이에게는 우수웟스면서도 추측하고셔 한 말이 맛는가 하야 슬며시 질투가 생기여서 분하엿다 그러나 그 질투가 어쩐지 더러운 것 가태서 상근이는 픽 웃고 드러누어 속에서 이는 불을 끄랴고 하엿다

"웨 사나희가 그래요 그리지 말어요 나는 당신을 위해서 업서질 터이니"

하며 영희는 조금 눙처 말하고는 벽을 맛대고 드러누어 버린다

"아모리나 하지 업서진대도 그 성미만은―― 그 허영심만은 업서지지 안을 것이니까 맛찬가지지"

상근의 이 빈정대는 말에 영희는 호들갑을 부리고는 십헛스나 만약 오늘도 자긔가 한 일을 상근이가 아라차리고 써드러댄다면 큰일인 고로 다수굿해 버렷스나 그것이 우름으로 변하야 훌적훌적 운다

"그 왜 어린애 모양으로 걸핏하면 울어! 녀자란 우름으로 우숨으로 모든 것에 방패막이를 하랴고 하니까 이제는 그 울음 좀 처치를 해요…… 너무 울

---

2 '되'의 오류로 추정.

기 조하하는 녀편네는 초상집 드난이나 사는 게 낫지" 하며 이번에는 상근이가 이러나서 전등불을 써버렷다 방안은 잠잠하엿다 두 사람은 다 가티 번노[3](煩惱)로 날을 밝히엿다

날이 밝으니 영희의 어머니가 아츰이나 먹고 나가라고 구지 만류하는 것도 불계하고서 상근은 세수만 하고 밧그로 나아갓다

영희는 나아가는 상근을 붓잡을랴고도 아니 하엿지만 나아가는 그의 뒷모양이 밧그로 사라질 때에는 엇전지 측은한 생각이 낫다

술김에 된 일이지만 어제의 창대와 지낸 일이 눈압헤 환—히 그려질 때 문둥병이나 올문 것가티 왼몸이 문정문정 문드러저 나아가는 것 가탓다 그리고 어써케 그러한 자긔가 상근이에게 대드럿슬가 하니 철면피인 자긔가 미웟다 영희는 두 손으로 얼골을 싸고 업듸여서 늑겨 울기 시작하엿다

그러나 우름을 울고 나면 아모리 마음이 시원하다 하드라도 자긔가 이왕저지른 일을 우름으로 물를 수는 업는 것이엿다

영희의 어머니는 모든 이 집의 정세가 필연코 무슨 큰일을 내일 것가치보혓다 그래서 영희에게 여러 가지로 무러보앗스나 늑겨 우는 영희는 눈물로만 대답할 섄이다

얼마 동안인지 울 대로 울고 난 영희는 매서운 얼골로 변하엿다 그리고는 거울 압흐로 갓다 녀자와 거울— 거울과 영희 녀자의 마음은 알 수 업다 하여도 거울만이 잘 알고 잇는 것이엿다

---

3 '뇌'의 오류.

映畵小說

人間軌道(36)

城北學人
安碩柱画

사업(一)

창대는 외국 류학을 마치고 와서 첫 번 사업이라는 것이 영희를 가로찬 것밧게는 업섯다

그러나 돈푼이나 잇서서 얼마든지 호화로운 생활을 할 수 잇지만 그의 영예욕과 되다 찌부러진 영웅심을 남부럽지 안케 가진 그는 어쩌케 하든지 사회에 나서서 거드름을 빼이고도 십헛다

구라파에 잇섯슬 째 내지의 어쩌한 전문학교에서 교수 예약까지 된 일이 잇서서 봄 첫 학긔를 대여서 부랴부랴 귀국하엿스나 와서 본 즉 그 전문학교 편에서 이럿타 저럿타는 말 한마듸도 업서서 오만한 그도 하는 수 업시 그 학교를 방문하고 학교 당국자에게 눈치를 뵈엿지만 어름어름 말쌘이요 서면으로 구라파에 잇는 자긔에게 계 교섭까지 할 째와는 싼판이여서 늬글늬글한 그의 성격으로도 얼골에 핏대를 올리고 몃 마듸 말을 툭 쏘우고는 나아온 일도 잇섯다

집에 도라와서 번드시 드러누어 생각하니 큰 창피를 본 것 가태서 화가 버럭 나자 애꾸진 여송연을 염소와 가치 질겅질겅 씹어 뱃는 째도 잇섯다

그건 웬 까닭으로 그러케 된지를── 말하자면 구라파에 잇슬 째와 귀국한 지 몃칠 안 되는 동안에도 학교 측에서 듯고 본 바로는 방탕한 창대와 가튼 선생을 초빙한다는 것은 학교의 장래에 후환거리라 하야 학교 당국자들은 벌서 다른 교수를 초빙해 온 것을── 모르는 창대는 그 학교에 인물다운 인물이 업다고 보는 사람마다 긔를 올려가지고 푸념을 하는 것이엿다

그러나 한쪽으로는 교원 생활이라는 것이 부자유한 것 가태서 도리혀 다행한 듯도 십헛스나 자긔를 아는 사람마다 "○○학교의 교수로 가신다더니요…………" 하고 인사하고 나서 할 말 업슬 째는 의례히 내놋는 그 말에는

얼골이 확근하여 그들이 빈정거리는 것 가타서 붓그럽고도 한쪽으로는 분하면서도 능갈친 그는 픽! 하고 웃고는

"학교 교원 생활이란 못할 것입니다 참 쓰라리지요 그리고 지금의 교육제도로는 남의 자제들을 가리킨데야 도르래미타불이요 남의 종노릇하기에 알마질 쯤 가리키게 되니까 량심상 될 일이요?

그래서 학교에서는 말도 잇고 햇지만 그만두기로 하엿습니다 그러나 어듸 그대로 놀구야 지낼 수 잇소? 언론긔관에다 발을 들여놀가 하는데 신문 가튼 것은 외위의 타격이 심해서 아모리 수단 잇는 사람도 경영하기에 곤난하다니까요! 그것도 무슨 커-다란 정치적 배경이 잇거나 해야 하지 안우? 그것을 더 캐여보자면 딴 문제로 드러갈 게니까 그건 고만둡시다 어째든 그 방면이 내게는 합당한 듯한데 아즉은 잡지도 발간하고 다른 것도 출판하야 계몽사업으로 나서는 수밧게 그리고 차차 다른 긔회를 엿보는 게지?"

이러케 번주그레―하게 느러노으면 식자는 잇고 헐일 업서 남의 집 사랑소일로 써도라다니는 측은 언론긔관 이야기가 나아오니 얼시구나 조타 하고서 밧삭 닥어안지며 창대를 조르기 시작하게 되는 것이엿다

"리 선생의 말삼은 참 오른 말삼입니다 무에든지 아라야 자각이고 각성이고 잇슬 터이니까 민중들을 큰 거리로 나서게 하랴면 우선 글자나 쏙쏙이 안다는 사람들이 모든 것을 희생하고서 계몽운동으로 나서야 하지요 그러니까 신문 가튼 것은 아즉 거치장스러운 일이고 리 선생 말삼맛다나 잡지를 하나 시작해 보십시다 신문지법으로 인가를 마터가지고 시사 문제라든지 긔타 여러 가지 문제를 실게 되면 오히려 신문보다 긔사를 정중하게 취급할 수 잇지 안켓습니가? 경영 문제로 말해도 잡지마다 나오면 썩구러지는 조선이라 하지만 그것은 경영하기에 달렷스니까 쏙쏙한 사람만 드러스면 잘―

됩니다 거긔에 대해서는 내가 늘 류의해 두고 연구를 해보앗스니까요 되는 날에는 나를 맥겨보시지"

"그야 노형께 맥기고 안 맥기는 문제는 추후 문제이니까 첫재로 신문지법으로 당국에서 인가를 해 줄지 안을지 그게 문제이거든요? 어쌔든 착수는 해봅시다만은……"

"그야 ○○이란 잡지도 내 힘이 드럿다고도 할 수 잇스니까 그것은 신용문제이지요 어쌔든 나를 식혀보시구료 랑패는 아니 할 터이니까요"

"그럼 문패를 어듸다가 붓치나?"

"앗다 리 선생댁도 조치요 사랑이 크니 그리로 합시다"

"아니 그 사랑은 아버님 대상까지는 법접을 할 수 업스니까 어듸고 과히 적지 안은 집을 어더봅시다그려"

되기도 전에 문패 걱정을 한 것이 뜻대로 되여 몃칠 뒤에는 락원동 근방에 벽돌집 우층을 어더가지고 문패를 새로 부치고 테불을 죽— 느러노코 안락의자에 안진 창대는 여송연 맛을 비로서 알게 되여 억개가 웃슥 올라가는 것이엿다

映畵小說

人間軌道(37)

城北學人
安碩柱画

사업(二)

이리하야 창대는 소위 사회적 어느 큰 지위를 바라고 보고 첫거름을 내듸듸게 되엿다

우선 신문지법으로 인가가 나아오기 전에 잡지사의 재원이 튼튼하다는 것을 일반 사회에나 신문지법 잡지 허가를 제출할 당국 그 쌍방에 보히여서 두 방면에 신임을 어더가지고 한편으로는 잡지의 판로를 넓혀두고 또 한편으로는 신문지법 잡지의 허가를 힘을 과히 드리지 안코 어더보겟다는 것도 큰 조건이다 이것은 창대를 안락의자에다가 태운 사람의 복장이고 창대로서는 사장이라는 큼직한 직함이 무엇보다도 급한 것이엿다 그래서 아이 배기 전에 기조기 장만하는 셈으로 사장 부사장 주필 편집국장 영업국장 사회부장 정치부장 문예부장 광고부장 선전부장 등등 부서(部署)를 맨들어 주필은 김성호로 되고 그 외에 부인 긔자로는 리창대 환영회 쌔에 훌륭한 연긔(演技)를 보혀준 말광냥이 미쓰, 리[1] ―가 당선이 되엿다

그러나 부장이라는 커―다란 의□[2]가 만히 생겻지만 부원(部員)도 업는 부장들인 데다가 편집국장과 문예부장이 궐이 낫스나 그 자리를 채울 재목이 업서서 각 방면으로 물색해 보앗스나 쓸 만한 사람은 정체모를 섀르조아 잡지사에 황금덩이를 앵긴대도 실타고 거절하야 멀숙해진 그들은 최상근[3]이를 채용하기를 창대에게 권하얏다 상근이는 잡지의 편집술도 상당하고 각 방면에 상식이 만흔 관계로 능히 그 중요한 책임이라도 넉넉히 감당하리라고 여러 사람이 주장하엿다 창대의 내심에는 부인 긔자를 영희를

1 '미쓰, 캉'의 오류.
2 문맥상 '자'의 탈자로 추정.
3 '류상근'의 오류.

식히랴 하엿스나 그것이 도리혀 여러 사람의게 의혹을 살 것 가태서 맘에는 눈물겨웁도록 섭섭한 일이엿스나 어쩌는 수 업시 다른 사람의 의견을 쏘친 터에 다시 상근이를 채용한다는 데 대하여서는 상근을 압헤 안치고 일을 하는 동안에는 영희로 하에서 피차에 눈치로만 가티 대하여야 할 터이니 그것이 고통일 것이며 또 장차 어써한 상서러웁지 못한 일이 생길지도 모르는 일인 고로 얼마간 보류하자고 주장하엿스나 또 한편으로 생각하면 도리혀 상근이를 채용하고서 편집국장이라는 빙빙 도는 의자를 주면 웬만한 일에는 눈감어 줄 수도 잇는 고로 돈푼이나 넌지시 언저주고 료리나 먹이고 쪽쪽한 기생이나 간간이 앵겨주면 영희와 자긔 사회의 관계는 안전하게 계속할 수 잇는 고로 사흘 후에 응락을 하여서 상근이가 편집부장이 되엇는데 상근이는 더구나 문예가인 고로 될 수 잇스면 경비를 적게 들여볼가 하든 터에 안성마침으로 잘되엿다고 하야 상근이는 편집국장이라는 놉직한 지위와 삿틋한 문예부장이라는 직함을 겻듸려가지고 취임을 하게 되엿다

상근이는 영희와 창대의 관계를 의심하야 창대라는 건달을 써밧들면서 일하기는 불쾌하엿스나 놉직한 지위와 돈 □ 원이나 되는 봉급이 입맛에 당겨서 선듯 응락하고 만 것이다

이리하야 계문사(啓文社)라는 잡지사의 창립 자축연을 료리집에서 열게 되엿다

한 사람 목세 긔생 하나식 그것도 제각기 조하하는 긔생으로 하되 소리 잘하고 인물이 쪽쪽지 안으면 여긔서는 락선이 되엿다

낫 네 시로 미리 지휘한 긔생들은 료리집 사무실에서 자긔들을 공기 놀릴 궐자들을 긔대리느라고 담배를 피우며 이놈저놈 써러다가 화제에 올려

가지고 재절대기도 하고 분갑을 들여다보고 분솜으로 파―랏케 빗치 발한 콧날을 닥고 잇다

진고개 카페―에서 맥주를 겻들여 점심을 자신 말속말속하게 분장한 계문사 리창대 일행은 료리집 현관에 왓작 드러섯다

사무실에서 오리쎄가티 나아오는 기생들은 이 사나희들을 제일이[4] 붓잡고 환호들을 한다

"아이고마니 사이상[5] 이거 오랫만이외다 이! 난 못 보고 죽는 줄 아랏쇄다요――"

이건 상근이를 붓들고 부르짓는 북국 기생의 딱딱하고도 감칠맛 잇는 음성이다

"아이고―― 윤 선생 참 오레감망이 되서 몬―― 아라보겟습니다 그동안 운―일이심닝까?[6]"

이 말은 미쓰 리[7]―에게 망신을 당한 애송이 무르팍 대가리를 붓잡고 남노풍의 그윽한 표정으로 느런느런 입을 쎄여 말하는 남쪽 나라의 원앙새의 음성이다 단장과 스프링코트와 모자는 이들 긔생들의 손으로 벗기여 색동 보로와 사방침과 안석이 노힌 판두방 가튼 특별실로 이들이 드러갓다

동옷바람에 머리에 직구 뒤발을 한 '색이[8]들이 양수거지[9]를 하고서 문마다 창문마다 대령하고 서 잇다

---

4 문맥상 '일제이'의 문자 배열 오류로 추정.
5 '사이상'은 '류―상'의 오류. 39회 말미에 '정정' 표시를 하고 있음.
6 38회 말미에 '운― 일이심닝써?'로 '정정' 표시를 하고 있음.
7 '미쓰 캉'의 오류. 38회 말미에 '정정' 표시를 하고 있음.
8 '』' 누락.
9 양수거지(兩手거之). 두 손을 마주 잡고 서 있음.

이리하야 잡지가 나아오기 전에 열린 계문사 창립 자축연은 어시호[10] 막이 열리는 것이엿다

10 어시호(於是乎). 이 즈음. 또는 이에 있어서.

映畵小說

人間軌道(38)

城北學人
安碩柱画

사업(三)

기생을 제각기 하나식 엽구리에 안치고 은근한 이야기가 버러젓다

어쩌한 기생은 권연 두 개를 쌍피리 불드시 입에다 물고서 한써번에 불을 붓처서 그 한 개를 고개를 갸웃둥하고 눈우슴을 치며 사나희에게 권한다

또 어쩐 기생은 이 궐자 이야기에도 댓구를 하여주고 저 궐자의 농지거리에도 밧어 넘기느라고 목아지가 용수철 모양으로 뱅뱅 돌기도 하고 쌋대거리기도 한다

창대는 외국서 갓 온 사람이라 소위 일류 기생이라고 해서 불른 것이 맘에 맛당치 인이시 얼골으로 찡그리엿다 상근의 엽구리에서 재절대고 잇는 옥화가 그중에 제일 난 듯 십허서 겻눈으로 분주히 싹고 제미여 보아도 볼사록 아담해서 옥화의 손길이라도 만저보고 십헛스나 지금씀은 지위가 지위라 위신도 보지 안을 수 업섯다 입맛은 쓰지만 점잔을 쌔느라고 김성호와 구라파 이야기를 써내여 가지고 주고밧엇지만 그것도 이 마당에서는 말하는 자긔도 흥미를 일허서 슬며시 안석에 긔대이고 눈을 스르르 감는 것이엿다

눈을 감으면 왁자―짓걸하는 사나희들의 음성들을 요리조리 피하야가지고 창대의 귀에 와서 간지리는 재절대는 기생의 음성이 마음을 흔드러 노하서 공연한 입맛만 다시고 잇다가 혼자 맘으로 생각할 말을 중얼거린다

"오움[1] 좀 누고 와야 하겟군" 사람이 오좀을 누는 것도 중대한 일이 안임은 아니오 점잔을 쌔는 사람도 오좀은 누어야 하겟지만 공공연히 공포를 할 필요가 업는 지릿내 나는 말이것만 이러한 좌석에서 접[2]잔타는 사람일사록 무심코 잘 하는 말이엿다

1 문맥상 '줌'의 오류로 추정.
2 문맥상 '점'의 오류로 추정.

오줌을 누고 드러왓다는 창대는 옥화 압헤 와서는 발이 걸리엿든지 옥화 압헤 그대로 주저안저 버린다

"미스터 최[3](상근)는 염복[4]이 생당하시오그려 부인도 려인(麗人)이오 나지미 기생 아씨도 미인이니 참 팔자 조신데" 하며 썰썰대고 어름어름하고 옥화의 속[5]목을 잡는다

"참 기생하고 인사를 못 햇군 누구라고? 그리고 학적을 둔 학교는 어데인가?"

학적을 둔 학교라는 창대의 말에 옥화는 우섯스나 등록상표(登錄商標)를 알리는 것이 기생의 첫재로 이저버리지 안어야 하는 조건인 고로 생그례 웃고 대답한다

"제 일홈은 옥화예요 그리고 학적을 둔 학교는 ○○권번이예요"

"아— 그래 일홈만 잇고 성은 업나?"

"기생도 성이 잇나요?"

"그도 그래 아무러케나 부치면 되는 게지" 하고 청[6]대는 썰썰 웃는다

상근이가 엽헤서 두 사람의 수작이 어울려 가는 것을 보고 마음에 쑤불텅하고 올라오는 것이 잇치만 이런 곳에서 아모나 하는 수작인 고로 마음을 눅첫다

"아마 기생들은 어머니 성을 쌀치?" 상근이는 은근한 눈씨로 옥화의 허리를 쑥 찌르며 빈정거린다

"그러면 기생 사회는 원시사회(原始社會)로구먼 어머니 성을 쌀케—" 하며 창대는 또 소리 놉히 우섯다 이 세 사람을 주목하고 잇든 모든 사람은 일시

3 '류'의 오류.
4 염복(艷福). 아름다운 여자가 잘 따르는 복.
5 문맥상 '손'의 오류로 추정.
6 '창'의 오류.

에 우섯다

"암만해도 미스터 최[7](상근)가 오쟁이를 지는 게로군"

이러한 쌍스런 말이 잠[8]잔은 사람들 중에서 울려나오자 만장일치로 우슴이 터저나왓다

옥화는 제 말이 탈선한 원인보다도 상근의 말이 동긔가 되여 무안을 보게 된 고로 상근이를 흘겨보앗다 그러나 곳 우서보혓다

술상이 드러왓다 모든 술부대 가튼 일행은 술상을 쎄—○ 돌러 안젓다 쏘이가 그릇 뚝게를 벗겨가고 긔생들이 '쎄—루'를 짤키 시작하엿다 어써한 사람은 술도 아직 취하지 안엇는데 멀직이 사람의 머리 위로 팔을 쌔더서 맥주병을 들고 쎄—루를 싸르는 기생을 애를 태우느라고 곱보를 쥐고 만적거리면서도 내밀지는 안는다 기생은 눈을 차게 흘겻다 이 맛이 잔인한 이 신사에게는 홍미 잇는 노름 중에 하나이엿다

쎄—루 병은 거진 십여 병이나 비엿다 이제서야 이들의 타는 목이 축축하게 축여저서 이제로부터서야 정식으로 술을 키게 되는 것이다

잡지가 발간된대도 모힌 분자가 분자라 천 부(千部)나 팔릴가 말가 하야 인쇄비며 책사에서 쯰는 것이며 발송비 등등 쌔여 노흐면 몃십 원도 안 남을 그 잡지를 발간하기도 전에 열리인 연회에 기생이 근 열 명이요 십 원짜리 상이 둘이요 목 축인 쎄—루가 벌서 이십 병이나 넘엇스니 우수운 일이다

'訂正' 어제 이 소설에 '미쓰 리—는'[9] '미쓰 캉'으로 '운— 일이심닝까?'는 '운— 일이심닝써?'로 될 것입니다

7 '류'의 오류.
8 문맥상 '점'의 오류로 추정.
9 '』는'의 부호와 글자 배열 오류.

映畵小說

人間軌道(39)

城北學人
安碩柱画

사업(四)

술상이 바야흐로 어우러져 모—든 사람이 주긔를 씌고 눈이 거슴츠레하며 방 안에 분위긔가 몽농——해지는 때에 미쓰 캉이 바둑판 가튼 문의로 된 옷을 입고 등장(登場)하엿다

샌이가 문을 열어제치니 미쓰 캉은 분세수를 갓 씌인 듯한 얼골을 나타내엿다

"여········ 미쓰 캉 왜 인제 오시우"

창대가 술잔을 들고 안진 채로 고개만 돌리여 외마듸 소리를 지르니 모든 사람도 따라서 외마듸 소리를 지른다

"여—— 미쓰 캉! 말속하십니다그려"

제마다 써드러 젯칫스나 미쓰 캉이 좌석에 끼여 안지니 불시에 잔잔하엿다

"사나희들만 오는 료리집에 녀자가 오는 것은 안되엿서요 그리고 녀자도 만히 온다면 모르지만 나 혼자는 쑥스럽고 서먹서먹해서 올ㅅ가 말ㅅ가 하다가 그래도 이 연회는 성질이 달라서 왓세요 느저서 여러분께 미안합니다"

우선 미쓰 캉은 간드러진 말씨로 늣게 온 리유를 설명하하[1]엿다

"아—니 미쓰 캉— 여보시오 녀자는 미쓰 캉 한 분이라 하시면 여긔에 온 기생들은 골나겟네 허허허"

애송이 무르팍 대가리가 슬적 비꼬아 보앗다 그 사람들은 제각기 소리를 다라서 말마듸나 하고 십헛스나 비록 술긔가 도랏다 하드래도 평소에 미쓰 캉의 성질을 잘 알므로 또 어썬 별악이 내릴가 두려워서 깔깔대고 웃기들만 한다

1 '하'의 중복 오류.

기생들은 미쓰 캉의 말에 여간 불쾌한 것이 아니엿스나 무루팍 대가리의 한마듸 말로 체증이 내린 것이나가티 속이 후련하엿다

"문 선생은 대야머리에 가발이나 씨우고 기생을 싸고 도세요 오늘은 내 치마에 컵피차를 쏫지 못하시겟스니 쎄 ―루나 썬지시지요 문 선생 가트신 신사 엽헤 기생이 안젓다가는 저 갑진 인조견 옷이 물행주가 되고 말겟스니 조심하세요"

벌서 미쓰 캉은 혀끗이 날새고 예리하여젓다

"여보― 미쓰 캉! 오늘부터 나하고는 말을 맙시다 그 왼 독설(毋[2]舌)이요 저런 이는 전도 부인 노릇이 조흘 겐데……"

문 선생 즉 문호(文湖)는 말을 섯쑬리 써냇다가 동에나 서에도 닷지 안은 말이라도 주서섬기는 미쓰 캉을 당치 못하야 김이 식은 어조로 말하고는 술을 퍼분다 긔생들은 자긔를 두호를 하다가 말광냥이 녀자에게 봉변을 당하는 것이 애처러웟는지 제각기 쎄루병을 들고 문호의 주위를 에워싼다

미쓰 캉은 자긔의 말에 문호가 기생들 압헤 무안을 당하는 것을 보자고 하엿든 것이 드러맛지 안어서 먼저 자긔의 실언을 후회도 하엿고 기생들이 써밧치는 것을 보니 승리는 아닌 고로 도로혀 무안도 하고 그리고 문호에게 넘우 되는 대로 말한 것이 미안도 하얏다

즈어번 리창대 환영회 장소에서 문호와의 그 사건이 잇슨 이후 어썬지 도리혀 그쌔의 인상이 맘에 박히여 문호에게 대하야 자긔의 맘이 끌리기 시작하엿섯다 그래서 오늘은 아무런 일이 잇드래도 문호에게만은 각별히 조심하자고 한 갓[3]이 뭇 사나희 틈에 씨워 노코 보니 보아주는 사나희가 잇스면

2 '毒'의 오류.
3 '것'의 오류.

춤을 잘 추는 무당쌘으로 속에서 치미는 흥신(興神)이 복밧친 것이엿다

미쓰 캉은 쎄루병을 쥐엿다 그리고는 마즌편에 멀숙해서 술만 퍼붓는 문호에게 술을 권하엿다 문호는 이것이 쏘 압흐로 어써한 화근의 증조지 몰라서 미쓰 캉을 흘긋 처다보고는 씁슬히 웃고 맥업시 곱부를 내밀엇다

"과히 노여워하진 마세요 그만한 농담에 긔색이 저러케 죽으실 게 무엇잇서요 문 선생은 저러케 아즉도 순진하세서 조하 자 이제부터 알콜 교회전도 부인 노릇을 할람니다 호호호"

미쓰 캉의 이 돌변적인 태도에 모든 사람은 이편을 주목들을 하게 되엿다 기생들은 자긔들에게 잇서서 리단자(異端者)라고 할 수 잇는 미쓰 캉의 거동에 호긔심을 가지고 주목하게 되엿다 어써한 기생은 미쓰 캉을 귀속으로 논란도 한다

'訂正' 이 소설에 속제목 [4]추억(十三)' 중 第十三, 二十五 三十一, 三十九行 중에 '최상근'은 '류상근'으로 '사업(二)' 중에 '상근'도 '류상근'으로 쏘 '아이고마니 사이상'은 '아이고마니 류―상'으로 '사업(三)' 중에 '미스터―최'는 '미스터―류'로 될 것입니다

4 '『' 누락.

1931년 5월 10일

映畫小說

人間軌道(40)

城北學人
安碩柱画

삽화 없음

사업(五)

미쓰, 캉과 문호와의 충돌은 다행이 그것으로 끗처버리여 일동은 맘을 노코서 술을 마시게 되니 그들은 취흥이 도도하야 왁자짓걸해젓다

창대는 이러한 좌석에서 사장으로서의 긔염을 토해볼 만한 긔회인 고로 그 틈을 타랴고 망서리든 차에 미쓰, 캉의 긔염이 어기를 질러 술맛까지 업든 것이 미쓰, 캉의 준좌[1]로 긔분이 박귀니 그는 기침을 하야 목을 가다듬과 비슬거리며 이러섯다

여러 사람은 술잔을 노코 창대의게로 흐릿한 시선을 모핫다

"어― 여러분의 취흥을 깨트리는 것 가태서 미안하나 이러한 다시 오지 못할 영광된 감상을 말삼하고자 합니다 어―― ――" 창대가 고만한 말에도 목이 캑키여 기침을 하엿다

여려 사람은 박수를 하엿다

"조선에 잇서서 어쩌한 운동이고 어―― 필요치 안은 것이 어듸 잇스리요 만은 우리들이 어―― 하고자 하는 그 운동은― 말하자면 어― 계몽운동으로서 번인이 구미 각국을 다녀보고 늣긴 결과로 여러분의 힘을 힘닙어 어― 그 사업으로 나아가 조선사람된 그 의무를 다― 하랴는 것입니다 그런데― 사람이란 몸을 조곰만 움직이는 데도 금전(돈)이 드는 고로 그러한 사업에는 우선 금전 문제가 큰 고로 거긔 대해서는 번인이 주선하고자 로력하고 잇는 바입니다 어- 첫재로 우리들의 그러한 사업의 제 일보로 잡지를 발간하게 된 것은 여러분도 익히 아시는 바로 내가 정말(丁抹)[2]을 들럿슬 쌔에 늣긴 바이지만 농업국인 조선에 잇서서는 그 농업에 대하야 치중하기를 바

1 준좌(蹲坐). 주저앉음, 일을 하다가 중도에 그만둠. 사태나 기세 따위가 진정함.
2 정말(丁抹). 덴마크.

라는 바이니 아모조록 농민들이 조곰도 쉬지 안큰[3] 일을 하야 만흔 수확을 엇게 하는 동시에 부업을 장여하야 농촌 경제를 윤택하게 하기를 바랍니다 그리고 될 수 잇는 대로 과학 즉 사회과학 가튼 데는 그저 어름어름 넘기여 그저 색책[4]으로만 씨워서 검열 문제에도 부듸ㅅ치지 안케 되엿스면 조흘 듯 십흡니다── 어ㅡ 그리고 문예면 가튼 데는 될 수 잇는 대로 충실케 하야 ── 어ㅡ 저ㅡ 말하자면 산듯하고도 그ㅡ 저ㅡ 그게 잇지 안습니가 말하자면 '에로' 가튼 그 방면에도 넘우 등한히 하면 독자가 독자인 고로 그것도 좀 생각할 필요가 잇는 줄 암니다"

창대가 천정을 치여다보고 여긔까지 말을 하고 좌석을 살펴본 째는 제일히 숙은거리며 싼 이야기를 하고 잇다 그리고 어느 사람은 킬킬거리고 웃는 축도 잇다

창대는 그만 김이 빠저 지 이마의 쌈을 수건으로 씻고서 주저안지니 옥화가 녑헤 와 안지며 술을 싸른다

"수고하섯세요" 이러한 간단한 말이나 옥화의 간드러진 말에는 창대는 깃벗다

"무얼 구라파에 잇섯슬 째는 두 시간 세 시간도 연설을 한 째가 잇섯는 걸........"

말은 하여 노코 누가 들엇슬가 하고 좌우편을 살펴 보앗다 다른 사람들은 술과 계집에 정신을 일헛지만 김성호만이 고개를 숙이고 씁슬히 웃는다

창대는 좀 미안햇스나 옥화가 진정으로 아는 듯해서 마음이 뇌엿다

"아이 어써면 그러케 연설을 잘하서요 우리는 소리를 십 분만 계속해도

---

3 문맥상 '코'의 오류로 추정.

4 색책(塞責). 책임을 면하기 위하여 겉으로만 둘러대어 꾸밈.

목이 탁! 쉬이는데요"

"그야 단련하기에 달렷지!"

"그러면 저는 소리를 열 살부터 배웟스니까 그만하면 단련될 대로 단련되지 안엇겟서요"

창대는 그만 멀숙해젓다 옥화는 상근의 넙구리를 손구락으로 쑥 찔럿다

"류 선생은 연설을 잘하세요? 하시면 몃 시간이나 하시겟서요?"

"그저 한 오 분씀 할가? 내가 무슨 연설을 할 줄 아나? 대체로 조선사람 중에 그러케 끈기잇게 연단에서 써드는 사람은 업스니까 그것보다도 오래 할 수가 잇서야지 경찰이 금지를 아니 하면 청중이 '야지'를 해서 어써한 사람은 그만 입도 버리지 못하고 쏫겨 나려오니까? 그러나 외국에는 경찰측보다도 청중의 '야지'가 심하다지?"

상근의 이 말에는 창대의 얼골에다 모닥불을 붓는 것 가탯다

"여 — 상근 씨 옥화와 정담을 잘하시는군! 자 — 내 술 한잔 드러보시지!" 하며 엄벙뚱쌍 하고 난관을 넘겨보랴고 친이 술을 권한다 옥화는 복밧치는 우슴을 참으랴 하엿스나 긔여코 방□게 나가서 허리를 못 페고 웃는 것이엿다

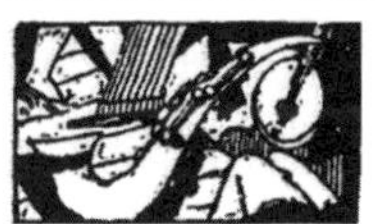

映畵小說

人間軌道(41)

城北學人
安碩柱画

사업(六)

모두들 술에 취하니 쨍과리를 뚜드리고 기생들과 사나희들이 한테 어울어저 춤을 추며 노래를 하는 등 계문사 창립 축하연도 열한 시가 넘으니 김이 빠저서 새로 차린 술상이 나아오고 하야 세 잔 갱작들을 하고서 하나 둘식 슬금슬금 빠저 다러나고 남은 것이 탈하고 간 긔생을 빼여노코는 서넛 되는 긔생과 창대만이 남어 잇섯다

문호와 미쓰●캉은 언제 빠저 다라낫는지는 모르나 두 사람이 길로 산보를 나가아간[1] 것은 틀림업섯다

그리고 상근이는 옥화가 탈을 하고 가자 뒤밋저 나아가고 마럿다 이리하야 창대는 이 연회의 씃장까지 보게 되엿슬 때는 색이들에게 떠메여서 인력거를 타고 집으로 가는 것이엿다

□

아츰에 상근이가 나아간 뒤 영희는 여러 가지로 생각해 보앗다

아모리 생각해 보아도 자긔와 상근이와는 연을 끈치 안으면 압흐로 하로라도 맘 편히 살 날이 업슬 것 가텟다

상근이가 지금이라도 자긔만을 직혀주고 다른 녀자와 관계를 맷지 안는다면 자긔의 지나간 일을 상근에게 고백을 한다든지 하야 말정이 청산하고서 새로운 생활로 드러갈 수도 잇는 것이요 고백을 해서 상근이가 조금도 량해를 해주지 안는다면 홀가분하게 쒸여 나아가서 단촐하게 혼자 살어볼 도리를 차려보겟지만 그것도 안 되고 이것도 안 된다면 쌍방이 다— 지금까지의 그 불순한 생활을 계속할 것이니 오늘이래도 툭툭 털고 이 집을 나

1 문맥상 '나아간'의 오류로 추정.

아가는 수밧게는 업다

그러나 상근이가 자긔만을 직혀주지 안으면서도 자긔에게 미련은 미련대로 가지고 잇스니 그 미련 때문에 옥죄여 지낼 수는 업지만 그럿타고 매정하게 칼로 끈은 드시 행동을 하기에는 마음이 약햇다 그러나 자긔가 만약 상근이와 사랑이 식어저서 다른 사나희와 사랑을 맷게 되엿다면 상근이도 사나희 가트면 허는 수 업시 내버려 두겟겟[2]지만 어제의 창대와 지내인 일로만 보아도 자긔로서는 일시 혼란된 성격의 소치엿섯는 고로 자긔만은 자긔를 용서할지 몰라도 상근이가 아니라 다른 사람이라도 드러본다면 얼마나 욕들을 할 일인가 하니 다시 물을 수는 업는 일이지만 후회가 되엿다

다만 두번ㅅ재 보는 사나희에게 자긔의 정조── 거기까지는 말하지 안키로 한대도 자긔의 고기를 밧친 것이 얼마나 어리석엇는가?

돈! 아모리 창대의게 돈이 만타 하드래도 그 돈이 자긔 손에 드러와 보지 못하는 그 안에는 쓸데업는 조그만 호긔심에 지내지 안는 것이 아닌가

그리고 인물로 보아도 상근이에게 비하야 선(線)이 굴글□── 그리고 인격! 그 인격은 두고 보지 안코서 알 수 업는 것이요 남의 녀자에게 후림때 잘 부리는 그런 사람에게 인격 문제가 붓지 안켓고!········

그러면 무엇을 보고 그 사나희에게 몸을 밧치고 십헛든가 그 사나는[3]는 야수(野獸)다! 개다!

야수에게─ 개에게─ 몸을 밧친 자긔는 무엇이라 하여야 할가

방바닥에 업듸여 고민하는 자긔 몸둥아리의 형상은 마치 태양 압헤 지렝이 가탯다 그럿타! 자긔는 개발에 발피인 버러지다

2 '겟'의 중복 오류.
3 '희'의 오류.

그러면 이 버러지는 압흐로 어써케 살어나가야만 되는가?

영희는 자긔의 지식 한도 안에서 생각해 보앗다

그러나 버러지는 버러지대로 살어보아야 하겟다는 귀결밧게는 어든 게 업섯다

그럿치만 그의 창흔은 발견치 못하엿다 그 창흔이 어느 때 어써케 되여서 자긔의 몸을 썩히울지를 몰랏다

그는 그러면 상근이와 헤여저서 어써케 살 것을 생각해 보앗다 반드시 자긔는 독신으로 살리라 하엿다 그리고 자긔의 손으로 사라가리라 하엿다

만약 지긔가 가두에 나선다면 자긔만한 자태로는 어듸서든지 직업을 주리라 하엿다

그럿타 나는 나 스사로 사는 것이다!

마음의 라침판을 일흔 영희는 팔을 것고 생활전선에 나서기로 하엿다 그러나 그가 생각하는 것 가튼 길에만 나서면 과연 직업을 턱 앵기는 곳이 잇슬가? 이런 한 영희에게 잇서서는 외국 가트면 마네킹이 적당하겟스나 조선에서는 외래 대자본가의 백화점에서도 시긔상조인 데야……

映畵小說

人間軌道(42)

城北學人
安碩柱画

구직(一)

상근이가 밤을 싼 곳에서 지내이고서 동이 틀 때에야 집에 드러왓다

영희는 어렴푸시 깨인 둥 만 둥한 때에 아랫목에 양복을 입은 채로 드러누운 상근이가 눈에 씌웟다

상근이의 양복 가슴팍이 주머니에 전에 보지 못하든 알룩달룩한 비단 수건이 축 느러저 잇는 것을 보앗다

영희는 심화가 이러나서 눈이 번적 씌워젓다

속에서 벌컥 하고 질투가 이러낫지만 어제 밤까지에 내심으로 결정해 버린 압길을 바라보니── 그건 다내시 무얼 하랴── 하고서 눈을 다시 감어버렷스나 밤 사히에 상근이가 어썬 계집과 질탕히 노랏스려니──한 모든 광경을 상상해 볼 때에는 살이 썰리엿다

그럿타고 자긔가 창대와의 어써한 관계를 매젓다는 것을 깨닷게 될 때에는 상근이의 행동에 대하야 질책을 한다거나 복가댈 아무런 권위를 갓지 못한 것 가탓다

봄날 새벽에 문틈을 새여 드러오는 바람은 차다

두 사람 사히는 임이 싸늘한 돌벽이 가루막히게 되는 것이엿다 녯날의 아름답든 시절도 우숨도 노래도 이 두 사람에게 잇서서는 어느듯 쑴과 가튼 옛이야기가 되고 마럿다

지금은── 두 간 두리 무덤 속에서 두터운 돌벽을 쌋코 드러누은 두 개의 미라―(木乃伊)다 아름다운 '미라―'다

이 두 미라―는 '에집트'의 미라―와 가티 아름다운 그 형상이 몃만 년이 되어도 변치만 안는대면 도리혀 이들에게는 나무닙가티 시드러 써러지는 산 인간보담도 행복될지는 모르나 그들의 청춘도 임이 한 마루턱을 넘는

중이다

이 두 사람은 그러한 것을 몰랏슬 것인가!

안다 해도 사람이 나면 그 수명대로 살아야만 되는 것이라고 하면서도 그 산다는 의의가 어듸에 잇다는 것을 아랏슬 것인가

'쌩케위치'의 「어듸로 가나」라는 소설에 '네로'와 가티 사러야 될가? 그럿치 안으면 '쯔게네프'의 「그 전날 밤」의 '인사롭'과 '에레나'와 가티 사러야 될 것인가

그 외에도 무엇무엇에ㅅ것도 이 두 사람도 생각해 본 것이엇지만 근일에 영희에게는 의사의 딸과 책장사의 딸과 긔차에 뛰여드러 동성애로 정사를 하엿다는 데에 큰 충동을 바든 일도 잇섯다

사람은 죽으려고 사는가 보다── 이것은 의지가 박약하고 공긔 풍선과 가티 바람에 휘둘려 사는 부화선 생활을 하는 모던―썰들의 천박한 인생관이엿다

그러나 영희는 제 목숨을 제가 끈는다는 데에도 약한 녀자엿다

영희는 물론이지만 정사한 두 녀자도 비단 수건으로 두 목을 한데 동처 매이고서 긔차로 뛰여드럿다는 것을 드러보면 그도 약한 녀성들이엿다

그리고 일본에 잇는 친척 목포에 잇는 친척 어듸에 잇는 친척 멀고 갓가운 곳에 쪽가튼 유서(遺書)가 동일 동시에 배달되도록 한 그만큼 주의주도한 데 대하여서는 너무도 그 죽엄이라는 것을 장식화(裝飾化)한 것임에 틀리지 안을가?

어느 몃몃의 영리한 써나리씀의 사도(使徒)들은 그들의 바숴여진 시체의 한 토막에도 가격을 부치지 안으면 안 되는 것이엿다

그리하여 임이 그들의 죽엄은 모던썰들의 입으로 구가(驅歌)가 되고 잇는

것이다

영희도 그만한 영예욕이 업는 것은 안니지만 자긔의 앗가운 청춘을 토막토막 끈키는 실혓다 죽는대도 '미라——'와 가치 영세토록 박물관에 안치(安置)되지 안는 죽엄이라는 것은 실혓다

이만큼 마음이 빗긴 언덕으로 밋그러진 영희는 그래도 자긔가 취하는 길 자긔의 생활이 얼마나 정당한 길이요 생활인지를 몰랏다

상근이는 □류의 행진 속에서 빠저서 임이 저를 죽인 산송장이다 감각도 일코 심장은 잇스나 마음도 업고 눈은 잇스나 수정체(水晶體)가 업는 눈이엿다

이리하야 이 두 '미라—'는 조그만 무덤을 제 손으로 파면서 드러가기 시직[1]한 것이엿다 이 두 사람 외에도 이들과 가튼 종류인 사람이 세상에 허다하겟지만

1 '작'의 오류.

1931년 5월 15일

映畵小說

人間軌道(43)

城北學人

安碩柱画

구직(二)

그 다음부터 영희와 상근의 사희는 마치 공동숙박소에서 지내이는 사람들 가탓다

영희의 어머니도 일 보든 집으로 가버리여 영희가 손수 밥을 지여서 상근의게 밧치면 맵다 쓰다는 말도 업시 두어 숫갈 쓰고는 훌적 나아가는 것이요 영희도 상근의 행동에 대해서 이렁타는 말 한마듸도 업섯다

다행히 상근이가 어써한 생각으로인지는 몰라도 쌀이 써러지면 쌀가마니를 드려보내고 찬이 업스면 찬갑을 책상 우헤 내여노코 실며시 나가곤 하엿다

그리고 상근이는 아츰 한 씨만 먹고는 늘── 밤 늣게야 술에 취하야 드러왓다

영희도 상근이가 늣게 드러오거나 말거나 밥상을 차려서 웃목에 식지를 덥허 노코서 잘 시간만 되면 자는 것이오 그러치 안으면 문을 잠그고 활동사진 구경을 가는 것이엿다

어잿든 영희는 이러한 무골충 가튼 생활을 속히 버서나고 십헛다

그래서 낫이라도 집을 잠그고 이곳저곳으로 도라다니며 구직을 하여 보앗스나 입맛에 당기는 자리가 얼른 나서지를 안엇다

'쌔스썰'을 모집한다지만 그것은 영희로서는 체면에도 문제요 자긔의 고혼 시절을 쌔소린 발동긔 우헤 싸불려서 시들기는 실혓다

그리고 백화점 가튼 데서 궐이 난 곳도 잇지만 몃 푼도 안 되는 월급에 왼종일 서성거리면서 피를 내릴 생각을 하니 그도 능큼 마음이 내키지 안엇다

그래서 마음에 메시써운 일이지만 창대가 잡지사를 창립하고서 녀긔자를 쏩는다는 말을 김성호의 안해 '미세쓰 리─'에게 듯고서 김성호에게 부탁을 하여달라고 하는 한편에 창대를 차저갈가 하엿스나 남의 의혹을 살가 하

야 창대만은 차저가지 안키로 하엿다

그러나 몃칠이 지나서 '미세쓰 리—'를 차저갓슬 때 창대와 김성호가 욱여보앗스나 여러 사람 반대를 하야 '미쓰—캉'이라는 녀자가 부인 긔자로 선정이 되엿다 한다

그 리유는 새로운 사람보담도 경험이 잇는 사람이 훨신 능률이 나흘 것이라는 것과 '가다가끼[1]'가 문제엿다

그러니 아모래도 조촐하고 과히 힘 안 들고 사람들에게 대우 바들 자국을 구하자니 그것은 가물에 콩나기엿다

그래서 다시금 옛날 유치원 보모의 생활로 드러가 보고저 하야 보육학원에 말은 해두엇스나 그것도 지방에는 궐이 난 데가 잇지만 서울에는 아직 가태서는업다 하고 한 군데 보모가 돈푼 잇는 사람과 결혼을 하게 된 고로 결혼을 하면 신혼려행을 간다 하엿스니 필연코 보모를 그만둘 것인 고로 그 때까지 긔대려 보라 하야 압흐로 석 달이라는 장구한 시일을 눈을 썸벅이며 긔대리지 안으면 안 되게 되엿다

그러나 그때쯤은 유치원이 하긔 휴원이 되겟는 고로 가을까지 참어보지 안으면 안 될 것 가탯다

영희는 직업이 이러케도 엇기 어려운가 하엿다 더구나 입에 맛는 썩을 구하자니 웃돈을 줄 수 잇다 해도 어들 수 업는 데에 영희는 실망하지 안을 수 업섯다

"설마 무엇이고 안 걸릴라구" 하면서 몃칠을 무신경 상태로 지냇다 창대는 간간히 상근이가 업는 틈을 타서 영희를 차저왓다 차저오는 때는 반다시

1 가타가키(かたがき, 肩書). '성명 오른쪽 위에 직함 따위를 쓰는 일', '직함·지위·신분·칭호 따위' 등을 지칭하는 일본어.

'초콜렛'이나 '파인애풀' 등 감칠맛 잇는 과자와 실과를 사가지고 왓다 오는 날에는 영희를 제 맘대로 능욕을 하는 것이엿다

영희에게 잇서서 몹시 괴로운 이 생활이 점점 자긔의 마음을 기름에 조리는 듯하엿지만 압길의 희미하나마 그 희망을 이창대에게 두지 안코는 다른 길이 업슬 것 가태쓴 것이다 그래서 그는 창대의 하는 대로 맷기게 된 것이다

창대가 갈 째마다 영희의 손아귀에 돈을 쥐여주고 가는 것이엿다

마치 밀매음 가튼 이 생활에 스사로 큰 공포를 늣기면서도 영희의 마음의 하소연을 밧을 곳은 안팍기 다른 듯한 사람이라 하드래도 창대밧게는 업슬 것 가탯다

"어쨋든 영희 씨의 생활 문제는 내가 해결해 드리지요 용긔를 내이십시요 곳 이 집을 나아오도록 하십시요 그러나 우리 두 사히의 비밀은 아예 밧그로 새여서는 안 됩니다 물논 피차에 고통이겟지요만은 상근 씨가 영희 씨를 그러케 학대를 아니 한다면 이러한 우리들은 죄인이 되겟지만 그러니까 우리는 량심에 걸릴 것은 업겟지요 그러니 그 문제만은 안심하시고 싹 싣코 나아오십시요 저는 그동안 모든 것을 준비를 해 놋켓습니다 자세한 이야기는 어느 조용한 틈을 타서 말삼합시다[2] 이러케 번드르르하게 — 느러놋는 창대의 말에 영희는 몃 번이나 감격하엿는지를 모른다

"사나희다운 사나희……"

영희는 맘속으로 노래가치 외오고 외오고 하는 것이엿다

---

2 '」' 누락.

1931년 5월 16일

映畵小說

人間軌道(44)

城北學人
安碩柱画

구직(三)

상근이는 점점 집에 드러오는 날보다 드러오지 안는 날이 만허젓다

계문사 창립 피로연 날부터 옥화라는 기생의 소리가 된 뒤로 일주일이면 하로나 이틀밧게는 영희의 눈에 씌우지 안엇다

영희는 그래도 상근이를 맷고 신혼드시 이저버리기는 애처러웟다

날마다 얼골을 대하고 사럿슬 째는 피차에 결점만 보혀서 으르렁대고 지냇지만 상근이를 오랫동안 보지 못하는 째는 어쩐지 고독을 늣기엿다 얼마 전에도 방이 좁아보혀서 잠을 잘랴도 다리를 쌔들 수 업다고 남의 집 타령을 하고 찡찡거리든 째도 잇섯지만 날마다 휑뎅그레 — 한 방에서 혼자 삼을 자게 되니 허전허전하고 쓸쓸하엿다 엽헤 집에서는 줄기차게 트러 놋는 레코 — 드 소리에 귀를 트러막고 그 집에서 듯지도 못할 욕을 혼자 퍼부엇지만 요사히는 그것이나마 영희의 울적한 맘을 얼마나 어루만저 주는 것인지를 몰랏다

그러나 '트로멜라이'나 '라 — 고' 등의 현악이나 '싸리수릿지'의 애련한 노래를 드를 째 도리혀 마음이 처량하엿지만 요사히는 그 집에 초상이 난 뒤로 그나마 드를 수가 업서서 몹시도 정막을 늣기엿다

사나희 가트면 술이나 실컨 먹고 소리소리 지르며 길로 헤매이고도 십혓다

어느 째는 일즉 잠이나 드러 모든 것을 이즈랴 하다가도 왈칵 하고 가슴에서 치미러 올라오는 늷음 째문에 이불을 거더차고 이러나서 진고개 '명치제과'나 '아싸다마'에 가서 류성긔를 드르며 차 한 잔을 청해다 노코서 멀거니 안저 잇기도 하얏다

그리고 항용 '미세쓰 리 — '와 가티 낫이나 밤이나 진고개를 싸단이는 째도 잇섯다

희락관 대정관 무슨 관 무슨 관 등 활동사진 상설관이나 차집 백화점으로 도라다니며 보고 듯고 먹고 마시고 사서 들고 이러케 영희는 길로 진출을 하게 되엿다 그래서 하로도 진고개 출입을 못 하면 몸살이 날 것 가탯다 칠피 구두에 하부다이 세루 메렌스 이러케 화사하게 차리고 너무도 좁아서 왕래하는 사람의 이마박이 부듸칠 만한 진고개를 엉뎅이를 휘저으며 제비가 치오든 길을 또 가고 가든 길을 또 오는── 이러케 영희는 '스츄릿트'썰[1](거리의 녀자)이 되엿다

이러케 날을 보내는 동안에 소비되는 잔돈푼이란 창대의게 바든 고기갑이엿다

지금도 영희와 가치 진고개나 남대문통──일부 외래 자본가들의 예[2] 축적지(蓄積地) 에로 그로 말하자면 첨단적 문화의 발산지인 이곳으로 쏘다니는 '쓰미[3] · 미세쓰 코레아'들이 얼마나 만흔지 모른다

이들은 거진 다── 파산된 부호들 몰락되여 가는 중산 계급의 알들── 그 알들의 노란자를 쌔여다 밧치는 계집들의 난무장(亂舞場)이 이곳이다

영희는 자긔 집에 창대가 하로도 오지 안으면 그날은 수입의 결손을 보는 날인 거나 가티── 그처럼 아조 근저로부터 성격이나 모든 것이 싼전으로 변하게 되엿다

그는 '미세쓰, 리─'와 부동헤 다니는 동안 은근짜[4]의 소굴에도 가보게 되엿다

---

1 '썰』'의 글자와 부호 배열 오류.

2 원문에는 '예'의 글자 방향 오식.

3 '미쓰'의 글자 배열 오류로 추정.

4 은근(慇懃)짜. 조선 말기에 나누어 부르던 기생의 등급 중의 중간급. 어느 정도 가무를 하고 은근히 매음을 하였다.

여긔에 '미세쓰, 리―'의 리면 생활을 말하지 안으면 영희 기타 숙녀 제씨의 리면 생활을 더 자세히 알 길이 업겟스나 다음에 '미세쓰, 리―'를 비롯하야 소개할 긔회가 잇겟기에 여긔서는 그대로 넘기여 보자

지금까지의 영희의 생활을 폭로한 것은 조금도 거짓 업는 어느 일부 녀싱[5]들의 생활 긔록의 한 페―지다

영희를 '모델'로 삼은 것은 다른 녀자보담은 이 한 녀성을 에워싸고 잇는 무리들이 일반 사회에 크나 적으나 직접 혹은 간접으로 영향을 주고 잇는 까닭이다

영희 자신도 자긔가 무엇을 하고 잇는가를 잘 알고 잇는 것이다

그런 까닭에 그는 늘 번민을 하지 안으면 안 된다

그러나 그 번민이라는 것은 사람마다 통예인 명으로만 알 싸름이다

장차 자긔의 압길이 어써케 되고 지금도 자긔의 몸이 어써한 지경에 싸저 드러가고 잇다는 것을 모르고 잇는 것이다

다만 그날의 향락 그날의 비애는 그날의 해와 가티 넘어가면 그만인 것이요 새로운 해와 가티 즐거움과 슯음이 또 오고 가는 것으로만 알엇슬 쑨이다

인생이란 그래서 살고 늙고 죽는 것이라 하는 것이다

5 문맥상 '성'의 오류로 추정.

1931년 5월 17일

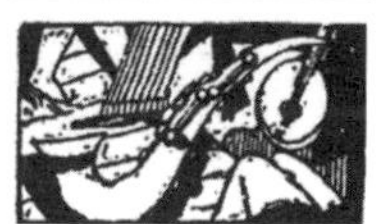

映畵小說

人間軌道(45)

城北學人

安碩柱画

유산(一)

영희와 가튼 녀성을 이대로 내여버려 두어야 할가? 거긔에 대해서는 독자제씨는 임이 생각한 것이 잇슬 것 갓다

어찌 생각하면 더 손을 대여볼 수 업슬 만치 썩어버린 이 녀성은 제가 타고 달리는 운명이라는 수래박휘에게 맛겨버리고 그대로 방관하고 잇는 것도 조타

그러나 쌘ㅡ히 그의 압길에 암흑이 함정이 잇는 것을 보고 잇다면 그 암흑 함정만은 잘 넘기도록 해주는 것도 조흘 것이라고 하는 사람이 잇슬지 모른다

그러치만 그도 한 개의 사람으로서 인류의 행복을 위하야 압서 나아가든 사람들을 어써케 하엿는가

지금도 그러한 자긔의 죄과를 쌔닷고 잇고 언제나 시시로 공포를 늣기고 참회를 하면서도 과감히 자긔 자신을 청산하고 바른 길을 밟어 나아가지 못하는 그러한 녀자는 섬약한 녀성이라고 가벼웁게 처리하고만 말어야 할 것인가?

그러니 그는 될 대로 되도록 내여버려 두는 것도 조흘 줄 안다

싸라서 이 버러지가 상근이나 창대나 그 외에 이 쌍을 배반한 무리들의 피를 얼마든지 쌔라먹도록── 그래서 피를 너무도 쌔라먹은 빈대와 가티 제 몸의 파열을 보도록 하는 것이 어써할는지 그것은 영희를 보는 사람이면 생각해 보는 것도 조흘 것 갓다

영희라는 완전히 모든 것이 결정된 녀성의 일긔는 여긔에 중단해 버리고 참 정말 단말마들의 정체를 아라보는 것이 조흘 것 갓다

창대는 지금도 팔쑥에 상장을 부치고 다니는 만콤 자긔 아버지에 대한 효성이 지극하다고 하는 사람이 잇슬지도 모르나 그 상장이라는 것도 외국서 도라와서 붓친 것이요 상장을 부치고 장구채를 메이고 노래가락을 하는 것을 보아서는 그리도 죽은 아버지를 생각하는 것도 아니엿다

그럿타고 여긔서 부자의 도를 말하야 동양 봉건시대의 도덕을 말하랴는 것이 아니라 창대의 그 가장(假裝)이 그의 친구들에게나 그의 가족들 사히에도 이야기거리가 되니 말이다

창대가 귀국하자 우선 자긔 집안의 재산 정리를 하게 되얏다 자긔 아버지가 사라 잇슬 쌔 날마다 쌔마다 엉엉 울다십히 푸념을 하든 것보다는 창대 스사로 놀래울 만치 숨기여 두엇든 재산이 만헛다 동산 부동산 하여서 이백만 원이나 넘은 거대한 재산이엿다

창대의 아버지가 이만한 큰 재산을 뭉뚱거릴 쌔에는 사실 말이지 어지간히 악착한 수단도 베푸러 보앗든 것이다

창대의 아버지가 어느 고을 아전으로 잇슬 쌔에 가진 것이라고는 담배 쌈지 하나박게 업든 것이 아전을 내여노코 슬적 숨어버린 쌔는 엽전 낫치나 조히 글거모하 두엇든 것이엇섯다

처음부터 재산을 모흐는 데에 글거모흔 게 시초이엿든 고로 그의 수단 방식은 나날이 향상되여 고리대금업도 하고 어씨어씨하야 돈 가지고 원님도 지내고 하는 동안 논밧 낫차나 조히 장만하게 되자 조선의 시국이 변하니 그쌔부터는 함경도에 가서 정어리 잡이도 해보고 노름으로 큰돈도 잡어보고 그 외에 여러 가지로 악착한 짓이란 모조리 하야 그만한 큰돈도 잡엇스나 모기는 잘해도 쓸 줄은 몰라서 집안 사람들은 구차한 쌔나 부유한 쌔나 쪽가티 주리기는 일반이여서 조밥을 면하기는 그의 환갑 쌔이엿스나 그의

별명이 구리귀신[1]이라는 만큼 시□말로 이마를 송곳으로 찌르드라도 피 한 방울 나오지 안을 만하엿다

이것은 거짓말 갓지만 사실이니 말하지 안을 수 업는데 자긔 안해와 그 외에 가족들이 반찬이 넘우 승거워서 암치[2] 가튼 것이 먹고 십다고 하도 조르니까 암치를 사다가 벅국에 매다라 놋코 "그것만 치여다보고 밥을 먹으면 밥이 짭짤하리라"고까지 한 일이 잇다는 그집 하인의 말을 드러보아도 얼마나 돈의 로예 노릇을 하엿는지 모른다

이래서 그의 마누라와 옹취로 지내게 되니 영감이 늙게 어린 첩을 두어 본마누라의 간을 수월치 안케 태엿스나 그것도 돈 드는 일이라고 아이까지 난 것을 돈 몃백 원을 주고서 쪼차내여 보냇든 것이다

그러케 기승기승하게 악을 쓰며 모흔 재산이지만 창대가 외국을 가기 전에 남봉도 부리고 외국 류학도 하는 둥해서 돈 만 원이나 소비되여 날마다 근심을 하다가 울화증으로 죽게 되엿다

창대는 그만한 재산이 발견되니 숢속 가태서 입을 싹 버릴 지경이엿다

1 구리귀신. 지독한 구두쇠를 낮잡아 이르는 말.
2 암치. 배를 갈라 소금에 절여 말린 민어의 암컷.

1931년 5월 19일

映畵小說

人間軌道(46)

城北學人
安碩柱画

유산(二)

그러나 실상인 즉 이백만 원이라는 재산 중에서 전당을 잡어는 노코서 차압 못 한 부동산을 제한다면 일백여만 원이 된다

그러나 돈푼이나 지닌 사람들이 X은행 XX회사로 재산이 말려 드러가는 판에 알토란 가튼 백여만 원이라는 재산이 싱싱하게 사라 잇다는 것은 세상 물정을 그리 잘 알지 못하는 귀공자격인 창대라 하드래도 놀랄 수밧게 업섯다

땀 한 방울 아니 흘리고 이만한 거대한 재산을 물려갓게 된 창대는 불상견이든 아버지라도 이제 와서는 그 망령에게 마음 깁히 감사를 드리엿다 그래서 날마다 아츰 저녁으로 선친의 상청 압헤서 굴건제복을 하고서 허이허이 우는 것이엿다

그리고 밧게 나아갈 쌔는 양복 소매에 상장을 무치고 다니는 것이다

"아버지께서 어써케 애쓰시고 버신 돈이라고 쓸쎄업시 랑비를 해서야 되겟습니가?"

자긔의 어머니가 굿을 한다거나 절에 가서 재를 올릴랴면 흠치르르—하게 느러노하 선친을 파는 것이엿다

그리고 산수 치장을 하고 자긔의 전답이 잇는 고을마다 비석까지 해 세워 그의 친척들은 한 쪽으로 애비 쌔는 난봉을 부려 화긔가 써서 제 애비를 죽게 하더니 닷다가 왼 효성이 쌔칫노— 하고 자긔들끼리 비난도 하지만 입으로는 젊은 사람으로서 갸륵한 일이라고 써드러 주면 창대는 억개가 웃슥 올라가는 것이엿다

"얼마 전까지야 제가 지각이 낫서야지요 이제 와서 생각하면 쎄가 압흐도록 후회가 됩니다" 하면 그들 중에 넌덕스러운[1] 사람은

"그럿쿠 말구 다— 소시 째는 누구나 술덤벙물덤벙[2]이니까 그리고 그만큼이나 햇기에 사나희가 저만큼 속이 탁 틔우지 안엇나 자식을 난다면 가리켜야 해! 그리고 넉넉한 살림이면 외국 구경도 식혀주고 해야 사람은 훌륭해지는 게거든" 하며 손아래 창대에게 은근한 눈씨로 우서주면 눈치 빠른 창대는 손바닥을 버리는 말이고나 하고서

"온 천만에요 아버지께서는 천 량을 모흐느라고 그러케 애를 쓰시면서도 잡숫고 십흐신 것을 못 자시고 입고 십흐신 옷도 못 닙으시고 한평생을 고생으로 지내섯것만 제가 외국서 도라와서 집안 것을 정리하고자 하니 맨 빗투성입니다그려 여긔서 해를 보시면 그것을 메꾸시느라고 저곳에서 끄러다 미봉을 하시고 여긔서 보가 터지면 저긔에 잇는 보를 허러다 싸시고 하서서 이곳저곳에 맨 빗천지입니다 원악 마음이 어지신 이라 남과 가티 악착한 짓은 아니 하신 관계로 돈푼 모하보자 하신 것이 남에게 속기도 만히 속으서서 도라가산 뒤에는 겨우 이 집허고 논밧뚜기나 남엇슬 쑨입니다 그거나마도 빗을 다— 가리면 남을 게 잇슬른지요 참 말삼이지 아젓씨 댁이 그러케 구차하시다는 것을 알면서도 어써한 방법으로든지 도아드릴랴고 햇스나 집안 형편이 그러하니 저 잡지사만 해도 공연히 시작해서 빗만 걸머지겟스니 큰 탈 낫습니다 그것을 그만두면 사회의 비난도 적지 안켓고 거기에 딸린 사람들과 그 사람들의 수다 식구들의 호구지책이 막연하니 그도 큰 걱정입니다" 하면 아젓씨라는 척 되는 이는 얼골이 불시에 창연해진다

친 "그럿켓네 그래 짜는 그럴 겔세" 하면서 툭툭 털고 이러나 나아가며

---

1 넌덕스럽다. 너털웃음을 치며 재치 있는 말을 늘어놓는 재주가 있다.

2 술덤벙물덤벙. 술과 물을 가리지 않고 덤벙댄다는 뜻으로, 경거망동하여 함부로 날뛰는 모양을 이르는 말.

"망한 자식 그 애비 자식이니 허는 수 잇나?" 하면서 거친 거름거리로 나아가며 그 집의 가족까지도 이 집에 발을 뚝 끈케 된다 창대는 이런 것들이 다 — 맘에는 즐거웟섯다

그리고 어느 째 영희도

"참 댁의 재산이 얼마나 돼요 누구의 말을 드르면 상당히 만타는데요" 하며

"무얼요 세상 사람들이 남의 집 이야기는 멧천 배를 부터서 말하니까요 선친께서 엇더케 하신 것인지 맨 빗으로만 쓰려 가섯습니다그려 치부 가튼 것도 주먹구구로 하섯스니 이리 새고 저리 샌 것을 모르섯서요 참 싹하신 어른이지 아들이라고 잇다고 어듸 한번 의론도 해보신 일이 잇섯습니가 잇대야 어듸 속 이야기를 하섯서야지요 결국 도라가신 뒤에 보니 살림은 크케 버려 노시고 뒷치닥거리는 내가 하게 되엿스니 그 빗 갈망[3]을 샛빨간 몸둥아리인 내가 엇지하겟습니까 무슨 수를 내여야지요" 창대가 이러케 궁상을 썰면 남의 말에 속기 잘하는 영희도 창대를 핼금 치여다 보고는

"홍! 쇠귀신이군!" 하면서 샛침해지는 째도 잇섯다

---

3 갈망. 어떤 일을 감당하여 수습하고 처리함.

映畵小說

人間軌道(47)

城北學人
安碩柱画

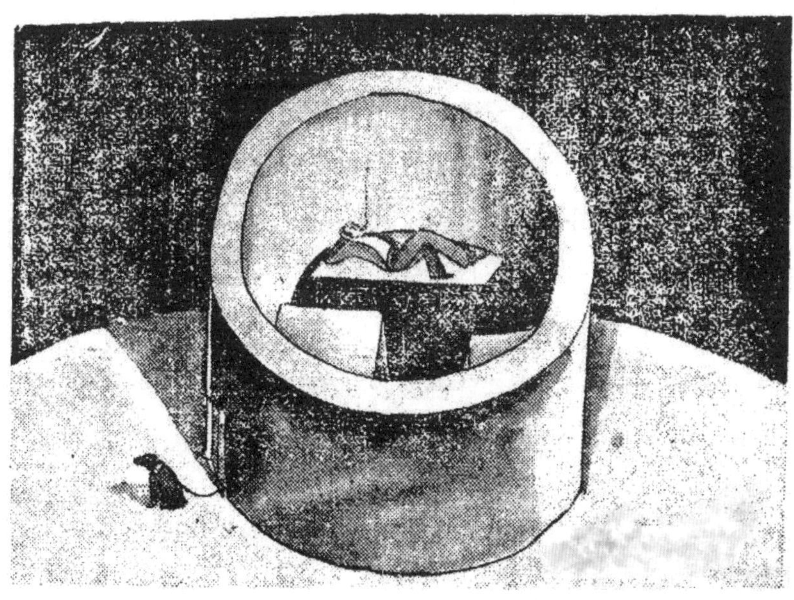

유산(三)

창대의 생각으로는 너저분하고 볼품이 업는 조선 가옥인 자긔 집을 팔어서 문박기나 동소문안 가튼 데에 집터를 사가지고 양옥으로 반듯하게 짓고서 자동차나 노코 살어보고 십헛지만 별안간에 그리하면 무시무시한 살어름판 가튼 서울바닥에서 어느 째 어써한 재난을 당할지도 모르는 고로 우선 얼마 동안은 고옥이나마 허술한 데는 곳치고 여튼 담을 놉히 쌋키로 하고 그 담마다 가시철줄로 무장을 식키기로 하엿다

그리고 사랑뜰 하날이 보히는 데는 철망을 치고 방울을 달게 하며 대문 중문의 빗장을 새로히 튼튼한 나무로 갈고 개를 기르기로 하엿다

이러노라니 그는 아조 신경과민이 되여서 쥐가 바스럭만 해도 잠이 펄적 쌔는 째가 만헛다

최면제라도 먹든지 술이라도 마시고서 잠을 이루우고 십흔 째가 만헛지만 잠든 사히에 무어든지 드러와 무슨 짓을 할지 몰라서 항용 야경군의 싹싹이 소리가 난 뒤에야 잠이 드는 째가 만헛다

언제나 사랑에 개를 매두것만 개가 킹킹거리기만 해도 이불 속에서 맘을 조리는 째도 만헛다

이러는 사람이 계집만 만나면 자정이 넘고 해가 다시 써올라도 태평세월로 노닥거리고 잇다는 것이 우수운 일이엿다

그런데 한 가지 그의게 큰 고통거리는 이복동생이 점점 장성해가는 것이엿다

자긔의 서모가 지금의 싼놈의 체[1]이 되여 지내이지만 그의 소첩[2]은 자긔

1 '첩'의 오류임을 다음 호 말미의 '訂正'을 통해 표시.

2 '소생'의 오류임을 다음 호 말미의 '訂正'을 통해 표시.

아버지의 혈통을 밧은 것인 고로 언제나 자긔에게 책임이 도라올 것을 생각하니 그놈이 성년이 되여 자긔의 재산을 문제에 올려가지고 귀찬케 굴면 결국 그 재산의 한 모퉁이가 허러저 나아가겟스니 그것이 앗가운 일이엿다

그래서 될 수만 잇는 일이라면 변호사와 긔타 어쩌어쩌한 사람들을 씨고서라도 미리 후환을 방비하는 것이 어썰가 하엿다

엇잿든 그는 어느 틈엔지 자긔 아버지의 유서를 불살러 버리고 그 외에 어쩌어쩌한 문서에서도 감쪽가티 이복동생의 일홈을 도려 쌔이고는 친족들을 청해다가 한턱을 단단히 먹이고서

“긔생의 자식이니 그게 뉘 자식인지 알겟소 아버지가 도라가실 무릅에는 건망증이 게섯고 이 사람의 말에도 홍 저 사람 말에도 홍! 하섯다니까 그 여호 가튼 녀자가 노인을 속여 넘긴 것이니 도리혀 그게 혁혁한 우리집 가문을 더럽힐 일이고 쏘한 아버님 유언에도 그애 말삼은 한 마듸도 하신 일이 업다고 합듸다”

이리하야 친족들은 창대의 말대로 드러주면 하다못해 쌀 한 섬이라도 생길가 하야 고개를 쓰덕이는 것이엿다

“암 그럿치 그러타섄인가 사람인 즉 쏙쏙한 사람이야”

감쪽가치 쯧대로 성취하야 창대는 술을 친히 싸르고 기생을 불러서 그들의 비위를 흠씬 발러맛춘 뒤에는 돈푼식도 난우어 주고 그 외에 사람을 보아서 무엇이고 넌지시 집어주는 것이엿다

그런 일은 잘 되엿지만 한 가지 써림직한 것은 영희 문제엿다

지금 자긔 생각으로는 맘에 맛지 안는 자긔 안해와 한 방에서 가치 지낼 수도 업고 그럿타고 하드래도 남편이 잇는 영희를 쑥 쎄여다가 살 수도 업섯다 지금이라도 그 어엽분 영희의 자태를 생각한다면 완전히 자긔의 것을

맨들고 십헛스나 가족들이 말성을 이르킨다는 것은 코ㅅ등의 파리만두 못한 것이요 제일은 세상이 무서웟다

그러나 쏘 한쪽으로 생각하면 주인이 잇는 녀자를 어씨해서 관계를 매젓스면 그 즉시 싹 끈어버리는 것이 영리한 사람의 할 일도 가태서

"그만한 녀자가 세상 어느 구퉁에고 쏘 업슬라고 돈만 잇스면 무에든지 긔여드는 세상인 데야" 하고서 단념해 버리기로 하엿다

그러나 그러케 단념하고 보니 마음이 후련—도 하지만 한편으로는 섭섭도 하엿다

그래서 어느 날이고 마지막으로 영희와 저녁이라도 함께하기로 하엿다

그러나 긔왕 단념할 것이면 조금도 미련을 둘 필요는 업는 것이엿다 더구나 영희가 자긔에게 자긔 집 재산 정도를 무러보기까지 한 일을 본다면 그 녀자도 오래 사귀여 자긔의 발목이 잡히엿다가는 체면이 말이 아니로 될 쌔도 잇슬 것이요 자긔에 주머니를 털리울 생각을 하니 아조 영원히 만나지 안는 것이 안전할 것 가탯다

映畵小說

人間軌道(48)

城北學人
安碩柱画

유산(四)

창대가 이러케 급격히 모든 것에 변하게 되니 현금으로 주고 살 것고[1] 외상으로 사서 될 수 잇는 대로 지불 날자를 썰게 되니 금음날쎄는 창대의 집은 악다구니판이 된다

그리고 대문이 큰 짜닭에 거지들이 아츰 저녁으로 문안을 와도 동전 한 푼 밥 한 그릇 씀작 못 하게 집안사람에게 일러 노핫다

엇더한 날──

조그만 어린 거지 하나이 비럭질을 와서 중문간에서 안차게[2] 졸라대기 째문에 창대기 친히 출마까지 하야 내여쏘치러고는 햇스나 그 어린 거지는 씀작달삭도 아니 하고 주저안저 청승맛게 울며 쎄를 바득바득 쓸 째에 창대는 쇠사슬로 매여 노핫든 개를 풀어 노하 이 어린 거지를 물게 하야 넙적다리의 살점이 써러저서 흐늘흐늘하게 된 것을 보고서야 창대는 통쾌미를 늣긴 일도 잇섯다 이것은 너무도 거짓말 가튼 악착한 일이지만 이것을 목도한 사람이 잇는 데야 창대라는 위인을 말하자면 쌔여 놀 수 업는 사실이다

그리고 어느 날 사랑에 친척 하나이 구걸을 와서 창대에게 쎄를 쓰기 째문에 째려서 내여쏘칠 형편은 못 되는 처지인 고로 사랑 심부름(상노)꾼 아이의게 그 손님을 감시하라는 드키 눈씻을 하고 안으로 슬적 피해 드러가서 안방 아랫목에 드러누어 그가 갈 째를 긔대리고 잇섯다

사랑에서는 구걸 왓든 그 사람이 심부름꾼 아이에게 담배를 사오라고 돈 오 전을 주고 밧그로 내여보내고는 벽에 거러 노핫든 창대의 양목[3] 호주머

1 문맥상 '도'의 오류로 추정.
2 안차다. 겁이 없고 야무지다.
3 '복'의 오류.

니에서 지갑을 끄내여 돈 십 원짜리를 훔처가지고 쏜살가치 밧그로 나아가고 말럿다

창대가 안에서 드러누엇다 생각하니 자긔의 양복 호주머[4]에 든 돈이 궁금하여서 한숨에 사랑에 쮜여가서 양복을 뒤저보니 돈 십 원이 온데간데가 업는 고로 심부름꾼 아이를 족치기 시작하엿다

심부름꾼 아이는 사실을 사실대로 고백하엿지만 창대는 구지 심부름꾼 아이의 몸을 뒤저보아도 돈 십 원이 나오지 안는 고로 창대는 노발대발하야 심부름꾼 아이의 허릿씨를 풀러버렷다

비록 이 집에서 잔쌔가 굴거서 나히 이십이나 되엿지만 이러한 모욕을 당함에는 참을 수 업섯든지 스사로 바지를 훌덕 버서 보혓다

그리고 다시 주섬주섬 읏[5]을 입고 창대의 쌤을 후려갈기고는 아모 말도 업시 쮜여나가고 마럿든 것이다

창대는 그 아이가 나아가서 그러한 사실을 써들고 다니면 낫치 깩길 일인 고로 후회한 그는 사람을 식히여 다시 불러다 노핫다

"내가 아모리 화ㅅ김에 그랫다 하기로 나를 치는 법이 어듸 잇단 말이냐 그러나 내가 실수를 하엿다 다음부터 그런 이가 오면 각별히 조심해야 해! 그리고 이것은 얼마 안 되는 것이지만 너의 어머니가 조하하는 것이나 사주어라" 하고 돈 십 원으로 넌지시 집어주엇다

안에서 하는 일이 이러하니 밧게서 하는 일도 추해서 눈을 바루 쓰고 보지 못할 일도 만헛다 계문사를 위하여서 이만 원이니 삼만 원이니 내겟다 하고 쏘한 발전되는 데 싸러서 출자를 얼마든지 더 하겟다고 하든 창대가

---

4 '호주머니'에서 '니'의 탈자 오류.
5 '옷'의 오류.

정작 계문사에 나아와 안게 되니 철필촉 한 개 원고지 한 장이라도 허비될 때에는 그게 다— 앗가워 보혓다

그리고 비록 동전 몃 푼이라도 쓸 일이 잇서 내여놀 때는 돈 쥐인 손이 썰리여서

"리 선생은 요새 돈만 드시면 수전증이 생기시니 동전 몃 푼 드실 기운조차 업스십니까? 약주를 그만 잡수시고 보약을 잡수시지요" 하는 짓구진 사원도 잇섯다

그러면 창대는 얼골이 벌개서

"무잇에 쓰는 게인네 단 동선 녓 푼이란 말삼이요 자── 일 원을 드리는 것이니 하로 쓸 것만 사지 말고 몃칠 쓸 것을 미리 사두시오그려"

하며 배를 불숙 내밀고서 제 자리로 도라가서 안락의자에 안저서는 멀숙해서 여송연을 물고 끗덕질을 하는 것이엿다

이러타가도 누구나 기생 이야기나 술 이야기만 끄내면

"그것 참 듯든 중 조흔 말삼이요 어대 오늘은 '미스터―문'이 한잔 내시지 나는 기생을 내일게" 하고 덤벼들면 여러 사람들은 창대를 축혀들고 료리집으로 향한다 밤 늣게까지 놀고는 술을 낸다든 문호가 먼저 다라나고 다른 사람들은 창대에게 탐택이를 씨우고 마는 것이엿다

◇訂正 어제 이 소설의 上段에 '짠놈의 체이 되여'는 '짠놈의 첩이 되여'로 그 다음 줄에 '소첩'은 '소생'으로 될 것입니다

映畵小說

人間軌道(49)

城北學人

安碩柱画

유산(五)

언제나 이러케 밋지는 장사이지만 제 흥이 나면 돈을 앗가운 줄 모르고 랑비를 하게 된다

그리고 언제나 제가 쓸 돈이면서도 다른 사람을 쿡 찔러가지고 충여서 내세워보랴고 하나 저희들끼리 만나서는 추렴을 내서라도 창대를 쌔돌리고 놀러들 가지만 창대와 어울리는 째에는 언제나 창대에게 탐택이를 씨우는 것이엿다

창대도 이런 눈치를 알지만 자긔가 월급을 주어 먹여 살리는 사람들이니 다른 사림에게 욕을 먹을갑아 누구나 내세워 노코는 하는 수 업시 번번이 자긔가 셈을 치르게 되는 것이다

그러나 자긔가 월급을 나노하 주는 날에는 그 돈 중에서 얼마든지 축을 내이고 십허서 한턱을 내라고 애가 말라서 조르는 것이엿다

"왜 이리십니가? 리 선생쯤이야 날마다 료리집에서 사신대도 은행 의자만으로도 넉넉하신 터에── 그러나 엇젯든 한잔 내지오만은 보시다십히 우리 형세에 료리집이 당합니가 그저 선술이지요 그럿치만 리 선생을 모시고 선술집에야 가겟습니가 철물교 다리 녑해 안주를 얌전히 하는 그 집으로 모시지요"

사원 하나히 이러케 말하면 모신다는 바람에 마음이 들성거려서 몹그사람이시도[1] 마음에 드럿든지

"무이 선술집도 사람이 가는 곳이니까 낸들 못 가겟소만은 온── 술이 납버서 그걸 마시면 머리를 한 댓새는 아러야 되겟고 안진 술집은 요새 전

---

1 '그 사람이 몹시도' 또는 '몹시도 그 사람이'의 글자 배열 오류.

황한 째라 료릿집을 제 집으로 알든 사람도 모혀드니까 내 아는 사람도 간혹 마히 맛나는 째가 잇스니 이러케 말하면 교활하다고 할지 모르나 내 처지로 좀체 모에 안 되엿스니까 멋처럼 '미스터— 리'가 내신다는데에 안 가면 섭섭해 하시겟고 하니 그 대신 '미스터— 리'의 폭으로 내가 오늘 대신 내이지요 어듸가 조흘가? 절로 갈까? 요새 록음이 옥어젓스니 그곳이 조켓군……… 그저— 안진 술집은 안주는 조하도 에로,가 업서서 허허허………"

이래서 긔생을 자동차에 실허가지고 절로 나아가게 된다

백주에 긔생을 태여가지고 자동차를 모라서 몬지를 피이는 그네도 이왕 탓스면 새젓하게 '호로'를 제치고 나보란 드키 거드럼을 쌔이고 십헛지만 일부러 방차를 타고 '커—팅'을 내리면 긔생들은 세월이 조치 안은 이째에 가물에 콩 나기로 엇저다 한 번 걸린 자동차인 까닭에 밧갓흐로 얼골을 빗내여보지 못하니 갑갑해서 '커—팅'을 구지 내리랴고 하면 일행들은 외마듸 소리를 지른다

"거—— 왜 그리 벗채니? 우리 체면도 보아주어야지"

"긔생 실코 자동차 탄 사람이 체면을 차저서는 무얼 해요 그러지 말고 신사들은 우편국 자동차를 타시지요"

이러케 샜롱샜롱하게 쏘기 잘하는 것은 옥화엿다

"옥화도 히니쑤[2] 박사로군 좀 참지 문박만 나서서는 노래를 하고 발광을 해도 조흐니까!"

이래서 절에서 늣도록 놀구는 모다들 얼근해지고 창대는 술이 취할사록 옥화가 안탁가웁게 사랑스러워 제 이차회로 자동차를 모라서 료리집으로

2 히니쿠(ひにく, 皮肉). '빈정거림', '비꼼' 등을 뜻하는 일본어.

향하게 되는 것이엿다

계문사의 잡지 제 일호도 나아오기 전에 낫이나 밤이나 먹자 놀자 타령만 하여서 창간비로 벌서 삼천 원 이상이 날라가 버렷다

어린 거지에게 동전 한푼 주기가 악가워서 개로 하여곰 살점을 무러 씌게 하고 돈 십 원 때문에 사랑 심부름꾼 아이를 쌀가벗겨서 삿삿치 뒤저보든 창대라는 자와 계문사의 사장 리창대 각하와는 판연히 다른 사람이엿다 술—계집—계집—술—여긔에 언제나 창대가 남에게 저본 때가 잇섯슬가?

여긔에 소비되는 돈 한닙한닙에 피와 눈물과 땀과 원한이 숨기여 잇는 줄은 모를 것이다 그 돈이 료리집 사물상 우헤 구를 때 쨍그렁! 하는 그 소리가 어느 부르지지는 소리의 한 끗인지를 창대는 알지 못하는 것이엿다

映畵小說

人間軌道(50)

城北學人
安碩柱画

마짱【—】

계문사패들은 하로라도 질탕이 놀지 안으면 몸이 뒷틀릴 지경이여서 번번이 창대를 대장으로 내세우고 자긔들이 병정 모양으로 줄줄 싸라다니기에는 창피를 늣겻든지 주필 김성호의 긔부로 마짱[1] 한 틀을 계문사에 갓다 노핫다

그래서 술타령을 못하는 날에는 마짱 타령을 하게 된다

창대는 마짱에 대하여서 흥미를 수얼치 안케 가젓지만 할 줄을 몰라서 마짱 강의록(?)을 사다가 노상 들고 다니면서 부호를 외오고 계문사패 중에서는 마짱 선수인 문호와 상근의게 배화서 평이니 짱이니 홀라 등을 대강 부를 줄 알게 되자 맛이 콕 드러서 한 판을 하랴면 두 시간이나 걸리는 마짱을 노상 붓들고 안저서 솟수가 작은 것이라도 홀라를 부르는 것이엿다

홀라! 창대에게는 마짱 짝을 썰썩 하고 잿채노코 홀라! 하고 소리를 놉히여 부르는 그 통쾌미에는 밥도 이저버리고 술도 이저버리고 집안일도 이저버리고 잡지도 이저버리는 것이엿다 마짱하기에 눈코 뜰 새가 업는 그는 밥먹을 시간도 업서서 씨니라고는 자긔 집에서 식혀오는 양집을 훌덕 마시여버리는 것쌘이니 먼 곳에서 갓다 먹기가 귀치안코 쏘한 잡지사에서 마짱판을 버리고 잇스면 오고가는 사람들이 비난을 할지 몰라

창대의 집 사랑으로 마짱판을 옴기게 되엿다

그래서 잡지사에는 아츰에나 겨우 모혀서 출근부에 도장만 씩고는 창대의 집으로 몰려가는 것이엿다

그러하니 계문사에는 사동(使童)이 왼종일 창대의 안락의자에서 코를 골

1 마짱. '마작'의 방언(강원).

고 졸 쌘이요 잡지 창간호는 언제나 나아오게 될지 아득한 일이엇다

그래도 사원들은 두 달재나 월급을 쏘박쏘박 먹엇기 째문에 어써한 사원은 "잡지를 허나 아니 허나 월급은 월급대로 밧으면 고만이지 창대 가튼 위인의 권두언(卷頭言)을 실지 안으면 안 되는 그 잡지는 앨 써 해 무얼 하노……" 하는 축도 잇서서 모두들 우슨 째도 잇섯다

그러나 김성호만은 그럿치 안엇다

한 번 변절을 한 뒤에 심[2]문잡지에서 날마다 날이 밝기 무서웁게 응접실이 터지게 차저와 안저서 원고를 조르든 것이 이제 와서는 시비를 하러 오거나 욕을 하러 오거나 쌤싸귀를 후리려 오거나 하는 사람 외에는 아모도 업는 고로 문필로 종사하든 사람으로서는 몹시도 고적을 늣기든 차로 계문사의 주필이 되니 조흔 긔회를 맛난 듯십헛는데 자긔가 긔부한 마쌍 째문에 자긔의 한을 풀 긔회가 느처지니 조바심이 낫다

그 잡지라는 것도 모힌 축을 보아서(자긔 자신을 생각도 해본 것이지만) 일반사회가 긔대할 만한 잡지는 못 되겟지만 오랫만에 자긔의 글이 활자(活字)로 되여 자긔의 눈압헤 나타날 그 깃붐만으로도 족할 듯십헛는데 마쌍이 잡지를 집어먹게나 되지 안나 하니 무슨 계책을 써서라도 마쌍판을 집어치도록하고 십헛스나 창대가 저러케 홀닥 반하고 마럿스니 그의 비위를 상해주면 잡지는 영영 나오지 안코 말 것임으로 이러지도 못 하고 저러지도 못 해서 큰 걱정이엿다

그래서 상근이를 쑥 씰러가지고 의론해 보앗지만 상근이 역시 다른 잡지사에 잇섯슬 째에 부득부득 만류하는 것을 쎄치고 건너왓슴으로 잡지를 하

2 문맥상 '신'의 오류로 추정.

든 마짱을 하든 생활은 전보다 안정되여가고 싸라서 창대의 비위만 잘 마처 주면 옥화에게 쓸 잔돈푼과 옥화를 맛나볼 술좌석이 늘 잇겟는 고로 마짱 선수이면서도 그리 질겨하지 안는 상근이로도 어써는 수가 업섯다

그러나 상근의 생각에도 잡지는 잡지대로 한 호만이라도 내여야 면목이 스겟는 고로 '마짱' 하는 시간을 주리고 잡지 편집을 씃마추어 버리자고 하여 창대도 그럴사—햇든지 그러면 얼마 동안 마짱을 쉬이고서 잡지를 내노차고 선듯 주장하엿다

그래서 김성호 이하 모든 사람은 잡지 편집을 시작하엿다

이러는 한편 창대는 마짱을 못 해서 몸이 근질근질하야 그리고 옥화를 상근이를 돌려세여 노코 맛나볼 긔회도 온 것 가태서 마짱 잘하는 긔생과 옥화를 사랑노름으로 불러다가 사랑에서 마짱판을 버리는 것이엿다

기생의 사랑노름 갑으로 하로에 삼십 원이 돈이 다른 데는 모르지만 창대는 조금도 앗가웁지 안흔 것이엿다

기생들은 료리집에서 기생 권번에서 무어니무어니 하고 할터 먹는 것을 쎄이면 몃 푼 안 되는 그것보담도 알돈 십 원식 밧어가지고 마짱을 하는 편이 훨신 조하서 창대를 쏘뒤기여 하로도 쌔지 안코 마짱을 계속하는 것이엿다

1931년 5월 24일

映畵小說

人間軌道(51)

城北學人
安碩柱画

삽화 없음

마짱【二】

창대는 마짱에 인이 백이게 되여 사흘나흘 동안 밤을 새이다십히 하야 얼골은 물에 뜬 송장 모양으로 들쓰고 눈은 안질이 난 사람 모양으로 짓거분하고 쌜개지여 눈을 부처보랴고 드러누엇스면 마짱판이 얼른거려서 눈이 번쩍 씌우는 것이엿다

비록 창대뿐만 아니라 서울 바닥만 하여도 마짱 사도들이 얼마나 만히 이러한 중독에 걸렷스리오만은 창대는 유달리 이 중병에 걸리게 된 것이다

그래서 계문사 잡지의 권두언(卷頭言)을 자긔가 쓰겟다고 장담을 하엿지만 쓰랴고 생각하니 서두를 잡을 수도 업고 서두를 잡는다 하야도 마짱이 툭 튀여나아와서 마짱 이야기를 썻스면 조켓스나 세상에서 엇전다는 것은 차치하고라도 계문사의 일동이 미첫다고 하겟는 고로 혼자 생각하여도 우수어서 깔깔 우섯다

그러나 쓰겟다고 호언장담을 하여 논 일이니 어느 책 속에서라도 볏겨보고 십헛스나 구역 나는 그 자존심 때문에 그것도 할 수 업는 일이니 몃칠 동안을 김성호나 상근이에게 졸리기는 하고 마짱짝을 제처도 그 생각 때문에 마짱만 잡으면 번번이 지게 됨으로 그 몃칠 동안은 심화가 나서 견딀 수 업섯다

그러나 잡지 편집은 우물쭈물 다— 되엿지만 창대의 권두언의 원고가 들어스지 안어서 여러 사람들은 그까진 창대가 권두언을 쓴대도 오죽지 안을 것이니 김정호의 창간사(創刊辭)만 잇스면 그것까지도 미봉이 되는 셈인 고로 권두언은 접어 치우자고 하엿스나 압뒤를 잘 재여보는 김성호는 그래도 그럿치 안타고 하여서 자긔가 슬며시 권두언을 써가지고 창대에게로 갓다

"리 군! 그리 밧부면 내가 대신 쓰고서 리 군의 서명만 하면 되지 안켓소?

내 글이 리 군의 글이요 리 군의 글이 내 글이니까— 검열을 속히 드려보내야 하겟고 한데 저러케 정신ㅅ긔가 업서보히니 명문장인들 어듸 나아오겟소? 자— 나만 알고 잇슬 게니 그리해 보시오"

창대는 속으로는 올타쑤나 하고 조하햇스나 비록 년장자인 김성호의 압힐지라도 사장이라는 사람의 위신도 안 볼 수 업섯다

"사실 지금 가태서는 그것을 쓸 정신이 업지만 누구든지 그걸 알면 내 꼴이 무슨 꼴이겟습니가? 어써케든지 몃 자 써보지요"

"온 천만에 말이요 내 입에서 안 나가면 누가 알 배 잇겟소? 리 군의 실력을 모르는 게 아니 니 급한 째는 꿩 대신 닭도 쓰니까 그 셈만 치고서 그리 합시다"

"글세요 그래도 관계치 안타면 김 선생 맘대로 해 보십시요만은……………"

이래서 잡지 원고는 계문사 창립 피로연이 잇슨 뒤 석 달 만에야 검열 당국의 검열안에 부듸치게 되엿다

모힌 축이 온건 착실하다는 축이라 여불업시[1] 잡지 원고는 한 자도 깍기지 안코서 나와서 잡지는 덱컥 순산하고 마럿다

잡지가 나아오니 술타령할 구실이 생기여 잡지 창간 긔념 축하연이 또 열리엇다 이번에는 계문사 창립 피로연보담도 더 훨신 대규모이여서 명창을 부르는 둥 이 전황한 판에 큰 료리집을 독차지한 셈쯤 되엿다

술좌석에서 상근이가 넌지시 김성호를 건너다 보며 눈 한쪽을 찍웃해 보히고는 창대를 향하야 술잔을 내여민다

---

1 여불없다. 틀림이나 의심이 없다.

“자— 제 술 한 잔 자시지요 참 이번 권두언은 잘 쓰섯드군요 모두들 명문이라고 하든데요 참 잘 쓰섯서요 그만 잡지 한 권의 권위를 그 권두언 하나가 잡은 셈입니다”

창대는 억개 바람이 나서 싱글벙글 우스며 술잔을 밧어 마신다

“무얼 되지도 안은 것을!” 그 엽헤 옥화가 잇다가 얼골을 쏙 내미러 창대에게 보히며

“참! 리 선생님 잡지 보내신 건 고맙습니다 그런데 첫재 폐지에 그 권두언이 선생님이 쓰신 것이예요? 오— 참 거기의 선생님 함자가 씨워 잇서요 기생인 제가 무얼 암니까마는 아주 청산류수가티 잘 내려가는 글예요 멋생이 녀자들은 혹 반하겟든데요” 하니 좌석에서는 우뢰 가튼 우숨이 폭발하엿다

옥화는 말 슷을 마치고는 상근의 허리를 팔뒤금치로 툭 치고 혼자 고개를 폭 파뭇고 허리를 펴지 못하고 웃는다 상근이와 김성호는 서로 바라보고 은근히 우서 보힌다 창대는 열에 쯴 사람 모양으로 땀을 벌벌 흘리는 것이엿다

1931년 5월 26일

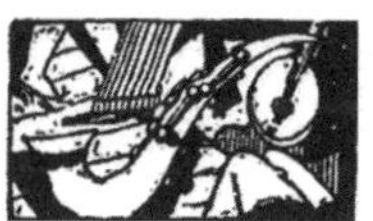

映畵小說

人間軌道(52)

城北學人

安碩柱画

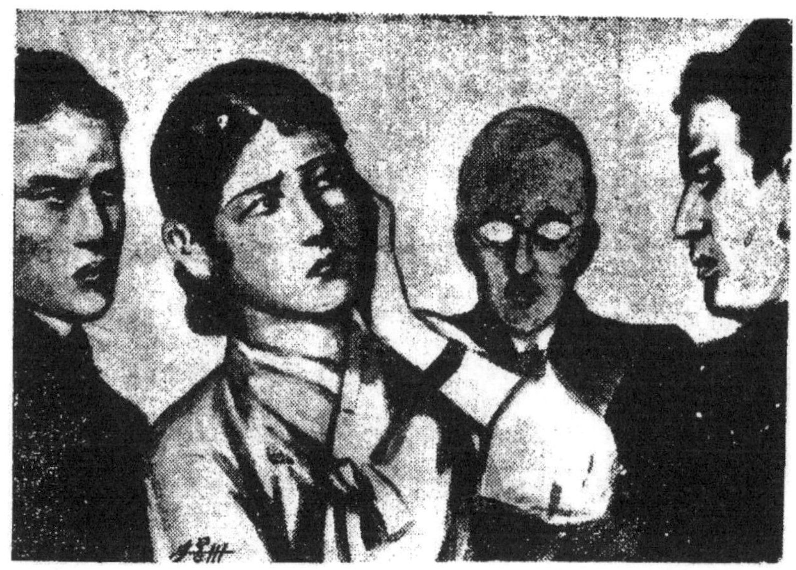

마쌍【三】

계문사의 잡지가 제번이 되기 무서웁게 창대는 옥화에게 잡지를 보냇다 장[1]지의 겻장에는 옥화 양(孃)에게라고 쓰고 '긔증'이라는 도장을 찍고는 속장에다가 영어로 '리창대로부터'라고 써서 보냇든 것이다

일반 사원들은 이 눈치를 채이지 안은 것도 아니엿지만 설마 옥화에게 밋첫다기로 사장의 체면은 그만두고라도 나희 갑을 하드래도 그러할 리는 업겟지? 하엿스나 상근이가 옥화의 집에를 갓슬 때에 이것을 발견하게 되자 사원들은 한바탕 우서제친 일도 잇섯다

잡지를 한다고 돈푼이나 내여논다든 창대가 사회의 목탁이란 어써한 것이 아니 계몽운동이니 농촌계발이니 써들든 것이 옥화와 가튼 긔생에게 잡지에다가 자긔의 '싸인'(서명)을 처서 보내는 것 가튼 그 더러운 영예심 째문이 아니섯든가?

그것도 옥화에게 보내인 잡지에는 쌜건 잉크로 표를 하야 얼른 눈에 씌이게 한 그 권두언(卷頭言)이란 것도 김성호의 글이엿슴에도 불구하고서 자긔의 일홈ㅅ자만 박혀 잇스면 세상 사람은 그 내용을 (별로히 이 잡지를 읽어 줄 사람도 업겟지만) 모른다고 치면 말할 필요도 업겟지만 상근의 소위 '나지미[2]'라는 비록 기생이라 하드래도 옥화만이야 속아 넘어갈 수가 잇섯슬가?

그러나 결국 옥화의게 호의를 베푸럿다는 그 비열하고 어린애 가튼 행동은 창대의 눈에는 인간 이하로 보히는 그저 귀여웁고 사랑스러울 싸름이엿든 기생 옥화에게로부터 모닥불을 밧어 쓰게 된 것이다

"어이 더워! 오늘은 엇재 이리 더운가? 얘…… 샛이야! 아이스크림이 잇

1 '잡'의 오류임을 다음 호 말미의 '訂正'을 통해 표시.
2 나지미(なじみ). '친숙함', '낯익은 사이', '단골' 등을 뜻하는 일본어.

느냐?"

"네—이— 불러겝쇼? 아이스크림요? 아즉 업습니다 양식집 가튼 데서는 사올 수 잇습니다만은요"

"사오자면 한참 걸릴 게 아니냐? 그럼 고만두고 화채나 가지고 오너라" 하며 호령호령을 하면서 손수건으로 얼골의 땀을 씻더니만 어느 틈엔지 옥화의 뺨을 후려갈겻다

"너 요년! 아모리 간사한 기생년이기로서니 좌석이 좌석인 터에 요사를 부린단 말이냐? 엣! 고약한 년 점잔은 사람이 조금 귀여워하는 듯하니까 제 판을 차릴랴 든단 말이야 고게 무슨 우숨이야! 고 소름 끼칠 우숨을…… 상근 씨 가튼 이가 사랑을 하느니 엇써느니 해서 계집은 버렷습닌다 버려 노핫서! 마음이 약한 이가 돼서 톡톡이 굴지를 못해서 그래요! 사내답게 하시우! 그럿치 안으면 조런 계집 때문에 큰 망신을 당할 날이 잇슬게니 엥!"

옥화의 뺨을 붓치고 나서는 금방 후회가 되엿는지 슬며시 화푸리를 상근이에게로 돌린다

"여보서요! 내 뺨만 때리면 그만이지 왜! 앰헌 류 선생에게 푸념을 해요 그리고 내가 좀 우섯기로 긔생년은 사나희 틈에서 웃지도 못하고 장승처럼 잇스란 말예요? 닷다가 별 아니꼰 꼴을 다— 보겟구면! 아 그래 시시간[3]에 일 원 남짓한 시간비만 주면 당신 맘대로 주물르고 욕하고 뺨 때리는 것까지 다— 될 줄 아시우? 서양 가서 공부나 하섯다기에 계집의 뺨을 잘 때리는 줄 아렷지마는 살랴고 나아온 긔생이요 뺨 마질랴고 나아온 긔생이 아니 뺨 잘 맛는 긔생을 불러다 노시구료!" 하며 독긔가 오른 옥화는 발덕 이러서

3 '한 시간'의 오류임을 다음 호 말미의 '訂正'을 통해 표시.

서 나아간다

"남의 글을 제 글이라고 쌘쌘하게 써들고 다니는 그런 못난 위인이……… 흥……… 싹하다"

하고 중얼대고 나아가는 옥화의 뒷모양을 바라보는 창대는 화가 더욱 치미럿스나 중얼거리는 그 말에는 그만 쑴실하엿다

상근이는 머리를 숙이고 불쾌한 감정을 돌려보려고 애썼스나 옥화가 저리고 나아갈 째는 집에 도라가서 울 대로 울리라 하니 마음이 괴로워서 후닥닥 쒸여나간다

복도에서 상근은 옥화를 붓잡고서 —— 위인이 원래 그 모양이니 참고 잇다가 가라고 졸라보앗스나 옥화는 벌서 눈 속에 눈물이 어리엿다

"난 오늘부터 그 아니꼬운 꼴들 째문에 거렁뱅이가 되드래도 기생을 그만두겟서요 엇저면 류 선생은 제가 망신을 당하는 것을 보고서 그대로 계신단 말이요? 네 — 알엇서요 류 선생 형편도 잘 알고 잇스니까요 그러면 파하는 대로 집으로 곳 좀 오서요 혼자 집에 잇다가는 내가 나를 어써케 할른지를 모르겟서요 이러케 화가 복밧처서는요! 자 — 그러면 꼭 오서요 기대리겟습니다"

映畵小說

人間軌道(53)

城北學人
安碩柱画

마쌍【四】

이래서 상근은 옥화를 노하보내고 자긔도 다시 도라왓스나 바눌방석에 안진 것 가태서 심신이 불안하엿다 창대는 창피를 당할 째로 당한 고로 연회를 일즉 거더치우니 모다들 멀슥해서 도라갓다

옥화【一】

창대는 술만 취하면 인력거나 자동차를 타고서야 집에 도라가든 것이 심정이 뒤숭어서 길로 거러보면 진정이 될 것 가탯고 밤도 아즉 이슥지도 안코 해서 진고개를 향하엿다

구라파에 잇섯슬 째 노랑머리 색시들에게 실례를 각금 하여서 쌤을 맛터노코 마저보든 창대가 언제나 한 번이고 사죄를 하지 안은 째가 업섯지만 조선에 와서는 왼만큼 천씌기로 보히는 녀자면은 쌤을 친다는 것은 이야말로 제 스사로 생각하여도 우수울 일이겟지만 료리집만 가면 어느 째고 기생의 쌤을 후려갈거야 직성이 폴리는 창대가 오늘 옥화의 반항에는 괘심하엿다

그러나 사장이란 사람이 기생에게 욕을 당하는데도 부하가 되는 사람들이 자긔가 아니면 밥을 먹을 수 업는 사람까지도 자긔의 행등[1]을 불쾌히 아는 듯한 눈치로 도외시하엿슴에 여간 불쾌한 것은 아니엿스나 그만 풀긔가 주러젓든 것이다

그러나 상근이가 제일 미웟다

옥화가 나아가는 것을 보고서 뒤밋처 쪼르르 싸라나가는 꼴 그보다도 평소에는 자긔 압헤서는 고양이 압헤 쥐 모양으로 살살 기든 상근이가 계집

1 문맥상 '동'의 오류로 추정.

압헤서는 자긔를 빈정대는 것이라든지 칙혓다 내렷다 하는 것이라든지 모두가 앙큼스러워 보혓다

그래서 모라가다가 여러 사람 압헤서 더구나 계집 압헤서 상근이에게 모욕을 주랴고 하는 것이 엇지된 셈인지 상근이의 뺌을 후려갈길 손이 옥화의 뺌을 향하야 달려간 것이라고 하엿다 이것은 자긔 스사로 자긔를 변해를 해서 창피한 그 긔억을 사뢰여 버리자는 것이다

자— 그랫든 것이 그 어엽분 옥화의 성미를 펄컥 도다준 것이니 그것이 생각하면 후회가 낫다

창대는 진고개 카페들을 여러 곳이나 들러 나왓스나 아무런 흥미가 업서 그만 집으로 도라갓다

◇

옥화라는 인물이 말이 낫스니 이 기생 옥화에 대한 이야기를 하지 안으면 안 되겟다

옥화는 학교 출신이요 인물이 곱다는 소위 일류 기생이라고 해서 그리고 우리 동포 우리 동포 논개 계월향이니 하고 써드는 것으로 보아서 그러한지 현금 소위 유지 인사들이 심심하면 입에 오르내리고 이 긔생 하나를 에워싸고서 점잔은 얼골에 희로애락을 앨 써 드러내며 무릅을 쑬코 달겨드는 만큼 그냥 휙 지내처 버릴 수 업는 존재다 기생 노릇을 하랴면 쓸개를 쌔여 노코 지내여야 한다 하지만 옥화만은 창대의게 뺌을 맛고서 곳장 이러서서 울며 집으로 달려간 것을 보아서는 아즉 그러치는 안엇다

집에 도라온 옥화는 그 길로 자리를 펴고서 드러누어서 소리처 울엇다

거는 방에서 건너오는 옥화의 포주격인 어머니가 옥화를 이르키여 안치고 울음을 긋치도록 애써보랴 하얏스나 그럴사록 옥화의 울음 소리는 놉하

간다

그리고 이 로파를 훌겨보며 푸념도 하엿다

건넌방으로 쫏겨온 로파는 모두가 상근이라는 날탕이 맨드는 일이라고 어써케 하면 상근이와 옥화의 사히를 쎄이도록 해볼가 하고 곰곰 그 흉책을 생각해 보다가 그만 잠이 드러버렷다

옥화는 얼마를 울고 나서 거울 압흐로 가서 쌜것케 손자죽이 난 쌤을 보앗다

학교를 다닐 쌔에 선생에게 쌤을 싀집히고 하숙에 도라와 왼종일 울고서 그 이튼날 학교도 가지 안코 분해서 바르르 썰고 잇든 자긔의 그 쌤이 긔생이 되여 한 시간의 일 원 삼십 전이라는 돈 쌔문에 여지업시 유린을 당하니 울지 안을 수 업섯다

그리고 울고 난 뒤에는 귀가 먹먹한 듯하엿다 그것은 넘우도 울고 난 탓이라 하엿스면서도 쌤을 하도 몹시 마진 싸닭에 고막이 상한 것이 아닌가 하엿다

'訂正'＝前回의上段 第四行에 '장지의'는 '잡지의' 下段 第二十一行에 '시 시간'은 '한 시간'으로 될[2] 것입니다

2 문맥상 '될'의 오류로 추정.

1931년 5월 29일

映畵小說

人間軌道(54)

城北學人
安碩柱画

삽화 없음

옥화【二】

귀가 욱씬거리고 머리가 직근직근 아픈 것이 아모래도 귀속이 탈이 난 것이라 하엿다

어느 기생은 모 젊은 학자라는 사람에게 쌈을 맛고서 코피가 나서 의사에게 진단증명을 내여가지고 분김에 고소를 제긔하야 치료비 손해배상 위자료 등 오백 원을 청구햇스나 그것이 감해저서 백 원을 어더먹엇다지만 그러한 방법을 취할 수는 업다 하드래도 아모래도 귓속이 상한 것이니 증세가 뚜렷하면 다수굿하고 그저 잇슬 수는 업는 일 가탯다

귀가 먹어서 불구자가 된다는 것보담도 그놈의 소행이 밉살머리스러웟다 지금의 맘세 가태서는 이 길로라도 달려가서 그놈의 상판을 후려갈기기도 십헛다 그러케 생각하고 나니 자긔의 처지가 가엽섯다

——어찌하야 기생이 되엿드란 말이냐? '쌈 맛는 그 자식'이라는 게 잇다더니 지금의 녀자는 더구나 기생은 건달들에게 쌈을 맛기 위하야 사라가야 하나? 하니 막연한 슬품이 복밧첫다

목줄듸에서 술썩하고 울음이 올라왓다 옥화는 영창을 여러제치고 캄캄한 하날을 치여다보고 넉 일코 훌적이며 우는 것이다

이때에 대문이 삐걱하더니 상근이가 드러왓다

상근이가 드러오니 옥화는 울든 아이가 엄마를 본 때와 가티 소리처 운다

상근이는 마루 끗테 우두머니 서서 전등불을 등지고 울고 잇는 옥화를 보앗다

상근이 역시 엇전지 가슴이 뭉쿨하더니 슯음이 써올랏다

자긔 역시 세상에서 버림을 바든 사람 안해에게 버림을 밧은 사람 그리고 창대와 가튼 사람의 미테서 종이나 다름업는 생활을 하는 사람이니 제 신세

나 옥화의 신세나 매 한가지인 듯십허서 방으로 쒸여 드러가서 옥화를 부등켜 안고 목 노코 울고도 십헛스나 사나희 자식이 녀자의 압헤서 눈물을 흘리는 것이 쑥스러운 것 가태서 올라오는 우름을 꿀꺽 생켜버리고서 마루 쓰테 펄석 주저안저 버렷다

언제나 밤이면 반작이는 또한 영원히 반작일 것 가튼 하날의 별들은 자긔들을 무심히 내려다보고 잇섯다

상근은 고독을 늣기엇다 지금까지 엄벙덤벙하고 지내온 까닭으로 자긔를 도라볼 긔회가 업섯지만 오늘에 된 일은 그 불똥이 옥화에게 써라[1]진 것이지만 사실은 창대가 자긔를 창피를 보히고자 한 것임을 아럿슬 째 그 아니쏘운 놈의 미테서 하로라도 더 지내일 수는 업섯다 그리고 김성호로만 말하드래도 어느 째는 자긔를 손발가티 부렷지만 지금은 자긔의 야욕 째문에 상근 자긔 한 사람을 희생식히고라도 그 야욕을 채워보랴고 하는 눈치이니 자긔의 지위까지 쌔아서서 계문사의 잡지 경영에 대한 모든 권리를 독차지하랴고 암암리에 창대에 턱맛테서 알쏭거리는 것을 알게 되니 그러케 밋고 존경하든 김성호까지 자긔를 내여버리랴 할 째에 슬며시 분도 치밀지만 결국 김성호나 긔타 몃몃 사람에게로부터도 버림을 밧게 되는 일인 고로 언제나 쎈치멘탈한 감정을 가진 상근은 고독을 늣기는 것이엿다

그리고 옥화로 보드라도 오늘은 자긔를 밋고 바란다고 하지만 날마다 새 사나히를 마지할 수 잇는 긔생이니 그도 오랫둥안 미들 수는 업섯다

그리고 옥화의 마음을 오래동안 붓들고 잇스랴면 돈이 잇서야 한다

지금에 자긔에게 이 녀자 하나를 완전히 자긔 것을 맨들 만한 돈도 업는

1 '러'의 오류.

것이요 설혹 그것이 잇다 하드라도 함께 살어보면 피차에 식어질 거리에서 어든 사랑이니 쏘한 거리에서 헤여지게 될 것이 아닌가

상근 자신은 지금 캄캄한 밤바다에 나무토박을 타고서 써가는 정처 업시 표류해 가는 외로웁고 가엽는 조난인(遭難人) 가탯다

미구에 자긔는 어느 커—다란 물결 속으로 휘말려 드가면 고만인 사람 갓햇다

옥화는 자긔와 가튼 처지이면서도 손도 다을 수 업고 노가 업스니 저어서 피차에 맛남[2] 수 업슬 만치 멀리 써러저서 써가는 사람 가타엿다 그러나 그는 륙지로 갓가히 써가는 사람이요 자긔는 점점 기픈 바다로 끗업는 물로만 써가는 것 다[3]탓다

옥화는 륙지에만 다으면 구원될 목숨이여 자긔는 점점 바다의 큰 입속으로 기여드는 것 가탓다

상근은 머리를 두 손으로 싸고서 눈을 감엇다

암흑이엿다 눈을 감으면 암흑인 인간이지만 마음속에 별과 가티 언제나 반작이는 것이 잇섯다

2 '날'의 오류.
3 '가'의 오류.

映畫小說

人間軌道(55)

城北學人

安碩柱画

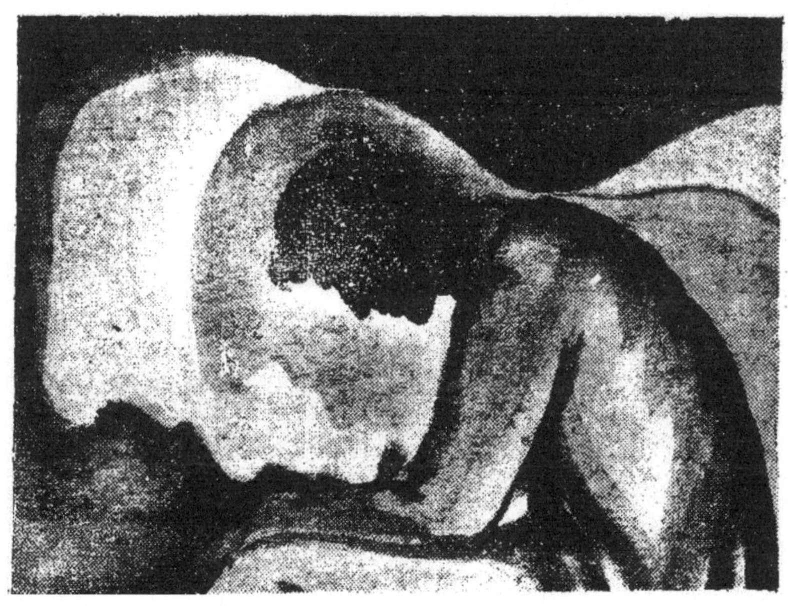

옥화【三】

그것은 흐릿한 상근이의 과거의 생애엿다

긔미년 당시에 학생들의 선두에서 외치고 달리든 자긔 삼 년이라는 긴 세월을 감옥 안에 잇슬 때 해빗을 보게 되는 날에 어써한 일을 하리라 하고서 미래에 위대한 자긔의 발최[1]를 그려보고서 스사로 감격하엿든 때 감옥에서 나아오는 길로 중국으로 가서 그 너른 천지를 뛰여다니며 오래동안 경륜한 일을 이루어 볼랴고 하든 그 장쾌하고도 비분한 그때

아모래도 그 일이라는 것은 본 무대가 아니면 그 정세에 맛추어 일할 수 업다 하고서 귀국하든 그쌔에 나시 보지 못할 줄 아럿든 산천을 바라보고 크게 숨을 쉬여보든 그 시절 그리고 성묵을 맛나서 밤을 몃칠식 새여가며 모종의 큰 일을 획책하든 위대한 자긔들의 면영(面影)들── 그 모든 것이 마음속에서 쌘작하고는 써지고 써지고 하는 것이엿다

그러나 김성호의 계책에 넘어가서 필경 사람의 노릇이 아니인 행동을 하야 무수한 일쭌들을 암흑으로 써러 넌 자긔── 김성호의게 속앗다 하드래도 사변을 이르키기 전 몃칠 전에 자긔가 하고 잇는 일이 어써한 일이라고 알고도 김성호를 되돌라 잡지 못하엿든 마음이 약하엿든 자긔── 그 자긔를 생각하엿슬 때는 지금의 자긔는 다시금 어써케 건저내일 수 업는 깁흔 연못에 빠진 채로 썩어가는 시체와도 가탓다

상근이는 벌덕 이러섯다 그리고는 이를 북── 가러보앗다 그 소리는 임이 자긔의 촉루(髑髏)가 어는 연못 밋바탕 조악돌에 가러안는 소래 가탓다 컴컴한 짱바닥은 자긔를 행하야 입을 버리고 손짓하야 써러드리는 것 가탓다

1 문맥상 '발자최'에서 '자'의 탈자 오류로 추정.

그의게는 이러한 괴로운 순간이 만핫다 이 순간마다 그는 자긔가 드듸고 선 이 대지(大地)까지도 그 품안에서 자긔를 일즉이 내여쫏친 것 가탓다

일즉 죽어서 이 괴로운 시간을 맛보지 안코 장차 압헤 다닥칠 그 무서운 형벌——을 버서나고 십헛[2]다

자긔는 지금 교수대로 갓가히 다는 자긔의 그림자를 보는 가탯다[3]

것[4] 언제나 자긔는 안전하고도 고통이 업는 죽엄을 선택하리라 하는 것이엿다

그러나 세상에 대한 여러 가지의 미련은 안탑가웁게도 두터워지는 것이엿다

상근은 방으로 드러갓다 눈물이 글성글성해서 자긔를 치여다보는 옥화의 갸름한 얼골은 어느 부분이고 아름다웁지 안은 곳이 업는 것 가탯다

상근은 옥화의 팔목을 덤석 쥐엿다

"옥화—" 상근은 그의 일홈을 불러 노코는 묵묵히 바라보앗다

옥화는 상근의 모든 거동이 오늘 옥화가 창대에게 당한 일 때문에 비분해서 하는 것 가태서 고마웟다

"다— 제 팔자이지요 근심 마서요 기생 노릇을 하니까 그런 꼴을 보는 게 지요 선생님만 변치 안으시면 어쩌한 봉변이고 마터 노코 당한들 어쩌켓습니가?"

"그러나 내 자신은 옥화보담도 더 괴로운 것 가트까! 나야 변치 안치! 누구나 사랑하는 사람끼리는 맛나면 변치 말자고 변치 안켓다고 맹서는 하는

2 원문에는 '헛'의 글자 방향 오식.

3 문맥상 '보는 것 가탯다'에서 '것'의 탈자 오류로 추정.

4 앞 문장의 '보는'과 '가탯다'의 사이에 와야 하는 '것'이 옆 행에 오식된 것으로 추정.

것이지만 세상이 변케 맨드니까"

두 사람은 침묵하여젓다

거는방에서 코를 골고 자든 옥화의 어머니가 마루에 나와서 담배통을 대돌에 싸려 대통의 재를 털고는 담배를 피여 물고 캄캄한 하날을 치여다보고 청승맛게 한숨을 길게 내쉬엿다

그는 언제나 화푸리를 하기 전에는 의례히 한숨을 쌍이 꺼저라 하고 내쉬이기 때문에 옥화는 그가 한숨만 쉬면 옷을 가라입고서 밧그로 나아가곤 하엿다

임이 이 마누라는 말판을 차려보랴고 옥화의 방으로 드러갓다

1931년 6월 3일

映畫小說

人間軌道(56)

城北學人

安碩柱画

옥화【四】

옥화의 어머니라는 이 마누라 역시 녯날에 기생이엿고 긔생이엿슬 째 정남을 두어 늘 갈리는 그 정남을 둘 째마다 자긔의 어머니(이 어머니라는것도 포주격인 어붓어머니』[1]에게 신집히고 어더맛고 욕을 먹고 해서 정남과 여러 번이나 도망을 한 일도 잇지만 옥화가 기생으로 나아온 지 처음으로 정남을 둔 것인데도 자긔의 젊엇슬 시절의 경험에 드듸여 한쪽으로는 시새는 마음 또 한편으로는 돈이 생길 화수분인 옥화가 상근이에게 밋치는 나달에는 자긔는 닥 쫏든 개 모양으로 하날만 치여다보고 입맛만 다실 째가 잇겟스니 제일 그것이 두려웟다

더구나 옥화는 자긔 짤도 아니요 만흔 돈을 주고 사서 얼마 동안 기생 공부를 식히느라고 돈푼이나 들엇스니 옥화가 기생으로 나아온 지 일 년쯤 되는 터에 밋천을 몃 배나 섇밧것만 옥화가 나희가 더 먹기 전에 재바르게 돈버리를 식혀서 천 량이나 몽쑹그려 보랴는 것이 쓰내기 서방을 붓처주어도 톡톡 쏘아서 나가 잡바지게 하고 모모 부호의 쳡으로 드려보내랴 하엿스나 그도 듯지 안어서 커―다란 재물이 날라가고 마니 늘 옥화만 보면 으르렁대고 십헛다

그리든 것이 요사히는 상근이와 가튼 날탕을 알게 된 뒤로 제 돈을 드려가며 짭잘한 찬까지 맨들어 노코 상근이를 불러다가는 밥상을 가티하고 그러면 이 날은 노름도 가지 안코 무슨 이야기인지 마주안저서 슥은거리고 그리면 상근이를 재우고 아츰이면 밥까지 먹이고 양복 호주머니에 무엇인지 넌지시 집어너허 주어서 내여보내는 것이엿다

1 ‘)’의 오류.

이러한 일이 열흘이면 엿새나 일헤는 되는 고로 옥화가 노름을 가지 안어서 이 마누라는 담배도 먹지 못하는 날이 잇섯다 (물론 돈 천 원이나 지니고 잇지만) 이러다가는 자긔가 큰 랑패를 볼 날이 잇겟스니 어쩌케 하든지 저 상근이를 옥화에게서 띄여서 영원히 맛나지 안케만 하면 자긔의 뜻을 이루우겟다고 하여 늘 별르든 차에 오늘은 무당의 넉이 접하엿는지 불연드시 푸닥거리를 하고 십헛다

이 마누라는 옥화의 방으로 드러가자말자 방바닥에 그 띙띙한 엉뎅이로 방아를 찟고서 펄석 주저안저 버리는 길로 댓자곳자로 상근이에게 독설(毒舌)을 드리댄다

"여보게 류 서방! 이러니 저러니 이야기하면 말만 기러질 것이니까 어쟷든 래일부터 오지 말게 오지 말라는 것보담도 옥화와 연을 끈허주게! 기생의 정부 노릇도 돈이 잇서야 되는 거야! 세상 일이 모두가 돈인 터에 더구나 긔생방에 다니는 사람이면 오입쟁이가 아닌가? 오입쟁이가 핏[2]천 한푼 업시 다니면서 긔생의 간이나 훌터 먹고 사러서야 그게 사내 대장부의 할 일인가 쌘쌘한 일이지! 그러니까 지금이라도 얼른 내 집을 나아가 주게!

얘 옥화야 너두 좀 철이 나라 정부고 무에고 그것두 못 밋을 게니라 나도 소시쩍에 너보다도 이러한 일을 한두 번 격근 게 아니니까 화류게 남자라니 바람 부는 데 초ㅅ불이지 금방 정이 펄펄 끌타가도 푹 하고 꺼지는 것이야 네가 아모리 이 류 서방하고 죽자 사자 한대도 래일이 멀지 안타고서 후회할 날이 잇느니라! 그러니까 사랑이고 비러먹을 □이고보담도 돈이 제일이야 미들 건 돈이지 돈 모하 노코서 천하도 차지할 수 잇는 게지 별 수 잇니?……"

2 문맥상 '밋'의 오류로 추정.

이 마누라는 말문을 열자 제 신이 나서 터진 보 모양으로 폭포수가티 퍼붓는다

"너는 밤낫 이 어미를 못 먹겟다고 통통 부딋고 대들지만 네가 내 집 긔생이 안 되엿드면 저런 비단옷을 입고 모든 호강을 해 보앗겟니? 학교를 졸업햇다면 무얼 하니 왕후공작의 녀편네가 될 것도 아니요 깃것해야 녀 사무원이나 서생이나 그러치 안으면 은근짜나 되는 게지 은근짜가 되느니 쌔끗하게 호화로운 기생이나 되는 게 낫지 안니 이게 부족하다고 하면 마른 하날에 벼락을 마저! 그 비러먹을 사랑이니 무에니 하다가 쪽박을 차고 나서게 되느니라! 나야 다른 계집을 사다가 기생을 박어서 돈버리를 하면 고만이시만 너는 지금이 한창인데 이때를 엄벙덤벙하고 건달하고 세월을 보내다가는 거지가 되여! 늙어지면 무얼 하니? 젊엇슬 째 내 말만 잘 드르면 네게도 조흔 일이요 내게도 조흔 일이 아니냐?"

옥화는 이 마누라의 연설에는 대ㅅ구도 아니 하고 픽하고 랭소를 하고는 상근이에게 눈찟을 하고 이러섯다

1931년 6월 5일

映畵小說

人間軌道(57)

城北學人

安碩柱画

解散【一】

옥화는 홧김에 이러섯스나 이러스자 귀가 몹시 욱신거리고 머리 속이 흔들리여 엇득하야 그대로 주저안저 버렷다

상근이는 이러슨 채 창백한 얼골로 옥화의 동정만 살피고 멍ㅡ하니 서잇다

옥화는 방바닥에 업듸여 억개를 들먹거리고 늑겨 운다

"여봐요 류 선생 암만해도 귀가 먹는가 봐!"

상근이는 혼자라도 박그로 나아가서 이 곤경을 버서나고 십헛스나 어린애 응석 가튼 옥화의 싊은 부르지즘에는 어쩌는 수 업시 주저안는다

마누라쟁이는 영문도 모르고 옥화의 머리를 주먹으로 툭 첫다

"그것 봐라 어미의 말을 듯지 안으니 천벌이 안 내리겟니 귀만 먹는 겐 다행이야!"

옥화는 잔혹한 이 말에는 그대로 참고 잇슬 수가 업섯다

"듯기 실혀요 그 귀신의 이 가는 소리 가튼 소리는 그만둬요 내 피를 그만콤 빠러먹어도 속이 시장하거든 내 뼈라도 진을 내서 자시구료 선생님! 저는 오늘 무슨 씃장이라도 내일 터이니 오늘은 그대로 가세요 래일 제가 전화를 하겟습니다 이대로 살어서야 개를 보기에도 붓그러워요 그러니 오늘은 정말 이 이에게 간ㅅ제 먹히든지 어쩨든지 해볼 터이니까요!" 하며 옥화는 독이 오른 얼골을 마누라쟁이에게로 향하얏다

상근이는 망서리다가 못 익이는 체하고 나아간다 대문을 나서랴 할 쌔는 안에서는 늙은 여호의 음성 가튼 마누라쟁이의 욕설이 퍼붓고는 뒤밋처 옥화의 발악하는 소래가 들리우고 사람을 치는 소래가 낫다

상근은 머리가 쏩볏하고 잔등이에 랭수를 쩌엇는 드시 몸이 썰리엿다 골

목을 나아와 큰길로 돌처섯슬 째는 유화는 마누라쟁의의게 방맹이로 무수히 어더맛고서 혼도가 된 째엿다

□

그 이튼날 상근이가 계문사에 출근하엿슬 째 어쩐 리유인지 오정이나 지나야 나아오는 창대가 아츰 일즉이 나아와 잇섯다

전 가트면 자긔가 '쏘아!'를 열자마자 "오── 미스터 류─ 오시요" 하고 환호를 하든지 창대 자긔가 늣게 온 째는 '미스터 류'가 아직 오지 안으섯소? 하고 돌라보다가 자긔를 발견할 째는 반겨워 하며 어느 째는 여송연도 주고 넉살을 부리든 친구가 오늘은 어쩐 세음인지 자긔가 드러오자 안락의자를 뒤로 돌리고 외면을 하여버린다

1931년 6월 6일

映畵小說

人間軌道(58)

城北學人

安碩柱画

解散【一】[1]

미쓰•캉이 상근이를 밀동자라고 한 것은 상근이에게 털쯧만치도 어쎠한 호긔심을 가지고 한 말은 아니엿스니 문호가 상근이를 빗꼬아 보자고 한 말이지만 그래도 은근히 상근이의 염복을 못내 부러워하는 말씨로 들리엿다 그것은 계문사의 사나희들은 안지면 옥화의 이야기요 옥화의 이약기가 나오면 상근이를 비웃정거려 보는 것이 통ㅅ증으로 그 중에도 문호가 창대의 볼죄즈르게[2] 옥화라면 일을 하다 말고서 내닷는 쌔가 만흔 것이엿다

미쓰•캉이 비록 만성 히스테리라 하여도 이러한 데에까지도 치마폭이 좁다 하고 내다라서 간섭할 필요는 업겟지만 피차의 옹취[3]엿든 문호와 미쓰•캉 사이에는 계문사 창립 피로연 날부터 남모르는 사히에 로맨틱한 정서를 주고밧게 된 것이엿다 미쓰 캉은 그래서 문호와 사랑을 맺게 된 뒤로는 그 히스테리는 별다른 증세로 변하야 문호가 다른 녀자와 이야기를 할 쌔에도 조금만 거들써보기만 해도 얼골에 경련이 이러나는 것이엿다

지금에도 옥화의 이야기로 장을 버리다가 상근이가 드러오니 모든 사람의 입섀리가 쎄죽해진 것도 실상인 즉 계문사의 '뷔너―스'인 옥화의게 상근이가 선택을 밧은 데에 대한 질투엿고 그중에도 창대와 문호가 상근이를 못 먹겟다고 베르든 것이 사실이엿다 미쓰•캉은 문호가 상근이를 비웃정거리는 것이 옥화의게 대한 애틋한 맘에서 폭발된 것이라고 보앗다 그래서 주책업시 생각도 아니 하고 한 말이 입이 거른 창대의게 오해를 사서 여러 사람 압헤서 창피를 보게 되니 미쓰•캉은 자긔의 위신을 보드래도 그대로

---

1 '二'의 오류.
2 볼쥐어지르다. 비교 대상을 능가하다. 준말 : 볼꿰지르다.
3 옹치(雍齒). 늘 싫어하고 미워하는 사람 또는 그런 관계를 비유적으로 이르는 말. 중국 한(漢)나라의 고조가 미워하던 사람의 이름이 옹치(雍齒)였던 데에서 유래한다.

다수굿하고 잇슬 수는 업섯다

그리고 문호와 약혼을 할 째에 문호의게 재산도 좀 잇는 터에 창대와 가튼 위인 미테서 그리고 일반 사회에서 내돌린 김성호나 상근이와 가티 일하는 것이 자긔들의 장래에 어느 째에나 큰 타격을 보겟스니 하로라도 속히 나아와서 서울서 일자리를 구하지 못하면(문호의 방탕성을 미쓰● 캉이 념려함도 한 리유이지만) 시골 가서 초가삼간이라도 산듯하게 짓고서 아들쌀 낫코 단란한 가정을 이루어보자는 꿈도 꾸든 터이나 이 달 월급만 밧으면 좌우간 결말을 지워보려든 차 미쓰● 캉이 이러한 긔회에 월급은 밧든지 마든지 날마다 자긔만 보면 찟고 까부는 창대의게 큰 망신이나 주고 그만두워 버리리라 한 것이엿다

우선 미쓰, 캉은 창대의 압흐로 갓가히 갓다 모든 사람들은 살긔를 씌인 미쓰, 캉에게로 시선을 모핫다 창대는 눈을 크게 썻다가 싱그레 — 하고 늬글늬글한 우숨을 씌워보혓다

"미쓰, 캉! 아 그래 당신의 처지로서 문호 씨를 두둔해야 하겟소? 상근 씨를 두둔해야 하겟소? 그러니 상근 씨는 천하의 녀자를 그 얼골 하나로 미치게 한단 말이야! 조선의 빠렌치노에게! 하하하……."

한 술 더 쓰는 말이지만 빙충마진 이 말에는 어이가 업든지 미쓰, 캉은 간간대소[4]를 하엿다 문호도 싸라서 너털우숨을 우섯다

"아! 점잔은 개가 붓드막을 오른다더니 당신을 두고 일운 말이구료! 왜 이 모양이야 돈 가지고 사장이 되엿스면 똥 먹은 개가티 입으로 구린내를 피지 말어야 안락의자가 격에 맛지 안소? 녀자라면 당신 집 행주격으로 아신단

4 간간대소(衎衎大笑). 얼굴에 기쁜 표정을 지으며 크게 소리 내어 웃음.

말이요— 녀자란 당신 가튼 이의 '슬립버—'로 아신단 말이요—— 이건 동에서 쌤 맛고 서에서 화푸리한다는 셈으로 구라파에 잇섯슬 째는 그곳 녀자들의 놀림가음이 되여 그야말로 쌤이나 맛고 살든 이가 여긔 와서는 돈만 잇스면 그 분푸리가 될 줄 아오? 이건 왼 더런 수작이야 녀자라면 아모나 씻고 싸부러도 좃탄 말이야?"

이만씸 예상 밧그로 미쓰 캉이 막우 주서 섬기니 체면을 잘보는 창대는 부르르 썰고 이러나더니만 제 버릇을 썰처 보느라고 어느 틈엔지 미쓰, 캉의 쌤을 후려갈겻다 자— 미쓰, 캉은 이러한 더할 수 업는 모욕을 당하니 는그[5] 샛파랏케 죽어서 목둑개비[6] 모양으로 긔자[7] 질려서 서서 잇섯다

창대는 통쾌미는 늣겻지만 다음에 이러날 일의 방패막이할 일이 막연하엿든지 슬며시 벽에 거러 노흔 모자와 단장을 들고서 나아간다

이째에 문호가 나는 솔개가티 쏜살가티 달려가서 나아가는 창대의 멱살을 잡고 목줄씌를 주먹으로 후려갈겻다

"엑크" 하며 창대는 눈을 싹 감고 빗슬하고 쓰러질 것 가탯다가 문호가 멱살을 잡고 잇섯기 째문에 다시 몸의 중심을 회복하엿다

"이놈의 자식 녀자에게 쌤 째리는 버릇은 어듸서 배흔 버릇이야 네 싸위 놈은 다시 거두를 못 하게 해 노하야 해!"

문호는 다시 한 대를 우렷다 점잔은 소위 유지 신사와 숙녀의 노름노리는 이러하엿다

---

5 문맥상 '그는'의 글자 배열 오류로 추정.

6 목둣개비. 재목(材木)을 다듬을 때에 잘라 버린 나뭇개비.

7 문맥상 '가'의 오류로 추정.

映畵小說

人間軌道(59)

城北學人
安碩柱画

解散【二】[1]

문호가 창대를 또 치랴 할 째에 김성호가 간신히 뜨더 말려서 창대를 부축하야 밧그로 대리고 나아갓다

상근이가 문호를 쓰러다가 의자에 안치엇다

"거 엇저자고 그 사람을 치나 람[2] 상대가 되는 걸 그래야 하지 안나?"

문호는 벌덕 이러서서 노호한다

"어씨하자고―라니 그 더러운 놈 미테서 우리들의 인격이 얼마나 유린된 줄을 아나? 더구나 류 군은 류 군 자신을 생각해 보게 내가 자네 가트면 그 놈을 그대로 두지는 안엇겟네 자네도 사나희 자식이면 생각을 해보게! 자네는 버러지보담 나흔 게 무언가? 자네는 자네의 그 더러운 향락을 위해서 자네의 와이프를 제물로 밧친 게 아닌가? 그야 자네의 부인과 창대와 련애를 해서 자네를 버린 것이라면 생각할 점이 잇슬지 모르나 그 악마와 가튼 놈의 유혹에 썰린 것이 아닌가? 자네의 '와이프'도 와이프려니와 자네는 그 눈치를 알고도 그대로 묵과해 버린다니? 내가 혼자 얼마나 의분에 쒼 줄 아나 또한 밧게서는 얼마나 그 문제를 써들고들 잇는데? 자네는 알 대로 아럿슬 것이면서도 왜 그대로 참고 잇느냐 말이야? 그래 한 달에 돈 백 원쯤에 그러한 모욕을 당하고 잇는가? 그 창대라는 놈은 자네의 부인을 이곳에 부인 긔자로 채용하랴고 하얏다네 그걸 내가 반대를 하엿네 되엿서 보게 자네의 꼴은 엇더케 되엿는가? 그래 이 사람아 오늘 일만 해도 그러한 창피를 당하고도 죽여주― 하고 잇다는 말인가? 나야 자네의게 농담으로 한 말일세만은…… 나는 어느 째나 그러한 놈을 반쯤 죽여 노리라 하엿든 차에 애꾸진

1 '三'의 오류.
2 문맥상 '사람'에서 '사'의 탈자 오류로 추정.

녀자가 망신을 당하는 것을 보고 그대로 잇겟나? 어쨋은 그놈을 그대로 두어서는 안 될 일쌘일세 돈이란 게 더러운 것이야 쏭만 든 그놈이 돈 바람에 썻덕대니……..”

문호가 혼자 흥분이 되여서 갈피를 차릴 수 업게 써드러 노핫다

미쓰●캉은 상근의 안해의 말이 나오니 어썰 줄 모르게 민망해 하얏다 상근이는 얼골이 십쌜개서 도라서서 잇섯다

“그 왜! 남의 일까지 간섭을 해요! 정말 그런 내막이 잇는지를 알지도 못할 일을 여러 사람 압헤서 써드러 노흐서요” 하며 의자에 펄석 주저안지며 고개를 외로 홱 돌린다

“내막이 업다니요? 그놈의 비행을 말하자니 자연 그러한 말도 나아온 게지 어젯튼 잡지사이고 무에고 창피해서 나는 더 못 잇겟소 자식이 외국을 다녀왓다면 좀 배혼 게 잇슬 터인데 무얼 하러 갓다 왓기에 위인이 그 모양이야 그리고 그 김성호란 박산지 무엔지 그는 나희갑슬 해도 그럿치는 못할 터인데 그 애송이 못난 놈의 턱미테서 알씬거리니 비록 타락된 인간이기로 그놈의게 별부터가지고 제 랑탁[3]만 하랴고? 그게 녯날에는 조선 청년들의게 숭배를 밧든 학자라니! 흥 세상은 망한 세상이야”

몃몃 사람은 맥시 풀려서 책상 우헤 버려 노핫든 것들을 설합에 너코서 하나식 둘식 나아갓다 다만 남은 사람이라고는 미쓰 캉과 상근과 문호 세 사람쌘이엿다

[4]미쓰 캉’이 문호의 압흐로 쏘르 갓다

“그 왜 남의 일을 처드러 가지고 써드세요? 화도 나겟지만 이왕 나아갈 바

---

3 낭탁(囊橐). 어떤 물건을 자기의 차지로 만듦. 또는 그렇게 한 물건.

4 ‘「’ 누락.

에는 점잔케 나가는 게지!"

"점잔을 게 무에 잇단 말이요? 자— 보시요 점잔타고 하는 놈들의 모힌 곳이 엇더한가 보시요 지죠를 파라먹은 놈 남의 피를 쌔라서 사는 놈들! 계집의 고기라면 눈이 뒤집히여서 덤비는 놈들 전후 이매망양[5]이 다— 모히는 곳이 이곳이 아니요? 그래 이놈들이 사회의 목탁이니 무슨 대표 긔관이니 계몽운동이니 하고 잡지를 발간한다는 곳이 곳이 아니요 모든 놈이 사람탈만 썻스니 사람이라고? 그러니 그놈의 잡지가 팔릴 리가 잇나? 보시요 잡지는 삼 호나 나왓지만 팔린 건 몃 권이나 된단 말이요"

"그러면 그런 곳에 잇는 우리는 무에란 말이요?" 미쓰, 캉이 톡 쏘앗다

"너나 할 것 업는 것들이지"

"그러면 왜 써드러대요? 그리고 나도 그런 무리에 하나란 말이요?"

"그야 자긔가 생각해 보면 알리 다만은 당신이야 무슨 죄가 잇겟소? 그저 그 '히스테리'가 병이지 그것 째문에 오늘 일의 발단도 그 까닭이니까?" 하며 문호가 썰썰 우스니 왼 심인지 미쓰, 캉도 깔깔 웃고는 얼골이 발개젓다

5 이매망량(魑魅魍魎). 온갖 도깨비. 산천, 목석의 정령에서 생겨난다고 한다.

映畵小說

人間軌道(60)

城北學人
安碩柱画

解散【四】

비겁하기 짝이 업는 사람으로 알엇든 문호가 자긔를 위하야 창대를 치기까지 한 데 대하여서는 미쓰, 캉은 한편으로 놀랏고 한편으로는 감격까지 하엿다 그래서 입으로는 문호의 말에 대들면서도 속마음으로는 다— 올흔 말이라고 긍정하는 것이엿다 그래서 불시에 전일에 여러 사람 압헤서 문호에게 조롱한 것까지도 뉘웃첫다

그는 감격과 첨회로 하여서 눈물까지 눈에 어리워 잇는 것 갓다

그는 문호의 겨트로 갓갓히 갓다 그러나 할 말은 만헛스나 말문이 콱 맥히고 마럿다 문호는 미쓰 캉의 태도를 보아서 자기에게 마음으로 감사하는 틀자[1] 깨다랏다

상근은 두 손으로 머리를 싸고서 의자에 숩으리고 안저 잇다 괴로운 세상이엿다 자긔는 굴근 쇠사슬로 얼키여진 채로 깁흔 개흙 속으로 싸지는 것가치 호흡까지도 괴로웟다

"여보게 문 군! 그게 정말인가?"

상근은 몸을 홱 돌리며 부르지젓다 이것은 극도로 곤경에 싸진 사람의 비명 가탯다

"내가 홧김에 섯불리 텃드린 말일세만은 창대가 어느 날 술김에 이야기한 적도 잇고 내가 어느 쌔인가 그러한 장면을 보앗기에 말일세 그러나 자네는 나를 엇지 알지는 말게 요사히의 녀성들 중에 제정신을 차리고 사는 녀자가 몃치나 될 것인가? 이런 말을 해서 쏘 어써케 될지 모르지만 김성호라는 박사인지 그 위인의 녀편네도 노라낫다닛가 녀자란 녀자는 다— 노라나라지

1 문맥상 '감사하는지를'의 오류로 추정.

그러나 생활난으로 되는 일이라면 생각할 문제이겟지만 먹을 것 잇고 몸이 너무 편하고 생활이 너무 단조하다고 해서 야릇한 자극을 밧자고 노라나는 데야 긔막히는 일이지 그리고 모던썰들은 제 육체의 가격을 잘 알고 잇서서 그 갑슬 튀정까지 하니까! 자네나 내나 녀자의 손꾸락에 백금 반지 하나쯤이라도 찌여줄 수 업는 처지로서는 도회의 녀자로서 인물이 반죽으레한 녀자는 당치 안느니 살림을 하자면 시골 구석에서 오줌동이나 이든 녀자라야지 그러나 그것도 도회에 와서 때를 버스면 그때는 그것도 화근그리란 말이야 그러나 세태가 그런 것을 그 당자만 나물해서는 무얼 하나? 이제 얼마 잇스면 구차한 사람은은[2] 안해를 다— 빼앗기세 될시도 모르시……"

상근은 더 잿처 뭇지는 안엇다 자긔도 얼마간은 창대와 영희 사희에 일을 알엇고 알엇스나 영희라는 녀자의 갈 길을 잘 알고 잇는 고로 그대로 될 대로 되라고 내여버려 두엇든 것이 지금에 문호의 말에 자극과 충동을 밧어서 얼마간 흥분하엿스나 그만쯤 된 창대와 영희의 사히라면 추행까지도 반다시 잇섯슬 일인 고로 더 잿처 뭇는다면 자긔가 우수웁고 비열한 사람이 될 것 가[3]텃다

"자— 또 맛나세…… 아무럿튼 래일이고 모래고 한 번 맛나서 이야기나 하고 헤여지세"

상근은 벌덕 이러서서 문호에게 갓가히 가서는 손을 내여미럿다 그는 입술까지 햇슥햇고 눈은 불씻이 죽은 숫불가치 벌겻케 다럿다

"왜!" 하고 문호는 외쳣스나 상근이가 어써한 것을 임이 결정하고 한 말가태서 말씃을 돌리엿다

---

2 '은'의 중복 오류.

3 원문에는 '가'의 글자 방향 오식.

"그건 내가 먼저 할 말일세 나도 벌서부터 이 잡지사를 그만두랴고 하엿네 그리고 자네가 얼마간 눈치는 채엿겟지만 이 미쓰 강하고 약혼을 하엿네 그래서 불일간 결혼은 하겟네만 서울서 살 방도가 업스면 시골 가서 쌍이라도 파먹으며 지내볼가 하네 전번부터 마지막 자네하고 맛나서 술잔이나 나노하 보자고 하얏스나 긔회가 업섯는데 자— 화도 나고 참 감개무량하니 술이나 먹으러 가세 그리고 자— 이 이와 다시 인사하게 이제는 미쓰 캉이 아닐세 이 문 부인께 인사를 하게 하하하하!"

상근은 퍼—런 심줄이 내소슨 얼골에 미소를 띄이고 미쓰, 캉에게 허리를 굽히여 인사를 하엿다

"행복하시겟습니다 그러면 두 분이 결혼만 하시면 비둘기장을 새로 꿈이서야 되겟습니다그려" 상근은 괴로운 마음을 짜서 껄껄 우섯다

그러케 말괄냥이 갓든 미쓰 캉도 이러한 마당에서는 아조 순진하여젓다 상근이에게 답례를 하고서는 발개진 얼골을 숙이고 도라섯다 도라선 그의 뒤ㅅ목은 불기둥가티 붉게 탓다

세 사람은 계문사를 나서서 길로 나아갓다

그들은 락원동에서 빠저서 남대문통 아스팔드 보도(舖道)로 발을 옴기엿다

행복하려니—— 한 두 사람 엽흐로 묵어운 머리를 숙이고 거러가는 상근이는 너무도 자긔의 그림자가 쓱쓱한 것이 답답해 보혓다 오월의 태양은 두 사람에게 아름다운 색채를 보혀주는 것인지는 모르나 상근이에게는 이 우주라는 것이 큰 괴로운 존재 갓기도 하고 자긔가 이 우주에 괴로운 존재 가탯다

映畵小說

人間軌道(61)

城北學人
安碩柱画

解散【五】

세 사람은 X백화점에 드러갓다 문호는 미쓰 캉이 혼인날에 입을 옷가음을 끈어서 주고 식당에서 점심을 먹고는 미쓰, 캉만 집으로 돌려보내고 문호와 상근은 밤 늣게까지 이곳저곳으로 도라다니며 술을 마실 대로 마시는 것이엿다

문호와 상근이는 중국 상해에서 한 집안에서 한 반 년이나 가티 지내인 일도 잇고 고향도 가튼 고향인 만콤 다른 사람보담은 의사소통도 낫고 낫다는 것보담도 피차에 의사를 소통해야만 할 의무가 잇는 것 가탯다 그것은 해외에서 일을 가티한 일도 잇섯고 한 고향에서 가티 사라낫다는 리유와 그리 관계로써 늘— 피차의 신변에 대하야 생각해 온 까닭이엿다

상근이와 문호가 술을 먹을 째에 그들은 별다른 흥취가 잇섯다 그래서 그들은 흉금을 펼처 놋코서 뒤써드럿다 늘— 그들이 술좌석에 씨웟슬 째 돈푼 잇는 놈의 돈 행세 째문에 늘— 비위가 뒤집히든 것이 오늘은 피차에 사양하면서 마시는 술이 얼마나 유쾌한 술인지를 몰랏다

그러나 그들이 중국에 잇슬 째에 지내든 일을 이야기할 째는 마음이 비창하엿다

이 조계에서 저 조계로 몰리며 풍전등화와 가튼 생명을 그 위태한 경우에서 살려보랴고 하든 광경 동지들이 어듸서 오는 것인지도 모르는 총알에 마저 죽든 처참한 광경 그리고 사흘 나흘식 씨니를 굼고 손만 싹싹 부비며 메마른 얼골을 마조대하고 잇든 울문[1]하든 째 등—— 문호는 이야기 식테 눈물까지 글성글성하여지는 것이엿다 그리고 문호가 그립든 고토에 발을 드

1 문맥상 '분'의 오류로 추정.

려노키 무서웁게 감옥으로 드러가든 일들── 그는 그 비창한 긔억을 이즈랴고 술을 드립다 몃 잔이고 련겁허 마시는 것이엿다

그러나 술을 마실사록 울분은 더하여서 또 다른 술집으로 상근이를 모라서 끌고 다름질하는 것이엿다

"여보게 류 군! 그리든 내가 김성호의게 꼴려서 계문사인가 무엔가 유령들의 소굴에 실족을 하게 되엿네그려 나는 중국에 잇슬 쌔의 김성호라고만 아럿네그려 감옥에서 나와서 시골집에서 알타가 왓스니 그동안 그가 그러케 변한 것을 아럿겟나? 무서운 세상이거든──! 자네도 그 김성호라는 위인 쌔문에 버린 사람이 아닌가? 나는 다─ 알고 잇네! 그야 자네의 맘이 약하든 것도 큰 리유이지만 김성호의 쥐 가튼 계획에 속아 넘어간 게지 그러나 자네나 그나 다── 량심 문제이겟지 중국으로 다라난 성묵이라는 사람만 해도 중국에서 내가 여러 번이나 맛나본 사람인데 참 그 성격이 무서운 사람일세 보게! 또 오느니! 이번에 오면 결사적으로 일을 할 것일세 그러나 자네는 장차 어써케 할 셈인가? 나도 그 계문사인가 무엔가애 속아 드러가서 그 쌔를 버스랴면 한참 노력을 하든지 그럿치 안으면 시골에 파뭇처 잇다가 긔회를 봐서 튀여 나오든지 해야 하겟네! 또 그러케 하랴면 은거해 잇는 동안 책을 본다 해도 시대에 뒤진 사람이 될 터이니 그것도 생각할 문제이거든…… 여보게 상근이 자네 나하고 시골로 가서 살지 안으랴나? 자네가 이 서울서 얼골을 처들고 다니면 단일사록 손구락질을 더 밧을 게 아닌가 그럿치 안으면 ×변으로 아조 밋그러저서 영영 회심할 수 업는 인물이 되든지 응? 상근이 그러케 가벼웁게 생각해서는 안 되는 것일세 시골로 가세 자네의 부인이야 단념해 버리지! 그만큼 인물이 고흐면 한 사람 미테서 정조를 직힐 수는 업느니! 또 그 알들한 정조를 직히면 무얼 하나? 아이 나코

살림사리하고 그 녀자의 고통은 매 한 가지이니 그리고 서양서는 '미쓰● 유롭'이니 '미쓰● 아메리카'이니 일본에서도 '미쓰 닛뽄'이니 하고 아름다운 녀자를 들쑤석거리여서 가두로 끄러내다가는 뭇 사나희의 호긔심을 자아내게 하지 안나? 이러한 세상에서 자네 부인이라고 그러한 장구 바람에 달쓰지 안켓나 녀성을 이저버리세! 나도 미쓰● 캉하고 어찌어찌해서 결혼까지 하게 되엿지만 그리 중대한 일로는 알지 안네! 그 녀자는 극도의 히스테리가 아닌가? 결혼 생활만 하면 업서질 것도 갓데만은 가티 사는 날까지 살다가 뉘 편이든 지 실흐면 그 증세는 그만해질 것일세 자— 간단하지 안흔가? 상근이! 자네 부인과 다시 옛날과 가티 자미잇게 살게 될 줄 아나? 산다 해도 어름 냉수에 찬물 붓기로 찰 대로 차질 쌘일겔세 자네는 슯을 것일세 그러나 자네가 큰 일에 변절하엿다는 것보다는 적은 비애일세 자— 엇더케 하랴나? 나하고 가티 가려나?[2]

2 '』' 누락.

1931년 6월 11일

映畵小說

人間軌道(62)

城北學人
安碩柱画

解散【六】

두 사람이 진고개에서 싸저서 태평통 너른 길 복판으로 것는 째에 문호는 간곡히 상근이에게 하는 말이엿다

상근은 아모 말 업시 고개를 숙이며 짱만 내려다 보고 것는다

명랑한 달빗은 고요한 대지에 이슬과 함께 소리 업시 내리고 잇다

"여보게 상근이 자네에게는 이 밤이 몹시도 괴로운 밤일 것을 아네만은 지금보다도 더 괴로운 째가 오겟스니 미리 방비하지 안으면 안 되네 자네가 한 번 죄과를 범하엿다고 너무도 자포자긔하여서는 안 될 것일세 항용 '인테리겐챠ㅡ'는 그러한 위협성을 만히 가지고 잇느니 이태리 '뭇소리니'의 반동을 보게 그러나 그것은 잠간 동안이겟지 그럿치만 그것도 이태리이니까 몃칠이라도 부지하는 것이지 싼 데 가트면 반동하기 전에 뭇'[1]소리니'의 그림자가 사라젓슬런지도 모르는 것일세 여보게 자네는 자네의 생명이 안전하다고 밋고 잇는지는 모르나 자네의 생명의 빗치라는 것은 암실 속에 잇는 솟과 가튼 것일세 자네는 지금 거리로 거르니 자네는 광명한 천지에서 살고 잇는 것이라고 하는가? 자네는 지금 몽류병자(夢遊病者)의 생활을 하고 잇거나 산송장의 생활을 하고 잇는 것일세 오히려 재갈을 먹인 말이나 코에 고리를 쐬인 소 가튼 동물이 얼마나 인순에 저젓는가만은 어느 째나 그 소의 쌜과 말의 뒤ㅅ발은 학대에 못 익이는 째에는 반역하는 째의 무긔로 사용하랴고 항상 전신의 신경을 그 방면으로 집중하고 잇는 것일세

상근이 자네는 그 파러버린 자네의 쌜과 뒤ㅅ발을 차저야 할 것일세 임의 파러버린 것이니 다시 차지랴면 힘이 여간 들지 안을 것일세 그럿치만 자네

1 '『뭇'의 부호와 글자 배열 오류.

는 자네의 생명을 주고라도 차지랴는 결심만 잇스면 되는 것일세 자네는 그 것을 두려워하여서는 안 되네 자네 째문에 희생된 사람의 수효를 처보게 자네의 생명 하나쯤으로 그 사람들의 귀중한 생활을 집어먹은 그것을 토할 수는 업겟지 그러니까 자네가 그 사람들이 하랴든 일을 해 노흐면 그만 그 과거는 소멸되는 것일세 민중은 더구나 무지한 민중들일사록 오히려 성인이라는 사람보담 현명한 것일새 쏘 그들은 어느 위대한 과학자보담도 비판력이 위대하게 생기는 째도 잇는 것일세 그러니 자네는 소생되지 안켓나? 나는 지금 술이 취햇네 이 말은 술이 취하여서 하는 횡설수설일지도 모르네 그러나 내 마음에서 우러나는 말로 아러주게 상근이! 아— 오늘의 밤은 우리가 상해 잇슬 째불란서 조계의 하비로(霞飛路)를 것는 째 가태이 그째도 지금과 가튼 오월의 달밤 그러나 이 길은 향긔가 업네그려? 거긔서는 그 불란서 공원에서 날려 나아오는 쏫 향긔— 오— 그째에는 자네가 우리의 고국의 흙내음새보담은 못하다 하지 안엇는가? 그째에 그 길로 거르면서 변절한 '조 군'의 이야기를 하면서 흥분되여 쌍을 구르지 안엇는가? 그러이! 이상한 일일세 지금에 이 길을 것는 우리는? 우리는? 상근이! 상근이! 어느 째나 우리는 슯은 이야기만 하게 되여서야 되는가? 오— 나는 슯어이 오——"

문호는 왈칵 소리를 내여 울면서 상근이를 얼사안고 머리를 상근이의 가슴에 트러박고는 어린아이가티 소리ㅅ처 운다 상근이도 문호를 써안엇다

두 사람은 부둥켜 안은 채로 길의 흙바닥에 주저안저서 넉 일코 운다

한참 울다가 두 사람은 툭툭 털고 이러나서 비슬거리며 쏘 것기 시작하엿다

울고 난 두 사람은 마음이 밤의 공간가티 아무런 생각도 업시 텅 비엿다

아모 말 업시 자긔들의 이곳저곳으로 반향되는 발자최 소래만 드르면서 거를 쌘이다

다만 슯으지만도 이러한 시간이 가지 말고 그대로 연장되엿스면 조흘 것 갓다는 생각을 두 사람이 다가티 가젓슬 섄이다 광화문통 네거리에 이들이 다다럿슬 째에 총독부 엽흘 도라서 나아오는 자동차의 '헷, 라이트'가 광화문통 길바닥을 더듬고 달려온다

이 두 사람의 압헤 갓가히 와서는 후려갈기다십히 '헷, 라이트'가 이 두 사람을 슷치고 지나갓다

휙 지나가는 자동차 속에는 취한 사람들의 눈에도 확실히 눈 익은 남녀가 타고 잇는 것을 깨다랏다 이 두 사람을 보고는 움찍하고 내여다보는 녀자는 옥화요! 슬그머니 뒤로 숨는 사나희는 창대와 가탓다

映畵小說

人間軌道(63)

城北學人
安碩柱画

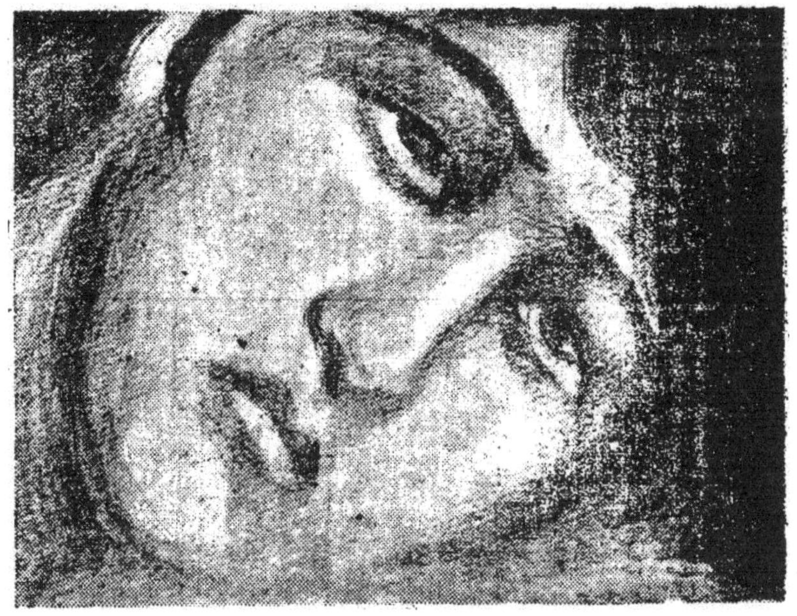

解散【七】

자동차는 종로 편을 향하야 멀리 사러젓다

"아마 창대란 놈이지?"

우두머니 서 잇든 문호는 아즉도 술이 깨이지 안어서 속이 역한지 침을 탁 배트면서 중얼거렷다

"글세 암만해도 창대와 옥화인 것 가태 ――옥화가?"

상근은 술에 머리가 혼돈되엿스면서도 어제 옥화의 집에서 지낸 일이 써올랏다

"그래……… 오늘 전화를 한다고 하고 안 한 것을 보아서 그 몃 시간 동안에 무슨 변동이 생긴 것인가? 귀는 나헛나? 그 마누라쟁이의 돈 욕긔로 등치를 밀려서 료리집을 간 것인가? 광화문통에서 자동차가 올 쌔에는 자하문안 청운장이지? 훙? 알 수 잇서야지………"

상근은 혼자 중얼거렷다 그러나 원악 술긔운에 모든 게 몽롱하여서 공연히 헛청대고 우섯다

문호는 신교(新橋)로 넘어질 드시 급히 비슬거리고 가더니만 청계천에다가 한바탕 토하기 시작하엿다

상근은 그의 등을 처주면서 멀―리 꾸불거리고 쌔든 청계천을 보앗다

실가티 흐르는 물은 달밤에 수은가티 빗나고 잇섯다

구정물도 차듸 찬 달빗에는 쌔긋이 그리고 은은히 흐르는 것이엿다

자긔의 더러운 피도 지금은 알콜에 씻기워서 은은한 소리를 내며 쌔긋히 흐르는 것도 가탓다

그러나 혈관은 피가 아니라 수은 가튼 묵어운 것이 흐르는 것가티 왼몸이 쌕은하엿다

머리만은 이미 피가 빠진 것가티 감각이 업는 것 가탓다

오늘이라는 오늘에는 상근이에게는 어쩌한 선고나 밧은 것가티 마지막 날인 것 가탓스며 그리고 문호의 말은 사형을 집행하기 전의 교회사의 마자막 설교와도 가탓다

문호가 지금—— 자긔의 혀를 깨고 운명한 시체에서 나아와서 흐르는 똥물을 보고 구역이 나서 토하는 것도 가탓다

"이러케 생각하는 내가 착각이지?" 완전히 상근이는 이 시간만은 정신의 착각이 이러난 것이다 혼란한 머리에서 써오르는 생각은 마치 발광한 사람의 그것과 다름이 업싯다

——임이 죽은 사람—— 이 밤만 지나면—— 아니 내가 죽지 안엇다 해도 임이 정신이 빠진 사람! 그럿타! 나는 미칠 것이다 그러면 미치기 전에 나는 내 손으로 나의 생명을 끈허야 될 일이다! 문호가 획 도리키여 보앗슬 째 문호는 무서운 상근의 얼골을 보앗다

"자네는 지금 무엇을 생각하고 잇는가?"

문호의 입에서는 악취가 나서 상근의 코를 찔럿다 상근은 그것만은 자긔의 비위를 거실리는 것을 아럿다 그래서 고개를 돌리엿다

"힝! 생각은 무슨 생각! 술이 취허니 속이 복개서"

두 사람은 더 거르라랴가 문호는 토하고 나니 술이 깨여 미쓰•캉이 잠을 안 자고 기대릴 것을 깨다르니 불시에 애틋해서 그만 가서 자기로 하엿다

그러나 상근은 갈 곳이 업섯다 친구의 집도 이제는 문도 거럿슬 것이니 그도 안 될 일이요 자긔의 집으로 가자니 근 한 달이나 드러가지 안튼 자긔의 집을 새삼스럽게 더구나 새벽이 다 된 지금에 가면 영희의 독살스런 얼골이 보기 실혓다 그러나 불연드시 집이 그리웟다 영희가 그리웁다는 것보

담도 자긔의 손때 무든 책상도 그리웁고 자긔가 덥고 자든 이불까지도 그리웟다

그래서 그는 문호의게 돈 일 원을 달래가지고 자동차를 타고 창성동을 향하엿다 집은 여전히 그집이엿다 문패도 캄캄한 속에서 형체만 보히는 것이지만 상근의 눈에는 여전하엿다

어쨋든 문을 흔드러 보앗다 그러나 아무런 인긔척도 업다 이번에는 요란하게 흔드러 보앗다 얼마 만에 음성은 업고 발소리와 함께 장모의 잔기침소리가 나드니 문에 와 서는 것이엿다

"거 누구요" 괴로운 호흡을 통하야 나오는 늙은이의 음성이다

"나올시다"

"에구 이게 왼일인가? 자네가 이게 왼일인가 그러케 사람의 마음을 태일 수가 잇는가?" 하며 문을 여럿다 열자 장모는 왁자―하게 써드럿스나 상근은 드럿는지 안 드럿는지 마루로 올라가서 방문을 여러제첫다

영희가 잇섯다 그러나 상근은 놀랏다

헤트러진 머리가 벼개 우헤 말갈기가티 얼기설기 헤트러저 잇섯다 그리고 쌔만 남은 얼골에 움푹이 드러간 눈이 원망에 찬 드시 우둑이 서 잇는 상근이를 치어다보고 잇는 것이다

映畵小說

人間軌道(64)

城北學人
安碩柱画

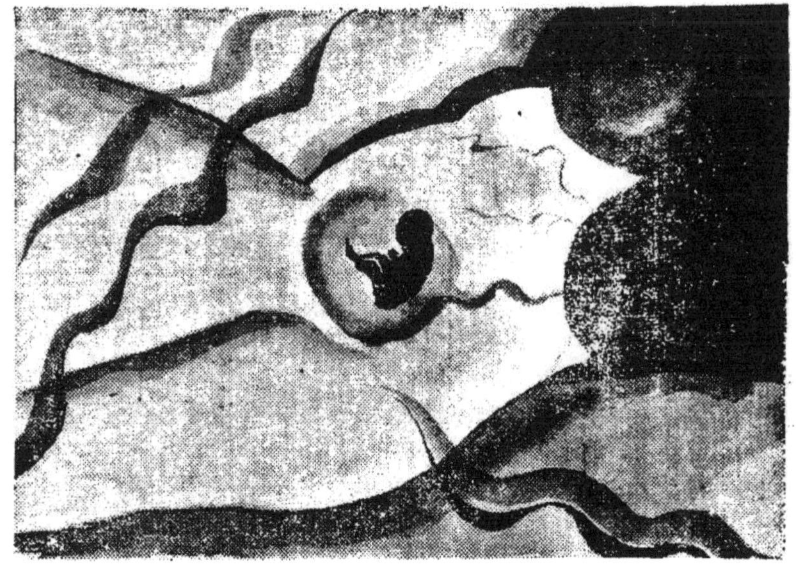

解散【八】

뒤밋처 방으로 드러온 영희의 어머니는 멀거니 서 잇는 상근이를 처다보면서 안는다

"거기 안게 못 올 집에 온 것가티 서서만 잇나? 그게 왼일이란 말인가? 내 집을 한시도 못 니저해야 할 터인데 근— 한 달이나 밧게 나가 잇스면서 집안이 궁금해도 잡지사에 심부름ㅅ군 아이가 잇다니 한 번쯤은 보내 보앗겟네 엇잿든 꼿 가튼 젊은 안해를 혼자 집에 두고 죽을 ㅅ려 먹는지 밥을 ㅅ려 먹는지도 알 배 업다는 드시 발을 쏙 ㅅ은으니 이건 첩의 집이나 쓰내기 계집의 집이란 말인가? 온 난 그 ㅆ닭을 모르겟네 그래 난 자네가티 얌전한 사위가 또 업스리라 햇드니만 남봉이 나도 분수가 잇는 게 아닌가 사나희가 젊은 여긔에 장난삼아 싼 계집 보기야 쉬운 일이지만 조강지처들은— 그러케 하는 법이 잇단 말인가? 거긔 안저서 말이나 시원히 하게 내 속이 답답해 죽겟네 그 ㅆ닭을 좀 알기나 하세 늙게 내 딸을 시집보내서 그 남편과 자미잇게 지내는 것을 보고 락으로 삼으랴 하엿든 것이 허사일세그려!" 하며 영희의 어머니는 치마 ㅅ읏흐로 눈을 부빈다

상근이는 안저서 담배를 ㅆ내여 무럿다

"왜 어대가 압흔가요?"

"그것 보게 안해라는 사람이 저러케 몹시 알어도 알른 것을 아나 그럿치 안튼 자네가 환장을 한 것 가트이"

"글세요 내가 환장을 한 것인가 봅니다 엇잿든 무슨 병이예요"

"글세 내가 의사이니 잘 알겟나만은 암만해도 태긔가 잇는 게야"

"네? 태긔가요?"

"그럿타네 헛헛증이 난다고 하더니 저러케 알을 ㅆ새는 암만해도 태긔야 아

들이나 하나 낫스면 원이 업겟네 늙게 외손자를 하나 보는 게지……… 쌀이라면 대순가 지금 세상에는 아들이나 쌀이나 분별할 수 잇든가? 남봉 자식이 얌전한 쌀만 못하니까………"

"언제부터 알슴니가?"

"아마 한 연 일헤 전부터이지 수선을 썰고 알는 모양이 꼭 아이는 스는 게야! 암으렴 아이는 하나 나야지 그러면 자네도 달러지느니 부부의 사랑이 식을 만하면 아이가 생기는 게니 아이가 생기면 내외의 금슬이 다시 조하지는 수가 잇지 안흔가? 참 세상 리치란 오묘한 게데 영희야! 그래 못 니러나겟니 아모리 원망스럽다 해도 남편은 남편이니라 당장 숨이 넘어가도 차릴 것은 차려야지 그래 못 이러나겟니? 자네는 이왕 드러올 터이면 일즉이나 드러오지 새벽이 다— 되여서 술이 건화—해서 드러왓스니 아마 정신 업시 긔생집인 줄 알고 드러온 게지? 그러나 엇잿든 반가워 이 옷이나 가라입고 드러눕게 술이나 쌔거든 다시 이야기나 좀 하세 그게 사나희의 도리인가? 자— 나는 거는방에 가서 눈이나 좀 부치고 또 오겟네"

영희 어머니는 수다를 부리고 거는방으로 간다

상근은 물그럼히 영희를 바라보앗다 영희도 상근이를 바라보고 드러누엇다 영희의 말똥말똥이 쓴 눈에서 굴직한 눈물이 힘업시 흐르고 잇섯다

슯어서 흘리는 눈물인지 원망스러워서 흘리는 눈물인지 그럿치 안으면 회오(悔悟)의 눈물인지 반가워서 흘리는 눈물인지 모를 눈물이지만 엇잿든 슯은 눈물이거나 반가운 눈물 중에 하나일 것이다

"태긔?"

상근이는 깃버해야 올흘 일인지 락망을 하여야 올흔 일인지 갈피를 잡을 수 업는 일 가탓다 그저 얼썰썰해서 멍하니 담배만 피우고 잇는 것이엿다

영희는 음성을 내일 힘좃차 업는 듯한 목에 음성을 짜내이느라고 얼골을 찡기고 지지리 탄 입을 여럿다

"옷을 가라입어요 그리고 줌으세요" 괴로운 음성이지만 울음에 저진 소래다

상근은 무엇인가 가슴을 뭉쿨하게 하는 것이 잇섯다

"두러눕지 난 념려 마러요 그래 어듸가 그러케 대단히 압푸?" 상근은 자긔의 말이 탐탁지 안엇다는 것을 알면서도 그 이상 더 할 말은 업섯다 그대로 안저서 영희를 바라보고 잇다

그러나 그의 머리 속에는 수수썩기가 써오르기 시작하엿다

지금에 영희가 태긔로 하여서 알른다면 적어도 서너 달 전에 뭉킨 생명이니 그쌔라면 임이 자긔가 영희와 등을 지고 살 쌔가 아니엿든가?

그리고 그쌔는 영희가 밤출립이 자젓고 낫이라도 집을 비여 노코 늘 다닌 쌔엿스며 그럿치 안은 쌔는 잿터리에 남어 잇는 창대가 조하는 여송연 꽁지를 늘 발견할 수 잇섯든 쌔가 아니엿든가?

映畵小說

人間軌道(65)

城北學人
安碩柱画

解散【五】[1]

엇잿든 그것은 영희 자신이 더 잘 알 것 가탯다 그러나 긔왕 상근이나 영희 그 쌍방이 다 결렬된 사히이니 지금은 그저 형제자매라는 대범한 생각으로 대한다면 몰라도 임의 그 안해가 아니며 그 남편이 아님애 그걸로 하여서 피차의 마음을 괴로웁게 할 관계는 못 되엿다

상근이가 오늘에 집에 다시 드러온 것만 말해도 녯 고향이 그리워 지나는 길에 녯터를 들러 그 페허(廢墟) 우헤 서서 변한 모ㅡ든 형태를 보고서 묵묵히 고개를 쓰덕이는 것과 가틀 섄이엿다

그게 뉘 자식이든 다만 영희의 배ㅅ속 그 암흑 속에서 생명이 자라서 만삭이 되여서 탄생하면 그게 인간이 되는 것섄…. 아모개의 성이든 갓다 븟처서 인류 사회에 내여노흐면 사람이면 반드시 밟는 그 길을 밟어가다가 아모나 당하는 죽엄을 당할 섄── 그것은 동정녀의 몸에서 난 하나님의 아들이라는 사람이나 매한가지로 살다가 죽는다는 그 가튼 괴도를 거러 나아갈 섄이 아닌가

그놈이 자라서 사람의 구실을 하든 자긔와 가티 타락된 인간 노릇을 하든 다ㅡ 저 되기에 달린 고로 지금 와서 자긔의 피가 엉킨 자식이고 엇던 놈의 피가 석긴 자식이고 간에 엇잿든 인류의 하나로 탄생될 것이다

만약 영희가 순산을 하고 또 자긔가 영희와 다시 한 집에서 살게 된다면 기를 수 잇스면 제 손으로 제 몸을 거둘 만한 때까지 길러주든지 창대나 엇던 놈이든지 양심이 발른 놈이 제 자식이라고 데려가면 데려가는 것이여니 하엿다

---

1 '九'의 오류. 이후 회차에서도 소제목의 횟수 오류가 수정되지 않고 '五'를 기준으로 이어짐.

그러나 영희와는 자긔가 다시 살 것 갓지도 안엇다

엇더케 두 갈래로 가지가 쌔든 것을 한 줄기로 붓칠 수가 잇단 말이냐 상근은 잠잣코 옷을 입은 채로 두러누어 버렷다

두러누우니 아루숭아루숭한 천정 반자지의 그림이 보혓다

어느 때는 이 반자가 상근의 모든 사색(思索)과 명상을 자아내게 한 때도 잇섯고 좀 상스러운 이야기나 영희가 손꾸락으로 반자 그림의 바둑판 가튼 간ㅅ수효를 세우든 어린애 가튼 행동에 상근이가 영희의 코를 쥐엿다 놋튼 때도 잇섯다

사람이란 짱바닥에 드러누엇스면 하날의 구름이나 일월성신의 신비를 늣기고 그 늑기는 신비에서 우주의 모든 진리를 깨닷게 되고 방에서는 그 벽국의 부튼 파리 한 마리에서 생불 전체의 생활을 알어 내일 수 잇는 것가티 어느 때는 상근이의 리성(理性)이라는 것도 이 반자로 하여서 자라난 때가 업섯든가?

그러나 지금의 상근의 눈에는 그 반자의 아루숭아루숭한 문의마다가 어느 사람들의 환영으로 뵈엿다 그리고 얼기설기 그린 줄(線)이 철창 갓고 그 안에는 무수한 녯 동지들의 얼골이 퉁퉁 부엇다가 껍질만 남은 얼골이 되엿다 한다 그□□□□□ 무서운 눈동자들로 변하는 것이엿다

상근은 그만 눈을 감어버렷다 그러나 다시 영희를 보앗다 묵묵히 다친 입이 움직이엿다 그것은 비통에 못 니기여 입술과 혀를 깨무는 것이다

그의 얼골은 어느 틈엔가 눈물에 흠박 저저 잇섯다

"비극이다! 인생의 비극이다!"

무심코 상근은 신파 배우의 말씨로 부르지젓다

"영희! 지금 영희는 큰 슯음을 당한 사람 가트니 그 무엇 째문일가?"

“난 슯혀요 외 이리 슯은지 모르겟서요 그러나 이제 와서 당신을 조금도 원망하는 것은 아니예요 사람이란 슯어하자고 난 것 가태요 내가 더할 수 업시 타락을 하고 당신이 세상의 버림을 밧음도— 다— 임이 정해논 일 가태요 왜 사람은 슯어하지 안으면 안 되나요……… 이거 보세요 녀자에게는 잉태라는 게 큰 슯음이예요 그만— 녀자의 한평생을 결정해 버리는 것 가태요 그 육체의 고통이라는 것은 아무럿치 안어요— 마음— 왜 내 육체를 내 마음대로 부릴 수가 업습니까 그것이 큰 슯음이예요 자— 상근 씨—내 손을 좀 쥐여주세요 작고 어듸로 한업시 써러지는 것 가태요”

1931년 6월 16일

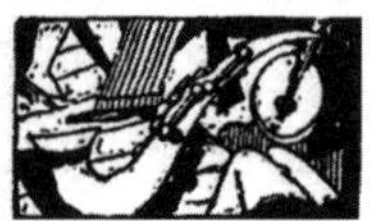

映畵小說

人間軌道(66)

城北學人
安碩柱画

삽화 없음

解散【六】[1]

상근이는 영희의 아즉도 남어 잇는 어리광 가튼 부르지즘에는 마음에 측은하엿다

"녀자에게는 그때가 한 큰 수난(受難) 시긔인 동시에 세상에 대한 모든 개념만이라도 달러지는 것이겟지 그동안 모든 게 관념적 행동이엿든 것이 이때로부터는 리성(理性)이라는 게 싹이 트고 엄이 도다 모든 사물에 대한 비판이 생기게 되는 것이요 그러하니 영희도 이제부터는 지금까지 눈에 보히든 세상이 전혀 다른 세상으로 보힐 것이요 생각해 보구료 지금까지 영희는 어느 신긔루(蜃氣樓)에서 살고 잇섯소 당신은 현실에서 떠러저서 혼몽한 천지로 헤매고 다녓단 말이요

자— 어썻소? 그 꿈을 깨고 나니 당신은 어느 한업시 놉흔 곳에서 한업시 깁흔 곳으로 추락되는 것 갓지 안소?

당신의 지금까지의 그 부화한 생활의 결정이란 당신의 배ㅅ속에서 꼼지락거리는 생명일 것이요 그것은 괴로운 것이겟지 당신에게 괴로운 존재요 그 조그만 태아에게도 괴로운 존재리다 그놈이 사람의 형체가 구비되여 세상에 나아오는 때는 벌서 이 현실에 봉착(逢着)하는 것이요 배가 곱하서 물ㅅ 것이 무러도 몸이 괴로워도 외로워서도—— 이러케 말도 할 줄 모르는 핏덩이가 우름을 울게 되는 것이요 그러나 어린아이에게는 가지고 나아온 즐거움이 잇는 것이요 '배안의 짓'으로 벙긋벙긋 웃는 것, 이요 이것이 좀 자라면 무엇을 보든지 벙긋거리고 손으로 잡으랴고 허우적거리지 안습듸가 그것이 본래에 가지고 태여난 욕망이 아니겟소? 어룬이 욕망을 채우는 때에

1 '十'의 오류.

깃붐이나 어린아이가 욕망을 채울 때에 깃봄이나 쪽갓단 말이요 그러나 어린애가 무엇을 집으면 집는 대로 입에다 트러넛는 것이나 조금 더 자라면 손에만 대여보면 실혀서 내동뎅이를 치지 안습듸가 당신은 마치 색채만은 분간할 수 잇는 어린애가치 그런 때 맘을 지금까지도 가지고 잇다고 하고 십소 나는 당신의 가지고 십든 장난감의 하나이엿스니까 가지고 노라본 즉 실증이 나서 내여버린 것이 아니겟소? 나는 모든 것을 당신을 위하야 희생햇섯소 그래서 당신에게 버림을 바든 나는 무엇이 남엇겟소? 다만 어린애 손에 바쉬여진 '세루로이드' 인형과 가티 된 것이 아니겟소 이 세루로이드 인형은 길에서 굴르고 밟히여 형색까지도 업서질 날이 밀지 안은 것이라우! 그러면 당신은 어써게 되엿겟소? 당신은 다음으로 어써한 그 커―다란 황금상(黃金像)을 데리고 노랏습닌다 데리고 논 게 아니라 그 황금상 압헤서 난무를 하엿단 말이요 그것은 당신의게 잇서서는 기막키게 즐거운 숨이엿슬 것이요 그러나 그 숨을 깨인 지금에는 그 숨이 지나간 때에 써러트린 고통의 씨가 당신의 배ㅅ속에서 자라나고 잇다는 말이요

그게 당신의 첫 아이로구료! 당신도 성신의 힘으로 잉태한 셈이요? 성신의 힘! 그것도 성신의 힘이라면 위대한 것이 아니겟소 그러니 감사와 영광을 들려보내야 되겟구료? 황금의 신 압헤…… 응? 영희! 울지 마시요 열 달이 차면 하날에 새로운 별이 쓰고 동방의 박사들이 몰약과 유향을 가지고 례배하러 올 것이요 이러케 숨을 쑤면 씃씃내 숨다웁게 쑤어야 합닌다

그놈이 만삭이 되여 나아와서 삼십이 넘은 뒤에 십자가에 못 박혀 죽을지 눠 아루! 그러면 당신은 성모(聖母) 영희―라고 동남(童男)들의 흠양을 밧겟구료 좃소! 참 좃소! 그러케 우는 얼골을 보니 당신의 머리 뒤의 성광(聖光)이 찬란히 빗나는구료 힝!"

상근은 조금 째이는 듯한 술이 방 속에 잇스니 다시 취해 올라서 기다랏케 빗꼬아서 횡설수설 느러노핫다

그러나 이 말을 듯는 영희는 전률하엿다

비록 술 취한 말이나 그 말은 자긔의 가슴을 쪼개이고서 고추가루를 뿌리는 듯한 혹독한 말이엿다

영희는 업듸여서 소리처 운다

映畵小說

人間軌道(67)

城北學人
安碩柱画

삽화 없음

解散【七】[1]

상근이는 눈을 부치자 잠이 드러[2]버렷다

얼마를 잣는지 깨여보니 자긔의 몸에는 이불이 덥혀 잇섯고 벼개가 벼 잇섯다

양말도 벗겨 잇섯고 넥타이와 카라가 벗겨 잇섯다

영희 편으로 고개를 돌려 보앗다 여전히 자긔가 잠이 들기 전에 보든 영희 그대로엿다

말동말동 뜬 애소를 하는 듯한 눈 눈물에 저진 얼골 푸러진 머리……‥가 영창에 빗최인 아츰 해볏에 쏘렷하게 나타나 보히고 잇섯다

어름가티 식어진 상근의 마음으로도 가련해 보혓다

병으로 해서 말른 얼골이지만 오히려 싱싱하든 째보담도 안탁가웁게도 어엽버 보혓다

녀자는 수척하면 수척한 대로 그 별다른 미를 방사하고 잇는 것인가 보다 하엿다

아모리 해도 자긔와는 오늘이나 래일 사히에 영원히 생리별을 할 사람이라 하고서 — 그럴 것이라 하니 마음에 애틋하엿다

영희는 자긔가 술김에 술김이 아니라 분김에 한 말 째문에 잠을 자지 안코 고민하엿스려니……‥! 그리고 회오의 눈물을 밤새도록 흘렷스려니……‥ 울면서도 나를 위하야 이불을 덥허주고 카라를 푸러주고 한 것이여니……‥ 그렷타 그만한 것은 처음 맛나는 사람에게도 베풀 수 잇는 인정일 것이다

그러나 지금 자긔를 바라보고 드러누은 영희의 눈은 모ㅡ든 것을 참회하

1 '十一'의 오류.
2 원문에는 '러'의 글자 방향 오식.

는 것이 아닌가?

올타! 영희에게는 아무런 죄도 안 된다

그의 어머니가 그를 그러케 길럿고 학교가 그러케 길럿고 그의 환경이 이 사회가 그러케 맨들지 안엇는가? 그러면 내 자신도 영희에게 대한 죄인이 아니엿든가?

녀자는 녀자로서 갈 길이 잇섯슬 것을 어찌하야 자긔는 영희로 하여금 그 길로 지도를 못 하엿든가

영희는 가엽슨 녀성이다

그의 어머니를 위하야 희생되엿고 상근 자긔를 위하아 희생되엿고 나종에는 창대라는 놈의게 유린을 당하지 안엇는가?

자긔 어머니를 위하여서 자긔의 남편을 위하여서의 희생이라는 것은 아즉까지도 남어 잇는 봉건적 륜리 도덕으로 말미암은 조선 녀성으로서 누구나 당하는 희생이니 하는 수 업는 것이라 하드래도 창대의게 유린을 당하엿다 하는 것은 횡포한 쑤르조아의 일종 정조의 략탈이라고도 말할 수 잇지 안은가 그것은 근로 계급의 피와 땀으로 빼라서 열락(悅樂)의 생활을 하는 것이나 빈한한 사람의 마음 약한 안해를 빼여서다가 향락의 도구로 삼는 것이나 그 성질은 다르다 하드래도 그 악란한 수단 무도한 행동에 잇서서는 맛찬가지가 아닌가?

그런데도 영희는 모—든 것을 자긔의 죄로만 돌리고서 참회의 눈물을 흘리는 것이 아니냐?

그러고 보면 영희는 아즉도 천진 그대로이요 그러니 가엽서 보혓다

상근이는 이러나서 영희의 압흐로 가서 안지며 영희의 노—란 손을 쥐엿다 손은 쌀쌀 슬엇다

"영희! 나를 원망하엿지?"

"아니요! 제가 더러운 년예요"

상근의 썰리는 그러나 부드러운 음성을 듯고 영희는 감격하엿는지 말문을 열자 자긔의 손을 쥐인 상근의 손에 뺨을 대이고 늑겨 운다

"이제부터 저는 상근 씨 하시기에 달렷서요 상근 씨가 저를 죽이시면 죽는 것이요 저를 용서해 주시면 더 사는 것이구요 네? 어써케 하시겟서요? 저도 만약 아이를 배인 것이라면 불의의 씨인 줄 알고 잇습니다 그러니 지금 저는 상근 씨의게 무엇이고 원할 자격이 업는 사람이예요 그리고 아이를 난다 해도 그 아이는 어써케 되겟습니가? 지금 저는 제 몸을 어써케 햇스면 조흘지 모르겟서요 저— 어머니 한 분만 안 계시면…… 엇젯든 어머님이 사러 게신 동안까지는 저도 사러 잇서야 하겟서요 그러나 어머님도 해소가 심하시여서 래일 어써하실지 모래 어써하실지 모르니까요……"

영희는 이 이상 말을 더 계속지 못하고 다시 우름으로 대신하고 만다

상근의 꽉 감은 눈에서도 눈물이 써러젓다

"영희! 그러케 위험한 생각까지 할 필요는 업는 것이요 나는 그게 당신의 죄로 알지 안으니까 그대로 사러봅시다 그게 뉘의 아이든 나면 기르고 또 주인이 나서면 돌려보내고 응! 영희! 너무 평범히 사는 것보담도 그런 것도 자미잇지 안소? 허허허……"

映畵小說

人間軌道(68)

城北學人
安碩柱画

解散【八】[1]

넘우도 감격한 영희는 울음을 끗치고 상근이를 바라보앗다

"고맙습니다"

영희는 상근이에게 그 이상 할 말이 업섯다

반다시 상근이는 자긔를 버렷거니 하엿든 것이 의외로 태도가 달럿슬 째는 놀랏스면서도 어찌 감사한 일인지 몰랏다 그래서 즐거움에 어썰 줄 몰라서 자리에서 이러 아저서 상근이의 가슴에 데컥 안키고 운다

영희의 어머니는 상근이가 달포나 집에 드러오지 안은 것이 생각할사록 밉상머리스럽지만 자긔의 쌀이 평소에 단정치 못한 것을 알고 쏘한 상근이를 허술하게 알어 막우 홋쌔리엿슴에 사나히의 의긔로서 □격 쉬운 일인 줄도 알엇고 영문도 모르는 그는 엇잿든 늙게 외손자나 외손녀 하나는 보겟스며 미웁다 해도 사위가 드러와 아츰을 먹게 되니 업는 찬이라도 정석것 해서 상밥[2]을 채리며 세수물을 써다 놋는 둥 부산하엿다

상근은 감구지회[3]가 복밧처 비창한 맘을 억제하고 밥을 먹자 하니 목이 미여서 잘 넘어가지 안치만 장모나 영희가 구지 권하니 그저 꿀덕꿀덕 생키는 것이엿다

"그러케 급히 먹으면 체하네 천천히 만히 자시게"

하며 영희의 어머니는 마음이 누긋해저서 밥상머리에 안저 잔소리를 하고 잇다 영희도 마음에 깃벗다 그러나 밥을 먹는 상근의 녑 모양을 바라볼 째 수척한 그의 얼골을 보니 써도라다니며 고민하든 그의 정상이 눈에 환―하

1 '十二'의 오류.
2 문맥상 '밥상'의 문자 배열 오류로 추정.
3 감구지회(感舊之懷). 지난 일을 떠올리며 느끼는 회포.

야 자긔의 죄과를 속 깁히 늑기엿다

"물을 마러서 잡수세요 너무 싹싹해 보혀요"

"무얼 아모러케나 먹어도 속에 드러가긴 마찬가지지!"

하며 상근은 목이 메이면서도 한 그릇을 다── 먹엇다 장모도 깃버하엿고 영희도 깃버하엿다

상근이에게는 오늘이 자긔의 압길을 결정하는 날이엿다

어제 저녁에 문호와 헤질 때 약속한 바대로 계문사에 가서 한바탕 써드러 젯치고 나아오자는 날이다

번저 영희와 대변하여서 가정적으로도 악퀴[4]를 짓고 계문사에도 마지막 고별차로 가보겟다는 것이 상근이의 마음이 약함이엇든지 자긔의 압길도 압길이려니와 영희의 압길이 쌘히 내여다 보히고 또 영희로서도 그것을 깨닷고 슯어하는 것을 보니 가엽서서 참아 끈어버리기가 어려웟다

그러하나 오늘 자긔가 계문사를 나아와 버린다면 살림이 말 아니겟는 고로 그것도 문제엿다

옥화쯤은 아모나 낙궈드려 살 기생이니 안 맛나면 그만이니까 그리 큰 문제는 아니지만 집안 살림이 문제여서 근심이 되나 아모럿튼 계문사를 나와 볼 일이라 하고서 옷을 곳처 입고 이러섯다

"왜! 이러스나? 또 나가면 이번에는 두 달은 되겟네그려 게 안게 안저서 영희가 그동안 지내인 이야기도 좀 듯고 나가게그려"

"집에 정이 안 드럿서도 좀 안젓다 나가요"

장모와 영희가 구지 만류하엿스나 상근은 잡지사에 일이 밀려서 가보아

4 아퀴. 일을 마무르는 끝매듭.

야 하겟다고서 나아가 버렷다

길로 분주히 거러가면서도 그는 명상에 잠기는 것이엇다

'나는 장차 어써케 될 심인가? 영희와의 문제는 벌서 내심으로 결정한 것이 과는 아조 싼전으로 달러지고 말지 안엇는가

그것은 영희로 하여서 쌔다른 커—다란 적을 발견한 싸닭이 아닌가?

그 적은── 그것은 창대와 가튼 무수한 황금충(黃金虫)들이다[5]

그는 길거리 좌우 녑헤 질비한 쎌쯩들을 보앗다

자긔와는 조금도 관계가 업는 그 거체(巨體)는 모두가 그자들의 부(富)를 쌋코 그 안에서 움직이는 것들은 그자의 배의 지방을 더하기 위하야 활동하는 손과 발들── 소시민(小市民)들이다

그러나 자긔는 계문사를 나아오는 즉시로 이 쎌딩들의 그늘 미트로 다니며 이 쎌딩 속의 빈 자리를 늣보지 안으면 안 되게 된다는 것을 아렷슬 째 그는 불쾌하엿스나 어느 째이고 저런 쎌딩의 놉흔 창 우에서 자긔의 지금의 형상을 내려다 보고서 유쾌히 우서보고도 십헛다

5 '』' 누락.

1931년 6월 19일

映畵小說

人間軌道(69)

城北學人

安碩柱画

解散【九】[1]

"이러케 생각하는 나도 소시민성을 가지고 잇고나?"

하고 스사로 쟁그럽고 메식거워서 속으로 혼서자[2] 뇌이고

픽 웃고는 다시 쎌딩들을 보앗다 "서울도 제법 도회 갓군—" 하고 혼자 감격하야 중얼거렷스나

"이것이 우리의 도시가 될세 말이지!" 하고는 고개를 내젓고 거름을 쌀리 하엿다

상근이가 계문사로 드러섯다 그는 마지막으로 발버보는 층계를 올라갈 째 발이 묵직하엿다 계문사라는 곳에 미련이 남은 것이 아니라 오늘 이 계문사를 그만둔다면 살 길이 망연한 것이엿다 웃층으로 올라가면서 쌔다른 것은 편집실 안이 괴괴한 것이엿다

출근 시간이 넘엇는데도 아즉 아모도 오지 안엇는가 하고서 문을 여럿슬 째는 여전히 와 잇슬 사람은 다 와 잇섯다 다만 문호와 부인 긔자가 눈에 씌이지 안을 샏이다 창대도 안락의자에 버틔고 잇섯고 김성호도 주필석에 옹숭그리고 안저 잇섯다

무슨 공론이 도랏는지 창대나 성호는 물론이여니와 다른 사람들도 상근이를 힐긋힐긋 보고는 고개를 돌리는 것이엿다

상근이는 분위긔가 야릇한 것을 쌔다럿지만 태연히 자긔의 자리로 가서 안젓다

그리고는 사동을 불러서 차를 싸르라는 둥 '테불'에 잉크를 걸레로 닥그라는 둥 될 수 잇는 데로 그들의 태도에 조전을 해보랴는 듯하엿다

1 '十三'의 오류.

2 '혼자서'의 문자 배열 오류.

김성호가 그 뱀 눈깔 가튼 노―란 눈깔을 굴려서 안경 밧그로 이를 힐긋 보고는 창대에게 얼골을 향하엿다

"문호 군이 와야 말삼하시료?"

"글세요 말은 해 무얼 합니까 그저 그것만 내밀어 주면 그만이겟지만 어듸 사람의 일이 더구나 말하자면 중대한 일을 처리하는 마당에 그러케 경솔히 할 수는 업구요 문호 군이 오면 김 선생이 말삼하지[3]지요 문호 군이 늣게 오든지 오지 안튼지 하면 그만은 추후에 말삼하시고요"

"그러나 리 선생이 할 말인데 내가 중뿔나게 나슬 수는 업지 안소? 아무렷튼 분호 군이 오면 누가 하는지……"

"그야 저보담 선생이 년장자이시니까 엄숙한 맛으로든지 낫지요 선생이 하시지요 또 그러케 되는 일에는 그 편에서도 감정이 다를 것이니까요 선생이 하시지요 네? 선생이 하세요"

창대는 여송연을 끄내서 한 개를 김성호에게 건네면서 말을 하엿다 김성호는 여송연을 밧어서 꽁리를 쎄여 배트면서 얼골에 초조한 빗이 돌며 혼자ㅅ소리가치 중얼댄다

"그 온―― 내가 한다면 우수운 일인데 ―― 정실[4] 관계가 그럿치도 안코 엇잿든 아모리나…"

"선생두 참 퍽 망서리십니다그려 사사 일이 아니고 공사에 그 무슨 정실 문제가 잇겟습니가? 큰일을 위하여서는 자긔 부모를 총살까지도 하는 수가 잇는데요 그저 제 말대로 하십시요 그리고 잇다가 어듸로 소풍이나 하러 가십시다"

---

3 문맥상 '시'의 오류로 추정.
4 정실(情實). 사사로운 정이나 관계에 이끌리는 일.

김성호는 진땀이 나는지 손둥으로 머리가 벗겨진 너른 이마빡을 문지르고 여송연을 펵펵 피우고 잇다

상근이는 이 두 사람의 주고밧는 말에 그 두 사람 사히에는 어쩌한 밀계가 잇섯고 그래서 그 어쩌한 것을 결정해 버리고 만 것을 깨다럿다 그래서 제일 김성호가 창대의 간이 되여서 그 나희에 걸맛지 안는 수작을 하는 것을 보니 가증스러웟다

그러고 창대라는 위인의 그 늬글늬글한 꼴이 더욱더 보기 실혓다

“여보! 창대 씨 그래 당신은 공사를 위하여서 당신의 아버지를 울화증으로 도라가게 하섯구료 당신 외국 유학이라는 것이 남의 집 녀자를 유린하랴는 그 공사 째문에 한 것이니까 그리고 내 목을 자르랴는 것은 옥화라는 기생 째문에 그 공사 째문에 하는 일이니까! 말은 바른 대로 하시요 똥 싸서 뭉개는 것가티 움을거리지 말고서………! 그럿튼지 김 박사가 밋을 얼른 씩겨주시든 허허허!”

상근이가 이러케 막우 빈정대자 불시에 창대가 완몸을 부르르 썰면서 안락의자에서 벌덕 이러서서 상근을 노려본다

映畵小說

人間軌道(70)

城北學人
安碩柱画

解散【十】[1]

상근이도 벌ㅅ덕 이러섯다

“이러서서 벼르면 어쩔 테야!”

상근이는 고함을 지르고 창대의 압흐로 무거웁게 거러갓다

“뉘 압히라고 말ㅅ버릉지가 그 짜문이야! 왼 쌍놈의 말씨지 그게 내 압헤 할 소리야”

“무어 엇제! 뉘 압히라고!”

상근이는 창대의 볼지를 주여박으랴고 주먹을 창대의 얼골로 날리엿다 그러나 어느 틈엔지 김성호의 손이 상근의 팔을 뒤로 잡어돌렷다

“이거 왜 이리나 자네도 쏙 어린애 가테이그려 입을 두고도 왜 그 쌍스런 짓을 하나?”

김성호는 선우숨을 처가며 창대의 안색을 살펴가면서 상근이에게 애걸하다십히 은근히 말햇다

상근은 김성호를 노려보다가는 팔을 색릿치니 그는 비슬비슬하고 잡바질드시 뒤로 물러서서는 테불을 의지하고 버서질 듯한 안경을 바로잡엇다

“김 선생도 이제는 그런 소인의 짓은 그만두시우 먹을 것이 잇스면 도라갈 날자나 손쉽고 세멘트 우리ㅅ간에 업듸여 지낼 생각을 하시요 학자면 무얼 하고 지사면 무얼 하시요 창위까지 썩어서 악취가 나는 터에 이러한 애송이 부랑자의 병정 노릇을 해야 개탈을 버슬 줄 아시요 생각해 보시요 나는 당신 째문에 어찌 되엿나 보시요 그야 나도 의지가 굿치 못한 버러지엿지만 당신의 간책에 넘어간 것이 아니겟소? 이제 우리들의 갈 곳은 정해진

1 ‘十四’의 오류.

것입니다 선생이 아모리 나를 돌려서 당신의 후환을 업시 해서 편안히 남은 날을 지내보랴 하지만 당신을 어대든지 썰고 가겟다는 말이요 내가 죽어도 선생을 두고는 결코 혼자 죽지는 안을 것이지요 돈푼이나 지닌 게 잇고 또 이래저래 생기는 게 잇스면 그만일 것이지 아! 요런 알부랑자의 쓸개를 할 터먹으랴 든단 말이요?"

상근이는 상긔가 되여서 듸립다 써드러대는 판에 문호와 미쓰 캉이 드러 왓다

"상근이! 아 웬일인가? 그깐 놈들 보고서 연설을 해서 무얼 하나? 잡놈들에게는 이편이 점진케 해야지"

하며 문호는 모자를 쓴 체 단장을 든 채로 상근이를 끄러다가 의자에 안치고 담배를 피여 물고는 장승가티 서 잇는 창대의 압흐로 가서 단장으로 창대의 테불 위를 휩쓰러 버렷다 테불의 모든 것은 마루 위로 써러저 굴렀다

"이건 왜 죽 버려 노핫서? 철필대 하나 바로잡지 못하는 체신에 문방구상을 버려 노핫스니…… 기생의 명부록을 수미랴는 게로군 네 짜위가 잡지사 사장은? 도리혀 그 거룩한 제 집 가문이 더러워지지……" 하며 한바탕 웃다가 창대의 얼골에다가 침을 탁 배앗텃다

"이놈의 자식! 돈 냄새를 피고 다니면서 남의 집 색시들을 놀려내고—— 이놈! 네가 물고 잇는 여송연 한 개에 너의 집 소작인들의 피가 얼마나 엉킨 줄 아니? 어느 째든지 그 여송연 핀 입에 쥐색기들이 들락날락할 째가 잇서! 이 더러운 못난 자식! 변명해 볼 수 잇스면 해 보아라 지금이라도 네가 버려준 녀자를 대이면 속이 시원하겟구나! 옛기! 이 썩어버린 자식!"

파랏케 질리고 침을 밧은 얼골을 닥지도 안코 문호를 노려보고만 잇는 창대의 얼골을 단장 끄트로 툭 칙켯다

“노려보면 엇재! 나는 마지막 인사로 이 이상 더 영광을 드리고 십헛스나 넘우 과할 것 테가서[2] 그만둔다만은 아모쪼록 돈동녹이나 할터먹고 사러라 자── 여러분 나는 갑니다 아모쪼록 계문사를 빗내시기를 바랍니다”

문호는 희극 배우 모양으로 모자를 버서서 멋드러지게 인사를 하고서 엇개를 웃슥하고는 상근이에게 눈짓을 하엿다

상근이는 이러서서 썰썰 웃고는 문호를 짜라 슨다

미쓰 캉은 이런 째에 그대로 가는 게 섭섭햇든지 쌍긋 웃고 좌중에게 인사를 짯댁하엿다

“나도 갑니다 아모쪼록 건강하시기를 바랍니다 그리고 리창대 씨와 김성호 씨는 요사히 굉장히 써드는 부협의원운동을 해 보시지요 후보자로 나서신다면 유권자가 아니래도 된다면 저 가튼 사람도 한 표씀은 해 드릴 수 잇스니까요 호호호”

그가 간간대소를 하자 세 사람은 박그로 나아가 버렷다

그제서야 창대는 안락의자에 주저안지며 의긔가 몹시 저상되여 긔맥이 풀린 손으로 얼골의 침을 손수건으로 닥것다

2 ‘가테서’의 문자 배열 오류.

映畵小說

人間軌道(71)

城北學人
安碩柱画

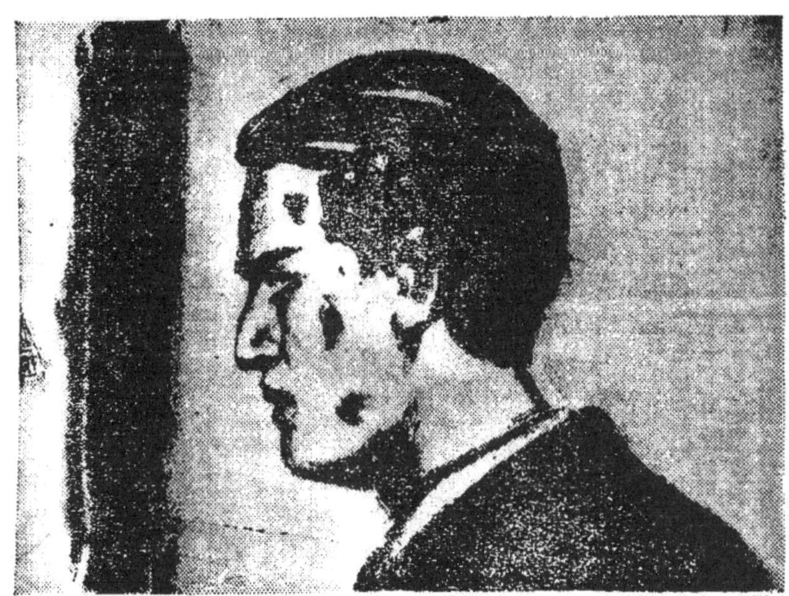

解散【十一】[1]

그러나 얼골의 침을 수건으로 씨슬 때 쌜것코 퍼런 잉크가 수건에 무든 것을 보고서야 잉크가 얼골에 튄 것을 아랏다

그는 체경 압흐로 분주히 갓다 마치 곡예단의 어리ㅅ광대로 화장한 것 모양으로 스사로 보아도 우슬 만콤 얼골이 말 아니엿다

몃몃 사람이 킬킬대고 웃자 김성호도 어써는 수 업시 소리놉히 우섯다

"온 사람들 미첫길래 그럿치 닷다가 그게 무슨 점잔치 안은 짓이람"

김성호는 자긔가 우슨 게 창대에게 민망하엿든지 창대를 두둔하는 듯키 중얼댓다

"엣! 비인간들! 그게 글줄이나 쓴다는 놈들의 행위야?" 창대는 화가 나서 헷청대고 소리 소리 지르면서 혼자 노호하는 것이엿다

그리고 테불 뒤에 숨어서 우숨을 참느라고 신고를 하고 잇는 사동을 불러서 호령호령을 하야 대야에 세수물을 써오게 하고 자긔 집에 보내여 새 와이샤쓰와 칼라와 양복을 갓다가 박구어 입고서 김성호를 데리고 박그로 나아갓다

상근이와 문호와 미쓰•캉은 진고개 차ㅅ집으로 향하엿다

"그러케 하고 난 즉 우리도 어린애 짓 가탯서 사실 할 말이 만헛고 그놈의 유령들의 소굴 가튼 잡지사를 쌔트려 버리고 나아오는 겐데 창대란 자에게 그만한 창피쯤은 우수운 게 아닌가? 사람이란 흥분하면 그쌔는 퍽 단순해진단 말이야 엇젯든 쇠사슬 한 끈은 쓸러 노흔 듯십허이!

사람이란 한 번만 실족하면 그게 쑷쑷내 큰 파멸을 짓고 마니싸 우리도

1 '十五'의 오류.

그대로 그곳에 잇다가는 결국 파멸이지 사람이란 늘— 변환을 하지 안으면 그 테 박글 못 버서나네그려 우리들은 잘 나아왓네 '룸펜'이 된다 해도 량심에 거리끼는 생활을 엇지하나? 그런데 자네는 어써케 할 셈인가?"

상근이는 숨에서 깨인 사람가티 소스라치며

"응?" 하고 반문하엿다 그는 지금 문호와는 다른 기로(岐路)로 맘을 달리고 잇섯다 문호는 시골집에 벼섬이나 추수하는 쌍도 잇고 조그만 산판도 잇서서 서울서 일자리를 구하지 못하면 시골로 가서 쌍이라도 파먹을 수 잇지만 상근 자신은 자긔 아우가 시골 소학교(그 시골 큰 지주되는 사람이 행세 삼어 설립한 글방 비슷한 학교』[2] 교사로 연명을 하여 나아갈 샌 쌜거버슨 상근 자신은 오늘부터의 당당 생활 문제에 직면하엿는 고로 그는 길을 거르면서도 번민이 되여서 문호의 말이 귀 박게서 돌 섄이엿다

"어제 내 말대로 하겟느냐는 말일세 아모리 해도 그리하든지 버서부치고 나서든지!"

"생각해 보와야 하겟네 그리 쉽게 결정할 문제도 아니니까 그리고 밤 사히에 내 신변에 달라진 문제도 잇고…… 엇잿든 몃칠 더 생각해 보아야 하겟네 그러나 자네는 시골로 가나?"

"자네가 가치 간다면 나 역 혼자 갈 맘은 업네 서울서 지내일 도리를 차리겟네 어씨면 이직할 곳도 잇슬 것 갓기는 하구면—— 그러나 밤 사히로 신변에 달라진 문제라니?"

"그것 보게 참 싹케 시골로 가자고 하든 사람이 서울에 취직할 데가 잇서서 서울에 잇서 보겟다고 하니 자네도 밤 사히에 변하고 만 것일세그려 어

2 ')'의 오류.

제의 그 말은 숱김이요 오늘의 그 말도 덜 깨인 남은 숱김으로 한 말이 아닌가? 하하하……… 내게 달라진 문제라는 것은 장차 자네가 알게 될겔세 그런데 자네는 어듸로 취직이 되겟나? 학교의 선생? 아마 그게지?"

"글세 아마 그런 게지!"

"이 사람아 긔왕 학[3]교 교사 노릇을 하랴면 녀학교 교사가 되게그려 것늙어서 하롯 동안에 그 무릅팍 다가리가 아조 홀닥 볏겨지게——"

미쓰 캉이 손으로 입을 가리고 웃는다

"그럿탑니다 녀학교 교사가 된답니다 ○○학교의 교무주임이 쌍말로 멱국을 먹어서 그 대신 드러가게 되엿답니다 남의 집 쌀들이 성해날지요"

조금 토라진 소리다

"녜ㅡ 그래요 그러면 그 내쫏긴 교사는 분을 바르고 다닌다는데 문호 씨는 머리에 가발을 쓰서야지요 그런데 여보게 자네가 임이 그리 가기로 결정되엿스면서도 이제는 시골로 가자고 하엿단 말인가? 예이 이 사람 시럽서도 분수가 잇지!"

문호는 얼골이 벌개젓다

---

3 원문에는 '학'의 글자 방향 오류.

1931년 6월 23일

映畵小說

人間軌道(72)

城北學人

安碩柱画

解散【十二】[1]

그들은 차ㅅ집으로 드러갓다 차ㅅ집에서 나아올 째서야 문호가 입을 여럿다

"그러면 언제 또 맛나려나?"

"서울에 잇스면 바닥이 좁은 데이니까 늘— 맛나게 되겟지!" 상근이는 폴이 죽어서 쌍을 내려다보고 힘업시 말햇다

"그러면 또 맛나세" 문호는 미쓰 캉을 압세우고서 민망한 맘에 헷청으로 노히는 다리를 움직이엿다

미쓰 캉이 도라보면서 고개를 쌋딱해 보힌다

상근이는 멀거니 두 사람의 머러지는 뒷모양을 바라보고는

"망한 것들!"

하며 혼자 중얼거리며 픽 웃고는 돌처서서 것기 시작하엿다

해는 바로 상근의 머리 우헤서 지글시글 쓸코 잇섯다 이제는 봄 양복도 두터워서 가슴이과등[2] 씨는 듯하엿다

상점 진렬장에 바다의 경치를 산듯하게 그리인 배경 압헤 벌려 노흔 해수욕 제구와 오색의 해수욕복이 아루숭거리고 웃고 잇다 맥고자와 파나마가 말속하게 씨슨 드시 빗나고 잇다

상근이는 이마에 흐르는 쌈을 손등으로 훔첫다

자긔는 지금 생물이면 다— 죽일 드시 푹푹 씨는 숫업는 사막으로 거러가는 듯하엿다 어름에 식힌 차를 마신 지도 몃 분 안 되는데 조갈증이 낫다

마음이 답답하엿다

---

1 '十六'의 오류.

2 문맥상 '가슴과 등이'의 글자 배열 오류로 추정.

복작복작하는 진고개가 갑갑해서 그는 거름을 쌜리하야 조선은행 압흐로 나아왓다

그러나 마음은 잿덤이 속에서 썸벅어리는 불쏫가티 탓다

"어듸를 가야 조흘가?"

그는 무턱대고 거르면서도 자긔가 어듸를 가는 것인지 몰랏다

추럭크, 쌔스, 전차, 택시, 모든 발도 업는 긔계들이 요란히 쌍 우헤서 부댁기면서 최후의 발악가티 소리치고 달려가고 오고 하는 그 길로 어치렁거리고 가는 상근은 그것도 다── 자긔와는 아무런 관련이 업는 것 가탓다

더 불면 터질 듯한 풍신 가튼 계집들의 다리가 아스팰드와 보도에서 춤을 추고 가는 것도 지금의 상근이에게는 인형극의 인형들의 다리가치 아무런 감촉을 밧을 수 업는 것으로 보혓다

극장의 광고 행렬이 지나간다 랄라리를 불고 북을 치고 룸펜들이 든 긔ㅅ발과 함께 서 길복판으로 온다

모든 게 을쓰년스러운 풍정이다

그러니 모두가── 이 대지가 벌서 자긔를 내여쏫친 것가티 상근이는 생각하엿다

그러하니 외로웟다

나는 아즉도 젊지 안은가? 어찌하야 이 쌍은 이 젊은 아이를 내쏫첫느냐 말이다── 상근은 혼자 속마음으로 부르지젓다

그러하면 그 무엇인가 자긔 등 뒤로 내다러 오면서 크게 외치는 것이 잇는 것 가탯다

"너는 이 쌍을 배반한 자 그러하니 이 쌍은 너를 내여쏫는 것이다"── 상근이는 자긔의 착각인 줄 알엇스면서도 자긔 뒤에 엇써한 무서운 그림자가

덥치는 것 가태서 잔등이에 소름이 확 끼첫다 그는 홱 도리켜 보앗다

그러나 다만 일본 아이를 업고서 '게다[3]'짝을 썰고 뒤에 오는 조선 젊은 녀편네(오마니)밧게는 업섯다

상근은 자긔의 신경이 쇠약해짐을 늑기엿다

그러나 언제나 압흐로 사러나아갈사록! 하로이틀 이 짱에 발을 더 붓칠사록 그 어써한 공포는 갈사록 커지는 것을 늑기는 것이엿다

그래서 자긔는 자긔 자신에 대한 증오감(憎惡感)이 생기는 것이다 만약 이것이 더할 수 업시 커지는 날에는 자긔도 자긔의 자신을 버릴지도 모른다

그러고 보면 그는 자살을 하든지 그럿치 안으면 인간으로서의 가장 타락되는 길을 밟을 것이다

그러나 그 두 가지가 다— 두려웟다 그럿타고 가면을 쓰고 살 수도 업는 것이엿다 임이 자긔의 가면도 이 세상이 벗겨준 지도 오래엿고 그 가면이라는 것이 자긔 자신에게는 더 무서운 일을 압흐로 닥여서 당하게 할 것인 것도 갓햇다

"아—— 어써케 한단 말이냐?" 그는 이러한 비명을 마음속으로라도 내지르지 안을 수 업섯다

그것은 자긔가 세상과 며러질사록 안탁까웁게도 세상의 모든 것에 대한 미련과 애책이 두터워지는 것이엿다

3 게다(げた). 일본 사람들이 신는 나막신.

映畵小說

人間軌道(73)

城北學人
安碩柱画

解散【十三】[1]

미련과 애책! 그것이 애틋하게도 자긔의 가슴팍이에 매달리면 매달릴사록 자긔의 암흑한 맘속에서는 욕망의 빗이 반작이엿다

그것은 마치 밤중에 나르는 반듸ㅅ불가티 켜지면 꺼지는 그 욕망이엿다

그러나 지금의 상근의 욕망이란 미미한 것이엿다

죽어가는 사람이 림종 머리에 자식을 찻는 것가티 그 욕망이란 그 대상을 보기만 하면 눈 감을 것이엿다

상근은 지금 암흑 속에서 암흑으로 더듬어서 그 무엇인가 찻는 버러지와 가탯다

물론 어둠에서 나고 어둠으로 도라가는 인생이지만 그 어둠 속에서 자긔의 새로운 생명 새로운 생활을 찻고 십헛다

어둠은 모―든 유긔물(有機物)과 무긔물(無機物)로 형성된 우주를 나코 그 안에 자긔도 낫스며 그리고 또 모든 것을 어둠으로 다시 불러드리는 것이 아닌가?

그럿치만 어둠은 언제나 커―다란 호흡을 잇지 안는다 그것은 웨?

거긔서는 빗과 생명과 힘과 그리고 새 세긔를 나흐랴고 쉬지 안코 움직이고 잇는 것이다

캄캄한 밤하날에 별과 별이 충돌을 하야 한 개의 별은 파멸이 되거나 그럿치 안으면 두 별이 한 별이 되거나 한다

이것도 우주 이전으로부터의 그 암흑의 활동이다

상근은 낫이지만 지금 저 하날의 별이 그 무수한 별들이 자전과 공전을

---

1 '十七'의 오류.

하고 잇고 혹은 두 별이 부듯치여 그 어느 것 하나가 바숴여지리니……… 상근은 하날을 치여다 보지 안코 머리 위의 하날의 일까지 생각하고 잇다

자긔의 마음에서도 그 암흑이 무엇인가 새로운 빗과 생명과 힘을 비저내랴고 움직이는 것이여니 하엿다

그것은 고통이엿다 이 우주가 새 것을 창조하랴고 이 세상의 새 시대를 비저내랴는 그 고민과 가티 자긔 자신도 지금 고민을 하고 잇는 것이엿다

모든 것을 이저버리는 게 편할 것 갓지만 그것도 죽지 안코 사러 잇는 동안에는 자긔의 힘으로는 하는 수 업는 일이니 그 욕망을 채우랴고 생각하는 그깃만도 괴로운 깃이엿다 긔왕 이러버린 빗과 생명과 힘은 자긔의 과거를 완전히 암흑 속에다가 녹여버리고 다시 새로운 암흑 속에서 비저내여야만 될 일이다

그러나 자긔의게 그러한 위대한 과단성이 잇슬 것인가?

상근은 자긔의 왼몸을 돌고 잇는 피가 얼마나 미약한 것인가를 늣기엿다

어느 쌔인가 자긔는 자긔의 몸에서 피의 노래! 정열의 파동의 큰 음향을 듯고 얼마나 뛰고 조하햇든가?

이 우주에 가득이 찬 이 우주의 노래인 음향과 가튼 자긔 자신의 음향을 듯고서………

그는 새벽에 일즉이 이러나 산 우에 올라가서 미친 사람 모양으로 연긔도 안 나는 도시를 굽어보고 주먹을 휘두루고 웅변을 토하고는 노래를 부르든 시절………

말굽에 이러나는 황진 속에 서슬이 십퍼런 칼날을 바라보고 소리치며 민중의 선두에서 달려가든 그쌔………

"오……… 지금의 나는 이러케도 약하드란 말인가?"

상근은 늡엇다

목구녕으로부터 긔여올라서 터질 것 가튼 늡음을 참고서 그는 불에 달군 금속(金屬)가치 끌는 길로 것고 잇다

——그럿타! 새로운 빗을 새로운 생명을 새로운 힘—— 즉 새로운 나를 찻자!

상근은 맘속으로 부르지젓다

그러나 어써케 찻는단 말인가?

먼저 그는 그것을 찻기 위하여서는 자긔를 자긔의 육체를 희생하지 안으면 안 된다는 것을 채 생각치 못하엿다

채 생각지 못하엿다는 것보담도 그게 무서웟다 두려웟다

그러면 상근이는 아조 이 우주의 계시를 저바리고 어듸로 갈 것인가?

도야지 우리에도 굼벵이의 집에도 지렝이의 집에도 우주의 생명이 빗이 힘이 잇지 안은가

상근은 자긔의 집으로 드러갓다 짬을 쌜쌜 흘린 그러나 샛노랏케 질린 상근의 얼골을 본 영희는 깜짝 놀랏다

남편으로서가 아니고 그가 다른 사람이라 하드래도 반나절 동안에 무서웁게 변한 사람의 얼골을 보앗기 째문이다

映畵小說

人間軌道(74)

城北學人
安碩柱画

解散【十三】[1]

"어쌔서 아츰 사히에 얼골이 저러케 변하섯세요"

"왜! 어듸가 아픈가? 앗가 아츰 먹은 게 체한 겔세그려? 내 집이라고 오랫만에 드러와서 밥을 먹은 게 그게 원 될 말인가 약을 지여다 자시게"

영희와 영희의 어머니가 상근의 불시에 무서웁게 변한 얼골을 보고 놀라서 쌍피리 블드시 호들갑을 부리엿다

상근은 아모 말도 업시 드러누워서 눈을 감어버렷다

잠을 자면 자는 동안이라도 고통을 이저바리리라 한 것이다

이날 창대와 김성호는 인천 월미도로 가서 목욕을 하고 서울로 도라와서는 료리집으로 드러섯다

창대가 창피를 당하고는 화가 나서 술이나 실컨 먹고서 주정이라도 하고 십헛고 이제는 상근이와 한 자리에서 술을 먹지 안케 되엿스니 맘 편히 옥화를 맛나볼 수도 잇게 되여 오늘은 옥화를 맛나 악퀴를 지워가지고 기생을 쪠여서 드려안치랴고 하엿다 여긔에는 김성호가 알선을 하지 안으면 안 될 것이라 하엿다 그것은 첫재로 옥화의 어머니의 말대로 하면 몸갑 이외에 요구 조건이 원체 만흔 고로 자긔의 체모로는 싹글 수도 업는 일이요 쏘 하나는 자긔가 먼저 문제를 쓰내이면 줄사록 냥냥으로 별의별 구실을 맨들어 안달을 부리겟는 고로 이쪽에서 빗만 보히고 먼저 저쪽에서 애가 말러서 달겨들도록 하자니 나이개나 진득이 먹은 김성호를 중간에 노코서 료리를 하면 훨신 효과를 보겟다 하야 김성호를 압장을 세워보랴는 것이엿다

1 '十八'의 오류.

"김 선생! 그러케 해주십시요 제 어미는 입에 당기여서 아마 날마다 옥화를 조르는 모양인데 옥화는 어쎤 까닭인지 잘 듯지 안는 모양입듸다 그야 상근이란 사람이 잇스닛까 그러기도 하겟지만 저도 돈 업는 사람은 정은 깁헛다 해도 불원에 헤질 것을 알고 잇는 모양이고 또 오늘 상근이가 계문사를 나아가서 돈푼 생기는 것도 끈허지고 햇다면 실죽할 것이니까 긔회는 참 조흔 긔회가 아닙니가? 자…… 선생이 힘을 써주시면— 다— 조흔 일이 잇습닌다"

"허허…… 내가 이제는 중매쟁이가 되는 셈인가? 말하면 뚜쟁이엿다!"

김성호는 모욕을 늣겻지만 무탈하게 하자니 우숨을 지워보히며 말햇다

"온 천만에요 선생을 뚜쟁이라고 누가 하겟습니가? 친한 사히에 하는 일로 누구나 알 것이지요 그리지 마시구료 어듸 선생 덕을 좀 보십시다그려"

"글세 그건 말만 잘 하면 되는 일이니까 그리 어렵지는 안치만 고 계집이 좀 팽팽해서 잘 드를라구?"

"그 온 참 별말슴을 다하십니다 김 박사의 말삼이라면 거역할 리가 잇겟습니까? 박사가 중매를 드시면 바른 대로 말이지 문둥병 환자래도 밋고 결혼할 사람이 잇슬 것입[2]니다 조선에서 김 박사만한 이가 또 잇스면 모르지요만…… 허허허허"

김성호는 칙히는 바람에 억개가 웃슥하엿다

"그건 너무 올리는 말이고…… 너무 오르면 써러지기 쉬우니까…… 그래 그래 오거든 어듸 우선 말을 좀 부처보지 그런데 어느 째든지 내 청이라면 드러주시겟소? 어느 째나 그 청이라야 리 군이나 내나 다— 조흔 일이겟

2 원문에는 '입'의 글자 방향 오식.

스니까?”

“암으렴요 선생님쯤이야 우리집 관리인(管理人)이래도 의심할 냥반이 아니시니까 청이라도 범연한 청이겟습니까? 엇잿든 선생만 밋습니다”

“내가 예수는 아니니까 너무 밋지는 마시오만은 량심이 잇는 사람이 실언할 리는 만무니까…”

“암으렴요 그러니까 선생께 제가 매달려서 벗채는 것이 아닙니가?”

두 사람은 대낫부터 료릿집에 드러가 긔생을 씩여드릴 음모를 하고 잇다

“그러면 옥화를 부르지!”

김성호가 이런 말을 하기 전에 자긔가 말하고 십든 차인 고로 창대는 닁큼 색이를 불러서 옥화를 부르라 하엿다

김성호는 무엇인가 깁히 생각하는 듯하더니 무거웁게 입을 여럿다

“그런데 계문사 일은 어찌하료? 두 사람— 아니 세 사람이나 나아간 셈인데! 그 자리를 채우든지 해야하지 안켓소? 원— 너무도 전황하니까 잡지가 팔려야지! 인건비는 인건비대로 들고 잡지는 뒤지거리가 되고 마니……

자— 어찌하시료?”

“글세요 그 문제는 실업시 큰 문제입니다만은 잘 안 되는 게니 그까짓 거 긔회도 긔회고 잡지를 페간하고서 모다 해산해 버리지요 사회 사업한다고 햇다가 나는 마저 죽겟습니다 나종에는 그 아니꼬운 놈에게 침 벼락도 마젓스니까요”

映畵小說

人間軌道(75)

城北學人
安碩柱画

解散【十四】[1]

“글세── 해산해 버리는 것도 조치 사업이라 해도 소비만 되는 사업은 뒤ㅅ긋치 시원할 게 업스니까── 그러나 저 남은 사람들은 어써케 하료? 나가는 길로 밥을 먹지 못할 사람이 잇스니 그게 큰 탈 아이요?”

“별말삼을 다― 하십니다 그 사람들이 계문사에 드러오기 전에는 굼고 사럿습듯가 먹엇기에 산 게 아닙니가 사람이 오즉 빙충마저야 굼고 살가요? 그건 상관업습니다 나는 제일 계문사에 가 안젓기만 해보슈 나만 보면 그런지는 몰라도 그 궁끼 끼인 얼골이 보기 실혀요 가진 게 업드래도 버틔는 맛이 잇서야지 밤낫 쌀이 엄느니 어린 것이 아러 죽게 되엿는데 약 쓸 돈이 업느니 하고 모혀 안지면 궁상들을 써니 그게 거지가 아니고 무에란 말삼요? 그만 나도 그 축에 끼워 안지면 내 몸에서도 무과수통 냄새가 나는 것 가태요 그것들이 그러고 사러 무얼 하겟습니가 그 싸위들이 글자나 안대면 무얼 합니가 상두도가[2]의 치부도 못할 위인들이! 내가 그래도 성인입니다 그런 사람을 구제한 셈이 아니예요? 처음 올 째는 구지레하든 게 양복을 말속이 거들지 안엇습니가? 내가 저희들을 내여쫏는다 해도 백 배 치하를 해야 함닌다 그싸짓 것들 해산해 버리지요 나는 이 불경긔(전황)한 째에 만 원이나 태긔를 처도 앗갑지 안타고 계문사 문을 닷는데 자긔들로서는 불평이 잇슬 싸닭이 업지요 해산해 버리지요 해산해요 좀 홋홋하게 지내보겟습니다 입만 벙긋해도 무에 나오나── 하고 와── 몰리는 그 꼴 째문에 무얼 해 먹을 수가 잇서야지요 그럿치 안습니까! 선생── 제가 넘우 과히 말한 것 갓습니다만은…….”

---

1 ‘十九’의 오류.

2 상둣도가(喪둣都家). 상여를 놓아두는 집.

창대는 넘우도 호된 말을 한 듯해서 스사로 얼골이 불거젓스나 그의 자만심으로는 자긔의 말이 조금도 어그러진 말이 안니려니 하고 생각하엿슬 쌔는 긔가 올라서 또 무에라고 주서댈랴 할 쌔 눈쌀을 찌푸리엿든 김성호가 손을 내저엇다

"여보 그건 넘우하는 말이고 엇잿든 무고한 그들을 내여보낸다면 나아갈 쌔 돈푼이나 집어주어야 그들도 직업을 구하는 동안이라도 언명은 할 것이고 이쪽에서도 낫이 스지 안소? 그래봅시다 깃것해야 삼사 인이니 얼마 되겟소 한 사람 압헤 사오십 원식만 쥐여주면 아무 탈이 안 생길 것이 아니겟소? 그리고 바른대로 말하사면 불미한 짓을 한 사람들이라 해도 긔왕 나아가는 사람이니 문호와 상근이와 미쓰, 캉도 얼마식 주어야 되지 안켓소? 문호는 먹을 게 잇고 취직도 곳 되는 모양이니까 모르지만 상근이는 나아가면 나아간 그쌔부터 먹을 게 업는 사람이고 그러고 미쓰 캉은 녀자가 아니요? 좀 깁히 생각해서 처리하지 안으면 나종에 조그만 화라도 밋치겟스니까…… 흥분만 하지 말고 잘 랭정히 생각해 보십시다"

"아니 그 상근이란 안달할 놈을 왜 줍니까? 문호는 더 말할 게 업고요 그래도 큰 잡지사의 사장이라면 사회적 지위도 보아야지! 함부로 날쒸는 놈을 — 미쓰, 캉만은 가엽지요 선생 말삼맛짜나 녀자이고……"

"여보— 제일 상근이로 말하면 당신이 괄시해서는 못 쓰오 '영희'를 생각해 보시요 상근이만 날쒸다가는 리 군이 잘못하면 세상에서 거두를 못 할 터이니! 자 보오! 나희 더 먹은 내가 압일을 어써케 잘 내여다보는가 보시요 무슨 일이든지 그쌔 긔분 감정 쌔문에 압일을 헤아리지 안으면 큰 탈이 나니까…… 영희란 녀자가 말은 시속 녀자라 해도 어수룩하기에 그럿치! 좀 표독한 녀자 가태 보시오 리 군이 이러케 맘 편히 옥화를 쎄 드릴랴고 하겟

나? 또 모르지 오늘 밤에 어더케 변하고 래일 엇더케 변할는지……… 그러나 내 녀편네 말을 드르면 요사히 그 녀자가 아이를 서느라고 몹시 알는다니 까! 엇잿든 상근이만은 특별히 생각해야 되리다 나는 리 군을 생각해서 한 말이요"

그러케 긔고만장해서 쩌들든 창대도 김성호의 그 말에는 얼골빗이 금시로 변하고는 겁 만허 보히는 그의 눈은 둥그래젓다

"네— 그러면 선생이 영희와 저와의 그 엇더한 관계가 잇섯다는 것을 아섯습니까?"

"내가 그걸 모르겟소? 리 군 환영회ㅅ날 밤에 벌서 이상한 눈치를 알고서 모든 게 엇더케 변할 것까지도 생각해 보앗는데 엇잿든 상근이에게는 적어도 돈 몃백 원은 주어야 하지………"

映畵小說

人間軌道(76)

城北學人
安碩柱画

解散【十五】[1]

"글세요 그래보시요 그러나 어듸 제가 영희를 '어쎗'슴니까? 그저 말동무로 몃칠 가치 다녓슬 쌘이지요 조선 사람은 녀자하고 마조안저서 이야기만 해도 야릇하게 아니까 그럿치요 어써케 남의 안해를 동틔를 내겟슴니까 언제든지 사나희가 먼저 녀자의 손목을 잡는 법은 업슴니다 그건 동서양 할 것 업시 다— 갓드군요—— 녀자가 먼저 소리를 치지요 영희도 수얼치 안은 탕녀이든데요……"

"어—— 리 군 괜이 시침이 싸서는 안 될걸 내 다— 아는데 그리는구료 허허허허……"

"선생도 쇄 시럽스신 량반임니다그려 보시지 안으신 걸 어써케 아신다고 그리십니가?"

창대는 멋적지 안은 우숨을 우섯다 이쌔에 마침 옥화가 절을 납신 하고 드러왓다

창대는 벙그레하고 얼골이 벌개젓다

"오늘은 쇄 더웁지?"

"아니요 시원해요! 남들은 여름이면 더웁다는데 왜 그런지 난 추어서 못 견듸겟서요"

"왜 사람이 그리 야멸처! 춥다면서 벌서 '포일' 치마를 입고서 허허허—— 퍽두 팽팽하군그래……"

"나 아니면 죽겟다는 이가 내가 선생께 아무러면 노하실라구!"

"그러면 내 생각은 하길래 그럿치?"

---

1 '二十'의 오류.

"엇지하겟습니까? 우슴 파라 사는 년이 우슴만 잘 팔면 고만이지 누구를 생각하고 아니 하고가 잇서요? 힝? 나도 죽어서 다시 태나면 춘향이가 되여 리 도령 창대 씨를 생각할지요"

"그럼 날더러 죽어서 리 도령이나 되여야 한단 말인가? 그리나 되엿스면 지금이라도 죽겟구면── 괜이 그리지 말고 좀 그 팽패러운 성미를 돌려!"

"왜 그리서요 이건 심한 시집사리보담도 톡톡합니다그려! 내 성미는 내 성미지! 누가 고치란다고 고칠 수 잇서요 나보담 기생만 보면 뺌을 째리는 그 성미를 좀 고치서요 점찬은 이가 그게 무슨 버릇이야요 난 지금도 귀가 멍멍해요! 아! 참 그런데 상근 씨 안령하서요? 문호 씨도요?"

"이건 문호는 왜 끌고 드러가! 상근이면 상근이지! 아─ 그래 상근이란 사람에게는 우슴을 밧치는 게고 파는 것이 아닌가? 그러케 못 니저서 애가 타서 하게 허허허"

"사람이 사람 안부 좀 뭇는데 못 니저서 애가 타는 건 무어예요! 쓸데업시 시새시는군 엇잿든영광입니다 저 가튼 사람을 그처럼 말대ㅅ구를 해주시니!"

창대는 그만 멀숙해서 입맛을 다시엿다

"다─ 그만두어! 그러케 거머리가치 내가 실흐면! 이 방에 드러오다가 엿보고 내가 왓스면 도루 가지 왜 드러왓서?"

옥화는 상그레 우서보히며 창대의 뺨을 슬그머니 손 ᄭᅳᆺ트로 튀겻다

"온 이러케 노염 만흐신 이는 처음 보앗서! 귀동자는 다르시군 그러케 내가 당신을 거머리로 안다면 어제밤에 자동차를 모시고 탓슬가요 호호호"

그제서야 창대는 실죽 우섯다

"그것 참 입술이 얄버서 말도 잘한다 자─ 이리 와! 선생 실례합니다 허허……" 하며 창대는 옥화의 손목을 잡어 ᄭᅳ럿다 김성호는 공연히 얼골

이 확근거리여서 헤— 하고 이 광경만 바라보고 잇다

“이거 왜 이리서요 나만 보면 팔목을 잡으시니 리 선생을 열 번만 맛나면 내 팔이 열 토막이나 나겟습니다”

“어— 공연이 인물갑슬 하느라고…….. 독하게 군단 말이야!” 하며 창대는 옥화를 무리로 안고서 ‘키스’를 하랴고 한다

옥화는 외마듸 소리를 지르고 힘을 다—하야 버듕키엿스나 임이 창대의 밋친 입술은 그의 입을 봉쇄하엿다

“졂은이들 노는 건 참아 못 보겟군” 하며 김성호가 눈쌀을 찝흐리며 고개를 돌리엿다

옥화는 간신히 창대의 억쎄인 가슴에서 해방되엿다 그는 눈물이 글성글성하여서 치마로 입을 흠쳣다

“조것 봐! 조것 하는 짓 좀 봐!” 하며 창대는 무안에 취하야 눈을 흘기며 지젓다

映畵小說

人間軌道(77)

城北學人
安碩柱画

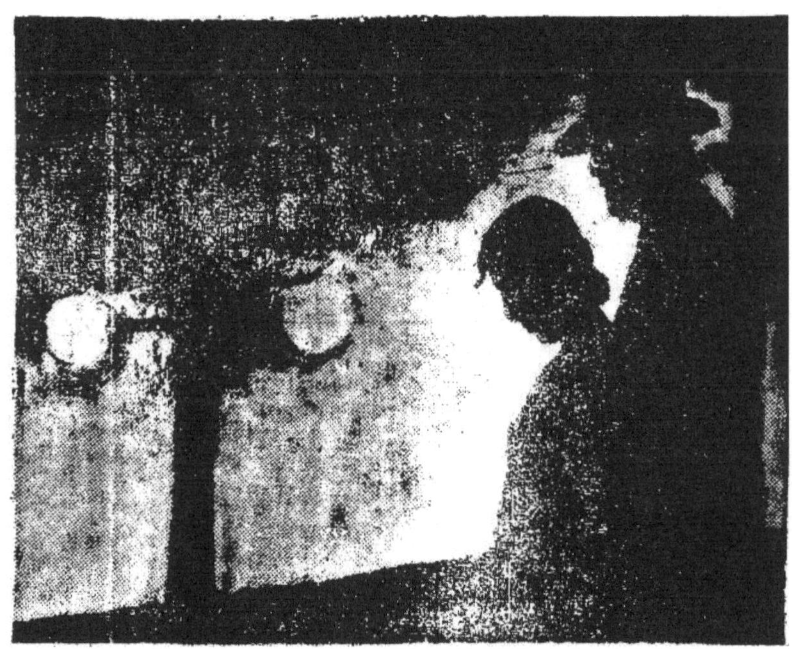

解散【十六】[1]

옥화는 독긔가 올라서 창대를 노려보고는 빗죽하고 랭소를 하엿다

"왜 그리 말삼이 인색해요 조것 봐라는 너무 심하지 안으세요? 좀 백사에 후하시는 게 조흘 듯해요 돈 안 드는 말인데두 그리 야박하게 할 것 무엇 잇습니까 그러케 내가 작아보혀요? 기생은 미물의 즘생만도 못 아시는가 봐······· 그러니까 엇던 녀자이든지 실혀하지 안어요?"

"아 그러케 노햇나? 귀여워서 한 말이지 무슨 얏자버보고서 한 말은 아니니까 자— 내 이제 그런 말은 아니 할 터이니 이리 와 선생께 담배도 피여드리고"

"무얼 내가 피여 물지"

김성호는 옥화의 고흔 손으로 불을 대리여 그 붉은 입술로 담배를 피여주는 것이 맘으로는 즐거운 일이지만 창대가 하도 창피스럽게 구니 점잔을 빼지 안을 수 업다

『[2]옥화는 권연 두 개를 함께 피여서는 김성호를 주니 "응·······" 하고 고개를 숫덕하고는 바다 물엇다 그리고 옥화가 창대에게 은근히 흘긴 시선을 더지며 또 그 한 개를 주엇다

창대는 싱그레 웃고 바더 물자 술상이 드러왓다

옥화가 그제서야 깨다럿는지

"아 참 김 선생은 적적하시겟네"

"왜!"

김성호가 임이 그 말귀를 아러드럿지만 창대를 힐긋 보고는 부르지젓다

1 '二十一'의 오류.
2 '『'는 오식.

"아 그 선생님 '나지미'인 노래 잘하는 운향 언니 말이예요"

"하하하 그럿쿤 그만 제가 깜빡 이젓습니다그려 그거 온 되엿습니까? 야 ── 샛이야──" 창대가 서둘러 운향이를 부르니 김성호는 그만 운향의 손을 붓잡고서 술을 작하니 권커니 하게 되엿다

밤이 이슥하야 두 사나희가 술이 취하고 옥화도 제 설음에 먹은 술이 취하엿고 운향이는 김성호의 술에 대작을 하야 네 남녀는 모다 얼근하게 취하얏다

창대가 옥화의 귀에다가 속삭이엿다

"오늘 나하고 옥화집에 가치 갈가?"

"네ㅡ 오서요 그러나 집이 루추해서요" 하며 술김에 웃는 우슴인지 눈을 가늘게 뜨고 우섯다 창대는 감격한 김에 옥화를 힘껏 부둥켜 안고서 자긔의 입추리로 옥화의 얼골을 더드멋다

김성호는 늙엇지만 맘은 젊엇든지 운향과 노는 양이 창대에게 지지 안엇다

이리하야 한 사나희에 한 계집식 팔을 엇씌이고 그 녀자들의 집을 향하야 푸러진 다리를 익글고 간다

달은 뭉실거리며 지나가는 구름을 버서낫다가 숨어버리고 한다

옥화가 술이 취하니 창대의 수욕의 제물이 될 것이면서도 상근이의 생각이 낫다 길로 오면서 창대의게 드른 말을 빗추어 생각하면 그의 정상이 딱하엿다

그러나 돈 업는 사나희── 그와 정을 통하고 살랴면 지금과 가튼 자긔의 처지로서는 될 수 업는 일이요 결국 가치 도망을 하든지 죽든지 그럿치 안으면 삼순구식[3]을 한다 해도 자긔 사랑을 이여보랴면 될 수도 잇는 일이지만 그러다가 정이 버스러지면 우수운 일 갓기도 하엿다

어쩌케 생각하면 그러케 모지락을 써가면서 상근과 가튼 맨주먹을 밋고 사라가는 것보담도 과히 추물이 아니고 늙은 사람이 아니면 창대와 가튼 사람의 뜻을 짜라서 호화롭게 지내여보는 것도 그 청춘 시절에 자긔로서는 해 볼 만도 한 생활이엿다

물논 이것이 술에 취한 뒤의 옥화의 생각이라 하드래도 날마다 창대와 상근이를 두고서 이모저모로 뜨더보고 다려보고 하든 씃치요 상근과의 장래 문제에 대하여서는 자긔의 생활상 공포도 늣기지 안을 수 업는 고로 제 말맛다나 우숨 파러 사는 녀자의 변해진 성격으로는 이래도 사는 게요 저래도 사는 겐데 젊엇슬 째 뜻대로 잘 지내보아야지 하는 그 생각으로부터 오늘밤에 폭폭 쏘아주기만 하엿든 창대에게서 술도 밧어 마시엿고 그 아름다운 육체를 포악한 사나희의게 밧처볼가 한 것이다

그러나 창대와 자리를 가치하고 육체를 갓가히 하게 되니 상근의 얼골이 확! 하고 나타낫다 그래서 자긔도 모를 우름을 으아── 하고 토하엿다

옥화의 어미는 마음이 느긋해서 잠을 자랴 할 째 이 소리를 듯고 "저게 웨 쏘 저러나 오는 복을 터러 버리느나라고" 하면서 자리에서 이러나서 거는방을 향하야 귀를 기우렷다

3 삼순구식(三旬九食). 삼십 일 동안 아홉 끼니밖에 먹지 못한다는 뜻으로, 몹시 가난함을 이르는 말.

1931년 6월 30일

映畵小說

人間軌道(78)

城北學人
安碩柱画

解散【十七】[1]

그러나 창대의 웅얼웅얼 들래이는 소리가 나고는 왼 집안은 숨을 죽인 것가티 고요해젓다

옥화의 어미는 무엇이 깁벗는지 혼자 우스며 담배를 피여 물고 드누엇다

달도 이제는 서편으로 기울고 먼 곳에서 닭 우는 소리가 낫다 길에는 벌서 구루마 박휘 소리가 나고 이여서 빈 길을 혼자 달리는 전차 소리가 낫다

그 이튼날 계문사는 해산이 되엇다 사원 몃몃츤 의자에 주저안저서 풀이 죽어 먼 산만 바라고 잇기도 하엿다

퇴직금으로 돈 오십 원식 주머니 속에 숴려 너흔 그들은 술집으로 갓다 술집에서 술을 먹으나 그들의 생활상 불안은 각일각[2]으로 목밋까지 갓가워 오는 것 가태서 술김에 설다고 우름을 우는 사람도 잇섯다 그들은 창대와 김성호와 그리고 상근이와 문호를 욕도 하고 원망도 하엿다 그러나 그들은 어쩌는 수 업는 일로 알엇다 그리고 그네들도 사회에서 쌔젓하게 얼골을 내여노코 살 만한 사람들도 못 되고 불순한 길을 거러온 사람들인 만큼 그들은 자긔들이 지금 가튼 처지에 서게 된 원인이라든가 그것보담도 자긔들이 지금에 단아[3](斷崖)에 서게 된 그 맨 첫 번의 발길이 어씨하야 지금과 가튼 막다른 길로 드러스게까지 된 동긔가 되엿든가를 깨닷지 못하엿다 그들 중에는 어느 때는 민족을 말하고 조선을 말하고 사회를 말하고 자긔들의 임무라든가 어쨋든 조선 사람의 행복된 일만을 이야기하고 도라다니든 사람도 잇섯다 그러나 지금에 이들은 단말마에 지내지 안엇다 그래서 자긔들도 어느

---

1 '二十二'의 오류.
2 각일각(刻一刻). 시간이 지나감.
3 문맥상 '애'의 오류로 추정.

사물에서나 빗쵀이는 자긔들의 정체를 알게 될 째에는 그만 픽 쓰러지고는 이러나는 조그만 감정까지라도 스사로 죽이는 것이엿다

이들은 자긔들이 맨드러 논 단두대로 올라가고 잇는 사람들이다 그런고로 그들은 얼마 안 남은 최후의 시간을 마지하기 위하야 머리를 숙이고 차듸차게 식어가는 다리를 옴기고 잇는 것이다

상근이가 아츰에 이러낫슬 째에 김성호에게 사람이 와서 편지를 전하고 갓다

간단한 그 편지 내용인 즉 아츰밥을 가티하자는 것이엿다 상근이는 픽 웃고는 그 편지를 내동댕이를 첫스나 그리나 이쨋든 김성호를 맛나보고 할 이야기도 잇섯고 해서 그는 김성호에게로 갓다

전차비도 업서서 영희의 어머니의 주머니를 터른 그것으로 전차를 탓다

어느 째는 영희와 자동차를 타고 김성호의 집 잔채에도 갓스나 지금은 남의 집 하인사리를 하는 장모의 돈으로 전차를 타는 것이어니 할 째는 스사로 자긔가 비열해 보혓고 자긔의 처지가 너무도 속히 변한 데는 우섯다

그는 어느 째 '레코―드' 소리를 드르며 영희의 팔을 쥐고서 올라가든 김성호의 집 층계를 올라간다 봄에 이 집을 둘러싼 수목의 썩닙들은 몰라보도록 짓튼 빗으로 무성햇다

창과 창턱에는 오색 꼿 화분이 노혀 잇고 그 안으로는 방안이 은은하게 드려다 보히는 하드르르한 커―팅이 여러 논 창문으로 드러가는 바람에 흔들리고 잇섯다

현관에 싹 서니 어느 틈엔지 김성호의 안해 '미세스 리―'가 나와 잇다가 문을 여럿다 문은 반씀 여럿스되 '미세쓰 리의'[4] 분으로 닥근 고흔 손길이 나아와서 상근의 맥업는 손길을 잡어가지고는 그를 쯔러 드러갓다

“펵 오래간만입니다 왜 그러케 발을 쑥 ᄭᅳ느세요”

항상 상근이만 보면 웃기만 하는 그는 오늘에는 애련한 낫빛을 가젓다

“네—그렁저렁 못 왓습니다 그동안 안령하섯습니가? 그런데 김 선생 계서요?”

『[5]상근은 그 녀자의 뒤를 ᄯᅡ러 웃층으로 올라가면서 양장을 한 그 녀자의 부드럽게 움즉이는 뒷자태를 보고 ‘그에게는 걸맛지 안케 너무도 점고나!’ 하고 생각하면서 말햇다

“계서요 어듸서 줌으섯는지 새벽에 드러오서서 지금 침실에 드러누으섯세요”

상근과 그는 김성호의 침실로 드러갓다

김성호는 양복을 입은 채로 침대에 드러누엇다가 이러나서 상근을 마지하엿다

---

4 ‘』의’의 부호와 글자 배열 오류.

5 ‘『’는 오식.

映畵小說

人間軌道(79)

城北學人
安碩柱画

두 사람【一】

미세쓰●리는 차리든 아츰상을 마저 차리게 하느라고 나아가고 김성호는 상근을 서재로 인도하엿다

"일이 모두 우습게 되여서" 하며 그는 상근이의게 의자를 내여노흐며 몹시 정중한 태도로 말하엿다

상근은 코우슴을 첫다

"무얼요— 다□□러케 되는 것이지요"

김성호는 조금 낫빗이 변하엿지만 곳 다시 회복되엿다

"창대 군도 말 못할 짓을 한 일도 만치만 자네로 말해도 그 사람을 대상으로 삼어야 되겟나? 그 사람은 주책이 업서서 그 사람과 가티 댁구를 하면 가튼 사람이 되니까……"

"그야 그럿켓지요 그러나 못낫스면 못난 체하고 한구석에 쑥 박혀 잇스면 성인 갓다고나 하지요 저 아니면 세상이 망할 것가티 날뛰니까요 그리고 자식이 추해서 추하면 추한 대로 지냇스면 조켓지만 게다가 결백한 체하고서 다른 썹대기를 들쓰고 다니니까 그게 아니써웁단 말이지요 그런 사람 밋해서 일을 한다니 굴머 죽는 게 낫지 안습니가? 김 선생이 어쨋든 용—하십니다 그 사람이 선생 말삼에는 팟츠로 메주를 쑤라고 해도 쑬 사람씀 되엿스니까요"

상근은 조금식 흥분하기 시작하야 언성이 쩔리엿다 김성호는 눈귀가 축처저서 상근을 힐긋 치여다보드니 고개를 창편으로 돌리윗다

"그건 자네가 나를 어써케 생각하고 하는 말인지는 모르나 내게는 그 어써한 생각이 잇서 그 사람을 리용을 좀 해보자는 겐데 원체 사람됨이 시원치 안어서—— 말하자면 돈 잇는 집 자식이라 안하에 무인으로 날쒸니까 손

쉽게 내 손에 드러올 것 갓지 안어이 나도 그 반편에게 창피를 당하기 전에 그 사람과 관계를 끈허야 되겟네 — 어 — 어잿든 사람의 일이란 실수가 더러 잇는 것이니까 그런데 자네는 이번 일에 대해서 나의게 야릇한 감정을 갓고 잇는 모양일세그려! 일이 빗쇠여 가는 것을 보고 나도 그만 것은 미리 짐작한 일일세만은 자네나 나 사히에 — 그럿치 — 이 세상에서는 내가 나의 안해라든가 또한 자네가 자네의 실내(부인)보담도 끈흘 수 업는 사히요 또한 세상[1]이 용납을 잘 아니 해주는 고독한 우리 두 사람 — 그럿치 안은가? 어쩌케 끈을 수야 잇나? 감정이란 것도 피차에 폭발식힐 처지는 못 되지 안나?"

김성호의 '머리말'이 이만큼 되엿스면 긋이 업스리라고 한 상근은 김성호의 말을 중간을 탓다

"녜 — 알겟습니다 그럿코 말고요 저는 긋긋내 선생의 손발이 될 것입니다 올습니다 그러케 되라는 말삼이겟지요 그리고 어느 때는 선생의 어느 그리해 문제에 대하여서는 선생은 나를 헐갑스로 파서도 조흘 것입니다"

상근은 가슴에서 치미는 울분과 슯음에 눈빗이 어두어젓다 그리고 그는 쩔리는 소리로 부르짓는다

"선생! 선생은 나를 선생 댁의 가축 모양으로 잘 부리섯습니다 이제는 내의 가죽을 벗기고 내 살ㅅ고기를 써러서 선생의 잇새에 씨우실 때가 되얏습니다 이런 말을 심하다고 하실 수는 업겟지요

이 콩크릿트로 오밀조밀하게 지으신 이 집과 당신이 기대고 안지신 '쎄로—도' 의자는……! 내 쌔와 이 가죽입니다 산듯하게 칠한 이 분홍빗 —

1 원문에는 '상'의 문자 배열 오류.

이 아름다운 회ㅅ물은 내 피입니다

선생이 지금 아름다운 젊은 부인과 단란한 생활 행복된 생활을 하시는 것은 모두가 나의 인격 명예 그보다도 내 생명 우해다 이룩하신 것입니다 나는 흥분되엿습니다 지금에 와서 어쩌케 흥분되지 안켓습니가? 나는 어느 째 고민 끗테 선생을 죽일랴고싸지 하엿습니다 그러나 저는 약하엿습니다

제가 선생을 죽이겟다고 한 것이 결코 내 개인만을 위한 어느 복수가 아니엿고 나는 내 손으로 나를 죽이는 그 힘을 가지고 어느 여러 사람의 어느 커―다란 의미의 복수의 한 끗을 당신에게 내리우고자 한 것입니다 그 뒤에 나는 어쩌케 될 것이라는 것은 정한 것이 잇지 안습니가? 네? 나는 지금 극도로 흥분되엿습니다

그러나 지금도 선생을 어쩌케 하랴도 나는 약해서 못할 것입니다 그러니 슯흐지 안습니가? 선생도 이 말을 드르시고는 우르서야 될 것입니다 그러나 선생은 이러한 행복된 날을 마지하시고 아름다운 자긔 생애에도 취하엿스니 눈물이 잇겟습니가? 선생은 랭혈동물입니다!"

상근은 벌덕 이러서서 김성호를 노려보고 노호하얏다

映畵小說

人間軌道(80)

城北學人
安碩柱画

두 사람【二】

의자에 달팽이가티 옹숭그리고 안진 김성호는 이리의 눈가티 홈쓰고서 상근이를 보고 잇섯다

"자네의 생명 우해다 내 생활을 세웟다는 말인가? 랭혈동물이라니 엑! 고약한 사람 미첫군! 자네는 요사히 정신에 리상이 잇는 결세그려 참 언어도단이로군 암만해도 자네는 밋친 결세 밋첫서 엣 밋친 사람!"

김성호는 발딱 이러나 불에 듸인 것 모양으로 왼 방안을 쌩쌩 돌면서 지젓다

"올습니다 나는 이러케 고민을 하다가 밋칠 것입니다 조치요 미치는 게 조치요 미치면 이러한 큰 고통이 사라질 것입니다 지금도 미처가는지를 모르겟습니다 내게는 미친다는 것도 적은 형벌입니다 그러나 내게 미치는 것이 형벌이라면 선생은! 선생은? 그럿습니다 선생은 선생의 써러진 목을 도루 붓치랴고 애를 쓸 째가 잇슬 것입니다

『[1]이 소리도 밋친 데서 나아오는 말입니다 그저 밋친 놈의 말이거니 하여야 다만 하로라도 선생이 잠을 편히 줌으실 것입니다 아름다운 당신의 안해를 벼개로 삼고서 말입니다

그러나 선생이나 내나 다 가티 가엽슨 사람입니다 이 말은 내가 나를 그리고 우리가 우리를 말하자니 그럿습니다만은 싼 사람들은 우리를 어써케 보는 줄 아십니까? 우리들의 '크라이막스'! 우리들의 최후의 날을 긔대리고 잇는 것인 만큼 우리는 인간 갑세도 못 가는 것으로 볼 것입니다 더구나 선생의 과거의 생활은 어써하섯습니가? 빗낫습니다 찬란햇습니다 당신을 숭배하든 사람들은 그쌔 청년들이 아니엿습니가? 나는 당신보다 졂은 애요 아

1 단락을 나누었으나 앞 단락의 대화문이 이어지는 부분으로 이 '『' 부호는 오식으로 추정.

즉도 미성품이여서 세상의 비난이 적다 하드래도 선생은 그렀치 안습니다 이 집은 유난히도 놉흔 곳에 아름답게 세워 잇습니다 그런 고로 여러 사람의 눈에 씌우기 쉬운 집입니다 이 집은 당신의 얼골입니다 당신의 비행을 일일히 긔록된 것처럼 여러 사람들은 이 집을 치여다보고서 외올 것입니다

선생은 나까지 버린 인간을 맨드러 노코서 '스윗홈' 에서 지내시는 게 아입니가 세상은 너무 자비한 것입니다 그러나 세상 사람은 당신을 잘 긔억하는 것입니다 그게 더 무서운 것입니다 자— 아섯습니가? 선생은 내가[2] 지금까지 격거온 그 고통의 몃 배를 차지하서야 할 것입니다 만약 선생이 내가 한 이 말을 미친놈의 말이라고 돌리신다면 선생은 임이 도라가시고 그 유령의 부르지즘일 것입니다

선생! 선생에게 이러케 과감히 말하는 저의 가슴은 얼마나 압흔 줄을 아십니가? 선생! 우리는 집시의 종족만도 못합니다 그들에게는 유열(愉悅)이 잇고 안위(安慰)가 잇고 래일이라는 소맹도 잇지 안습니가? 우리는 죽은 사람들입니다 이 짱은 우리들의 발쑤락 한 개라도 노흘 터도 빌려주지 안을 것입니다 선생 우리는 죽읍시다 선생과 나는 어듸로 멀리 가서 세상 사람도 모르게 죽어버리십시다"

상근은 김성호의게 달려가서 김성호의 손을 잡엇다 그리고 김성호의 억개의 얼골을 파뭇고서 늑겨 운다

"죽읍시다 선생!"

상근의 우름과 함께 텃트린 말이다

"너무 흥분된 걸세 진정하게 나도 나를 잘 알고 잇고 압길도 뻰히 바라보

2　원문에는 '가'의 글자 방향 오식.

고 잇는 것일세 그럿치만 그 죽는다는 것도 어리석은 일이니까 자── 진정 하고서 천천히 생각해 보세"

김성호는 상근을 의자에 안치엿다 상근은 손수건을 써내여 눈물을 훔첫스나 목줄듸는 그대로 쉽히 움직이는 것이엿다

이때에 미세쓰 리―의 굽 놉흔 구두 소리가 층계로부터 올러왓다 그리고는 문을 열고 그 애련한 듯한 얼골에 약간 미소를 씌인 미세쓰 리―가 드러왓다

방안의 분위기가 이상함에 조금 의아해하는 듯햇스나 활작 웃고서 상근이에게 향하야 입을 여럿다

"변변치는 안으나 아침을 차렷습니다 너무 느저서 시장하시겟서요 그런데 왜 눈이 저러케 벌거세요"

"―잠을 적게 잣드니 그럿습니다"

상근이가 김성호의 눈치를 보아가면서 우슴을 맨들어 보히고는 말하엿다

이때에 계집 하인이 밥상을 가지고 드러왓다 드러와서는 테불 덥개를 갈고서는 그 우헤 음식을 버려 노핫다

김성호는 미리 사두엇든 것인지 벽 구퉁이에 둥근 테불에 노핫든 양주를 가지고 왓다

김성호와 상근과 미세쓰 리는 식탁을 둘러안젓다

映畵小說

人間軌道(81)

城北學人

安碩柱画

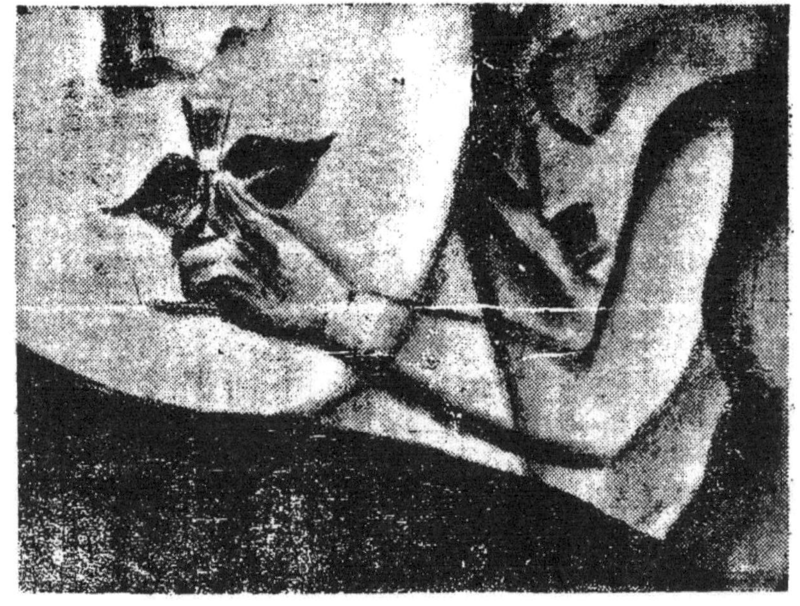

두 사람【三】

미세쓰, 리ㅡ는 자긔의 남편이 엽헤 안저 잇건만 상근에게 유난스리 구럿다

닭찜의 쌕다귀를 추리고 고기를 맨손으로 들고서 만적거려서 연한 것은 상근의 압해 노흔 양접시에다 노하주고 술을 싸러서 권하고 하는 것이엿다

자긔의 국에 잇는 고기를 상근의 국사발에 너허주고 전유어를 초장에 씩어서 먹으라고 권하고 하엿다

상근이는 좀 민망하엿스나 해반주그레ㅡ한 녀자가 알중거리는 것이 그리 해롭지는 안엇다

김성호는 자긔 안해의 하는 양이 비위에 틀럿든지 안경 밧그로 연해 안해를 힐긋힐긋 보면서 술을 입에 퍼부엇다

상근은 미세쓰, 리ㅡ에게 술을 바더마시고는 먹든 잔을 그에게 쑥 내민다

"선생! 사모님께 술 좀 권해도 과히 쑤지람은 아니 하실 터이지요 하하하하"

"괜찬켓지"

하고 김성호는 쓰듸 쓴 우숨을 우서보힌다

"호호호호 제가 술을 먹을 줄 아나요 양주는 먹은 뒤긋이 어쌔요"

"조치요 쌔긋하지요"

상근은 이 녀자가 술을 먹고 십흔 모양인데 먹고는 어써나 보랴고 한 작[1]을 톡톡이 짤어서 주자마자

의외로 단번에 홀닥 드리키엿다 상근이는 눈이 둥그래지도록 놀랏다

"어휴ㅡ 상당히 잘 자십니다그려"

---

1 문맥상 '잔'의 오류로 추정.

"속을 콱 찌르는데요"

"그게 풋술이 되여서 함부루 드리키는 게야"

김성호는 못맛당해서 씽얼거렷다

이리하야 세 사람의 손으로 왓다가 갓다 하는 술쟌이 쎄루병보다도 큰 양주 두 병을 뎅그럭케 비여 노앗다

김성호는 원래 술에 약한지라 부실한 눈을 바로 쓰지 못하고 밥을 두어 숫갈 쓰고는 의자에서 조는 것이엿다 미세쓰 리―는 김성호를 이르키여 침실에 가서 자고서 정신이 든 뒤에 내려오는 게 조타 하고서 부득부득 김성호를 부측하아 데리고 나아간다

"상근이! 거긔서 밥이나 먹고 아랫층에 나려가서 유성긔나 듯고 나를 긔대려 주게 할 말도 잇고 또 전할 것도 잇스니!!" 하며 미세쓰 리를 쌔처 버리고 혼자 방문을 닷고 비슬거리고 침실로 갓다

미세쓰•리는 식탁으로 부리나케 달려와서 술잔에 술을 싸러서 상근의 입에 갓다 대엿다

"자― 마시세요 언제든지 류 선생의 압헤 잇스면 왜 그런지 마음이 깃버요 자― 마시세요 그리고 저도 한 잔 주세요"

상근은 해롱거리는 미세쓰 리의 슬잔 든 손목을 쥐여가지고 내밀첫다

"저는 아츰 술은 도모지 못 합니다 양주라는 게 먹을 째는 아무럿치 안어도 조금만 지내면 뭉근―뭉근 취해 오르는 것이여서 곤란합니다"

"곤란은 무슨 곤란이예요 정― 취하시면 제 집이 루추하지만 주무시지요 자― 마시세요"

"온 이거 그러면 이 술 한 잔만 밧지요"

상근은 미세쓰―리가 술잔을 기우리는 대로 술을 드리키엿다

"그러면 저도 한 잔 주세야지요"

"그러쿤요! 저는 남이 쌰러주는 술은 밧어 먹을 줄을 아러도 쌰를 줄을 몰라서요!"

"욕심이 대단하시군요"

"천만에요 그런 데에 욕심이 잇스면 다른 데도 욕심이 잇게요"

"녀자를 보면 어쩌세요……… 아니 아니 아니예요 내가 술이 취햇군 호호호호—"

"녀자를 보고요? 참 술이 취하신 말삼입니다 그러타면 미세쓰, 리는 사나희를 보시면 어쩌하십니까?"

"류 선생 가트면……… 호호호호 쏘 술김에 탈선이예요 자— 술을 주세요" 하며 '미세쓰, 리'는 손을 뒤로 숨기고 입을 버리엿다 상근은 "외양과는 싼판으로 방탕한 녀자로구나……." 하면서 술잔을 그의 입에 기우렷다

"저를요? 온 천만에 큰일 날 말삼입니다 저는 안해가 잇는 사람—— 그것보담도 미세쓰, 리는 참 미세쓰가 아니십니가 그리고 나의 사모님이신데요! 될 말삼입니까? 취중에 하신 말삼이지요 허허허허" 미세쓰, 리는 술에 쌀갓케 피여오른 얼골이 더욱 새쌀개젓다 그리고 그는 힘업시 고개를 숙이엿다

"저는 류 선생을 남몰래 그리워햇서요………"

映畵小說

人間軌道(82)

城北學人
安碩柱画

두 사람【四】

미세스, 리ㅡ는 머리를 들지 못하고 기여드러가는 음성으로 가느다ㅡ케 말햇다

상근은 공연히 얼골이 홧홧하고 가슴이 울렁거렷다

"그건 저를 조롱하시는 말삼이지요 쏘 미세쓰, 리ㅡ께서 처녀라 하드래도 저 가튼 사람이야 그리워하실 리가 업겟지요"

"아니예요 정말입니다 저는 류 선생을 사모한 지가 오래엿서요 류 선생께서는 참으로 쌀쌀하서요 어느 째는 제 심정을 살피신 째도 잇섯슬 터인데요" 하며 그 녀자는 상근을 핼긋 처다보고서 쌍긋 우섯다

상근도 이에 우숨으로 화답하엿다

그 녀자는 바시시 이러낫다 그리고는 상근의 녑흐로 갓가히 갓다 가서는 상근의 무릅에 덜석 안저버렷다

상근은 의외인 그 녀자의 행동에 놀랏스나 녀자의 싸스하고도 몽쿨거리는 몸이 실리니 그는 야릇한 흥분이 시작되엿다 그러나 가슴에서는 두방맹이질을 하는 것이다 그리면서도 상근의 두 팔은 그 녀자의 허리를 감엇다

"아ㅡ 이건 이건 참!"

"어쌔요 아모러면 어쌔요" 그 녀자는 상근의 목을 얼싸안고 상근의 얼골을 자긔의 얼골로 가리워 버렷다

불시에 당하는 이 일이 상근에게는 큰 불안을 주는 것이면서도 죽어 넘어젓는가? 하엿든 눈 먼 그 정렬이 머리를 드럿다

그들의 본능은 그들로 하여곰 괴로웁도록 즐거웁게 하엿다

"저는 선생님을 사랑해요 영원히 사랑하고 십허요 늘ㅡ 오서요 전화로 먼저 무러보시면 조용한 긔회를 아리켜 드리지요 저는 지금 박사의 안해이

지만 그이와는 사실 그저 우의적오로나 의리적오로 지내이지요 그러니 아즉도 젊은 제가 가슴에서 용소슴치는 정열을 어써케 하겟습니가 그것을 참어왓지요 참자니 괴로웁지 안켓습니가? 그리자 제가 선생을 알게 될 째는 어째 그런지 몸이 기름에 조라드는 것가티 선생님이 그리웟서요 요사히는 얼골빗이 다— 변햇습니다 분으로 가리웟스니 그럿치 핏씨가 업서요 선생님 저를 사랑해 주시겟서요 이 불상한 저를………… 제가 박사와 결혼하게 된 동긔라든가 지금까지 지내온 일을 말삼하고 보면 누구나 제가 이러케 하는 것을 안대도 나물하지는 안을 게애요 선생님 제가 나희는 올해에 스물둘입니다 박사는 쉰다싯이에요 쌀과 가든 녀자가 그의 안해요 아버지 가튼 그이가 저의 남편입니다 선생님 어느 째 그이가 저를 가지고 희롱할 째에 각금 가다가 저로서도 무시무시한 생각이 듭니다 신문에 '본부를 죽인 독살미인'이라는 긔사 가튼 것을 볼 째 저와 가튼 처지에 잇는 녀자가 만습니다 그게 몸이 썰리는 무서운 일인 것 가트면서도 언제나 제가 그러한 일을 체험(體驗)할 것 가태요 선생님 저를 사랑해 주세요 네?"

그 녀자는 머리를 상근의 억개에 언저 노코 훌적이며 운다

"저도 이 집을 드나드는 동안에 대개 짐작은 하엿습니다만은 엇잿든 결맛지 안치요 그리고 박사는 성미가 괴팍해서 당신이 못 당하실 일이 만헛슬 것입니다 그러나 조치 안습니가? 이러한 양옥에서 피아노나 울리는 게 조치 안어요 저 가튼 '룸펜'을 사랑하시면 고생이 되시지요 그럿치 안습니가?"

"어렷슬 째는 돈 삶도 수엇고 학생 시대에 침대 생활 피아노 그게 다 조흔 것으로 아럿지만 이제는 그게 바눌방석이요 싦은 것이니까요 저는 룸펜이고 엇더코 간에 선생님만 사랑하면 고만이예요 아! 참 진지를 안 자시여서 시장하시겟네" 하면서 그 녀자는 상근의 무릅에서 써낫다

두 사람은 밥을 먹고 아랫층 피아노 잇는 방으로 갓다 그 녀자는 피아노를 여러제치고 쏙쏙 뽑은 간열푼 손구락을 건판 우호로 달리고 날리우고 하기 시작하엿다

그 곡조는 조선에서 피아노를 치는 사람이면 의례히 음악회에 나아와 처보아야 직성이 풀리는 듯(?)한 '처녀의 긔도'엿다

애련한 그 멜로듸는 센치멘탈한 상근의 마음을 안타가웁게 하엿다

박그로 보히는 수람들이 이에 화답하는 드시 태양빗을 밧은 닙새들은 납풀거리고 잇다 피아노 우헤 노힌 어항 속의 금리어좃차 엷은 그 지느래미를 사르르 펴며 밋바닥으로 가라안는다

映畵小說

人間軌道(83)

城北學人
安碩柱画

두 사람【五】

상근이는 저녁째나 되여서야 이 집을 나아오게 되엿다

김성호와 그의 안해가 저녁까지 먹고 가라는 것을 사양하고 나아왓다

그는 그 집을 나아올 째

"집에 가서 펴보게 너무도 섭섭해서…… 그리고 만치는 안으나 직업을 일코 옹색한 째가 만흘 터이니까…… 자── 호주머니에 너허두게"

하며 김성호가 너허준 봉투를 길에서 쓰더보앗다

김성호의 일홈으로 십 원짜리 지페 열 장과 창대의 이백 원짜리 소절수[1] 엿다 그는 무엇인가 더러운 것을 얼골에 홱 쎠 엇는 것 가태서 발기발기 씨러[2]버리고 십흐나 압흐로 살 길이 망막한 그는 마음의 울분을 늑기면서 호주머니에 너헛다

호주머니에 돈이 드니 마음이 홱 푸러지자 무엇에나 강렬한 자극을 밧고 십헛다

오늘 미세쓰●리의 의외인 그 행동에 흥분이 되여 그 녀자와 더부러 환락의 찰라를 맛보앗지만 그 집을 나오고 보니 쑴 갓고 쏘한 의롭지 못한 것도 갓고 그것이 어써한 재화의 발단이 될 것도 가태서 몸서리가 처젓다 그 녀자가 이들이들한 입술을 음직이면서 자긔의 몸에 그의 간열푸고도 탄력 잇는 몸을 휘감든 그 생각을 하면 그것은 무서운 긔억이엿다 그 녀자는 진실로 무서운 녀자엿다

록음에 가리운 으슴푸레한 그의 집을 나아와 밝은 길거리로 거르니 그는

---

1 소절수(小切手). 은행에 당좌 예금을 가진 사람이 소지인에게 일정한 금액을 줄 것을 은행 등에 위탁하는 유가 증권. 횡선 수표, 보증 수표, 암수표 따위가 있다. = 수표.

2 문맥상 '저'의 오류로 추정.

몸이 경쾌한 것 가탓다 그리고 경쾌하고 사틋한 어느 것에서 오예가 흘러내려 간 듯한 자긔의 신경을 씨슬 만한 자극을 밧고 십헛다

"돈이 잇지 안은가?"

그의 눈에는 알코 드러누운 영희와 궁을 썰고 안저 잇는 장모가 눈압해 써올랏스나 그들은 임이 광채를 일허버린 금속 가태서 자긔의 마음을 새롭게 빗내게 할 만한 요소를 일허버린 것들 갓햇다

그는 쏘 옥화를 생각해 왓다 그것도 임이 자긔에게는 시드른 방초다

"그까짓 것들이 다— 무에란 말이냐? 나와 무삼 상관이 잇는 것들이란 말이냐? 그들도 제각긔 나와 가튼 생각을 달리고 잇슬지도 모른다 내가 죽으면 그들은 제각기 제 갈 길을 차저 갈 것들— 내가 잇스니 영희가 제가 고독한 째 찻고— 그리고 옥화란 것도 제가 제일에 슯흔 째 제 서름을 하소하랴고 나를 찻지 안트냐? 이 세상에서 밋고 바랄 것이 어듸 잇단 말이냐 김성호의 안해로 보아도 제가 역경에 잇스니 나에게 안탁가웁게 구는 것이다 그가 만약 그 김성호의게서 해방이 된다 하자— 그리면 그는 나를 그때도 사랑한다고 하겟느냐 말이다!"

상근은 그게 더러운 것이고 깨끗한 것이고 호주머니에 돈푼이 들게 되니 조금 풍족해진 그의 폭켓트를 어루만지면서 맘속으로 지젓다

그는 어느 카페—의 한 구퉁이에 안젓다

화장을 하다가 말고 나아온 녀자가 술 심부름을 하게 되엿다 삐루를 혼자 마시면서 '외트레스'와 잡담을 하고 안진 그는 삐루를 두 병이나 마시엿것만 심심하고 쑥쓰러운 것 가탓다 이런 째 문호라도 잇섯스면 조흘 것 가탓다 그가 아니고 아조 모를 사람이라도 말벗이라도 잇섯스면 조흘 것 가탓다

이 세상에 밋을 게 업다고 생각하고 나니 그는 곳 이 세상이 적막한 덜 가

탓다

자긔 압해 안저 잇는 한 썰긔의 솟 가튼 외트레스는 아모나 발고 지나간 그 덜의 솟과 가티 그저 가엽서 보히면서도 그게 자긔의게는 심심파적도 못 되는 것이엿다

멀거니 안저서 쎄루만 드리키니 외트레스는 '레코—드'를 트러 노핫다

째스—— 어느 미친놈인지 째스 밴드에 마추어 짤짤대고 노래하는 레코—드다

외트레스는 몸짓을 하여가면서 째스의 신이 접한 드시 제멋에 웃슥대고 잇지만 상근은 그저 픽 웃고 담배를 피여 무럿다

"퍽 점잔으신데요"

조롱 비슷이 하는 외트레스의 이 말에도 댓구도 하지 안코 그는 술을 쏘 마시엿다 쉬염쉬염 마신 술이 전등이 드러올 째에야 간에 도랏는지 얼골이 벌개지고 그제서야 우숨이 나아오고 이야기가 나아오고 노래가 나아오고 하엿다 그러나 그것도 모두가 자포자긔한 그 맘에서 나아오는 것이다

映畫小說

人間軌道(84)

城北學人
安碩柱画

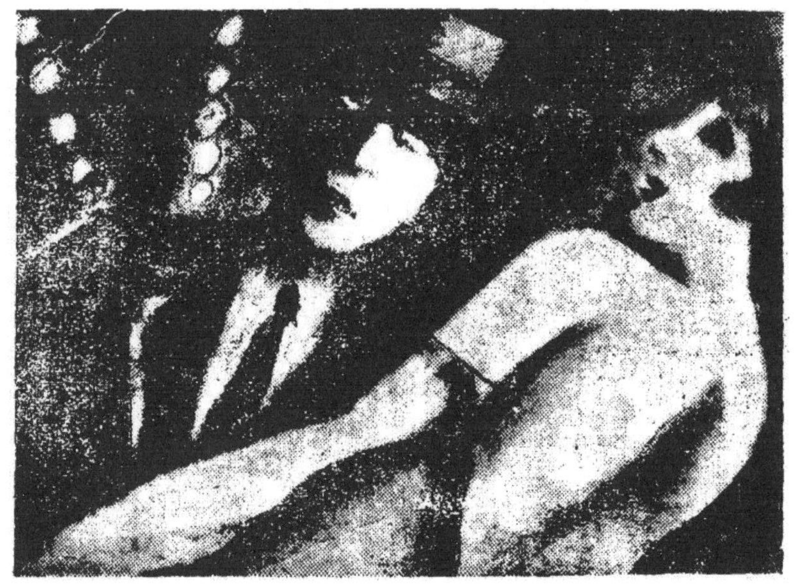

두 사람【六】

상근은 혼자 밤 새로 두 시까지 카페—에서 카페—로 도라다니엿다

술은 만히 먹엇것만 먹은 것에 비하면 그리 취하지 안엇다

새로웁고 경쾌한 자극을 밧자고 한 것이 결국 울분만 더하엿슬 섄이다

길에 사람의 발자최가 스러젓것만 캄캄한 밤 시가의 일리미네이슌은 죽은 즘생들의 눈깔가티 힘업시 부릅쓰고들 잇섯다

상근의 자긔 눈에 흐리멍덩하게 보히는 전등불빗과 가티 자긔의 생긔 업는 눈이 자긔의 마지막 가는 길을 빗추우고 잇는 것 가탯다

상근은 언제 어써케 자긔가 죽을 것인지도 모르고 자긔의 죽을 날이—그 시간이 갓가워지는 것이여니 하엿다

어쌔서 자긔는 죽어야만 한다는 것을 알고 잇는 것 갓지만 쏘한 어쌔서 죽지 안으면 안 된다는 것을 모르는 것도 가탯다

"왜! 나는 죽지 안으면 안 되는가?"

"누가 그 무엇이 날더러 죽으라는 것인가?"

"그럿타 내가 날더러— 그럿치 나의 운명은 내가 맨든 운명이니까?"

그의 술에 흔들리는 머리속에서는 갈피를 잡을 수 업는 생각이 용소숨치기 시작하엿다

그러나 오늘 낫에 미세스 리—의 매력 잇는 살결이 조각조각이 눈압헤 써올랏슬 째 그는 미소를 씌우는 것이엿다

그것이 새삼스럽지 안어 □서는 안을 것가티 애착을 늣기엿다

그의 우는 얼골— 울음에 써는 입 그리고 정열에 빗나는 입술 두툼하고도 구름가치 움즉이는 가슴패기 그 녀자의 전 육체의 곡선이 은하수가티 상근의 눈압헤 써올랏다

무서웁게도 왈 하고 콱 이는 정욕이 그의 왼 몸을 떨게 하엿다 그는 가든 길을 딱 멈추엇다

"어듸고 전화할 째가 잇슬가?"

그는 밋칠 드시 혼자 중얼거렷다

"지금쯤은 남편과 침실에서 잘가?"

그는 무서운 얼골로 변하엿다

『[1]그의 머리속은 '제로'엿다 다만 본능적으로 이러나는 수욕[2]이 숨틀거리고 잇슬 쏀이다

그는 오든 길을 돌처서서 다름질하다십히 다리를 달리엇다

그는 어는[3] 청료리집으로 드러섯다 마침 그 집은 열려 잇섯다 그리고 계집의 조름 석긴 노래가 흘러저 나아왓다

상근의 단골집이라 선듯 전화를 빌려주엇다

그러나 전화를 쥐인 상근의 손은 썰리엿다 손이 아니라 그의 몸은 지진과 가티 전률이 지나갓다

걸가?

그는 망서리다가 김성호의 집 전화번호를 불럿다 한참 신호를 울여도 밧는 사람이 업섯다

그만두어버릴가 하다가 마지막으로 한번 다시 신호를 울려보앗다

그의 얼골에는 짬이 흘럿다 그리고 절망이 그의 긴장된 신경을 밟고 지나가는 듯하엿다

---

1 '『'는 오식으로 추정.

2 수욕(獸慾). 짐승과 같은 모질고 사나운 욕심. 짐승과 같은 음란한 성적 욕망.

3 문맥상 '느'의 오류로 추정.

요행히 딸깍 하고서

"여보세요! 누구세요" 녀자의 가는 음성이 들리엿다 확실히 그 음성은 미세쓰 리의 음성이엿다

"미세쓰, 리심니까?" 상근의 음성은 떨리엿다

"네 ── 누구세요" 그 녀자의 음성이 조곰 공포에 떨리는 것 가탯다

"류상근입니다 혼자 계십니가?"

"네 ── 류 선생이서요 네 혼자 잇서요" 그 녀자는 반겨하는 말씨다

"김 선생은?"

"리창대 씨와 평양으로 단오노리를 간다고 저녁 때에 나가섯서요 거기 어듸세요"

"길거리입니다"

"그러면 속히 오실 수 업서요? 지금까지 잠이 안 와서 깨여잇습니다 문을 여러 놋게 오서서요 조용히 드러오세요"

"네 ── 가겟습니다 그런데 집안 사람들은 다 ─ 잡닛가?"

"네 ── 아조 조용합니다"

그 녀자의 음성은 깁븜에 넘치는 음성이엿다

상근은 청료리집을 나아와서 자동차를 탓다

그의 전신에는 유열의 불길이 이러낫다

그리고 그의 전신에 피는 몹시도 격류(激流)로 흐르는 것이엿다

1931년 7월 9일

映畵小說

人間軌道(85)

城北學人

安碩柱画

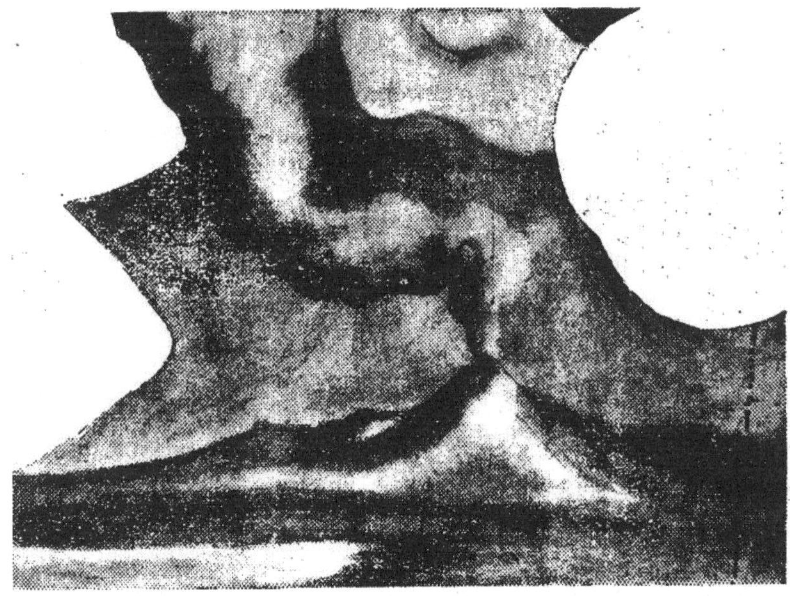

두 사람【七】

상근은 김성호의 집으로 올러가는 언턱 미테서 자동차를 나리엿다 그 집은 눈깔을 감은 올뱀이와 가티 식컴언 형체를 어슴프레 ─ 하게 나타내고 잇섯다

상근은 돌층계를 올라갓다

현관문은 다처 잇섯스나 상근의 손이 닷기 무서웁게 슬며시 열리엿다 이 순간에 상근의 가슴에서는 두방망이질을 하엿다

집안은 아무런 형체도 보히지 안코 다만 캄캄할 섄이엿다 그는 한참 서서 자긔의 눈빗츠로 물체들을 판단해 보려고 애썻다

모든 것은 마치 무장을 하고선 파수병정가티 웃둑웃둑 노리고 선 것 가탯다

얼마 만에 그는 층계를 차저내엿다 그는 발쯧으로 그 층계편으로 가서 층계의 란간을 쥐엿다

그는 우수운 생각이 드릿다 마티 자긔가 활동사진에서 본 도적놈가티 ─ 활동사진이 아니라 정말 도적놈 가튼 자긔의 행동에 스사로 공포를 늑기면서도 우수쌍스러웟다

그는 층계를 올라가다가 혯드듸여 쿵하고 소리를 내면서 업흐러젓다 다른 쌔보담도 유난스레 소리는 컷섯다

그는 이러나서 사방에 귀를 기우렷다 그러나 의외로 조용하엿다

그가 막 층계를 버서나서 복도에 발을 드듸엿슬 쌔 김성호의 침실문이 부시시 열리엿다

상근은 미세쓰, 리 ─ 가 나아오는 것이라는 것을 즉각하엿스면서도 어쎈지 그것이 두려운 것 가탯다

그 방에 불이 확 켜지면서 마즌편 벽에 사람의 그림자가 비최엿다

엷은 침의를 입은 녀자의 형상이엿다 머리의 그림자 모양을 보고서 그는 미세쓰, 리—인 줄을 깨닷게 되엿다

그 녀자가 문압헤 나타나자 상근은 와락 덤벼서 그 녀자의 손을 잡앗다

두 사람의 가슴은 몹시도 뛰는 모양이엿다

"하——" 그 녀자는 공포가 가라안자 숨을 돌렷다

미세쓰, 리는 상근이를 방안으로 인도하고서 문을 잠을쇠로 짤가닥 잠거버렷다

상근은 방 가운데 딱 버티고 서서 시세쓰, 리의 타는 얼골을 노려보앗다 그리고 그의 시선을 그 녀자의 육체 위로 달리엿다 그 녀자는 왈카닥 그 사나희의 가슴에 몸을 실려버렷다

그들은 말이 업섯다 다만 놉흔 홉결이 합주를 할 샌이엿다

◇

거진 밝을녁에 상근은 그 집을 빠저나아와서 자긔 집으로 갓다

그는 왼종일 잠을 닷다 저녁 때가 되여서 잠을 깨엇다 그는 모든 게 쑴 가태엿다 쏘한 그것이 쑴이라 햇스면 조흘 것 가텃다 쑴이라도 무서운 쑴이엿다

그 무서웁고 더러운 그 긔억이 쏘렷하게 드러나자 그 긔억은 자긔의게 갓가히 드러오는 무서운 발자최와 가튼 것이엿다

그러나 한편으로는 통쾌미를 늣기엿다 그렷치만 그것은 새로운 별다른 고통으로 변하는 것이엿다

그는 마지막 가는— 즉 자살이라는 것을 생각하고 다니엿지만 밤 사히의 그 일로 하여서 그 문제는 달리 변하고 마럿다

"그러한 촉감이 나의 생을 연장할 수도 잇스니까……" 그는 장차 자긔가 미세쓰, 리—로 하여서 어써케 되려는가가 스사로 보고 십헛다 몹시도 홍

미가 잇슬 것 갓헛다

그는 자긔를 그 흥미 잇는 사건에 대하야 밧치워 보랴고 하엿다

결코 상근은 그 녀자를 사랑한 것은 아니엿다 미세쓰• 리의 유혹으로 말미암아 썰려드러가서 그때에 그 녀자의 매력에 부딋치자 그 녀자의 마력(魄力)과 가튼 알 수 업는 소위 그 '잇트!'가 상근의 정신을 몽롱하게 맨들고 미치게까지 맨들 수도 잇섯나

오늘은 영희가 조금 긔운을 차려서 엇질거리는 몸을 일으키엇다

그래서 밥을 지엿다 그의 어머니가 말리는 것도 불계하고[1] 손수 밥을 차리여서 상근이를 대접하엿다 상근은 이백 원짜리 창대의 소절수를 그의 압헤 내여노핫다

---

1 불계(不計)하다. 옳고 그른 것이나 이롭고 해로운 것 따위의 사정을 가려 따지지 아니하다.

映畵小說

人間軌道(86)

城北學人
安碩柱画

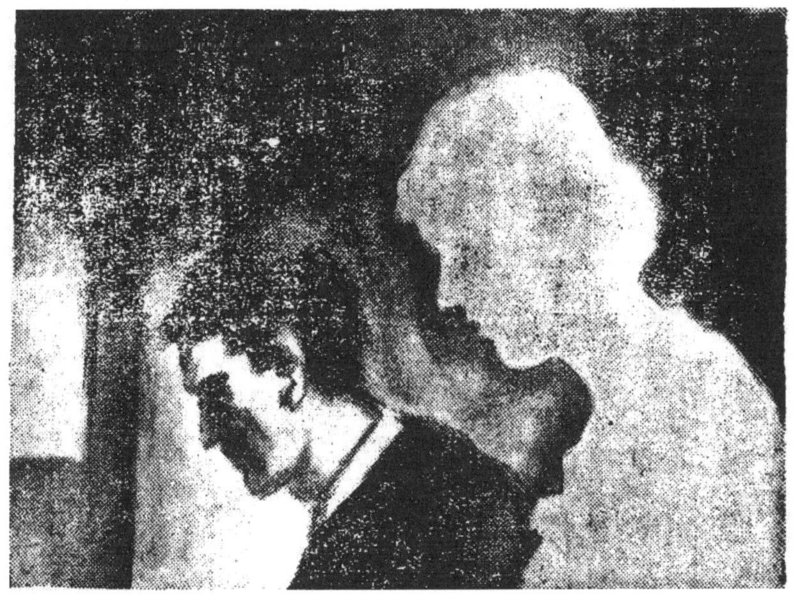

부부【一】

“자── 바더두엇다가 쓰고 십흔 대로 쓰오”

영희는 소절수에 리창대라고 쓴 글씨를 보고서 놀라며 가슴이 덜렁하엿다

“이건 왼 게예요”

“웬 거는 내가 일을 하고 삭전을 밧은 게지!”

영희는 그 소절수를 내려다보고만 잇다

이젓버렷거니 한 지나간 일이 조그만 소절수 쪼각에 수를 놋는 것 가탯다

더러워 보혓다

자긔의 몸을 밧치고 자긔의 남편의 로력까지 밧치여── 그 더러운 놈에게 밧은 이 돈은 영희의 얼골을 처다보고 비웃는 것 가탯다

“영희──”

“응?”

“나는 그 잡지사를 고만두엇서 고만둔 게 아니라 해산이 되여서 직업을 어들 째까지 연명이라도 하라고 준 돈이 이게야! 그리고 김성호가 그 여호 가튼 놈이 돈 백 원을 주고 내 신세는 말 아니지? 영희 그럿치 안소?”

“그럼 이것이 퇴직금인가요?” 그는 목줄듸가 옥으라드는 것 갓건만 그런 말이라도 아니할 수 업섯다

“그럿치 퇴직금이지! 이제는 쪽박을 차고 나가는 수밧게! 언젠가 당신이 나더러 그러케 저주한 말이 잇는 것 가태! 녀자의 악담이란 용하게 맛는 수도 잇스니까? 자ㅡ 이걸로 쌀도 파라두고 나무단도 사고 해서 그놈의 말맛다나 연명할 째까지 사러봅시다 그래도 목숨만 부터 잇스면 살 도리가 생길 터이지!”

“그럿켓지요”

영희는 가슴이 무여지며 슯음이 써올랏다

"영희!"

"네?"

"영희는 나를 어써케 생각하시요"

"어써케 생각하다니요"

"글세— 그러케 되무르면 말이 안 나오는군…… 나를 지금도 남편으로 아느냐 말이요?"

"영희는 힘업시 하는 말이지만 상근의 그 말은 칼쯧과 가탓다

"…… ……"

"대답이 업스면 아무것으로 알지 안는단 말이지! 그럴 터이지 쏘 그러케 될 수밧게도 업지! 무어 내가 당신더러 그러케 아러달라고 애결하는 것도 아니요 도리혀 친구가치 지나는 것도 조흐니까 이 말도 당신의 과거를 들추여 생각하고서 하는 말은 아니요 사람이란 평범하게 사는 것보담도 그러한 체험을 격는 게 조치 안소? 다— 조흔 것이야 오히려 나는 영희 당신을 뭇 녀성 중에서 쒸여난 녀성으로 보고 십흔 것이요 대체 현모량처란 무에 말라빠진 것이란 말이요? 그것은 노예의 대명사이니까 그럿치만 다시 당신을 해부해 본다면 제일 어리석은 녀자란 말이오 당신이 아조 의식적으로 그러한 방종한 생활로 드러갓섯다면 모르지만 그 허영 째문에 눈이 어두어서 그 더러운 놈의게 유린을 당햇스니 말이요 그게 어리석엇다는 말이요 이 세상에서 당신뿐만이 그런 것도 아니지만 그럿타고 당신을 나무래는 것은 아니요 내가! 이 무신경한 내가 감시를 못 해서 당신을 그러한 길로 밋그러지도록 한 게겟지…… 내가 이 말을 한다고 영희를 꾸짓는 것은 아니요 과거는 과거니까 압흐로 영희가 사람이 되고 안 되는 그 문제쑨이란 말이요 조금도 지난 일로

하여서 슬퍼하거나 자포자긔하여서는 안 될 것이요 그리고 아조 페물이 된 나를 바랄 것도 아니요 나는 임이 파멸된 사람이니까 나는 죽은 사람으로 치고서 당신은 당신의 새 길을 개척하라는 말이요 직업부인이 되여서 혼자 살거나 다른 데로 시집을 가서 살거나 당신은 당신의 압길을 개척하는 데 노력하라는 말이요 그 새 길이라는 것은 내가 말 아니 해도 알 것이니까…… 당신은 조선의 녀성이요 조선의 녀성! 제일 가엽고 불상한 조선의 녀성이요 그러나 광휘 잇는 압날의 조선의 어머니가 되라는 말이요 나는 미래에 무어 될랴다가 타락한 사람이지만 당신까지 그러케 되는 것을 내가 엇지 본단 말이요 영희! 울지 말고 내 말을 잇지 마러 주시요 내가 옛날에 잇서서 당신이 지극히 사랑하든 사람이라면 그 의리로 보더라도 명심해야 허오 오 영희! 그리고 나를 영원히 이저버려 주시오——"

映畫小說

人間軌道(87)

城北學人
安碩柱画

부부【二】

영희는 아조 절망된 사람 모양으로 맥이 풀려서 샛파랏케 질린 얼골을 숙이고 잇다

"녜―― 명심하고 말고요― 그럿치만 나는 당신을 놀 수가 업서요 지난 일은 모두가 죄이[1] 줄 아럿서요 당신에게 대한 죄요―― 그러니 나는 당신이 나를 버리지만 안으신다면 어느 때까지든지 밧들겟세요 버리신대도 나 혼자만이라도 직히겟세요 나를 길른 가정이 불순한 가정이엿고 나의 주위가 모다 나를 그러케 되지 안으면 안 되게 맨드런[2] 논 까닭도 잇서요 그러나 당신의 말가치 나는 어리석엇든 것입니다 세상은 언제나 나를 행복되게만 맨들 줄 아럿서요 그 망상이 여지업시 깨지고 마럿습니다 깨지고 마니 나는 벌서 파멸의 길로 써러진 것을 깨다럿습니다 그러니 지금 누구의게 구원의 손을 바라겟습니가 다만 당신이예요 그러나 나는 당신의게 내 몸을 건저달라고 할 면목이 업습니다 그러나 내가 혼자라도 당신을 직히고 잇다면 그것만에라도 나는 구원을 어든 것일 것입니다 어머님도 저러케 년세에 비해서는 너무도 로쇄하섯고 하니 오늘이나 래일이라도 도라간다면 혈혈단신 아니 이 뱃속에서 나아올 아이를 썰고 류리할 생각을 하니 압길이 캄캄하고 슯음니다 이 아이라는 것을 당신도 의심하실 것이예요 그러나 나도 그것을 잘 알 수도 업습니다만은 그게 뉘 아이든 한 개의 새 생명입니다 그 어린아이에게는 제가 뉘 자식이고 아니고가 관계가 업슬 것입니다 그러나 세상에서는 죄악의 씨라고 하겟지요 왜! 사나희들은 뭇 녀자를 롱락하야 자긔들 자신이 말하는 죄악의 씨를 색려노하도 그 사나희들에게는 이 세상이 죄인

1 문맥상 '인'의 오류로 추정.
2 문맥상 '러'의 오류로 추정.

이라는 패를 다라주지 안습니가? 정조라는 것이 반다시 잇서야 한다면 녀자에게만 정조가 잇고 사나희에게는 왜 그게 업습니가? 나도 사나희들이 자긔들이 살기 조케 맨든 세상에 태여난 녀자입니다 이 말삼은 당신에게만 하는 말은 아니예요 온 세상 사나희에게 하는 말예요 그러나 여보세요 나는 당신을 사랑하고 잇습니다 점점 내가 까마아득한 함정으로 빠지는 듯하면 하는 대로 애틋하게 당신이 그리워요 그럿타고 지금에 내가 어써케 당신의 몸에 매달려서 사랑을 빌 수가 잇겟습니가?……"

영희는 말긋을 맷지 못하고서 퍽 업더지며 흙흙 늣겨 우는 것이다

상근은 영희가 흥분되여 외치는 그 말에 감격하엿는지 업듸여 우는 영희의 웃통을 쎠안아가지고 이르키여 안치며 그를 힘주어 부둥켜안엇다

"나도 그런 것씀은 알고 잇는 것이라우 나는 당신에게 사과를 밧고 죄를 사할 만한 권리를 갓지 안은 사람이요 당신과 나와 가튼 한 사람의 조그만 생활들이 모혀서 인류의 력사가 되는 것이오 그러니까 우리도 이 력사를 짓기 위하야 산다고도 할 만하지 안소? 그러니까 사람답지 못한 사람의 생활은 이 력사에 올랏다가도 지워지는 것이요 당신과 나는 흐려진 력사를 가진 사람들이요 그러니 임이 다라나는 력사에서 써러진 무리들이니 다시 회북[3] 하려면 몹시도 어려울 것이오 그러나 당신은 나보담은 그리 큰 죄인이 아니니까 당신 하기에 달린 것이요 당신은 정치적으로나 민족적으로 인류 전반에 대한 죄인은 아니니까 또 지금이 조선의 녀자에게는 이 사회가 그러케 큰 사명을 주지 안코 그 당자들도 밧을 만한 자격을 갓지 못한 이가 만흐니까? 그러니까 우리들 부부간의 조그만 알륵이나 감정 문제는 그리 큰 것이

3 문맥상 '복'의 오류로 추정.

아니니요 칠판에 백묵으로 쓴 글시를 짓고 또 쓰면 더 잘 쓸 수도 잇는 셈가티 당신과 나와 다시 손을 맛잡으면 그 전보담 더 친밀이 지내일 수도 잇지안소?…… 그러나 나는 당신의 길과는 다른 것이요 당신은 새로운 생을 창조할 길로 다라난다면 나는 그 반대 방향으로 임이 다다를 곳에 갓가운 사람이니까…… 내게는 밋을 것이 업고 사랑할 것이 업다는 말이요 나 아니고도 당신만한 용모를 가지고 나보다 훨신 나흔 사람을 맛날 수도 잇지 안켓소!"

상근은 흛흠에 말이 떨리고 그 떨리는 말 속에 말슷이 흐려젓다

"아니 그 반대 방향이라는 것은요?"

"생을 단렴한다는 말이겟지 즉 그 길로 나는 가고 잇는 것이란 말이요"

"네!! 무엇예요"

영희는 상근의 가슴에 매달리여 우름에 저진 음성으로 부르지젓다

1931년 7월 14일

映畵小說

人間軌道(88)

城北學人
安碩柱画

삽화 없음

부부【三】

"그러케 놀랄 것은 아니요 도리혀 그러케 되는 것이 내 자신에 대하여서도 리러것울[1] 갓고 당신에게도 행복될 것이라 하겟스니까…….. 그리고 사람이란 언제나 삶이 잇스면 죽엄이 잇는 것인데 나는 그것을 쌜리 취하는 것밧게 업는 것이 아니겟소? 글세…….. 말은 그래도 그때를 당하면 엇더케 또 변할지는 몰르지만…….. 영희! 그러케 슯어할 것은 업지 안소 압으로 당신의 생활을 당신의 손으로 쓰더 고치고 사러보지 안으면 안 될 것이오"

"그러면 당신은…"

영희는 그만 울음 소리를 놉히엿다

영희의 어머니는 부억에서 설거지를 하다가 영희의 울음 소리를 듯고서 쒸여드러 왓다

"그 왜ㅡ 우니? 저 애가 알코 나더니 별스럽게 되엿구나 말건 집안에 녀편네의 울음 소리가 나면 상서러웁지 못한 일이 이러나는 법이야 그 왜 철싹선이 업시 그리느냐"

그는 그러케 말을 하면서도 상근이가 집안을 돌보지 안코 밧게서만 도랏셧슴애 영희가 우는 것도 무리는 아니라 하엿스면서도 자긔의 쌀을 두둔하야 말을 한다면 상근의 심정을 거실리여 또 무슨 일이 생길지도 모르겟는 고로 자긔의 쌀을 나물햇다 나물하면서 눈물이 눈 속에 글성글성햇다

"이 늙은 것이 너만 바라고 사든 겐데 널로 하여서 집안이 이러케 어지러우니 그 쏠을 안 보고 진작 죽어버리는 게 낫겟다만은 어듸 사람이 제 목숨이라고 제가 맘대로 할 수 잇는 것이냐? 그저 천명대로 살다가 죽게 되면 죽

1 문맥상 '리러울 것'의 문자 배열 오류로 추정.

는 것이지……"

"아니예요 제가 몸이 하—도 압흐기에 운 것이예요"

영희는 자긔 어머니가 자긔를 나물하는 그 뜻을 아라채렷지만 자긔 어머니의 푸닥거리가 두려워 그것을 막으랴 한 것이다

"아니올시다 아모런 일도 업시 그저 내가 넘우 설면하게[2] 햇더니 그게 설어서 그리나 봅니다"

영희의 어머니는 상근의 그 말에 가슴속에서 왈칵하고 설음이 복밧치는 것을 구지 참고서 묵묵히 부억으로 내려갓다

상근은 이러한 것이 임이 자긔 집에 비운인 줄 알면서도 하는 수 업는 일이라 하엿다

상근은 영희에게서는 조금도 싸듯한 정을 늑길 수가 업섯다 영희 편에서 자긔에게 전일보다도 몃 배의 열정을 가지고 덤빈다 하드래도 그것은 영희로서도 조작(造作)이 아니면 안 되는 일인 줄 잇[3]렷다 지나간 일을 청산한다는 것부터 임이 그 머리가 랭정해지는 것이니 그 차듸 찬 피가 흐르는 그 신경에서 짜지는 그 정열이란 불 써진 화로의 반짝하고 써지는 남어지 불쏫에 지나지 못하는 것이니 다시 그와 생활을 가티한다 할지라도 또 어느 째 파란이 이러날는지도 모르는 일이요 더구나 저 아이가 자긔의 아이가 아니라면 더욱이 위험할 것이오 자긔는 임이 영희에게서 조금도 애착을 늑기지 안는 그[4]로 완전히 그와 지금이라도 쌔긋이 손을 나노흐는 것이 조흘 것이지만 저 아이가 드러잇는 동안에는 영희의 생활을 돌고[5]지 안어서는 안 될 것

2 설면하다. 사이가 정답지 아니하다.
3 문맥상 '아'의 오류로 추정.
4 문맥상 '고'의 오류로 추정.
5 문맥상 '보'의 오류로 추정.

이엿다

영희가 잡것이라면 아모것도 분별치 안코 창대에게

"뱃속에 든 아이가 네 것이니……" 하고서 쌍쌍거리고 돈푼이나 논두락이나 쓰더내이랴면 쓰더내이겟지만 사실인 즉 영희는 아즉도 그 마음은 순진한 곳이 잇고 그런 류는 아닌 고로── 또한 그럿타 하면 상근 자 외의 얼골에 똥칠하는 격인 고로 그러케 생각하지 안으면 안 되는 일이엿다

그래서 이제는 '누의'와 가티 친구와 가티 지내리라 한 것이다

그리다가 영희가 제 손으로 살게 될 때에 말속하게 손을 씻고 헤지면 그만이라 하엿다

상근은 그날 저녁때나 되여서 밧그로 나아가서 방향도 업시 헤매엿다

'미세쓰●리一'가 오란 날이지난[6] 어제밤 술ㅅ김에 지내인 그 악몽(惡夢)에 몸서리가 처저서 어쩐지 마음이 그쪽으로 썰리면서도 그는 구지 가지 안키로 하엿다

상근이에게는 모든 게 이러케 되니 다시금 그의게 고독이 차저왓다

엿과 가치 끈끈하게 달러붓는 그 고독 때문에 상근이는 어듸를 가서든지 실컨 울엇스면 마음이 후련할 것도 갓지만 울음조차 탕진해 버린 듯하야 그는 다시금 집으로 드러와서 저녁을 먹고 드러누은 길로 그대로 내처 자버렷다 영희는 상근이가 일즉 드러와서 자는 것을 보니 새삼스럽게 그는 행복을 늑기엿다

---

6 문맥상 '만'의 오류로 추정.

映畵小說

人間軌道(89)

城北學人
安碩柱画

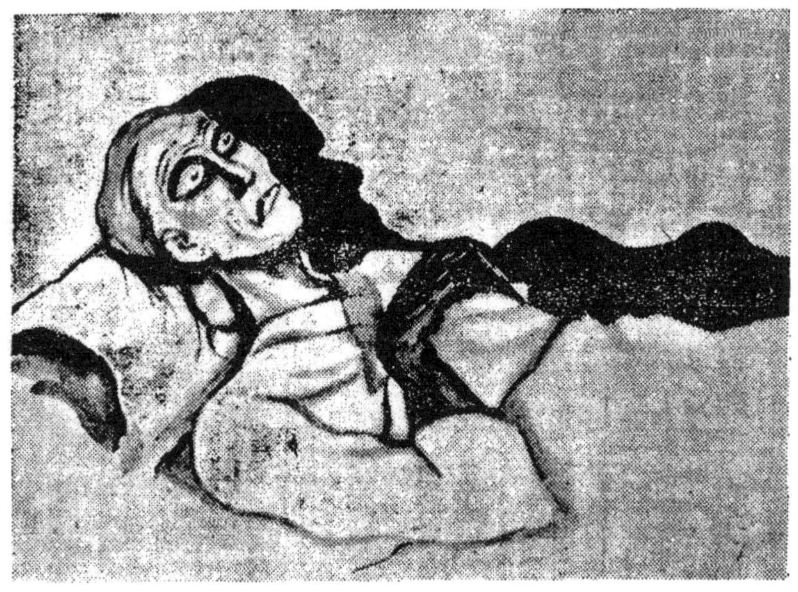

그 외 죽엄【一】

여름도 이제는 마루턱에 다엇는지 대지는 유황불을 내리는 듯한 태양 미테서 신흠하고 잇다 영희의 어머니는 여름을 타는 데다가 늘게에 일을 세차게 해서 바스러질 대로 바스러진 데다가 더위로 하여서 숨이 택턱 맥키여 안절부절을 못 하다 긔력이 쇠진하야 서성거릴 수도 업섯다

그런 터에 상근이가 집에 파뭇처 잇게 되니 영희로 하여서는 안심이 되여 늙어도 살림이 넉넉치 못한 딸에 집에 잇기가 미안하다고 다른 집에 일을 보아주러 갓다가 사흘 만에 비리먹은 당나구 갓다는 욕을 먹고 내쫏기여 해골이 다— 된 얼골에 눈물을 흘리고 딸의 집으로 다시 드러오는 길로 누어 잇는 것이 보름이 넘어도 일지를 못하엿다

다행이 영희가 아이를 다— 서서 몸은 묵어워젓스나 건강은 회복되여 밥을 짓고 빨래를 하고 옷을 짓고 어머니의 병간호를 하는 것이엇다 상근이는 둥편편둥[1] 왼종일 놀고 지내다가 밤이면 슬적 나갓다가 드러오고 하엿다

영희의 어머니는 날이 갈사록 째가 지낼사록 그르렁대는 호흡은 더욱 거치러지기만 하는 것이다 영희는 그 가래 끌는 소리를 드를 째에 살이 밧작밧작 마르는 것 갓고 쌔가 바스러지는 드시 진저리를 치는 것이지만 늙은 일임은 틀림업는 일이엿다 그러나 저러케 무서웁게 신흠하며 알른 것을 보는 딸로서도 약 한 첩도 써보지 못하게 되니 그는 마음이 아펏다 그래서 그는 상근이의게 말을 해두고는 의거리장[2]을 파랏스나 전황한 이째에 산 갑에 비하면 어림업는 헐갑스로 팔게 되여 그 돈으로 의사도 부르고 약도 써보앗스나 원래 회복할 수 업는 고목이 된 그라 아무런 약에도 효를 볼 수가 업섯다

1 문맥상 '편둥편둥'의 글자 배열 오류로 추정.

2 의걸이장. 위는 옷을 걸 수 있고, 아래는 반닫이로 된 장.

영희 어머니도 자긔는 임이 죽을 것을 각오하고 잇섯다 그러니 자긔가 죽으면 남어 잇슬 자긔 딸이 맘에 노히지 안어서 눈물을 줄줄 흘리는 것이나 그 눈물도 얼마를 지나서는 말러버리고 마럿다

의식이 혼몽해저도 그 신흠하는 소리는 놉하갓다

상근이는 그 로파의 알는 소리에 진저리를 친 일도 잇스나 그럿타고 밧그로 나아가 잇슬 수도 업고 나간다 하드래도 나아가 잇슬 곳도 업섯다

나가자니 전차 돈도 업고 해서 집에 쑥— 파뭇처 잇기도 햇스나 쌀독 밋바닥이 박아지에 글키는 소리를 듯고서는 그대로 보고만 잇슬 수가 업서서 돈 주선을 하러 나아가는 것이다

나가면 기대렷든 것가티 돈을 선듯 돌려주는 사람도 업섯스나 열 번에 여섯 번씀은 성공하엿다 이 중에는 김성호의 신세도 만히 지고 문호의 신세도 만히 젓지만 미세쓰—리의 도음이 만헛다

미세쓰 리—는 하루 걸러 상근의 집을 왓다 와서는 영희를 찻는 것이나 실상인 즉 상근이를 보러 오는 것이요 오면 집안의 정상을 살펴보고서 넌지시 영희의 손에 얼마이고 쥐여주고는 가고 가고 하엿다

상근이는 이런 것이 마음에 써림찍—하고 자긔 자신이 비열해 보히엿스나 당장에 씨니가 간데업는 고로 모른 척하고 눈을 감어버리는 것엿다

미세쓰—리—는 영희의 집에를 오면 몹시도 친절하엿다 하다못해 영희의 어머니의 머리드[3] 집허보고 걱정도 해보고 영희의 손목을 쑥— 잡고서

"그 고흡든 손이 살림에 이러케 씨드럿구려……"

하며 정이 철철 넘게 구는 것이엿다

3 문맥상 '도'의 오류로 추정.

조금도 상근과 영희 사회를 보고 시새거나 하는 눈치도 업섯스나 상근이와 밧게서 단 둘이 맛낫슬 째는 노상 울고 영희의 단처도 드러내고 그 영희가 배이고 잇는 아이 론란도 하고 해서 상근과 영희와의 사히를 될 수 잇는 대로 버스러지게 해보는 것이나 실상 상근의 집을 와보는 째는 가궁해서[4] 그러한 생각은 날라가고 가고 하엿다

그리고 상근의 말을 드러서 영희가 아이만 낫코 그가 살 도리만 생기면 헤지겟다는 말을 듯고서 안심이 되여서 아즉은 아모런 긔색도 보히지 안코 쏘한 영희와 자긔의 사히도 전일에는 더 말할 수 업시 친근하엿섯고 해서 모든 일을 너그럽게 채려보랴고 애써 왓든 것이다 그래서 그들 보는 데는 그들을 위하야 념려도 하는 드시 그러케 수며 보히기도 하는 것이다

4 가궁(可矜)하다. 불쌍하고 가엾다.

1931년 7월 16일

映畵小說

人間軌道(99)[1]

城北學人
安碩柱画

삽화 없음

그 의[2] 죽엄【二】

그러나 영희도 상근과 미세쓰, 리와의 관계를 의심하지 안는 것은 아니로되 미세쓰, 리가 아모리 방탕한 계집이기로서니 설마 남편이 잇는 녀자가 안해가 잇는 사나희를 어씨하랴 하엿스나 자긔가 전일 창대와의 불의의 관계를 매젓든 생각을 하면 그도 알 수 업는 일이엿다

그러나 그러타고 영희로서 팔을 것고 나설 수는 업는 일이니 자긔 어머니의 심상치 안은 병과 미세쓰, 리로 하여서 남모르는 고통으로 몃칠을 지내여 왓다

그리고 미세쓰, 리가 넌지시 쥐여주는 그 돈을 바더드럿슬 째는 왈칵하고 설음과 분이 치미는 째도 잇섯지만 어써는 수 업시 다수굿하고 잇슬 수밧게 업섯다

그러나 영희로서는 그러한 복잡하게 되는 자긔들의 관계를 아즉 그 결과를 보지 안코는 미리 짐작을 하고서 속을 태운다는 것도 우수운 일도 가탯다

그래서 그것은 두고 보면 알리라 하고 그 생각만은 접어 두엇지만 자긔 어머니의 병이 점점히 중하여가니 어썬 셈인지 눈물이 대중업시 흐르고 가슴이 두려쌔이는 것 가튼 고통을 늣기는 것이엿다

영희의 어머니는 자긔 자신도 모든 미련까지도 쓴어버렷다 자긔는 지금 어듸로인지 영원히 가면 다시 돌처서지 못할 캄캄한 죽엄의 길로 다름질을 하고 잇는 것이어니 하엿다

의식이 혼몽해젓다가도 팟득하고 정신이 도랏설 째는 눈에 걸리는 것도 만핫다

1 '90'의 오류.
2 '외'의 오류.

자긔가 죽은 뒤에 첫재로 영희가 어찌 될 것인가! 또 그 몸에서 나홀 아이가 어쩌케 될 것인가?

맘이 들뜬 상근이에게 영희를 맷기고 죽을 것이 슓엇다 그리고 영희의 몸에서 나홀 그 어린애── 외손자를 안어보지도 못하고 죽을 것이 원통하엿다

그는 어린애를 등에 업어 재우는 자긔── 보글보글한 외손자(손녀?)의 손을 쥐고서 길로 거니는 것들을 상상도 해보앗다

"아── 그 귀여운 것을 보지도 못하고……"
하며 눈을 스르르 감엇스나 눈을 감으면 무서운 그림자들이! 소위 염라국의 사자들이 얼른거리는 듯하야 눈을 빈쩍 쓰는 것이엿다

눈을 쓰면 모든 게 두고 가기가 앗가웁고 맘이 노히지 안엇지만 자긔의 깁허가는 병은 다만 하롯밤 사이를 두고 죽엄을 결정할 것 가태서 구지 그 미련들을 끈허버리리라 하엿다

그는 퍼러케 질려가는 손을 드러 영희를 손짓하야 자긔 압헤 안치엿다

"아가— 나는 이제는…… 이제는…… 그만인가…… 그만…인가 보다… 후── 갈 사람은 가야지…… 나는 죽어야 편한 일이지만…… 네가… 그리고 그 배ㅅ속에 든 아이가── 그럿치 긔왕 갈 사람이면 그까짓건 생각…… 생각……해 무얼 하겟니? 그런데…… 저…… 나는 그동안…… 푼푼이 모하둔 것이 좀 잇다 내 쌔는 내가 거두어야 하지… 저…… 지장을 열고 그 지장 속 맨 밋바닥에 쏠쏠 만── 그 그 보통이를 써내 다우…… 자— 열쇠는 여긔… 여긔… 잇다"

그는 자긔의 허릿춤을 가리키엿다

영희는 울음이 복밧치는 것을 참느라고 입을 빗죽거리며 영희 어머니의 속 단속곳[3]에 다른 엽랑에서 열쇠를 써내엿다

"그래! 그래 그걸로! 열고서 그 보퉁이를……"

영희는 그의 말대로 그 지장을 열고서 그 말하든 보퉁이를 꺼내여서 그의 압헤 갓다 노핫다

그는 불에 탄 나무 등걸가치 질리고 쌧쌧이 구더가는 듯한 손을 움직이며 그 보짜리를 끄르랴 하얏스나 긔맥이 다ㅡ햇든지 못 끌르고서 영희를 시키엿다

영희는 그 보ㅅ다리를 끌릿다 여러 겹으로 싼 그 속에서 차곡차곡이 접은 지전(紙幣)이 나아왓다

"시여봐라! 그게 칠십 원은 넘을라"

영희는 시여보앗다

팔십이 원……

영희는 이러한 위급한 시긔에 잇서서도 그 돈을 세여보고는 놀랏다

"언제 이러케 모하두섯서요"

"그저 시음시음 모흔 게…… 그럿치ㅡ 늙은이는 다 다르니라── 자ㅡ 그걸로 내가 죽 죽것을낭 감장이나…… 해다우 그 그래 그걸로 쌔나 추려다 달 달라아는 말 말이다……"

그는 혀가 구더가면서도 자긔의 남아지 쌔가 산빗탈에서 굴를갑아서 념려가 되는 모양이엿다

영희는 말부터 굿기 시작하는 자긔 어머니를 바라보다가 그 압헤 퍽 업허저지자 울음이 복밧처 나아왓다

3 단(單)속곳. 여자 속옷의 하나. 양 가랑이가 넓고 밑이 막혀 있으며 흔히 속바지 위에 덧입고 그 위에 치마를 입는다.

1931년 7월 17일

映畵小說

人間軌道(91)

城北學人

安碩柱画

그 외 죽엄【三】

"울지……… 마라 울지 말고 그걸로 수 수의감이라도 써 써다가 지워노 노하라 베로……… 베가 수수해 조치 네가 그 그걸 지을 줄 줄 알겟니? 저……… 잿ㅅ골 간난 어머니를 불러다가 후……… 가슴이 가슴이 이상하다………"

하며 영희의 어머니는 괴로운 기침을 하엿다

영희는 무엇을 새삼스럽게 깨다럿는지 눈물을 거두고 안방으로 가서 옷매무시를 고치고 잇슬 때 밧그로부터 상근이가 드러왓다

"여보서요 맛침 잘 드러오섯서요 암만해도 어머니가………"

우름에 목이 메이며 조금 말이 동안이 썻다

"도라가시나 봐요 암만해도 밤을 못 넘기시겟서요 집안에 아무도 업는데 내가 나아가면 안 될 텐데 당신이 좀 밧갓 일을 보아주어야 하겟서요 자— 이걸로 수의 한 감…. 저— 베로……… 돈이 넉넉치 못한데 면주로 햇스면 조켓지만……… 그 고생을 하고 사시다가 도라가실 째도 그 쌧쌧한 옷을 입고 가시는구료——"

영희는 돈을 상근이에게 건네이면서 얼골을 손바닥으로 가리면서 흙흙늣겨 운다

"나 역시 오늘 아츰에 그런 긔미를 보아서 돈 변통을 좀 하라 나아갓섯는데 겨우 이십 원밧게 안 됏는데 그 돈은 어데서 낫소?"

"어머니는 참 알뜰도 하시지 남의 집에 드난을 사시다십히 하시는 중에도 돈을 모흐섯구료 팔십이 원이예요 그게 어머니 처지를 생각한다면 몃만 금 이상이지요 자— 그리고 수의를 지랴면 간난 어머니가 잇서야 할 텐데 웨 아시지요 우리의 혼인날 집에 와서 일을 보아주든 녀편네 말이예요 재ㅅ골로 올라갈랴면 녀자고등보통학교가 잇지 안어요 그 학교를 지나서 바로 서

쪽으로 뚤린 첫재 골목으로 드러스자면 오른쪽으로 셋재 집 그 초가집이예요 여긔서 왓다면 —— 엇잿든 내 일홈을 대시지요 그런데 그 집에 문패에는 김 씨라고 햇스니까 찻긴 쉬읍습니다 얼른 그 마누라님을 좀 오라고 그래주세요 데리고 오시지요 네?"

영희는 떨리는 가슴을 진정할 새 업시 느러노핫다

상근은 얼골빗이 어두어지며 밧그로 나아갓다

상근이가 그 마누라를 데려다 노코 수의를 반쯤 지엿슬 째는 영희의 어머니는 숨을 모핫다

영희의 곡성이 놉하진 째는 그 로파는 죽고 마릿다

그는 행복을 바라고 살다가 죽엄을 안고 가버린 것이다

이 집은 우수와 애통에 싸혀서 한밤이 지나갓다

영희의 어머니가 죽기 전에 화장은 실흐니 공동묘지에라도 파뭇고서 일년에 단 한 번이라도 쌀과 사위가 차저주엇스면 무덤 속에서도 눈을 감고 평안이 지내겟다는 것이엿스나 공동묘지는 무덤을 일키 쉬운 데가 되여서 차라리 화장을 지내는 것이 낫다는 상근이의 주장으로 화장을 지내이게 되엿다

영희의 마음에는 너무도 잔혹한 것 가태서 어찌 어머니의 몸둥이를 불에 태우리오 하엿스나 이러나저러나 죽은 뒤에는 아모 상관 업는 문제인 고로 아모리나 하자고 하여서 화장에 대하여서 동의를 가지게 되엿다

이틀 만에 로파의 관을 상여로 옴기게 되엿다

영희의 어머니의 부고를 들은 김성호가 와서 돈 이십 원을 내여노코 미세쓰, 리가 십 원 그리고 의외로 창대가 오십 원을 보냇다 그러나 영희는 창대의 그 돈 오십 원을 도로 돌려보냇다

문호는 이틀 동안 학교에서 나아오는 길로 들려서 두어 시간식이나 마루 쓰테 안저서 초상집 상제를 위로하는 격으로 우수운 이야기를 하고 갓든 것이다

장사ㅅ날에는 문호와 미세쓰 리와 그리고 영희의 동무 두 사람이 차저왓다

그 두 녀자는 수의를 지은 로파의 집에 드나드는 녀자엿스니 영희와 한때 몰켜다니든 불량소녀들이엿다

그들은 영희를 얼싸안고 우럿다 이들에게 잇서서는 딴 녀자에 업는 동료들 사히에는 정의가 잇섯다 그들의 환경! 그들의 생활은 이러한 때에 속 깁흔 슯음이 복바치는 것이엿다

새벽에 내가자는 것이 아츰 아홉 시나 되여서 상여를 동구 박그로 내여가게 되엿다

상여는 사인방석[1]이엿다

좀 초라―한 듯하다고 영희가 섭섭해 햇스나 회계가 닷지 안는다고 상근이가 욱이엿든 것이다

상여는 요령 소리와 함께 놉히 들리엇다― 에헹 에헹

아츰에 물 색리는 차가 지나간 길로 상두군의 싸게 발이 움직이엇다

영희는 대수장군[2]을 입고서 자동차 안에서 눈물을 줄줄 흘리고 잇섯다 상근은 굴건제복을 입고서 그 엽헤 안저서 무엇인가 명상을 하고 잇섯다 문호와 미쓰, 캉과 미세쓰, 리―가 함께 자동차를 타고서 상근의 차를 싸라갓다

1 사인방상(四人方牀). 네 사람이 사인교를 메듯이 메는 상여.

2 대수장군(大袖長裙). 큰 소매가 달린 상의와 긴 치마를 연결하여 만든 상복(喪服)의 한 종류.

映畵小說

人間軌道(92)

城北學人
安碩柱画

그 외 죽엄【四】

상여는 새문턱을 지나서 무학재를 넘어섯다 고개턱을 올라스자 넓은 들을 휩쓸고 오는 무더운 바람이 고개마루턱을 기여 올라서 상여의 구름 채일이 펄펄 날리인다

엥헹── 엥헹

상두군의 구슯은 노래가 요령 소리와 함께 놉하젓다

영희는 자긔 아버지를 장사 지낼 쌔에도 이 고개를 넘엇섯다

어렷슬 쌔 일이것만 이 고개가 그쌔에도 자긔의 마음에 슯은 고개라 하엿든 것이다

그 슯은 고개를 지금 다시 넘는 그는 불연드시 별다른 슯음이 써올랏다

아버지도 상여를 타고 이 고개를 넘엇고 어머니도 넘고 그 다음은 자긔도 넘으려니……..

누구나 사람의 죽엄을 볼 쌔에 생기는 심리 상태이지만 젊은 영희의 마음에는 인생에 대한 회의(懷疑)가 써올랏다

죽을 것을 그러케들 애들을 쓰나? 하엿지만 사람이 나서 살고 죽는 데에 아모래도 무슨 쯧이 잇지 안으면 안 되는 것 가텃다

먹고는 자고 자고는 먹고 이 잘 먹고 잘 지내자고 싸홈이 이러나고 싸홈이러나서 희생되는 사람도 잇고 희생되는 그 사람의 무참히도 흘린 피 우헤 전당을 세우고 썽썽거리고 사는 사람

그러면 희생되는 사람이 사람다운 것인가? 승리햇다는 그 사람이 사람의 할 일일가?

사색이라고는 해보지 안튼 영희는 '회의'가 생기게 되고 '회의'로 하여서 사물을 판단해 보랴 하엿다 그러나 고개를 넘어서서 훤─한 벌판으로 상여

가 구름 채일을 날리며 갈 째에 그는 슯음도 사라지고 막연한 무엇인가를 동경하고 십헛다 오랫만에 대하는 자연에서 그리고 이상한 경우에서 보히는 자연이 —— 자동차 압헤서 써덕이고 가는 오색 헌겁으로 꾸미인 상여와 어써한 관련이나 잇는 것가티 조화가 되여 보히는 것이엿다 그러나 압흐로 자긔의 어머니의 시체가 불결 속에서 후덕후덕 튀며 장조림가치 조려질 생각을 하니 그러케 화려해 보히든 자연도 캄캄해 보혓다

'어써케 하나……'

그는 속마음으로 부르지젓다

그러나 그러케 약하듸 약한 부르지즘에서 얼마나 자긔가 약한 녀성이엿든가를 새삼스럽게 쌔다랏다

자긔가 이째까지 무엇을 위하야 이 현실에 굴복을 하고 지냇는가? (영희는 현실을 운명과 쪽가치 생각하엿섯다) 그보담도 알 수 업는 누가 맨드러 노흔 거도 모르는 그 운명에게 추종을 하엿슬가?

자긔의 어머니의 일생을 생각해 보앗다 자긔나 자긔 어머니와 조금도 다름업는 괴도를 지내인 것이다

영희는 자긔 어머니의 죽엄을 당하야 전일에 생각해 보지 못한 문제를 생각해 보랴 하엿다

상여는 새절 화장터에 당도하엿다

오늘도 벌서 뉘의 시체인가 운반되엿는지 놉히 쏍은 굴둑에서는 검누른 구름이 □□하는 것가치 뭉게뭉게 뒤ㅅ틀려 올라오고 잇섯다

날이 흐리여 그런지 누릿—하고 비릿한 내음새가 지면을 향하야 헤트러지는 드시 새로히 화장터 너른 마당에 와 섯는 영희 일행의 비위를 거실리엿다

얼마 잇다가

영희의 어머니의 시체는 도가니 속으로 드러갓다

영희는 시체를 집어너흘 쌔는 참아 볼 수가 업섯든지 외면을 하고 도라섯다 그러나 것잡을 수 업시 터지는 울음으로 소리싸지 내여서 우는 것이엿다

상근이가 위로를 하고 일행이 다 위로를 하여도 우름을 쓰치지 못하엿다

미쓰—캉—도 왼 심인지 입을 빗죽대다가 수건으로 얼골을 가리워 버렷다

상근이는 도라서서 손등으로 눈을 부비엿다

몃 시간이나 지내엿는지 영희의 어머니의 시체는 한줌밧게 안 되는 재와 가튼 가루로 되여 나아왓다

이것은 영희의 손으로 한강물에 씌워버렷다

그날 저녁쌔에 영희는 밥도 먹지 안코 마루 쓰테서 먼 산만 바라보고 멀거니 안저 잇섯다

1931년 7월 19일

映畵小說

人間軌道(93)

城北學人
安碩柱画

삽화 없음

문 교사【一】

문호는 X녀학교 교무주임이 된 뒤로 무엇인가 무거운 짐을 버서논 것가티 겁분한 듯하엿다

계문사라는 유령의 소굴에서 가튼 유령으로 지내다가 사회를 등지고 학교에 쑥 박혀 잇스니 시비를 하는 사람도 업섯고 교무주임으로 잇스니 여러 선생의 웃는 낫만 보게 되고 교실에 드러가면 온실에 핀 꼿 가튼 어엽분 녀학생들의 얼골을 보고 교원실에 안젓스면 녀학생들의 고흔 노래에 귀도 기우리고 운동장에 나서면 녀학생── 처녀들의 히멀건 다리를 보니 그는 파라다이스가 이만은 못 하겟지! 하는 드시 어느 째나 유쾌한 마음을 갓게 되엿다

그 대신 애인 되는 사람이 녀학교 교사가 되여서 애가 몹시 타는 사람은 미쓰● 히스테리 ● 캉이엿다 문호가 거울만 힐긋 보아도 무슨 모양을 그리 내느냐고 눈을 흘기고 머리에 기름을 발너도 그 대머리에다가 기름을 발너 무얼 하느냐고 톡톡 쏘는 등 미쓰 캉에게는 큰 고통거리를 장만한 셈이엿다

그래서 혼수비가 업스면 사긔 대접에 냉수를 써 놋코라도 결혼식을 하자고 졸낫스나

"가만이 잇서 차차 다─ 그런 건 천천히 해야 살게 되면 오래 살지……… 쏘 그짜진 결혼은 해서 무얼 하겟소 아니 해도 두 사람의 마음만 단단이 붓잡어 매이면 그만이지 썩 버러지게 혼인한 사람일사록 왁자하게 써들고 헤지니까 결혼식이란 다── 형식이지 사람이 그 형식이라는 것 째문에 밧는 고통도 만치 안소 그럿치 안어?" 하며 문호가 미쓰, 캉의 뺨을 슬적 손쓰트로 튀기면

"이거 왜 이리시우! 엄벙뚱짱하고 사러보다가 난□□ 모른다 하랴고──

녀학교 선생으로 다니니싸 자긔의 처지라든가 직무는 생각지 안코 나 어린 계집애들에게 홀려서 저러는 게지…… 아서요 그 누구는 그 누구가 누군지 아시오 당신이 안진 그 자리에 안젓든 전번 교무주임이 녀학생을 데리고 무슨 선각이라나 그곳 홍살문으로 드러가드란 것 때문에 멱국을 먹지 안엇서요? 당신은 그 어썬 녀학생 때문에 동맹휴학을 마질 텐구"

하며 미쓰, 캉이 빈정대는 것이엇다

"엥— 녀자의 입이란 대개들 독하니싸…… 념려 말어요 내가 그러할 나희도 아니니싸 안심하란 말야……"

"얼써? 그러할 나희가 아니라구요! 전번 교무임[1]은 몃 살인데…… 사십여 살이라는데 그래요 그런 늙은 것을 싸라다니는 그 어린 녀학생이도 볼일 다 본 건지만 그보담도 그 어린 것을 쐬여가지고 다니는 그 선생이란 자가 음흉한 놈이지! 당신이야 그럿켓소만은 요사히 모양을 밧작 내이니 말이예요 래일씀은 얼골에 도화분[2]을 바르시겟고 모래씀은 입에다가 '구지베니[3]'를 바르시겟고 글피씀은 눈섭에 먹칠을 하시겟구료 호호호호" 하며 미쓰 캉이 문호의 등을 탁 첫다

"에ㅅ 버릇업시! 허허허허!"

하고 문호고[4] 원 심인지 홍이나 나는 것가치 웃고 나아가랴면 미쓰●캉으[5] 문호에게 양복 웃저고리를 입혀주고 새로 빠른 손수건을 양복 왼편 주머니에 삼각산 모양으로 접어서 꼬저주고 단장을 결레로 닥거서 그 사나희의 팔

1 문맥상 '교무주임'에세 '주'의 탈자 오류로 추정.
2 도화분(桃花粉). 복숭아꽃 빛깔을 띤 백분(白粉).
3 구치베니(くちべに, 口紅). '입술 연지'를 뜻하는 일본어.
4 '문호도'의 오류로 추정.
5 '캉은'의 오류로 추정.

에 거러주는 것이엿다

날마다 아츰이면 미쓰•캉에게 쪼들리지만 학교 문에만 썩 드러스면 녀학생들이 고흔 손을 무릅에 모흐고 얼골이 발개서 허리를 굽혀 인사를 할 때 모자를 버서서 놉히 든 채로 교원실까지 드러가는 자긔의 용자가 몹시도 거룩한 듯해서 인사를 밧으면서도 마음속에서 부걱부걱 깃븜이 끌른 것이엿다

그리고 교실에만 드러가면 자긔 나희에 비하야 존장벌이나 되는 사람도 쉽실거리고 더구나 녀 교원들이 자긔를 힐긋 처다보고는 웃는 듯 애원하는 듯하는 것이 남에게 이야기하기에도 앗가울 만치 즐거운 일이엿다 원체 긔억력이 조흔 문호이지만 자긔 증조하라버지의 자(字)를 이저버려서 어썬 로인에게 꾸지람을 톡톡히 당한 일도 잇섯스나 이 학교에 드러온 뒤로는 학생명부록이 업서도 조흘 만치 문호는 녀학생들의 일홈을 모조리 외이 것은 물논니어니와 그들의 태생인 지명과 나희와 어써한 학생은 얼골에 사마귀가 몃치고까지를 다 아러서 교원들은 교무신(教務神)이란 별명까지 지워서 자긔들이 모힌 째는 수근거리고 킬킬대고 웃는 것이엿다

그러나 다른 것은 학생들에게 인긔를 엇지 안는 게 업지만 조금만 잘못하면 반다시 녀학생의 팔뚝을 끄어저라 하고 몹시 쥐여가지고 교실에서 써러내서 코를 쥐고 흔들거나 쌤을 꼬집는 것이 대단한 여론을 학생 간에 이르키게 하는 것이다

그래서 학생들은 문 팔뚝이라는 둥 문코라는 둥 별명을 지웟다

映畵小說

人間軌道(94)

城北學人
安碩柱画

문 교사【二】

그리고 각 반의 수신 과정을 이 문 교무주임이 마텃는데 그는 언제나 수신에 어썬 과목에든지 소리는 현모량처로 돌리여 학생들은 현모량처라는 소리에 멀미가 나 이제는 도리여 이 문 교무주임의 현모량처주의에 반감이 생겨서 성미가 좀 괄괄한 학생이 수신 시간에 이러서서 현모량처주의에 대하야 질문을 넘우 한 까닭에 분격한 문호는 그 학생에게 정학 처분을 하엿다

이리해서 학생들의 현모량처주의에 대한 비난은 씀—해젓다

그러나 문호가 교무주임이 된 뒤로 문호 자긔에게 알종거리지 안는 교원은 모조리 도태를 하여서 교원실의 분위긔가 혼탁해진 한편에 교원 중에도 학생 간에 그 교수법에 대하야 인긔가 잇는 교원을 도태를 한 까닭에 학생 간에도 불평이 이러나고 학부형 사히에서도 비난이 놉하가든 것이엿다

문호는 교원들을 해직해 노코는 맘에 써림씩해서 혼자 스사로 생각을 해보아도 의롭지 못한 듯하야 후회도 하엿스나 긔왕 된 일이라 물을 수도 업는 일이니 슬며시 여긔에 반동으로 조그만 일에도 교원들을 홀색리고 학생들에게 대하여서 불시에 엄격해진 것이엿다

그러나 무사히 한 달이 지내갓다

하긔 방학이 되여 학생들이 귀향을 하고 해서 문호는 조리든 맘을 진정하엿다

학교 일에 밧버서 미쓰 캉과의 결혼식이 유예되엿든 것이 문호가 한가해지게 되고 해서 집에 드러 잇는 시간이 만케 되니 미쓰, 캉의 강권으로 불일내로 결혼식을 거행하기로 되엿다

청첩은 될 수 잇는 대로 적게 발송하야 비용을 적게 드리고 식은 좀 새롭게 하여보자고 하야 학교 교장을 주례로 하고 둘러리는 문호 편으로는 상근이

외에 학교 교원 두 사람과 미쓰, 캉 편으로는 미쓰, 리와, 영희와 그리고 싼 녀자 한 사람으로 선택이 되엿고 장소는 공회당으로 정하엿든 것이다

미쓰, 캉은 혼인 날ㅅ자가 열흘이나 넘어 남엇것만 마음이 초조해저서 모든 게 걱정이 되엿다 하다못해 면사ㅅ보 쓰는 것까지 어더케 써야 할지 그것도 걱정이 되엿다

그러나 행복되리라 하는 그날이 각가워 올 쌔는 몹시도 즐거워서 그쌔의 장면과 장면을 상상해 보고서는 혼자 웃는 쌔도 잇섯다

미쓰•캉이 이러는 반면에 문호는 이 결혼이 마음에 좀 써림찍하엿다

날마다 수만흔 녀자들을 대해 본 그는 점점 비쓰•캉의 결섬이 한 가지식 두 가지식 느러만 보혓고 첫재로 그의 성격으로 하여서 미구에 새로운 가정에 파란이 올 것도 가태서 은근이 근심이 되엿다 그러나 하자고 해 논 노릇을 다시 뒤집버 놀 일은 못 되는 고로 울고 겨자먹기만 이 결혼을 거행하기로 되엿다

그러하니 문호의 얼골에는 화긔가 사러지고 말이 쓰고 말이 잇스면 스[1]리 죽어 나아오는 것이엿다

이러한 것이 미쓰•캉에게는 다── 압흐로 새로운 가정을 일우워 살랴면 걱정이 되는 것이여서 그리는 게다── 하고서 은근히 맘으로 감사하엿다

"그 무얼 그리 걱정을 하서요 닥치면 다── 될 수 잇지요"

"글세── 그럴까"

문호는 헷청대고 대답은 하엿스나 다── 맘에 못맛당하야 썸──하든 술을 다시 먹기 시작하야 혼인 전날까지도 비틀거리고 밤 늦게야 드러오는

1 문맥상 '소'의 오류로 추정.

것이엿다

"혼인하면 술 자시기 어려우니 그 전날까지 얼마든지 자시지요"

미쓰●캉은 조혼 김에는 문호의 술주정도 그리 납부지 안엇다

이제 혼인 준비는 다── 되여 래일이면 이 두 사람의 성대한 결혼식이 거행되는 날이엿다

그러나 혼인 전날 저녁때로부터 오는 비는 그 이튼날 아츰이 되여서는 긔세를 더하야 퍼부엇다

녀자들의 생각에는 혼인날 비가 오면 불길한 증조라고 하지만 미쓰●캉도 맘에 불안을 늑겻든지 화장을 하면서도 시름업시 창박게 쏘다지는 비를 내여다보며 안저 잇고 잇고 하는 것이엿다

신랑 신부의 들러리들이 이 집으로 모혀들엇다

그들은 이구동성으로 비에 대한 론란이 이러낫다

映畵小說

人間軌道(95)

城北學人
安碩柱画

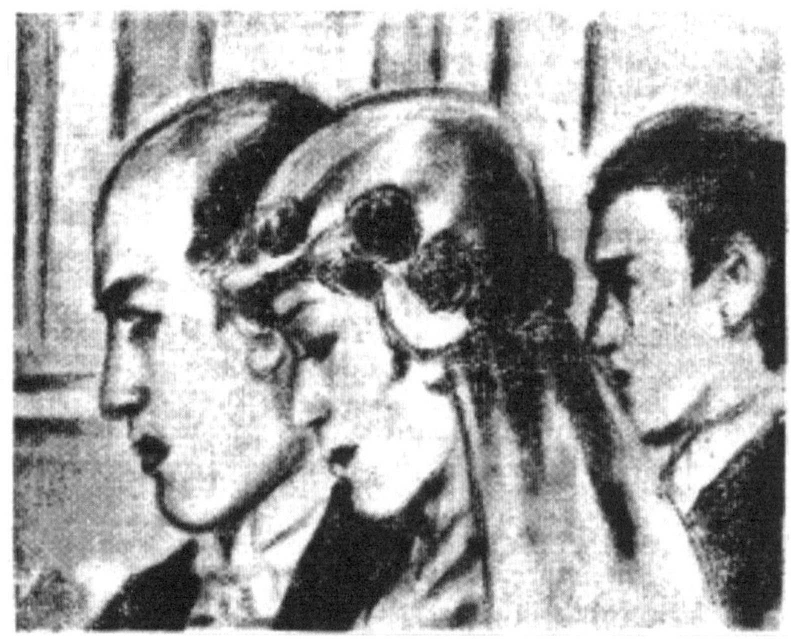

문 교사【三】

“비가 오니 손님들이 올라구요—”

미쓰 캉이 거울을 드려다 보고서 맥이 풀려서 하는 소리다

“그리게 말이요 내 팔자에 장가가 당치 안은 모양인 게야”

문호가 모닝코—트를 입고 서서 창밧글 내다보며 김싸선 소리를 하엿다

“여보게 비가 와서 사람이 적게 오면 조치 안은가? 단출하고도 오붓하게 지내세그려 허허허 허”

상근이가 잘 맛지도 안는 모닝코—트를 입어 엉거주춤하고 안저서 이죽댓다

“어쟷든 시간이 벌서 삼십 분박게 안 남엇는데 갈 채비를 차립시다 자동차는 부탁햇지요?”

미세쓰, 리가 무엇인가 못맛당해서 하는 드시 입을 쫑긋하고 안젓다가 말을 써냇다

“말하구말구요 어제 저녁에 말을 해 노핫는데요”

미쓰, 캉이 닁큼 대답햇다

“아 오늘 쓸 것을 시간도 일흔 게 아닌데 어제밤에 말햇스니 자동차부에서 이저버렷스면 엇재요 누구든지 나아가서 전화로 다시 다저보고 와야지요”

미세쓰 리—가 톡 쏘앗다

문호는 김성호를 실혀하든 터로 그의 안해인 미세쓰, 리를 둘러리로 청할 생각도 업섯는데 무슨 까닭인지 미쓰, 캉이 부득부득 욱여대여서 하는 수 업시 입맛은 쓰지만 청해온 것인데 무엇이 못맛당한지 대문으로 드러올 째부터 몽충한 것이 한다는 소리도 쌀쏙쌀쏙하야 문호는 실업시 짬증이 난 모양이다

"얼연히 잘 오두록 하엿슬라구요 그만 것씀이야 생각햇슬 터이지요!"

미세쓰, 리는 문호의 말에 토라젓는지 옷둑이 이러섯다

"그러케까지 퉁명스럽게 말삼하시면 내가 말을 잘못한가 봅니다 괜이 경사스러운 날 성을 내도 안 되엿스니까 그저 분부대로 쌀켓습니다"

"언니도 무얼 그리시우 그리 화낼 말도 아닌데요"

영희가 한편 구석에 안젓다가 참지를 못하겟든지 겻쇄기로 말햇다

이쌔에 맛침 문박게 자동차가 와 닷는 소리가 나며 신호를 울리엿다

공연히 승거운 말로 어린애가티 씩쑥거리든[1] 그들이 마루로 나아갓다

그들은 우산을 밧고 문박글 나아가 자동차들을 타고 공회당으로 향하앗다

천여 명이나 안는 공회당의 좌석이 비 쌔문인지 청첩을 적게 발송한 탓인지 준비위원이라는 학교 교원 합해서 이십 명도 못 되엿다

학교 교장이 주례를 처음 서는 게 되여서 그러한지 한 시간 전에 와서 무엇인지 웅얼대며 입살이 타가지고 식장 안을 거니는 것이엿다

신랑 신부의 일행이 식장에 드러섯다

피아노가 울리우자 보아줄 객은 적어도 미리 연습을 한 의식(儀式)이라 그들은 발이 척척 마저서 주례 압흐로 밧특이[2] 갓다

무에라 하는 소리인지 자긔만 알 소리를 혼자 직거린 주례는 상근이가 가지고 잇는 결혼반지를 문호에게 건네이라 눈짓을 하니 미리 예약해 둔 일이라 척척 드러마젓다 왜 그런지 문호의 손으로 반지를 씨우게 된 미쓰●캉은 어듸에 감추어 두엇든 수태인지 고개를 들지를 못하고 귀밋까지 붉게 타는 것이다

1 씩둑거리다. 쓸데없는 말을 수다스럽게 자꾸 지껄이다.
2 바특이. 두 대상이나 물체 사이가 조금 가깝게.

상근은 빙그레 웃고 미세쓰 리―를 보앗다 미세쓰 리―는 고개를 숙이고 우섯다

거룩한 식이 끗나자 이 가장행렬이 다시 피아노 소리와 함께 식장 정문을 향하엿다

준비위원들은 이 소위 신랑 신부에게 축복한다는 의미인지 무슨 의미로인지 쌀을 뿌리고 색조희를 뿌리고 하엿다

여기에 미쓰, 캉은 몹시도 행복을 늣기는 모양인지 생글거리지만 문호는 우수에 싸힌 얼골을 번쩍 들고서 미쓰―캉의 팔목에 껄려서 자동차에까지 이루럿다

이들의 자동차는 예약해 둔 료리집으로 향하앗다

료리집에서는 팔십 명을 한으로 차려 논 식탁이여서 모두 합하야 삼십 명도 못 되는 사람들이 안저 노흐니 남는 상이 더 기다랏타 혼인집이라면 기쓰고 다니는 그런 종류의 마나님들(궁한 탓이지만)도 수효가 적어서 그런지 몃 분이 와서 음식을 수리기 때문에 미쓰, 캉으로서는 흉보아야 할 일이로되 오늘만은 남기는 것이 앗가운 맘에는 다행으로 녁이엿다

단출하게 단출하게 하든 결혼식과 피로연은 참으로 단출하게 끗을 마치엿다

그래서 행복된 두 사람의 이 날은 빗소리와 함께 저무럿다

映畵小說

人間軌道(96)

城北學人
安碩柱画

문 교사【四】

문호와 미쓰, 캉이 결혼을 하고는 신혼려행을 가자는 것이 문호가 학교의 하긔강습회(夏期講習會)가 잇느니 교무주임으로 취임한 뒤에 학교의 묵은 서류를 처리하지 못하야 다른 긔회는 업고 하긔 휴가를 리용할 수밖게 업서서 한시도 틈을 내일 수 업다느니 하야 신혼려행은 트러지고 마럿다

강 녀사(결혼 뒤에 아는 사람들이 이러케 부른다)는 신혼려행을 가자면 석왕사나 온천 가튼 갑갑한 곳보담도 원산 가튼 압히 탁 터진 바다로 가서 십퍼런 바닷물 속에서 여름을 치르고 오고 십허서 결혼 전에 미리 해수욕 제구를 사다 노핫스나 모다 허사가 되엿다

그러나 일이 그럿타는 것을 아모리 자긔의 성미로서는 참을 수 업는 일이라 하드래도 결혼 초에 남편의 감정을 상해 노흐면 그게 압흐로 이떠한 화근이 될지 모르는 고로 심으룩해서 몃칠을 지내갓다

그러나 살림을 하게 되여 밥 짓는 마누라가 잇기는 잇지만 모두가 못 밋어워서 집안에 쏙 박혀 잇스니 갑갑도 하고 사다 노흔 빗 고흔 해수욕복도 그대로 좀멕일 필요는 업고 하니 그는 미세쓰 리에게 편지를 하여서 인천으로 해수욕을 가자고 졸랏다

여긔까지에는 문호가 반대할 수가 업든지 찬성을 하엿다 어느 날 청명한 일요일 강 녀사와 미세쓰, 리와 그리고 상근이와 문호와 경성역에 모혀서 인천행 렬차를 탓다

인천의 바다는 아츰 밀물이 드러와서 굴껍데기가 부튼 바위까지도 물속에 드러 잇섯다

이 일행이 해변가에 느런一히 처 노흔 천막 한 채를 세를 내여 해수욕복을 가라입엇다

그들은 손에 손을 익글고 바다로 뛰여드럿다

바다는 아츰 햇빗에 찬란히 빗나며 출렁거리고 잇다

얄픽한 해수욕복을 입은 남녀의 무리들이 금니어 은니어가티 물에 쓰고 잠악질하고 물 택견을 하고 바다의 물결과 함께 란무를 하고 잇다

미세쓰, 리ㅡ는 오늘가티 유쾌한 날은 업슬 것도 가탯다

맛나자면 남의 눈을 긔여야 하는 상근을 막힌 데 업고 거릴길 데 업는 자유의 천지에서 모든 것을 활작 드러내고 맘대로 뛰고 놀게 되니 그는 환상을 세 맛본 드시 즐거웟다

상근이를 발길로 기디차고 다라나면 상근이에게 붓잡히여 물속에 처박히고 모래 틈에 드러누온 미세쓰, 리의 몸에 상근이가 모래를 쪄언지면 얼골을 모래에 파뭇는 등 그들은 어린아해와 가티 노랏다 그러나 문호와 강 녀사는 물속에 한 번 다녀 나아온 뒤로는 모래 틈에 안저서 멀리 아룬거리는 수평선을 바라볼 샌 무엇엔가 홍미를 일흔 듯하엿다

문호도 자긔 안해를 그리 탐탁이 굴지 안엇고 그러하니 멋적지 안어서[1] 강도 탐탁히 굴 수가 업섯다

그러나 두 사람이 다ㅡ 상근과 미세쓰, 리ㅡ 두 사람의 하는 양에 대해서는 약간 의혹을 갓게 되엿다 그 두 사람은 그것이 몹시 궁금한 일이엿다

쑹ㅡ하고 안저서 상근과 미세쓰, 리의 거동을 바라보고 잇든 문호가 입을 여럿다

"저 사람들이 암만해도 이상하지?"

"글세요 저 녀편네가 상근 씨를 늘ㅡ 칭찬을 하고 그리드니 어느 틈에 저

---

1 다음 회차의 말미에 '멋적지 안어서'는 '멋적어서'로 '訂正' 표시.

러케 친밀해젓나요?"

"글세 말이지! 원체 저 녀편네가 단정치는 못하니까 해멀숙한 사나희래서 친해 논 게 아닐지! 어쨋든 김성호라는 그자가 우습게 되는 판이로군그래"

"그이가 늙엇스니까 저러케 몹시 젊은 녀자가 벗나기는 쉬웁지요"

"아 그럼 당신은 나를 보고 대야 머리라고 애늙은이라고 그리니 저 모양으로 벗나지 안켓소? 하하하하"

"예이— 여보시오 온— 당치도 안은 말이예요 내가 비록 말광냥이 갓태도 그러케 쌍되지는 안탑니다"

"그두 그래"

문호는 코대답 말로 말햇다 강 녀사는 문호의 태도가 넘우 민망하여서 애처러웟지만 긔분을 진작하기 위하야 문호를 구지 썰고 물속으로 드러갓다

강 녀사는 일본 류학 당시에 선수는 못 되여도 헤염에는 보통 사람보담은 나흔 편이여서 이 녀자가 물속에 드러가자 오리와 개구리와 가티 노는 데는 헤염치든 사람들 중에 흥미를 가지고 보는 사람도 잇섯다

映畵小說

人間軌道(97)

城北學人
安碩柱画

문 교사【五】

그들은 저녁쌔나 되여서 정거장 압헤서 파는 조개를 한 꾸럼식 사들고서 서울로 도라왓다

지리한 장마로 여름은 그렁저렁 지나갓다

아츰 저녁 선들선들한 바람이 불게 되고 볏치 얄버지기 시작하엿다

문호는 여름 동안에 학교의 문부를 낫낫치 조사하엿고 그래서 학교의 경리 방면이 몹시도 혼란한 것을 아렷다 간단히 말하자면 랑비된 것이 만헛스니 한 달에도 몃 번식 교원회의라 해 노코 한 번에 칠팔십 원으로 백여 원까지 소비되엿스니 필연코 료리집 출입이 자젓다는 게 짐작되엿다 그리고 예전 교무주임이 월급을 선차해 간 일이 만핫는데 회계를 짜저보면 월급보다 거진 갑절이나 더 갓다 쓴 것이엿고 이런 터에도 퇴직금으로 삼백 원을 주엇다는 것이다

그리고 녀 교원에게는 특별 수당을 한 달에 월급 외에 이십 원식 더 준 게 드러나는데 월급 오십 원에 이십 원 수당이면 매월 칠십 원이라는 돈이 녀 교원의 적은 지갑 속으로 드러가고 말엇다

그런데 녀 교원이면 다― 그랫든 것이 아니고 특히 얍쌔장스런 녀 교원에게만 그러한 은택을 내리엿든 것이니

지금도 날마다 문호의 압헤서 시침이를 짜고 알쭝거리는 리 교사도 그만한 수단으로는 듯고 안 닐이지만 전번 교무주임이 인물이 인물이라 간장을 녹엿슬 것도 가탯다

문호가 그런 것을 안 뒤로는 그 녀 교원을 미워도 햇스나 하로라도 알쭝거려 주지 안으면 좀 서운―한 듯하엿다 어느 날 문호는 교장 립회 아래에

교원들을 모하 노코 자긔가 조사한 문부와 조사보고서를 내여노코서 일일이 대조하야 가며 설명하엿다

첫재로 저번 교무주임의 횡령사건을 폭로하고 그리고 그동안 그 교무주임을 첫 대구리로 하고서 방탕하엿다는 것을 대담(자긔 짠에는)하게 추상적으로 론란을 하고 압흐로 절대로 그러한 납분 예를 집어치우겟다고 하엿다

교원회 가튼 때에 싹싹하게 맨입만 가지고 안저서 이야기들을 할 수 업스니까 신싱하게 다과로써 슷처버릴 것이요 녀 교원의 수당이라는 것은 온당치 안으니까 그만두기로 하엿다는 것이다

그리고 원체 전황히야 학교를 그만두는 학생이 만흐니까 경비 축소를 하지 안으면 안 될 것이라는 것과 미구에 교장과 협의를 하는 즉시 감봉 발표를 하겟다는 것이다

교장은 그 말을 듯고는 벙그레 웃고 몹시 감격하고 지당하다는 드시 고개를 쓰덕이엿다

"그럿치 그럿쿠 말구 문 선생 말슴이 올슴니다 싸는 그래야 될 것이지요 이 불경긔한 때에 선생들께는 미안한 일이지만 학교의 장래를 위하여서는 감봉도 조치요 그리고 싼 경비도 밧작 조려싸서 악쓰고 나가지 안으면 안 될 것이니까요 낸들 어듸 몃 푼 잇다는 재산을 다── 학교에 밧칠 수는 업는 게 아닙니까? 나도 사러야 하지요 이 학교에 돈 드려 논 것 째문에 우리 집 가족들은 불상견으로 아는데요 그러나 영육(英育) 사업에 잇서서 그들은 리해를 못 하고 그저 자긔들의 밥그릇이 이 학교로 하여서 차례가 못 가니까 그럭키도 하겟지요 가엽긴 합니다 그들은 쏙 나만 처다보고 살든 터에 락망이 되지 안을 수는 업는 겜니다 그러니까 그들의 호구지책으로도 논밧이나 남은 것은 그 목스로 남겨두지 안으면 나부터도 거리로 유리해 다닐

수밧게 업스니까요 어쨋든 밧작 경비를 주려보십시다 나는 문 선생만 밋습니다"

문호는 교장의 이 말에 힘을 어덧다 그는 득의양양하야 입을 여렷다

"암 그러시구 말구요 교장 댁의 재산이라는 게 화수분에서 나아오는 게 아니고 한정이 잇는 겐데 그런 생각을 아니 하시겟습니가? 엇잿든 내 말에 대하야 여러분께서는 리의를 가지셧스면 말삼하십시요 교장께서 나를 밋는다고 하서도 내 독단으로 할 수는 업는 일이니까요 자— 말삼하지요 리의는 업습니까?"

여러 교원들은 불시에 써러지는 철봉에나 어더 마진 것 모양으로 실색들을 하고 안젓다 그 중에도 수당을 먹엇다는 녀교사는 흙빗이 되다십히 된 얼골을 폭 숙이고 우는지 성을 냇는지 모를 만치 심긔가 저상된 것이엿다

"자— 말삼하시지요 말삼들이 안 게시면 동의하신 걸로 보겟습니다 원체 이런 문제는 교장 선생과 나와 처단해도 조흔 일이지만 우리 학교로서는 싼 학교보담도 학생에 대한 교육방침이 다른 만큼 우리들 사히에서도 '쎄모크래시—'로 되지 안으면 안 될 것이기에 여러분께 의견을 뭇는 것입니다"

'訂正' 昨日分 下段 第十七行에 '멋적지 안어서'는 '멋적어'서로[1]

1 문맥상 '『멋적어서』로'의 글자와 부호 배열 오류로 추정.

1931년 7월 25일

映畵小說

人間軌道(98)[1]

城北學人
安碩柱画

문 교사【六】

여러 교원들은 불시에 당하는 일이라 어리한이 벙벙하야 멀거니 안저 잇는 이도 잇섯고 고개를 들고 번민하는 듯한 이도 잇섯다

그러나 처음부터 썩 버틔고 안저서 비웃정대는 드시 얼골의 근육을 빗쏘우고 안젓든 박 선생이 기침을 칵 하고 무거웁게 입을 여럿다

"주리면 몃 할(割)이나 주릴 셈인가요?"

단도직립으로 하는 이 말에는 문호가 조금 망서리엿다

"적어도 이 활은 될 겝니가[2]"

"적어도 이 활이라면 어듸 남을 게 잇겟나요 무에니 무에니 하고 제하면 빈 봉투만 남을 게니까요"

문호는 이 말에 좀 상긔가 되엿스나 곳 눙첫다

"그야 나도 그런 것을 모르는 것은 아닙니다만은 일 년 예산을 세우고 생각한 것이니까요 이 예산서를 보시면 조금도 불평이 업스실 것입니나 그저 영육 사업에 희생하시는 셈 치고 이 불경긔만 넘어주시면 압흐로 다른 도리가 생길 것입니다 저나 여러분이나 이 학교를 사랑하는 것은 매 일반일 것입니다 또 설혹 불평이 계시드래도 하는 수 업는 일이니까 제 의견이나 학교의 정책에 대하여서 반대가 계시면 우리도 하는 수 업는 일입니다 그때에는 다른 방책을 생각하여서 단호한 처리를 할 것입니다 아러드르시겟습니가? 단호한 처치가 업지 안을 수 업습니다"

이 말에는 악가에 그 선생도 긔가 눌렷든지 입을 봉해버렷다

"자— 아무런 리의가 안 게시면 이대로 통과가 되는 것입니다 교장 선생!

---

1 원문에는 ')'의 부호 방향 오식.
2 문맥상 '다'의 오류로 추정.

다——들 량해하신 모양이니까 이대로 집정하는 게 조흘 줄 압니다"

교장은 싱그레 웃고 수염을 쓰다듬엇다

"그러케 하는 게지요 남어지 문제는 문 선생이 맘대로 하시구료 어련히 잘 하실라구—— 그러면 이걸로 그만 교원회는 폐회하십시다"

교장의 이 한 말이 뚝 써러지자 모다들 이러섯다

교장과 문호가 먼저 나아간 뒤 모자를 쓰고 나가랴든 교원들은 다시 주저 안저서 숙은거리고 잇섯다

그 이튼날 과연 문호의 계획대로 교원의 감봉 발표가 잇섯다 이 일이 잇슨 뒤로는 교원의 몃몃츤 문호와 옹죄가 되여서 문호의 의견이라면 의례히 반대 행동을 하는 일이 만허서 결국 문호의 손으로 교원 세 사람을 면직을 식혀 버리고 새로히 교원을 채용해 버리엿다

문호의 생각에는 상근이에게 한 자리를 주랴 하엿스나 사립 학교라도 교원 면허장이 잇서야 되는 터에 그것이 업스면 제아모리 적재라 하드래도 도당국에서 허락치 안을 것인 고로 입맛이 쓰지만 못 하고 마럿다

안 되고 보니 어찌 생각하면 도리혀 잘된 듯도 십헛다 왜 그런고 하니 상근과는 피차에 절친한 만큼 서로 그 약점을 알고 잇고 그리고 상근이가 자긔의 미테서 호락호락히 지내일 사람은 아닌 고로 도리혀 정의만 상하고 자긔 자신에 대하야 불리하겟는 고로 섭섭한 한편으로는 다행도 하엿다

그러한 일이 잇슨 뒤 교무실에는 늘— 저긔압이 도라서 문호는 여러 사람의 눈치만 보기에도 큰 일이엿다

일은 저지러 노코는 후회 잘하는 문호로서는 엇전지 자긔의 그 자리가 바늘 방석 가태서 불안이 업지도 안엇다

그리고 교장이 자긔와 친한다 하지만 교장이란 사람도 자긔의게 리를 씨

칠 쎄만 친하게 구러주는 고로 자긔보담 오래 선생으로 잇든 이 중에서 자긔보담 더 친한 사람이 잇섯고 그 사람이 매일 교장의 집에 파뭇처 잇다십히 하는 고로 거긔에 대하야서는 적지 안케 신경이 씨워지는 것이엿다

1931년 7월 26일

映畵小說

人間軌道(99)

城北學人
安碩柱画

문 교사【七】

문호와 가티 쌀삼하고 정중하고 청백한 듯한 그 사람도 한 학교의 교무주임이란 자리에 안고 경리 가튼 것도 관계하게 되니 아모리 공금이라도 제 주머니에 들고 보면 새는 줄 모르게 새여 나가기가 쉬운 터에 자리가 못된 자리가 되여서 그런지 전번 교무주임의 손재조를 물려 가젓는지 그러케 정직해 보히는 문호도 학교 금고에 구녁을 뚜로게 되엿다 한닙두닙 일원십원 이러케 곡감 쌔먹드시 먹은 게 한 달 동안에 이삼백 원이 넘어서 회계가 눈쌀을 찝흐리면 넌지시 몃 푼 집어주면 눈감어주는 것인데 이것도 꼬리가 길면 발필사라 조심을 하고 다음부터는 도모지 갓다 쓰지 안는다는 게 두 달 동안에 돈 천 원 각가히 되니 압흐로 엇더한 벼락이 써러질 줄 모르는 고로 마음에 늘— 불안이 잇섯스나 그 반동으로 날이 갈사록 손이 금고로 드러가는 수가 만하젓다

이러케 문호가 재조를 부리니 그 미테 잇는 회계도 조금식 그 재조를 부려보기 시작하야 맛을 드리긴 햇스나 엇전지 등이 쓰거워서 마지막으로 몃백 원 축을 내고는 회계를 내노코 나아가 버렷다

여긔에 문호가 어지간히 마음이 조라드럿스나 시침이를 싸버리엿다

그 회계의 대신으로 교장 집 차인[1]의 아들이 대신 드러왓는데 요것도 손슷이 거치러저서 야금야금 금고에 손을 대밀게 되니 문호와 배가 썩 드러마저 가지고 횡령과 사긔를 해먹게 되엿다

문호가 그러케 해먹는 그 돈은 어써케 소비되는가?

삼 년급의 코가 옷둑하고 해멀쑥한 한 녀학생의 밤 출입에 신는 칠피 구

1 차인(差人). 남의 장사하는 일에 시중드는 사람, 또는 임시 심부름꾼으로 부리는 사람.

두가 그 돈을 먹은 것이고 사 년급의 머리가 쏩술쏩술하고 눈우숨 잘 추는 한 녀학생의 그 고흔 몸둥아리를 감고 다니는 옷이 그 돈을 먹은 것이다

더구나 그 두 녀자의 집 살림도 이 학교의 금고의 돈이 문호의 손을 거처 그 녀학생들의 젓가슴에 숨엇다가 나아오는 그 돈으로 되는 것이니 이러한 비밀한 일을 세상은커녕 학교 안에서 알 사람이 업스리라 하지만 문호가 수당을 잘러버린 리―라는 녀교사의 내리까른 눈은 모든 것을 보고 잇섯다

거트로는 온유한 양 가튼 그 녀자는 마음으로

"요놈―" 하고 문호를 노리고 잇는 한편 학생 몃몃츨 자긔 집으로 째째로 불너다가 이 문호의 죄악을 말해주고 그리는 한편에 은근히 문 선생 배척 운동에 대한 선동과 지도를 아울러 하게 되엿다

이 녀교사를 만약 문호가 곱게 다럿드면 어찌 될지 모르지만 이 녀교사 역시 문호의 대머리는 젓슬 망정 귀염성스러운 얼골에 호긔심도 업슴은 아니로되 활을 대리기 전에 저편에서 방패를 내드니 아웅― 하는 녀자의 마음으로 분도 치미럿고 한 달에 이십 원이라는 돈이 녹아 업서지고 마니 그것도 원통한 김에 문호의 리면 행동의 추태를 알게 되니 복수할 조흔 긔회를 탄 것 가태서 한편으로는 교원들에게 속은 거리고 한편으로는 말성숟이 학생들을 끄뒤겨서 학교를 펄적 뒤집어 보자는 것이다

그리고 남자 교원들 중에도 문호의 돈 재조를 잠잣코 보고 잇는 사람도 잇든 터에 십월 달에 들어서서는 월급 지불 긔일을 연긔까지 되여 교원들이 대 분개하야 들성거리고 학생들은 동맹휴학을 개시하랴고 하학 후면 청량리로 한강으로 비밀 회합을 하야 이것이야말로 외우내환이엿다

그러나 문호가 사람이 령리치가 못하엿든 것은 아니엿겟지만은 조금도 이 눈치를 모르고서 그대로 버티고 잇섯든 것이다

선생의 한 패는 교장의 집을 드나들며 문호의 비행을 슬며시 이야기에 씨워 하고 학생들은 문호의 교수 시간에는 문호를 놀려대기를 시작하얏다

선생의 얼골이 요사히에 환――해젓느니 어제밤 진고개로 데리고 다닌 녀자가 '사모님'이냐?는 둥 쓸대업시 놀려대여 문호의 얼골에 진땀이 흐르고 빈둥건둥하고 책장을 넘기는 것이엿다

그리고 학생 사이에서는 문호와 무슨 추한 관계가 잇다고 지목되는 학생을 짓고 까불고 놀리고 울리우고 하야 그 학생은 학교에 발을 끈케 되니 그제서야 문호가 그 녀학생을 차저보고서 자긔 때문에 문제가 되엿든 것을 깨닷고 학생의 동요를 방비할 선후책을 생각하게 되는 한편 그 비밀이 폭로된 원인을 알랴 하엿다

1931년 7월 28일

映畵小說

人間軌道(100)

城北學人

安碩柱画

문 교사【八】

그래서 그는 각 반에서 제일 나 어린 학생을 하나식 비밀리에 불러다가 그 정세를 슬금슬금 무러보고 한편으로는 위협도 하야 그 어린 학생으로 탐보[1]순으로 맨드러서 그 학반 중에서 어써한 학생이 주동 분자요 그 후에는 현직 교원의 그 어써한 사람이 잠재해 잇는 것을 알엇다

그래서 아는 즉시 리―라는 녀교사를 퇴직을 식혀버리는 한편에 주동 학생을 정학 처분을 하고 조금 혐의ㅅ적은 교원도 두어 사람을 내여보내게 되니 일시 준좌[2]가 되엿스리라 하엿든 쌔에 정말 학생들의 동맹휴학이 이러낫다

동맹휴학을 이르킨 학생의 요구 조건에 첫 대구리와 둘재 요구 조건은 정치 문제에까지 이룬 것인 고로 이에 소개할 수 업거니와 그 다음 조건의 요령만을 들자면 제일차 제이차로 도태한 교원을 복직실힐 일 현직 교무주임의 횡령 사건을 일일히 들고 학생과의 음행 사건을 폭로하야 응증할 별 방법이 업스면 축출을 하라는 것과 긔타 학생 구타 사건과 수업료 감하 등의 기―다란 요구 조건을 교장에게 내여노코서 만일 이 요구 조건 전부를 드러주지 안으면 동맹휴학을 하겟다고 선언한 것인데 문호와 교장과 협의한 결과 요구서를 퇴각식히니 그 즉시 학생들이 책보를 싸려가지고 집으로 도라간 것이엿다

이러케 학교에 큰 동요가 생기니 문호는 그 즉시로 경찰 방면에게 의뢰하야 해결을 지워주기를 요망한 싸닭에 주동 분자들을 모조리 체포하게 되니 학교 당국에서는 학부형을 차저보는 둥 최후 통고를 하는 둥 하여서 일주일이나 되여 겨우 반수가 등교하엿다

---

1 탐보(探報). 알려지지 않은 사실 따위를 찾아내 알림.
2 준좌(蹲坐). 사태나 기세 따위가 진정됨.

이러케 되니 허울 조흔 개살구 가튼 문호가 각 신문에 오르내리고 짜라서 그의 추태가 폭로되니 일반 사회의 여론이 비등하는 한편 학교 당국에서도 문호의 죄상을 알자 쫏겨 나아간 몃몃 교원들이 자긔들의 봉급을 횡령하엿다는 것과 현직 교원들은 사장의게 량해를 밧어 가지고 문호의 절대 반대도 불고하고 비상 교원회를 소집하여 가지고 학교의 장부를 검사한 결과 공금을 사취하엿다는 결로── 나아간 교원── 현직 교원 이러케 상응하여 가지고 문호를 형사로 고소를 제긔하니 교무주임 문호는 동맹휴학 주동 분자라 하야 가치 운 녀학생과 가튼 경찰서 유치장에서 대머리를 글그며 하롯밤에 밧작 여윈 얼골에 눈동자만 사러가지고 잇섯다

그 뒤에 학생들의 몃몃은 무사히 석방되는 한편 문호는 일건 서류와 함께 검사국으로 압송되엿다

소란하든 학교는 일시 회호리 바람이 지나간 자리가티 휭──한듯 하엿스나 선생도 드러슬 대로 드러스고 학생들도 희생자 외에는 다─들 등교하야 정숙히 시간을 직히는 것이엿다

문호의 안해 강 녀사는 남편이 잡혀간 뒤로는 안절부절을 못 하며 밥도 변변이 먹지 못하고서 애가 타서 울고불고 하다가는 음식 차입을 하러 나아가곤 하엿다

문호의 절친한 친구로는 상근이박게는 업스나 상근이도 근근히 연명만을 하여 나가는 형편으로 아모리 친한 친구의 일이라도 보아줄 틈이 잇슬 까닭이 업섯다

그러나 강 녀사는 매일 상근이에 가서 조르며 어써케든지 문호가 무사히 나아오도록 운동을 해주지 못하겟느냐고 방정을 써러서 하는 수 업시 나댕겨 보앗스나 원래 공금 횡령에다가 장부를 위조를 한 탓으로 쑴싹업시 되게

걸렷는 고로 그 사유를 말하고 일이 되여가는 대로 방관할 수밧게 업다고 하엿스나 강 녀사는 "친구를 두엇다 무얼 하느니" "사괴일 때쑨이요 이런 일에 슬적 도라스는 게 친구란 말이냐"는 둥 넉을 노코 울면서 표독을 부리고는 간 뒤로 영영 오지 안을 줄 아럿스나 그 이튼날에 오고 하로도 두세 번식 와서는 그 '히스테리'를 발휘하는 것이엿다

검사국 구인 날짜가 숫나는 날 그 학교의 교장이 무슨 생각을 하엿든지 자긔가 책임을 지기로 서약을 하고서 문호를 쌔여 내노핫다

그러나 횡령과 사취한 그 금액은 석 달 안에 물어 노키로 하여 문호는 자긔 부모가 로래에 근근히 연명을 하여가는 전답을 톡톡 털어 파라가지[3] 시골서 부모를 압장세우고 도라왓다

그 돈을 무러 노코 보니 이야말로 거지가 된 데다가 잔소리 심한 로부모가 드러와 잇스니 강 녀사는 울하증이 나서 매일 어듸인지 싸다니는 것이엿다

3 문맥상 '파라가지고'에서 '고'의 탈자 오류로 추정.

映畵小說

人間軌道(101)

城北學人
安碩柱画

영아【一】

가을도 지나고 겨울이 왓다 새벽부터 눈이 펄펄— 나리여 몃십 년 만에 처음 오는 대설이라 하는 날 저녁때에 영희는 아이를 낫다

금시에 아이를 비리저서 상근이가 해산바라지할 사람을 구하랴고 하얏스나 원악 급히 서두는 고로 상근이가 아이를 바덧다

태ㅅ줄을 어떠케 자르고 어린아이를 싹수로 세우고 구정물을 빼는 등 그만한 것은 사나희라도 상식으로 알고 잇섯는 고로 과히 실수는 아니햇스나 서투른 솜씨로 바더서 아이가 어찌 될지 마음에 불안이 써올랏스나 어린애를 씩겨서 헌겁으로 싹싹 싸서 뉘이니 간난애는 혼곤이 잠이 드러 저윽이 안심이 되엿다

그러나 별안간에 당한 일이라 미역도 준비를 못 하엿고 원체 돈이 업스니 쌀도 하로거리박게는 남지 안엇다

산모를 뉘여두고 상근은 또 돈 주선을 하랴고 나아갓다

돈만 될 것이면 모다 전당을 잡혀먹어서 자긔가 입고 다니는 양복과 영희가 입고 드러누은 옷 한 벌밧게는 남은 게 업스니 불가불 아는 사람에게 가서 돈 구처[1]를 하는 수박게 업섯다

너무도 신세를 젓지만 상근은 철면피 행세를 할 생각을 하고서 김성호를 차저갓다

김성호는 원래 페가 약한 터로 겨울만 되면 해소로 해서 고통을 하는 것인데 올해의 우심한 추위에는 그의 페는 저항력을 완전히 일헛는지 자리보전을 하고 누어 알코 잇섯다

---

1 구처(區處). 변통하여 처리함. 또는 그런 방법.

김성호는 침실로 상근을 불러드렷다 미세쓰•리―도 짜라 드러갓다

상근을 불러드려 노코는 김성호는 아모 말 업시 천정만 치여다보고서 누어 잇섯다 어둑컴컴한 방에 누루끼――하게 들뜬 김성호의 얼골은 마치 물에 뜬 송장 가탓다

그리고 가슴에서 가래가 끄러 올라오는 소리가 상근 자긔의 쌔를 줄로 써는 소리가티 몸서리가 처진다

미세쓰, 리―는 아모 소리 업시 창백한 얼골을 반드시 들고 모든 감정이 녹아 업서진 사람가티 아무런 표정도 업시 조각품으로 우두머니 상근의 엽헤 서서 잇섯나

박게서는 눈이 아즉도 부실부실 내리고 잇섯다

상근은 자긔의 용무보다도 김성호의 병이 위급한 것 가탓다 그래서 그는 실망하엿다 중병을 알른 사람에게 자긔의 온 뜻을 말하기에는 너무나 참혹한 것 가태서 그는 단념하엿다

“언제부터 병환이 나섯길래 이러케 위중해 보힘니까?”

그는 자긔 엽헤 서 잇는 미세스, 리를 치여다보고 무럿다

“거진 보름이 넘엇서요 어느 날인가 밤 늣게 술을 자시고 드러오더니 그 길로 자리에 누으신 뒤로 이러나지 못하엿서요”

그 녀자의 음성은 몹시도 나른―하엿다

“병원에 입원을 하시지요”

“병원에 입원을 하시래도 애써 그럴 것 업다고 하서서 하는 수 업시 의사를 대이고 집에서 치료하기로 하엿답니다”

“아니야 병원은? 나 가튼 사람이 오래 살랴고 애써 무얼 하나 오히려 병드러 죽는 게 편한 죽엄이지…… 암만해도 겨울 안에는 이러나지 못할 것 가

테이……… 봄이 되면 바스러저서 쓰러질 것 갓고"

김성호의 음성은 쎌리엿다 그는 고개를 돌리여 기침을 하더니 타구에 피가래를 배앗텃다

상근이는 소름이 씨첫다 그 피가래는 임이 그의 폐가 무수한 균에게 함락이 된 것 가텃다

상근은 무의식적으로 손으로 코를 막엇다 혹시 야릇하게 보지 안을가? 하고서 미세쓰 리―를 치여다보앗다

그는 고개를 돌리고 얼골을 찝흐리고 섯다

상근은 벌덕 이러섯다

"김 선생 래일쯤 쏘 오겟습니다 오늘 제 안해가 해산을 해서요 곳 가보아야 하겟습니다"

"아― 자네 부인이 해산을? 그래 순산인가?"

김성호가 괴로운 중에도 부르지젓다

"해산이요? 엇저면! 아들? 쌀?"

미세쓰 리가 맛장구를 첫다

"녜― 순산입니다 아들예요"

"오―호 조시겟습이다 아들이라니요"

미세쓰 리는 의미 잇시 상근을 보며 쌩긋 웃섯다 상근은 "흥!" 하고 식은 우숨을 우서보혓다

1931년 7월 30일

映畵小說

人間軌道(102)

城北學人
安碩柱画

영아【二】

“아들이라고? 그것 잘댓네그려 자네 한 턱 단단히 해야 하겟네 그런데 그 어려운 처지에 경사는 경사나 곤난한 점이 만켓네그려 그래 산모에게 멱국이나 끄려 드렷나?”

김성호는 중병이 드러 몸이 괴로운 터에도 평소와는 딴전으로 정이 잇게 걱정이나 되드시 말햇다

상근은 긔회가 조흔 긔회이지만 말이 입안에서 뱅뱅 돌고 나아오지 안어서 머리를 숙이엿다

“멱이고 무에고 장만할 형편이 되겟나 여보 잠간만 이리 오” 하며 김성호는 긔맥 업는 손을 드러 미세쓰 리—를 불럿다 미세쓰 리—가 김성호의 침대머리로 가니 김성호는 무어라 무어라 조용히 분부하는 것 가텃다

상근은 계면쩍고 창피한 듯해서 김성호에게 인사를 하고 또아를 열고 나아간다

미세쓰 리—가 쪼르르— 쫏처 나아와서 또아를 닷고 또아 밧갓에 웃둑 섯다

“잠간만 제 방으로 들러 가세요 곳 내려가겟습니다”

상근은 못익는 체하고서 미세쓰 리—의 방으로 갓다 방안에 드러서자 일홈 모를 상쾌한 향수 내음새가 확 끼첫다

오랫동안 복가치든 묵어운 머리가 갑분한 듯하엿다

피로한 상근의 눈에는 어스름한 방안에 노힌 쏘파—에 얼기설기 수 노흔 쿳숀이 몹시도 푹신해 보혓다 그는 그것을 등에 깔고 쏘파에 안저버렷다 창틀에 노힌 수선화가 황혼에 새여 드러오는 열분 외광(外光)에 졸고 잇는 것 가탯다

어둑컴컴한 방안에 안젓스니 '하―트'를 이저버린 사람가치 지내든 상근의 마음에 울분이 써올랏다

살지 안을 것을 사는 것 갓고 쏘한 영희의 아이싸지 바든 자긔가 몹시도 못나보엿고 살쾡이 가튼 김성호에게 돈 구처를 하러 와서 은혜를 기다리는 자긔의 신세가 불상해 보혓다

"아모리나 살랴면 사는 동안 이꼴저꼴 다― 보는 게지………"

그는 스사로 안위를 어드랴고 혼자 맘으로 뇌엿다

그리고는 쏘아 압흐로 가서 쏘아 녑 벽의 전등 '스윗치'를 돌려서 불을 켯다

불을 키자마자 미세스, 리―가 드러왓다

"퍽 기다리셧지요? 그이가 이것을 선생님께 드리라고요?"

상근은 참아 양복 바지춤에 찌른 손을 쌔여서 그것을 밧기에는 용긔가 업섯다 용긔라는 것보담도 그것은 미세쓰, 리―가 들고 잇는 그 봉투 속에는 반다시 돈이 드러 잇는 것 가탯든 것이다

그 돈이라는 게 새삼스럽게 더러운 것 가탯다

자긔의 일신을― 전정을 망치게 한 사나희에게서 밧는 그 돈 자긔와 불의의 관계를 맷고 지내이는 그 녀자의 남편―― 죽어가는 그 남편에게 밧는 이 돈이 몹시도 더러웟든 것이다 밧는 자긔가 더욱 더러운 것 가탓다

눈치 싸른 그 녀자는 상근의 양복저고리 속주머니에 그 봉투를 집어너허줄 쌔는 상근의 눈에는 눈물이 글성글성하엿다 그리고 얼골 좌우의 광대쎠가 슯히 움직이엿다 상근은 그 얼골을 그 녀자의게로 향하얏다

그 녀자는 그 사나희의 목을 두 팔로 감고서 고요히 입을 여럿다

"너무 슯허하지 마서요 맛나 뵈온 지가 한 달은 되엿지요? 저이는 겨울을 못 넘길 것입니다 그리고 영희 씨는 아이를 낫스니싸 선생님의 책임은 거기

에 슷치는 것이지요 그러면── 잔인한 소리 갓지만 봄이 되는 때는 선생님과 저는 행복스럽게 될 수가 잇는 것 가태요 저는 선생님과 살게 된다면── 하고서 벌서부터 모든 준비를 하고 잇답니다 저는 지금 아무런 생각도 업서요 저이의 병에도 그리 애틋하게 간호하고 십지도 안어요 다만 선생님만 생각이 되여요 무엇을 하든지 어듸를 가든지 자고 깨면 선생님의 환영이 압흘 막어서 모든 게 일즉 해결이 안 되면 저는 밋칠 것 가태요 선생님은 제게 대해서 어쩐지 랭정한 것 가태요 환경이 그러하시니까 그럿켓지만── 그러나 저를 사랑하신다는 것은 밋고 잇습니다 확실히 저를 사랑하시지요? 그럿치요?"

상근은 그 녀자를 한참 물그럼이 바라보다가 고개를 끄덕이엿다

그 녀자는 즐거워서 어쩔 줄 몰라햇다 상근은 그 녀자의 두 손을 쥐여주고는 도라서서 나아간다

"그이가 오늘 댁에 가보라 하엿스니까 조금 잇다가 가겟습니다"

"녜─ 오십시요"

이리하며 두 사람은 손길을 나뇌엿다

1931년 7월 31일

映畵小說

人間軌道(102)[1]

城北學人
安碩柱画

삽화 없음

귀국【一】

그럭저럭 일주일이 지나갓다 산모— 영희는 거지반 건강이 회복되엿스나 간난아이는 나튼 첫 날은 아무런 탈이 업섯스나 그 이튼날부터 간긔가 써서 퍼런 똥을 누고 하엿다

처음에는 간긔를 아르면서도 젓을 찻고 울더니만 한 사흘이 지나간 즉 젓도 찻지 안코 손끗 발끗이 새파래지며 바람이 이러낫다

그러나 의사도 청할 돈도 업고 해서 기름을 쓰려 먹이면 조금 쌘—해저서 눈을 쓰고 도리번 도리번 하다가도 한 두어 시간만 지나면 눈을 썩 감고 얼골까지 새파랏케 죽는 것이엿다

영희 자신이나 상근이나 처음 아이를 바덧고 이러한 일도 처음 당하는 일이라 어써케 해야 조흘지 망서리다가 그럭저럭 닷세가 지나갓다

"이런 째 어머님이 겟섯드면" 영희는 눈물을 흘리면서 숨을 모는 어린애를 드려다 보고서 혼자 뇌엿다

일주일이 되는 날 밤에 어린애는 긔어코 죽고 마럿다

이 어린 생명이 처음에 모태에서 써러저서 어슴프레—한 좁은 방안을 두어 번 돌러보고는 쑤렷한 햇빗도 못 보고 간 것이다

영희는 어린애가 죽은 뒤 몃칠 동안을 무턱대고 눈물을 흘리고 우럿다

한쪽으로 생각하면 몸이 갓든한 것도 가탯스나 자긔의 압날이 허무러진 것 가태서 몹시도 서운하엿다

세월은 쏘 흘러갓다 영희에게는 왜 그다지 세월이 쌔른지를 몰랏다

평범한 듯한 자긔의 생활이 지금에 생각하면 어지간히 파란도 만헛든 것

1 '103'의 오류. 한 회 반복된 이 오류가 수정되지 않고 '102'를 기준으로 이후 회차가 이어짐.

가탯다

지금 자긔는 너른 바다로 써도라 다니면서 여러 곳의 포구(浦口)를 지나서 지금은 귀포(歸浦)를 하고 닷을 내릴 째인 것도 가탯다

그러면 자긔 자신은 어써케 발을 옴겨 노하야 할가?

첫재로 자긔에게 대하야 조금도 애책을 갓지 안는 상근과 살 수도 업는 일이요 또 자긔 자신으로도 죄송한 듯도 하엿다

자긔가 모든 죄과를 깨닷고 참회를 하고 생활을 쓰더 고첫다 하드래도 임이 그것이 시긔가 노친 것이요 그러하니 막연하게 세상만 원망할 수가 업섯다 그래서 몸[2]이 얼마 아니 잇스면 올 것이니 그때가 되거든! 하면서 그는 모든 문제를 봄으로 미루엇다

□

영희의 이야기는 여긔서 잠간 중단하고서 새로운 소식 하나를 가저오지 안으면 안 된다

봉천에서 안동현을 거처 국경을 넘고 신의주를 지나 렬차가 궤도를 급히 달려온다

'넬 ―'을 굴르고 밋그러지고 달리는 렬차 박휘의 음향은 고민하는 이싸의 비명이 아니랄 수가 업섯다

맨 쓰테 달린 삼등객차 전망대로 통한 문에 긔대여 변해 가는 산천을 실음업시 바라보고 잇는 한 사나희가 잇다

원래 중국에 오래 잇슨 탓인지 조곰도 그의 모습을 아러 내일 수 업슬 만치 모든 게 변하엿다

2 문맥상 '봄'의 오류로 추정.

원래 그는 수염터가 유난스리 푸르렀지만 그 수염을 길러 노핫스니 첫재 그 나희가 어처구니 업시 틀려보히는 까닭에 그를 그라고도 할 수 업슬 것이다

중국복에 큼직한 대모테 안경을 쓴 것이라든지 손톱을 기른 것이라든지 담배대라든지 중국의 어느 대관이 아니면 상인 비슷한 모두가 역락업는[3] 중국 사람이다

그는 담배를 푹푹 피우면서 빙그레— 웃고□ 무엇인가 통쾌미를 늑기는 것 가탯다

국경을 넘어올 째 세관에서 감짝가티 그들이 속어 넘어진 것이라든지 긔차 안에서도 그들이 조금도 의아해 하는 낫빗도 업섯든 것이라든지— 실업시 통쾌한 일이엿다

그러나 오랫만에 고국 산천을 바라보니 감개가 무량하야 그의 눈에는 눈물이 글성글성하엿다

모든 과거의 자긔의 발자최와 자긔의 발자최를 싸르든 사람들—— 그 모든 환영이 구불구불 물결처 넘어간 산기슭에 푸른 하날에 붉은 싸우헤 그려지는 것이엿다

"모두들 잘 잇는가?"

그는 다른 쌔가치 거칠 데가 업는 사람 가트면 소리처 부르짓고도 십헛다

더구나 죽은 봉희를 생각하면 그는 마음이 슯헛다

"지금 그의 늙은 어머니는 어찌나 되엿든지……"

그는 속으로 뇌이면서 밧게 바람이 넘우도 차서 문을 닷고 자리로 와 안젓다

이 사람은 사 년 전에 조선을 써난 성묵이엿다

---

3 영락(零落)없다. 조금도 틀리지 아니하고 꼭 들어맞다.

映畫小說

人間軌道(102)[1]

城北學人
安碩柱画

귀국【二】

성묵은 이번 길을 마지막으로 하고서 조선에 온 것이다

만약 지금이라도 자긔의 정체가 탄로되여 잡힌다 해도 마지막이오 자긔가 마터 가지온 사명을 달하는 그째도 마지막으로 자긔의 길이 씃나는 것으로 아렷다

그의 눈압헤는 감옥에서 울분한 세월을 보내는 동지들의 얼골이 써올럿다 그것보담도 그들이 체포되고 자긔가 체포되엿슬 째의 광경이 뚜렷이 나타낫다 비장한 장면이엿다 싸라서 자긔만이 탈주하고 이역에서 신산한 생활을 하엿다 하드래도 그들에게 대하여서는 죄송하엿다 그러나 자긔가 한 일이 도피책이엿다면 모르드래도 자긔들의 일이 와해로 도라가게 될 째 분연히 쌔다른 그 일 째문에 된 일이니 압흐로 조선 안에서 자긔가 하는 일에 대해서 그들의 오해를 풀 수도 잇는 일이엿다

김성호나 류상근에게 대한 일은 밧게 잇슬 째 인편으로 풍편으로 알엇는고로 그 두 사람에게 대한 처치 방침은 간단히 결정해 둔 것이다

그러나 영희만은 그의 전정에 대해서 생각해본 일도 잇섯다

큰일을 경륜하는 사람으로서 일개 타락한 녀자를 념두에 두고 번민을 할 사람은 아니지만 그는 영희를 두고 조선의 녀성들을 생각해 본 이엿다

자긔로서도 영희를 참닷케 지도를 해보지 못하엿든 것을 후회한 일도 잇섯다

엇젯든 가엽슨 녀성이엿다 제 자신을 자긔가 지배를 못 하고 그저 늘— 변하는 자긔의 환경에게 지배가 되고 그 어□한 분위귀에 휘말려 지내는 그

---

1 '104'의 오류.

러한 녀자이니 바탕이 너무도 순진한 까닭인 것도 가탯다

봉희는 임이 죽어 세상에 업는 사람이고 영희만이 자긔의 청춘 시절을 회상케 하는 꽃과 가튼 것이엿다

사실이지 그 영희 때문에 자긔의 마음이 괴로웟든 때도 잇섯든 만큼 녯 산천을 차저오는 그의 마음속에는 가느다란 노래 소래가티 자긔의 마음속에 배회하는 녯일이 어렴푸시 떠올를 때 엇전지 영희가 보고십헛다 그러나 일은[2] 끗맛치기 전에는 맛날 수 업는 일이요 일을 맛친 뒤면 자긔의 생명이 끗나는 때이겟스니 영원히 맛나지 못하고 마는 것이라 하엿다

맛나면 변햇슬 테니 변한 것을 볼 때는 환멸을 늣기게 되지 안을가? 그러면 오히려 녯 긔억만을 품고 잇는 것이 도리혀 깨끗할 것도 가탓다

긔차는 평양역을 지낫다 성묵이도 무사히 지낫다

그러나 어느 곳에서 업서젓는지 성묵은 평양역을 지나자 간데온데가 업게 되엿다

긔차는 중화역을 지나고 사리원역에 다다럿슬 때는 긔차 안은 벌컥 뒤집히엿다

긔차 차장이 불시에 여객의 신분을 조사하고 사리원역에서 올러온 경찰들이 여객의 몸을 뒤지기 시작하엿다 그러나 그들이 차지랴든 사람은 끗내 발견치 못하고 긔차는 긴장된 분위긔에 싸혀 경성역에 다다럿다

경성역에 렬차가 멈추자 얼토당토안혼 혐의자 십여 명이 경찰에게 씰리여 경찰서로 호송되엿다

이러고 보니 그날 밤에 각 신문에는 세상의 이목을 썰 만한 큰 활자로 보

2 문맥상 '을'의 오류로 추정.

도되엿다

그 긔사의 대략 내용인즉 삼 년 전 ××사건의 주요인물이요 보석 중에 조선을 탈출한 림청(성묵)이 만주에 잇는 ××부의 모 중대사 사명을 씌고 잠입한 형적이 잇서 국경—— 경찰서에서는 평양 개성 경성 기타 각 방면에 수배를 보내여 경의선 렬차 중에서 혐의자 십여 명을 검속하고 이에 따라서 각지의 검거 선풍이 이러난 모양인데 사건은 장차 중대화하리라는 것이다

이 신문 긔사가 안온한 듯하엿든 세간의 물정을 소연케[3] 한 것은 물론이지만 여긔에 놀란 사람들이 잇다 첫재로 김성호는 이 신문 긔사로 하여서 병이 덧치여 생명이 경각에 달린 드시 위중하게 되엿스며 상근이는 몹시도 황당해젓다 그는 언제든지 그 사람이 올 날이 잇스리라는 것은 아럿지만 그러케 불시에 속히 올 것 갓지는 안엇다

그러나 일즉 오고 늣게 오고는 문제가 아니지만 그가 돌연히 나타낫슴으로 장차 자긔에게 내리울 행동이 주목되는 한편에 수수썩기 가튼 그의 일이 두려웟든 것이다

상근은 신문 긔사를 대하는 즉시 몸을 부들부들 썰면서 김성호에게 달려갓다

영희도 상근이에게 듯고는 정신이 앗득하엿다

---

3 소연(騷然)하다. 떠들썩하게 야단법석이다.

1931년 8월 2일

映畵小說

人間軌道(104)[1]

城北學人

安碩柱画

귀국【三】

상근은 김성호의 침대머리에 몸을 활등가티 숩으리고 안저 잇섯다 김성호는 병으로 촉두와 가티 된 얼골을 천정을 향하고 입을 싹 버리고 벅찬 숨결을 엇지할 수 업서서 "컥! 컥!" 하고 괴로운 소리를 내이고 잇다

"상근이……… ………"

그는 말을 하랴다가는 얼골을 찝흐리고 가슴을 손으로 문대엿다

"허는 수 업는 일일세 우리는 어느 때나 마음이 편한 때는 업섯스니까 차라리 무슨 끗장이 나야지 시원하겟네 나는 임이 죽어가는 사람이니까 이러케 당하나 저러케 당하나 마찬가지겟지만 후──"

김은 더 말을 계속치 못하고 얼골을 침대 요에 써럿트리엿다

상근은 마음이 초조하야 입술이 지지리 타고 얼골에는 기름과 땀이 석기여 동상(銅像)가티 번적이엿다

"그러면 저는 엇지햇스면 조켓습니가? 저도 임이 얼마 전부터 생각해 둔 것은 잇습니다만은 그것은 좀 비겁한 것 가태서요"

"무슨 생각을?"

김성호는 머리를 들고 무서웁게 패인 눈을 상근의게로 향하얏다

"그만 살겟다는 말삼입니다 이 세상에 모든 것에 애착이 업스니 그 수밧게는 업습니다 그리고 하로를 더 살사록 무엇인가 공포가 더하여집니다 거울에 비최이는 내 형체나 내 그림자까지도 무서웁습니다 아하──"

하며 상근은 두 손으로 얼골을 싸고서 몸을 써럿다

"이 사람아 십퍼럿케 젊은 사람이 왜 마지막 가는 생각을 하고 잇나? 그보

1 '105'의 오류.

다도 멀리— 가게 멀리 가 잇다가 수양이나 더 하고 째가 되거든 다시 도라오게 그리고 자네로서는 내가 모르고 잇는 것 갓지만 자네의 형편도 잘 알고 잇고 심지어 나의 안해와 자네의 관계도 잘 알고 잇네 어느 째는 일부러 내 안해와 자네 사희의 편의를 보아 준 째도 잇섯네"

"녜? 무엇을요?"

상근은 놀란 바람에 벌덕 니러섯다

[2]그러케 놀랄 □이 아닐세 거기 안게

그러니까 자네는 내 안해를 데리고 멀리 가게 멀리 가서 세상을 잇고 사러보게 나는 내 안헤의 행복을 위하야 하는 말일세 내 안해는 자네가 업스면 못 살 사람이니까 또 나희도 걸맛고 조치 안은가? 허허허……"

그는 풀긔 업는 우슴을 우섯다

"래일 아츰 일즉이 자네들이 얼마간이고 살 만한 것을 변통해 줄 것이니까…… 그리고 지금의 자네의 안해는 명색이 안해이지 별수 업는 것을 나도 잘 알고 잇네 가게 둘이 멀리 가주게…… 나는 이왕 버린 사람이지만 긔왕 죽어가는 것이니 상관업는 것일세만은 자네들 젊은 사람은 그럿치도 안은 것일세 사러볼 대로 살다가 죽게 되는 째 죽는 게지……"

하며 그는 슯흠에 못익이여 눈물이 흐른 얼골을 벽을 향하야 돌렷다

상근은 아모 소리도 업시 늑겨 울고 안저 잇슬 쑨이엿다

어느 틈에 드러왓는지 미세쓰 리—가 '쏘아'를 향하야 도라서서 늑겨 울고 잇다

밤은 깁허갓다 상근은 김성호의 병실을 나아와 미세쓰•리와 함께 그 녀

---

2 '「' 누락.

자의 방에서 안진 채로 밤을 샛다

그는 미세쓰●리가 싸라주는 대로 술을 마시엿다 취햇다가는 깨이고 깨엿다가 취하고 하엿다

자긔의 몸이 이러케 절정에 단애에 이루운 것가치 위급한 경우에 이루럿슴을 그는 새삼스럽게 깨닷고 깨닷고 하엿다

그러나 마음을 척 짜라안치고 생각하면 생각할 필요가 업는 아무런 문제도 안 되는 것이엿다

"죽게 되면 죽고 살게 되면 사는 게지"

하엿슬 째는 무엇인가 통쾌미를 늣길 수도 잇섯다

그럿치만 날이 밝어오는 것이니 할 째는 새로 밝는 그날이 몹시도 두려웁고 무서운 날 갓햇다

"다라날가? 그럿치 안으면……" 하고 그는 술에 쓴 맘으로도 초조하게 생각하는 것이엿다

1931년 8월 4일

映畵小說

人間軌道(105)[1]

城北學人
安碩柱画

귀국【四】

그러나 다라난다 하드래도 조선 안은 면하여야 하겟스니 일본이나 중국으로 간다 하면 려행 증명서가 잇서야 하겟고 해서 그는 일본으로 가서 어느 해변가에서 얼마 동안 지내보기로 하고서 날이 새면 즉시 미세쓰 리와 함께 려행 증명서를 밧기로 하엿다

상근이가 처음에는 김성호의 말을 드를 째까지도 생에 대한 미련을 가지고 잇지 안엇지만 풍전등화와 가튼 자긔의 생명을 생각할 째에는 새삼스럽게 이 세상 모든 것에 대하야 안탑갑게도 미련이 생기게 된 것이다

첫재로 자긔 압헤서 얼진거리는 미세쓰 리의 고혼 형상이다 그의 음성이다 그의 매력에 찬 두 눈이다

그리고 들이고 산이고 바다이고 하늘이고 그는 이 모든 것을 써날 수는 업섯다

이 녀자와 멀리 가자 어듸든지 첫재로 정신적으로 자유를 어들 곳을 차자 가자

그는 마음으로 생을 절규하엿다

"자— 우리는 멀리 갑시다 괴로움과 슯음이 업는 락토(樂土)로 가십시다 우리들 두 사람만 살 곳으로 가십시다……."

그는 그 녀자의 손길을 잡고서 신파 배우 모양으로 '대사'를 외이듯키 슯히 말하엿다

"네— 선생님이 가시는 곳이면 어듸든지——"

그 녀자도 역시 '세리푸'를 외엿다

---

1 '106'의 오류.

두 사람은 자긔들의 이 장면이 아모래도 우수웟든지 소리까지 내여서 우스면서 포옹을 하엿다

날은 훤—하게 밝어왓다 그들이 소스라처 이러낫슬 째는 집안 하인이 뜰을 쓸 째엿다

그날 상근과 그 녀자는 려행 증명서를 어덧다 그래서 하로밤 동안 모든 준비를 하고

이트[2]날 아츰으로 출발하기로 하고서 헤여젓다

상근이가 자긔 집을 드러갓슬 째 왼 집안이 이상히도 휑뎅그레——함을 늣기엿다

그는 마루에 걸터안저 방안의 영희를 불러보앗다 아무런 음성이 업섯다

그는 마루 씃과 마루 구석구석을 둘러보앗다 늘— 노혀 잇든 그의 노란 구두가 업다 그는 야릇한 예감을 늑기면서 안방 문을 여러제첫다

방안에는 아랫목에 상근 자긔의 이불요만이 얌전하게 싸라 잇슬 쌘이엿다 쏘 다시 그는 거는방 문을 여럿다 그곳 역시 휑뎅그레——하엿다 그래서 그는 다시 안방으로 건너가서 외투도 입은 채로 아랫목에 주저안저 버렷다

안자마자 그의 눈에 확 비최이는 책상 우헤 흰 봉투가 잇섯다 그는 황급히 그것을 손에 드럿다

것봉의 글시는 퍽 침착한 째의 글시엿다

류상근 선생께

집을 나아가면서……… 영희 상

그는 썰리는 손으로 것봉을 뜻고서 알맹이를 써내여 폇다

2 문맥상 '튼'의 오류로 추정.

가는 제가 무슨 말삼을 드리오릿가만은 다만 그동안 사람답지 못헌 저로 하여서 슯홈으로 지내신 당신께 모든 것을 사과하오며 감사를 드리고저 함입니다

첫재로 당신의 압길을 위하야서 제가 당신과 인연을 끈어야 되겟고 제 자신의 장래를 위하여서도 집을 나아가야 되겟습니다 사오 년을 부부라고 한 집에서 긔거를 가티한 그 안해가 갈 째에 남편 되는 이와의 주고밧는 아무런 이야기 한마듸도 엄시 간다는 것은 저로 생갓[3]하여도 쾌ㅅ심한 일이오나 모든 미련 째문에는 과감한 행동을 할 수 업는 싸닭으로 심약한 저는 당돌히 좁다란 조희 우헤 간단한 고별의 말삼을 드리는 것입니다 그리고 과연 사실인지는 모르겟스나 림청(성묵) 씨가 귀국한 데 대하야…… 거기에 대하야서는 당신과 나 사하[4]에는 묵묵히 생각할 싸름이요 피차에 입을 열어 말로써 하기에는 두려운 일입니다

그이가 왓다면 반다시 그를 대할 째가 잇슬 것 갓습니다 그런 긔회가 업다 하면 그의 지나가는 커一다란 음향이라도 드를 것입니다

아一 얼마나 무서운 일이겟습니가 그러타고 저는 썰지는 안습니다 저에게는 압날이 잇습니다 압날一 당신도 말삼한 바와 가티 저는 맛당이 제가 갈 길을 거러 나아가 하야겟습니다

3 문맥상 '각'의 오류로 추정.
4 문맥상 '히'나 '희'의 오류로 추정.

1931년 8월 5일

映畵小說

人間軌道(106)[1]

城北學人

安碩柱画

귀국【五】

아모래도 드리고 십흔 말삼을 다— 드릴 수는 업습니다 아모리 침착한 사람이라 한들 이런 때에 가슴이 울렁거리지 안을 사람이 어대 잇겟습니까 그리고 눈물이 압흘 가려서 더 쓸 수가 업습니다

당신과 김 부인『[2]미세쓰, 리)과의 그 아름다운 관계도 잘 알고 잇습니다만은 두 분의 장래을[3] 축복할 쁜입니다

다른 말삼은 다른 긔회에 드리기로 하고 이만 긋칩니다 래래 안녕하심을 비옵나이다

◇

상근은 편지를 다 보고는 눈을 감고서 벽에 기대여 버렷다

그의 쌤에는 눈물이 주룩룩 흘럿다 어제 저녁에 전등을 끈 대로 그대로 스윗치를 틀지 안엇든지 전등이 드러올 때인데도 방안은 어두어가기만 하엿다

상근이는 캄캄한 방에 눈을 감고 안저서 깁흔 병[4]상에 잠기고 잇섯다

간밤에 잠을 자지 못하야 피로한 몸을 벽에 기대이고 눈을 감으니 조름이 와서 잠이 들고 마럿다 잠이 들자마자 대문이 쎄걱 하는 소리가 낫다

상근이는 어렴픗하게 들리는 대문 소리에 엇전지 소스라첫다

대문 소리가 나자마자

"이리 오너라" 하고서 엇더한 사나희의 음성이 들리더니 마당에 드러서는 구두 소리가 낫다

1 '107'의 오류.
2 문맥상 '('의 오류로 추정.
3 문맥상 '를'의 오류로 추정.
4 문맥상 '명'의 오류로 추정.

상근은 미다지를 열고서 캄캄한 뜰을 눈을 부비며 내여다 보앗다

어두운 중에도 그의 형체는 분간할 수가 잇섯다 식컴언 외투에 또한 검은 목도리로 입까지 가리우고 방한모를 푹 눌러썻다는 것은 알 수 잇섯다

"누구요" 하고 상근은 외마듸 소리가 치떨리는 소리로 지젓다

저편에서는 썰썰대고 우스며 마루 압흐로 갓가히 왓다

"무얼 그리 겁을 내시우 어서 불이나 키시지!"

상근은 미움이 선듯하면서도 그의 말대로 짜른다는 것보담도 무의식하게 그 손이 전등의 스윗치를 돌렷다』[5]

"좀 드러기두 뢴계치 인켓지요? 그래 아즉도 내 읍[6]성을 못 아라드르시겟소? 자— 드러가면 아실 게니까!"

하며 그 사나희는 검은 거림자를 방으로 썰고 드러왓다

그의 말맛짜나 상근이에게는 그의 음성이 귀에 익은 듯도 하지만 목도리로 얼골을 반씀 가리우고 대모테 썸정 안경을 쓴 그는 도모지 처읍[7] 보는 사나희엿다

"뉘신지 거기 안지시지요"

그 사나희는 상근의 말이 써러지기도 전에 모자를 쓴 채 목도리를 두른 채로 웃묵에 주저안저서 언 손을 부비고 잇다

"그래 그동안 자미 조흐섯나요? 신관이 전만 못하섯군 그럿키두 하겟지요 그동안이 얼마라구 이제는 늙어가실 째이니까 허허허 올해에 벌서 설흔 둘이신가요 그런데 안에서는 출입하신 겜니다그려 이 춘데 어듸를 가셧슬

5 '』'는 오식.
6 문맥상 '음'의 오류로 추정.
7 문맥상 '음'의 오류로 추정.

가 엇재 방에 불도 안 째이시고 전등도 키지 안으시고 혼자 게십니가? 부인께 충실하신 분이 되서서 그러신지 인제 안에서 드러오서야 다― 될 모양이로군!"

그 사나회가 횡설수설 느러노흐며 검은 안경 속으로 눈망울을 굴리여 방안을 두리번거려 보앗다

상근은 공포에 싸힌 중에도 그 사나희에 대한 짐작은 햇스나 자긔의 입으로 그의 일홈을 부르기에도 두려운 일이엿다 그래서 그는 그 사나희가 하는 대로 혼이 빠진 사람 모양으로 멀거니 안저서 바라만 보고 잇슬 짜름이엿다

그 사나희는 조금 침울해진 드시 고개를 숙이엿다

"벌서 사 년이 넘엇구료! 당신의 명민한 눈은 지금도 그째와 가티 광채가 남니다그려 그러나 어듸인지 몹시 고민을 하신 듯한 자최가 잇습니다 엇잿든 오랫만에 뭇[8] 맛나리라 하든 이를 대하게 되니 감개가 무량하구료 엇지하야 당신은 저러케 초최해지섯소? 내가 생각하기는 몹시도 호화로웁게 사시리라 하엿는데…… 생각해 보시오 당신 째문에 지금도 이러케 추운대도 생지옥사리를 하고 잇는 이들이 얼마나 잇는가를― 당신은 몹시 고통하섯스리라 지금은 당신이 산 사람이 아니란 것도 내가 잘 알고 잇는 것이요 당신은 산송장이외다 그 산송장에게 무슨 말을 한들 소용이 잇겟소? 또 무슨 선고 가튼 것을 내린대도 소용 업는 것을 나도 잘 알고 잇는 것입니다 그러나 당신이란 존재는 존재 그대로 잇는 데 대하여서는 그러케 단순히 생각하여서는 안 될 것 갓습니다 허허허허―"

그 사나희는 쾌활히 우서제첫다

8 문맥상 '못'의 오류로 추정.

映畵小說

人間軌道(107)[1]

城北學人
安碩柱画

귀국【六】

상근은 질식이 되다십히 실색을 하야 고개를 굽히고 잇다

"어쩻든 당신은 ×××의 ××××를 ×××도 오래인 사람이오 그 ××× 은 내가 가지고 왓스니까 좀 늣게 전달되게 된 것만이 유감일 짜름이오"

그 사나희는 목도리를 끄르고 모자를 벗고 몸 속에 깁히 간수햇든 차국차국 접은 조희쪽을 내여노핫다

그 사나희의 얼골은 수염을 기르고 검정 안경을 써서 얼핏 알어보기는 어려우나 상근의 눈에는 확실히 성묵임을 직각하엿다

상근은 썰리는 손으로 그 조희 쪼각을 집어서는 펴보앗다

그는 헤식은 우숨을 웃고 다시 그 조희를 방바닥에 노핫다

"당신이 귀국하엿다는 것을 신문을 보아서 아럿고 그것이 확실하다는 것은 지금 당신을 보아서 아럿습니다 그리고 당신이 오는 때에는 내게 어써한 일이 밋치리라는 것도 짐작하고 잇섯습니다 그래서 나는 오늘밤을 최후로 내 자신에 대한 장래 문제를 결단해 버리리라고 한 것입니다 어쩻든 잘 오섯습니다 그러나 어써케 국경을 넘어오섯는지요 그야 당신은 그 길을 잘 알고 잇스니까 어렵지 안은 일이지만 장차 당신의 주위를 에워싸고 잇는 바늘 한 개도 솜작할 수 업는 경계선을 돌파하시고 움지기실 수가 잇겟습니가?"

그 사나희는 너털우슴을 우섯다

"그야 내지에만 오면 그런 것도 아니고 해외에 잇스면 그럿치 안은가요? 언제나 내 목숨은 공중에 써 잇스니까 그까짓 것쯤이야 타고난 운명으로 아는 것이겟지요 내 목숨은 당신 가트신 신출괴물한 재조를 가진 이들이 조화

1 '108'의 오류.

를 부리기에 달린 것입니다 엇젯든 나는 밧분 사람인 고로 이러케 내 임무에 한 가지는 한 셈이니 마지막 맛날 날을 약속하고 가야겟습니다 그러나 장차 당신은 이것을 바드시고 어찌하시랴우? 만약 당신이 아조 싼 새사람이 되여서 내 뒤를 짜르든지 한술 더 써서 내 압장을 스던지 두 가지 중에 엇썬 것이든지 선택하야서 긔왕 파멸된 당신이면 이러한 긔회에 갱생해 보시는 게 엇더하실지 그럿치 안으면 아조 다— 단념하고서 이것을 바드시든지? 자 네? 어써시오?"
하며 그는 조희로 쑬쑬 마른 조그만 약병을 써내여 상근의 압헤 던지웟다 상근은 아모 소리도 못 하고서 그 사나희의 하는 태도만 주목하고 잇섯다 그러나 그의 몸은 점점 구더가는 드시 감각을 일흔 것 갓고 정신이 엇질엇질하였다

"자— 어써케 하실 테요? 이것은 재촉을 한다든지 졸를 일은 아니니까 만약 내가 지금 가서는 래일 새벽에 다시 이 집을 올 째 당신이 나를 마저주는 째는 아라채리겟지만 그럿치 안코 당신의 쌧쌧해진 몸을 볼 째는 나는 단념할 것이오 또 그럿치 안으면 당신의 조화로 내가 이 집에서 체포가 되는 것인 줄 아오 그러나 오늘 이 밤이라[2] 것은 내게는 중대한 시간입니다 모든 일을 오늘밤 안으로라도 한 슷을 내여야 하겟스니까—— 그러나 내게뿐 아니라 당신에게도 이 밤이 중대한 함밤인 것을 당신 자신도 아럿스리다 자—— 또 말을 계속하면 잔소리가 되겟스니까 이만하고 가리다 자—— 잘 주무시고 래일 만나 뵈옵시다"

태연자약한 그는 훌적 나가버렷다

2 문맥상 '밤이라는'에서 '는'의 탈자 오류로 추정.

이 왼밤을 상근은 꼬박이 안저 새엿다

그 사나희 말맛다나 이 밤은 상근 자신의 사활 문제가 걸려 잇는 밤이엿다

그는 밤 새로 네 시쯤 되여서는 무슨 생각을 하엿는지 이불을 펴고 드러누엇다

그는 드러누어 눈을 붓치고 자랴다가 다시 이러나서 책상이고 무엇 무엇에 드러잇는 편지나 자긔 생활에 관련된 서류를 발견 발기 찌저서는 부억에 나려가 아궁이 속에 태워버렷다

그리고 그는 영희의 편지를 다시 읽어보고는 픽 웃고서 마지막으로 태워버렷다 앗가의 그 사나희에게서 바든 조희 쪼각에 그 약병을 싸서는 함께 불에 집어느헛다

1931년 8월 8일

映畫小說

人間軌道(108)[1]

城北學人
安碩柱画

귀국【七】

아궁이 속에 집어너흔 조희는 불이 부터서 활활 타고 잇섯다

그 속에 더지운 독약병(?)은 팡— 하고 터젓다 타기 수운 조희가 되여서 삽시간에 재가 되고 아궁이는 속은 남어지 볼솟이 반짝 하다가는 캄캄해젓다

상근은 자긔의 모든 과거가 그 조희 쪼각이 타버림과 함께 타버린 것 가탯다

가탯다는 것보담도 그러케 쉽사리 이 세상 누리들의 모—든 이목에서 긔억에서 자긔 마음까지에서도 사러젓스면 하엿다

오히려 타고 난 재가 거름이 되여 새로 엄 돗을 그 싹을 속히 무럭무럭 쌧게 하엿스면— 하엿다

그러나 자긔로 하여서 암흑 속에 드러 잇는 사람들이 잇지 안으냐?

그러면—— 이리하나 저리하나 영원히 사라지지 안을 자긔의 과거라 할진대 도리혀 긔억을 소스라치게 하고 인상을 두텁게 할 이 몸의 존재를 이 조희들과 가치 태워버리는 것이 낫지 안흘가?

그럿치만 앗가의 성묵이의 말대로 그러케 압흐로 자긔의 '코—스'를 새로히 정하고 나아가면 될 것이 아닌가 그리하면 성묵이가 자긔의 배후에서 자긔를 변해해 줄 날이 잇슬 것이다 그것보담도 나의 행동이 내가 남기고 지나간 그 업적이 훈훌히 내 자신을 변해해 줄 것이[2]

그러타 그까짓 파리의 목슴과 매한가지인 이 목숨이야 대수롭지 안은 것이다 그것도 빗(광명)이 잇고서야 가치가 잇는 것이다

왜! 나는 몃 푼어치도 못 되는 남의 발 미테서 썩어가는 내 생명을 그러케

1 '109'의 오류.

2 문맥상 '것이다'에서 '다'의 탈자 오류로 추정.

도 안타가웁게 더러웁게도 앗기엿슬가?

못난 자식! 버리지엿다

그럿타 광명을 향하야 나아가자 광명을 향하야 나아가는 무사(武士)에게 비릿내 나는 썩은 생선 가튼── 그것들이 다── 무에란 말이냐

영희! 소위 미세쓰●리── 사랑이라는 것이 그러케 내가 체험한 리성간의 사랑이라는 것가치 더러웁고 무가치한 것은 업는 것이다

그것도 내 생활에 큰 변혁을 주고 짜라서 나의 모든 의로운 의미로서의 나의 정신과 육체를 성장식히고 짜라서 나의 사업에 대한 보비(補脾[3])[4]가 되지 안을 그만한 사랑은 진화가 되지 못한 동물에게도 잇는 것이다

왜! 나는 그러한 추접은 한 일과를 싸헛섯든가

어느 째인가 '쎄앗슬레이'이가 '오스카, 와일드'의 작품 '사로메'에서 '힌트'를 어더 그린 그림에 '요까나한'의 머리를 버혀 가지고 밋처 날쒸며 그 죽은 입에 '키스'를 하든 그 '사로메'가 죽을 째에 분갑(粉匣) 속에 장사지내는 그러한 상증화(象徵畵)와 가티 녀자는 더구나 현대 조선의 신녀성이란 분향(粉香) 속에서 살고 분향 속으로 도라가고 잇지 안은가 그래서 사나희들은 그 아연 독에 중독이 되여 잇는 것이다 올타 나는 커─다란 사랑을 다시금 찻자

인류를 위하야 살고 인류를 위하야 죽자

[5]오─ 나는 인류를 사랑하자!" 이러케 혼자 부르짓고 난 그는 스사로 감격하야 캄캄한 부억 속에서 벌덕 이러섯다 그의 눈에는 쓰거운 눈물이 쭈르

---

3 문맥상 '裨'의 오류로 추정.

4 보비(補裨). 보태어 돕는 것.

5 '『' 누락.

르— 흘러내리엿다

그는 뜰로 나아왓다 추은 줄도 모르고 손바닥만한 뜰을 배회하엿다

그는 금시에 영웅이나 된 것가티 긔개가 놉하진 것가티 스사로 늑기엿다

그는 무의식중에 자긔의 왼편 가슴을 향하야 양복 속으로 올흔손이 드러가 씨엿다 마치 '나폴레온'의 그것과 가티········

별은 추은 째면 더욱이 쏘렷쏘렷이 반작이는 것이엿다 그는 자긔의 머리 우헤 별들을 치여다보앗다 무스한 별들이 자긔에게 영광을 돌려보내는 것 가탯다 그런가? 하면 그 별들은 무엇인가 자긔에게 그 어써한 진리의 그 하나 하나를 가리켜 주는 것 가탯다 그러나 어써한 것인지는 몰랏다

"만약 지금의 내가 쎈르헤레나에서 죽기 전의 나폴레온이라면········"

——그는 그러케 생각하다가도

"아니다 그는 마지막 째엿다 그러나 나는 아니다! 그럿치 안타 출발하기 전에 나다 저 별들은 나의 커다란 졸[6]발을 보랴고 쌔여 잇는 것이다"

그러나 출발을 어써케 한다는 것은 자긔 스사로도 아즉 생각할 사히가 업섯고 □□□□은 성묵이가 온 뒤에 알게 될 일이라 하엿다

그는 왼일인지 몸이 우둘우둘 썰리면서도 마음은 유쾌하엿다 자긔의 몸이 썰린다는 것은 어써한 압흐로 다닥칠 것에 대한 공포 째문이라는 것보다도 추은 데 나와 잇슨 지 오래인 싸닭이라고 스사로 변해를 하고 십헛다

6 문맥상 '출'의 오류로 추정.

映畫小說

人間軌道(109)[1]

城北學人
安碩柱画

귀국【八】

새벽 여섯 시

성묵이는 어김업시 상근이를 차저왓다

어제와 짠판으로 그는 변장을 하엿다

첫재 방한모가 중절모자로 변하엿스며 그 숫헌 구레나룻을 말속히 싹고 웃수염을 입부쌍하게 동강 잘라서 양쪽으로 갈러 부치고 외투며 양복이며 밋근한 신사엿다

성묵이가 방에 드러안자 그 긴장된 얼골로도 하품을 하엿다

"자— 엇더케 하시료!" 그는 잠을 못 자서 거치러진 음성으로 말햇다

상근은 몸은 썰리지만 마음은 이상하게도 침착해젓다 그는 씽긋 우섯다

"결심하엿습니다"

"무엇을요? 엇더케 하기로요?"

성묵은 눈을 크게 쓰고 조금 경이에 찬 음성으로 재처 무럿다

"당신과 가티 일을 하기로요"

"아! 정말이슈?"

"네—— 그럿습니다"

상근이의 이 분명한 대답에 그는 닥어안젓다

"그래도 못 밋겟는데요"

"천만에 이러한 큰일에 거짓말로 당신을 놀릴 리가 잇겟습니가 나서기로 하엿습니다 나도 당신을 맛나자 확실히 깨다른 바가 잇습니다 자— 이제부터 나는 어쩌한 일을 하여야 하나요?"

---

1 '110'의 오류.

성묵은 고개를 숩으리고 한참 침묵햇다가 머리를 드럿다

"나는 당신의 낫빗을 보아서 확실한 줄 압니다 그러나 중간에 —— 그럿치 제일 아슬아슬한 판에 누구나 슬적 도라스기가 쉬우니까 — 그러나 이제 당신이 아무리 한대도 상관업는 짓이 이번 일은 예전에 그러한 방식으로 할 일이 아니고 ○○행동인 만큼 몹시 단축한 시간에 될 일이니까 그러할 사히도 업겟고 발목만 잡히면 그만이거든 —— 그리고 당신은 서약서에 지장까지 찍어야 될 것임으로 이러나 저러나 당하는 일은 당하고 말겟지요 여기에 ——"

그는 임이 써가지고 온 서약서와 인주를 내여노핫다

"자 —— 여긔에 찍으시요 이것은 아모 필요가 업고 도리혀 후환거리이지만 당신을 위하여서 —— 자 —— 찍으십시다"

상근은 이러한 말이 쌔가 저리도록 슯은 말이지만 얼마마만콤이라도 신임을 바더야 하겟다고 그는 성묵의 식히는 대로 하엿다

그제서야 원묵은 싱그레 웃고서 상근의 압흐로 가서 그의 손을 힘 잇게 쥐엿다

"여보 상근 씨! 나는 놀랏습니다 이러할 이가 이전엔 그게 왼 짓이란 말이요? 나도 김성호란 이가 더욱 책임이 중한 줄은 알지만........"

그의 눈에는 눈물이 글성글성하엿다 이에 감격한 상근은 눈물을 쫠쫠 흘리는 것이엿다

성묵은 앗가에 바든 그 서약서를 발기발기 찌젓다

그리고 석양불을 대렷다 그 불에 담배를 피여 무럿다 피여 물자 그만 그 서약서는 재가 되고 마럿다

두 사람은 재가 된 조히를 빙그레 — 웃고 내려다 보앗다

상근이도 그게 연극인 줄 아럿다 그래서 그만 씰씰 웃고 마럿다

성묵은 불시에 얼골빗이 어두어지더니 무엇엔가 넉을 일코 안저 잇섯다

"그래 부인은 어듸를 가섯길래 밤이 새여도 안 드러 오실가요?"

그는 얼골이 조금 벌개지며 상근이에게 무럿다

상근은 조금 비창한 낫빗으로 입을 여럿다

"어제 집을 아조 나아가고 마럿습니다"

"왜요?"

상근은 머리를 압흐로 써럿트리고 잇다가 눈을 감고 머리를 드럿다

"조용한 째 모—든 것을 이야기해 드리지요 모—든 것은 다— 나에게 책임이 잇스니까요"

조금 뒤에 묵묵히 안자 잇든 두 사람은 이러섯다

"전등이 써지기 전에 얼른 나아갑시다 그런데 이 집은 상근 씨가 사신 집인가요?"

"아니요!"

"그러면 그대로 내여버리고 가도 앗갑지는 안쿠먼! 하하하하"

성묵은 상근의 등을 탁 치며 자 두 사람은 대문을 닷고 발거가는 길로 나아갓다

이리하야 서울 바닥은 불시에 물정이 소란하게 되는 것이다

1931년 8월 13일

映畵小說

人間軌道(110)[1]

城北學人

安碩柱画

귀국【九】

안온하엿든 시중이 이 두 사람으로 하여서 회호리 바람이 이러낫다

그래서 경찰측에서는 비상 활동을 개시하고 각 신문온 호외를 발행하엿다

신출괴몰한 그들의 자최가 동에 번적 서에 번적하야 경계망을 교묘히 돌파하는 것이엿다

그러나 여긔서 그들이 어써한 행동을 하엿다는 이야기는 피할 수밧게 업는 고로 누구나 그 상상에 맛겨두는 수밧게 업다

그들이 나종에는 피신을 하야 멀리 자최를 감추려다가 그만 경계망에 걸리게 되엿다 걸리자 그들은 일건 서류와 함께 검사국으로 압송하기에까지 이르럿다

그래서 결국 그들은 예심에 회부되여 세상의 이목을 놀내게 한 그들의 공판을 세상은 기대리고 잇든 것이다

미세쓰•리ㅡ는 상근이가 체포되엿다는 데에 몹시 놀랏다

그러나 상근이가 체포를 당하든 그날은 김성호가 죽든 날이다 오랫동안 해소로 신고를 하든 그는 결국 슷날을 마지한 것이다

미세쓰•리ㅡ는 베옷을 입고 김성호의 상여 뒤를 짜러가게 되엿다 모두가 쑴 갓고 귀신의 작란 갓다고 하엿다

그는 남편의 장사를 지내고 집에 도라와 횡뎅그레ㅡ한 양옥집에 혼자 안절부절을 못 하고서 울어댓다

몃칠 뒤 그 양옥집은 창마다 첩첩이 다 치우고 현관문은 잠을쇠로 잠기여

1 '111'의 오류.

잇섯다

누구의 말은 다른 사나희를 마지하야 갓느니 하지만 어듸로 갓는지 아는 사람은 업섯다

그리고 영희는 상근이와 성묵이가 체포당한 뒤 한 달쯤 해서 백련헌(白蓮軒)이란 '카페—'의 '외트레스'로 나타낫다

그가 나타나자 거덜거덜하든 그 '카페—'는 나날이 흥성흥성하엿다

그의 아름다운 외모라든지 그의 령롱한 눈동자는 여러 풍류랑의 마음을 태울 만하엿다

단발을 하고 양장을 하고 '레코—드'의 '쌔스'에 마추어 흥청거리고 다니는 꼴이라든지 손님이 싸라주는 술을 마시고 노래하는 그 류량한 음성이라든지 이 '카페—'의 '퀸—'이라는 것보담도 서울에서는 카페— 가운데에서 조선 녀자나 일본 녀자나 비길 수 업는 점이 만하서 밤마다 이 '카페—'는 만원이오 일러도 밤새로 두 시 세 시나 되여서 문을 닷게 되는 것이엿다

영희 자신으로서는 어찌하야서 '카페—'로 나올 생각을 하엿는지 남에게 말할 수 업는 비밀로 직히고 잇는 것이지만 어느 직구진 사나희가 그 동긔를 무르면 그저 모른다고 하고서 시침이를 쩨여 이것 한 가지만 해도 그의 인긔를 더욱 올리게 하는 것이엿다 이러고 보니 그의 수입은 상당히 만헛다

항용 '팁'으로 일활이 정한 거나 가티 된 일이지만 어써한 사나희는 맥주 한 병을 먹고도 영희의 손을 꼭 쥐고는 넌지시 십 원짜리를 주는 궐자도 잇고 해서 한 달에 삼사백 원 수입이 넘는 째가 만헛다

그러나 그는 잠자리에 들면 항용 눈물을 흘리고 한탄을 하고 하는 것이엿다

가튼 '외트레스'가 위로를 하며 그 연유를 무러보아도 절대로 그를 말하지 안엇다 그 대신 상그시 우서보히며 그 녀자의 뺨을 어루만저 주는 것이

엿다 이러한 행동이 도리혀 동무들 사히에서도 정을 썰게 되여 그는 그들의게 써밧치며 뭇 사나희들의 미치 날뛰는 정열 그 사회에서 날을 보내고 밤을 보내게 되엿다

그러한데 성묵과 상근이가 예심에 부튼 뒤 무명씨로 밥 차입을 하는 사람이 잇섯스니 그 두 사람이 다 궁금해 하든 것이엿다

그것은 이영희엿다

영희가 카페―에 '외트레스'로 나아옴도 그러한 곳에 동긔라 할 수밧게 업섯다

그러면 영희는 어느 때나 '카페―'에서 지내일지 그 짤막하게 남은 젊은 시절을 홍등청등 미테서 시도를 것인지 저윽이 생각되는 일이다

1931년 8월 14일

映畵小說

人間軌道(110)[1]

城北學人
安碩柱画

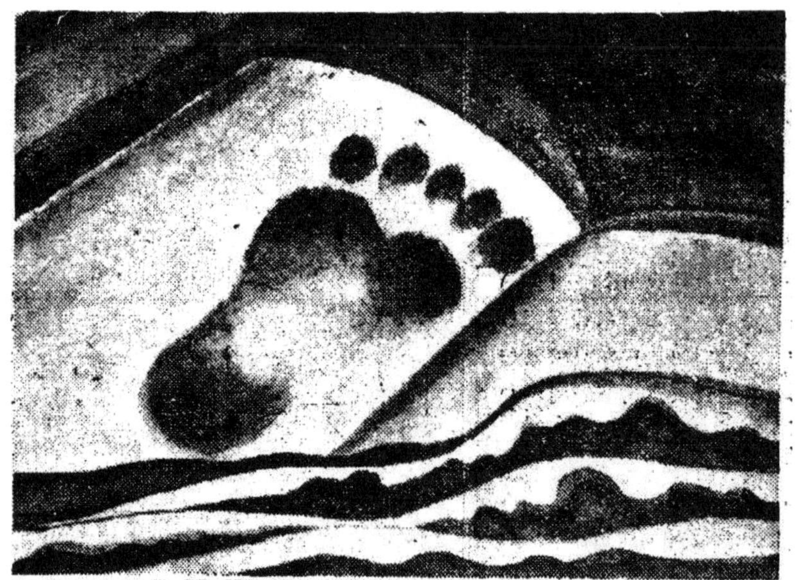

귀결【九】[2]

창대는 계문사를 해산해 버리고 옥화를 첩으로 두고도 매일 주사청루로 도라다니며 한편으로는 '마짱'에 빠저서 돈 만 원식이나 짠 일도 닛지만 만 원을 짜면 그 자미에 돈 십만 원도 펵펵 질러서 내종에는 동산 부동산을 차차로 은행에 전당을 잡히는 한편 몸은 고를 대로 고라서 아편을 빨게 되니 옥화고 무에고 정남이가 떠러젓든지 첩을 내여버리엿다 그래서 옥화는 다시 기생으로 나아가고 서동생[3]을 가승에서 감짝가티 빼돌린 것이 문제가 되여서 개가를 간 서동생의 어미와 그의 남편 되는 자와 어느 변호사를 대리인으로 하고서 유산 청구 조건으로 민사로 소송을 제긔하는 한편 사긔 횡령 문서 위조로 형사로 고소를 하니 거덜이 나가는 창대는 경찰서와 검사국을 거처서 예심에 붓게 되엿다

시름시름 빨든 아편이 인이 박히여 그는 몃 번이나 바람이 낫스나 제물로 아편을 끈케 되엿는지 이제는 긔거도 할 수도 업는지 멀거니 눈만 뜨고 비트러진 몸으로 동그마니 안저 잇섯다

한째는 조선의 굴지하는 부호의 아들로 구미 각국으로 도라다니며 호화롭게 지내든 그는 옛날을 회상할 째는 그야말로 일장춘몽이엿다

귀국한 지 불과 이 년이라는 짜른 동안에 이 모양이 되엿다는 것은 이제야 새삼스럽게 깨다른 드시 그는 스사로 깜짝 놀랏다

그는 감옥의 신세를 지기 전에 상근이가 예심에 잇다는 것을 밧게서 드른 바라 지금에 자긔와 한 감옥에서 가튼 고생을 하는 것도 아럿다

---

1 '112'의 오류.

2 앞 회차가 '귀국【九】'이었는데, 이 회차에서 소제목을 '귀결'로 하고 앞 회차의 횟수를 그대로 활용하고 있다.

3 서(庶)동생. 정실에게서 난 아들이 첩에게서 태어난 동생을 이르는 말.

여긔서 그는 여러 가지의 감상이 써올랏지만 그것은 여긔에 쓰지 안으랴 한다

영희도 유산 문제의 소송 사건으로 창대가 감옥에 잇게 되엿다는 것을 아럿다

그는 근래 처음으로 우숨을 씌엿다 그날은 '카페ㅡ'가 다 파한 뒤에 혼자서 술을 마실 대로 마시고 노래까지 하엿다

그리고 이 사람들 외에 문호는 학교의 공금 횡령 사건으로 고나마 얼마도 안 되는 재산을 터러 바치고는 화가 나서 써도라 다니는 소위 강 녀사를 붓잡어 노코 조그만 학생 하숙옥 문패를 붓치는 한편 생벽을 뚤코 한 간짜리 구멍가개를 내이고서 그렁저렁 사러가는 동안 아들도 하나를 나코 그 다음으로 강이 또 임신중임으로 아들일지 쌀일지 모르는 생물이 그 녀자의 태중에서 진화를 하고 잇는 것이다

이리하야 모든 일이 일단락을 지윗스니 이 이야기도 한 긋을 매즌 세음이다

압흐로 감옥에 잇는 사람들이 별 지장이 업스면 세상을 구경할 날이 잇슬 것이요 세상에 남어 잇는 사람들도 압흐로 만흔 변천이 잇슬 것이니 우리들로서 그들을 대할 긔회를 지윗스면 조흘가 한다

어쨋든 이 세상에는 이 사람 저 사람 별 사람이 다 잇서 그 타고난 성격과 세상에 나서 사는 동안 변해가는 성격에 싸라 자긔들의갈 길로 가게 되는 것이다

그리고자긔의 압길에 어써한 큰 위험이 잇다 해도 자긔의 어느 쌔 그 긔분 그리고 그의 환경 그의 리성(理性)에 싸러 탈선하는 수도 잇는 줄 안다

지금까지 그려본 사람들은 그러한 종류의 사람도 잇고 또한 과감히 자긔의 진로를 개척하면서 커다란 미래를 향하야 나아간 사람도 잇슬 것이다

그러면 그들의 장래는 어써케 되며 싸라서 그째의 그들 인간은 어써한 변천을 보혀 줄 것인가가 의문이다

그들 중에는 이 세상에 방금 존재한 인물들에 류사한 사람도 잇슬 줄 안다 그러나 어느 사람 어느 사람 하고서 쏙 집어서 내여논 사람은 한 사람도 업슬 것이라는 것을 아러주어야 할 것 갓다

다만 여러 사람을 한 사람 한 성격으로 비저서 싼 별개의 인물로 삭여 노핫슬 섇에 지내지 안을 것이다

지금 그들 중에는 허무러진 괴도로 달리는 인간들이 잇고 쏘한 새로히 인간의 괴도를 부설할 사람도 잇슬 것이다 그래서 커—다란 인류 력사의 발자최를 우리들의 귀에 들려 줄 것이라 하겟다

그러면 그들의 미래는 어써할가? 긔회가 잇스면 그 뒷이야기는 하기로 하고 여긔에서 중단해 버리겟다………(씃)………

작가연보

석영(夕影) 안석주(安碩柱)

1901 4월 10일 서울 출생
1916 교동보통학교 졸업 후 휘문고등보통학교 입학, 휘문고보 재학 중 장발(張勃) 등과 '고려화회' 조직, 고희동으로부터 미술 수업
1920 도쿄 혼고양화연구소(本鄕洋畵硏究所)에서 미술 수학
1921 건강 문제로 귀국 후 서화협회에 가입하여 김동성으로부터 노수현·이상범 등과 함께 만화 수업, 예술협회 공연에 배우로 출연
1922 백조(白潮) 창립 동인으로 참가, 『동아일보』에 연재된 나도향의 「환희」를 시작으로 삽화가로 등장, 예술협회 제1회 공연에 배우로 참가
1923 파스큘라(PASKYULA) 창립 멤버로 참가, 극단 토월회 가입, 도월미술연구회 조직
1924 일본에 가서 미술 공부, 11월 귀국하여 동아일보사 입사
1925 동아일보에 「허풍선이 모험기담」 등의 만화 연재, 5월 '조선만화가구락부' 조직, 8월 카프(KAPF) 창립 멤버로 참여, 12월 시대일보사로 이직
1926 2월 백조회 조직, 12월 카프 중앙위원으로 선임
1927 1월 불개미 극단 멤버로 참가, 2월 신간회 창립 멤버로 참여, 8월 창광회 창립 멤버로 참여
1928 조선일보사 입사
1930 시나리오 「노래하는 시절」을 『조선일보』에 연재하고 안종화 감독이 영화로 제작
1931 3~8월 첫 장편소설 「인간궤도」를 『조선일보』에 연재, '잡문을 많이 쓴다'는 이유로 카프에서 제명
1932 2~5월 「성군」을 『조선일보』에 연재
1935 2~4월 「춘풍」을 『조선일보』에 연재 후 박기채 감독이 영화로 제작, 조선일보사 퇴사
1937 5월 조선시나리오작가협회 창립, 10월 『영화보』 창간, 11월 감독 및 각본을 맡은 〈심청전〉 개봉
1939 조선영화인협회 상무이사 선임, 야스다 사카에(安田榮)로 개명
1940 지원병 훈련소 입소, 황도학회 발기인 참여 등 친일적 행보
1941 군국주의 영화 〈지원병〉 개봉
1945 조선영화건설본부 내무부 부장, 조선영화동맹의 중앙집행위원회 부위원장 역임
1946 영화감독구락부 결성. 중앙일보사 고문에 취임
1947 전조선문필가협회 연예부장, 민주일보사 편집위원 겸 문화부장 역임

1948 문화시보사 사장 취임

1949 전국문화단체총연합회 부회장, 대한영화사 전무이사, 대한영화협회 이사장 등을 역임

1950 2월 24일 오전 5시 사망

간행사_연세근대한국학 HK+ 학술총서를 내면서

우리 연구소는 '근대 한국학의 지적 기반 성찰과 21세기 한국학의 전망'이라는 아젠다로 HK+ 사업을 수행하고 있습니다. '한국학이 무엇인가' 하는 점은 물론 관점에 따라 달라 질 수 있을 것입니다. 하지만 개항과 외세의 유입, 그리고 식민지 강점과 해방, 분단과 전쟁이라는 정치사회적 격변을 겪어온 우리가 스스로를 어떤 존재로 규정해 왔는가의 문제, 즉 '자기 인식'을 둘러싼 지식의 네트워크와 계보를 정리하는 일은 반드시 필요한 작업이라고 생각합니다. '자기 인식'에 대한 탐구가 그동안 없었던 것은 아니지만, 현재 제도화되어 있는 개별 분과학문들의 관심사나 몇몇 지식인들을 대상으로 한 제한적인 논의였음을 부인하기는 어려울 것 같습니다. 이러한 현실에서 '한국학'이라고 불리는 인식 체계에 접속된 다양한 주체와 지식의 흐름, 사상적 자원들을 전면적으로 복원하고자 하는 것이 바로 저희 사업단의 목표입니다.

'한국학'이라는 담론/제도는 출발부터 시대·사회적 영향을 강하게 받아왔습니다. '한국학'이라는 술어가 우리의 입에 오르내리기 시작한 것도 해외에서 진행되던 지역학으로서의 '한국학'이 반향을 불러일으키면서부터였습니다. 그러나 '한국학'이란 것이 과연 하나의 학문으로서 성립할 수 있느냐 하는 질문에 답을 얻기도 전에 '한국학'은 관주도의 '육성' 대상이 되었습니다. 이에 대응하여 실천적이고 주체적인 민족의식을 강조하는 '한국학'은 1930년대의 '조선학'을 호출하였으며 실학과의 관련성과 동아시아적 지평을 강조하기도 하였습니다. 그 가운데 근대화, 혹은 근대성은 서로 다른 맥락에서 '한국학'을 검증하였고, 이른바 '탈근대'의 논의는 의심 없이 받아들여지던 핵심 개념이나 방법론에 문제를 제기하기도 하였습니다.

'한국학'이 이와 같이 다양한 맥락에서 논의되어 온 것은 그것이 우리의 '자기인식', 즉 정체성 문제와 관련되어 있기 때문일 것입니다. 대한제국기의 신구학 논쟁이나 국수보존론, 그리고 식민지 시기의 '조선학 운동'은 물론이고 해방 이후의 '국학'이나 '한국학' 논의 역시 '자기인식'에 대한 시대적 요구에 응답하려는 노력이었을 것입니다. 우리가 '한국학'의 지적 계보를 정리하는 것에 만족하지 않고 21세기의 전망을 제시하고자 하는 이유도, '한국학'이 단순히 학문적 대상에 대한 기술이나 분석에 그치지 않고 우리의 현재를 성찰하며 더 나아가 미래를 구상하고 전망하려는 노력에 직간접적으로 연결된다고 보기 때문입니다. 주지하듯 근대가 이룬 성취 이면에는 깊고 어두운 부면이 있습니다. 그리고 이 명과 암은 어느 것 하나만 따로 떼어서 취할 수 없는 한 덩어리일 가능성이 있습니다. 21세기 한국학은 근대에 대한 성찰을 통해 이 질곡을 해결해야 하는 시대적 요구에 응답해야만 하는 과제를 안고 있습니다.

연세근대한국학 HK+ 학술총서는 이러한 과제를 수행하는 과정에서 나오는 성과물을 학계와 소통하기 위한 시도입니다. 학술총서는 연구총서와, 번역총서, 자료총서로 구성됩니다. 연구총서를 통해 우리 사업단의 학술적인 연구 성과를 학계의 여러 연구자들에게 소개하고 함께 논의를 진정시키고자 합니다. 번역총서는 주로 외국인들에 의해 이루어진 조선/한국 연구를 국내에 소개하려는 목적에서 기획되었습니다. 특히 동아시아적 학술장에서 '조선학/한국학'이 어떻게 구성되고 작동하여 왔는지를 살펴보려고 합니다.

또한 자료총서를 통해서는 그동안 소개되지 않았거나 불완전하게 알려진 자료들을 발굴하여 학계에 제공하려고 합니다. 새롭게 시작된 연세근대한국학 HK+ 학술총서가 소기의 목적을 달성할 수 있도록 여러 연구자들의 관심과 격려를 부탁드립니다.

2019년 10월

연세대 근대한국학연구소 인문한국플러스(HK+) 사업단